SOPHIE BONNET

Provenzalische Schuld

SOPHIE BONNET

Provenzalische Schuld

Ein Fall für Pierre Durand

blanvalet

Sollte diese Publikation Links auf Webseiten Dritter enthalten, so übernehmen wir für deren Inhalte keine Haftung, da wir uns diese nicht zu eigen machen, sondern lediglich auf deren Stand zum Zeitpunkt der Erstveröffentlichung verweisen.

FSC www.fsc.org
MIX
Papier aus verantwortungsvollen Quellen
FSC® C014496

Verlagsgruppe Random House FSC® N001967

1. Auflage

Neumarkter Str. 28, 81673 München
Redaktion: Angela Troni
Umschlaggestaltung: www.buerosued.de
mschlagmotiv: nik wheeler/Corbis Documentary/Getty Images
AF · Herstellung: sam
Satz: Mediengestaltung Vornehm GmbH, München
Druck und Bindung: GGP Media GmbH, Pößneck
Printed in Germany
ISBN 978-3-7645-0644-5

www.blanvalet.de

Prolog

Vorsichtig tastete sie nach dem Blumenkranz auf ihrem Haar, darauf bedacht, ihn nicht zu zerstören. Wenn die Blüten schon ein wenig getrocknet waren, konnte es leicht passieren, dass sie auseinanderfielen. Und das wollte sie nicht. Die Blumen waren ihr Halt, Symbol jener Geborgenheit, die sie noch vor weniger als einer halben Stunde verspürt hatte. Und aus der sie so unvermittelt gerissen worden war.

Sicher war das alles ein Irrtum, redete sie sich ein, eine Verwechslung. Später würde sie das Erlebte nur noch als furchtbaren Schrecken im Gedächtnis behalten, der im Laufe der Zeit zu einer blassen Erinnerung verschwamm.

Zaghaft strich sie über die verdorrenden Blüten, dachte daran, wie glücklich sie gewesen war, als sie sie pflückte.

Es war am Morgen ihrer Ankunft gewesen. In dem Moment, als sie die Tür aufstieß und den Koffer und die Tasche mit den Einkäufen in den Flur stellte, waren alle Sorgen, die Beklemmung, der Druck, von ihr abgefallen. Sie hatte sich umgedreht und war auf die Wiese vor der Hütte gelaufen. Hatte die klare Bergluft eingeatmet, den Duft nach frischem Heu.

Es war einer jener Herbsttage gewesen, an denen die Morgensonne die Feuchtigkeit aus der Erde trieb und den Boden mit dünnen, silbrig schimmernden Schwaden bedeckte. Elfentage, an denen man, wie ihre Nichte behauptete, die Waldwesen im Nebel tanzen sehen konnte, wenn man sich ganz still verhielt.

Tage, an denen es auch sie ins Freie lockte, in die Natur. Dann fühlte sie sich wieder jung, lief leicht und behände über das feuchte Gras, zog die Schuhe aus, um das Prickeln unter den Fußsohlen zu spüren.

Wie sie es liebte! So sehr wie das Leben.

Hier werde ich wieder zu mir kommen, hatte sie gedacht, und dann entscheiden, wie es weitergehen sollte. Am Ende der Woche würde sie wissen, welche Richtung ihr Leben nehmen würde. Und wie sehr sie ihren Mann für seine Untreue würde bluten lassen.

Sie seufzte tief.

Mit jedem Tag hatte sie an Stärke und Zuversicht gewonnen. Sie war durch herbstlich verfärbte Wälder gegangen und über Höhen gewandert, bis ihre Beine schmerzten. Hatte sich vor der Kapelle der ehemaligen Abtei *Notre-Dame de Lure* unter die gewaltigen Buchen gestellt und sich von der besonderen Kraft des Ortes berühren lassen. Am Nachmittag des dritten Tages war sie zu einem Bauernhof gefahren und hatte Brot gekauft, eine Flasche Milch und Ziegenkäse. Es war der einzige Kontakt mit anderen Menschen gewesen, bis heute.

Ein schrilles Rufen hatte sie geweckt. Als sie die Augen aufschlug, war das Zimmer in das Graublau des Morgens getaucht. Zuerst dachte sie, es sei der Schrei eines Adlers gewesen, aber als er sich wiederholte, erkannte sie, dass es ein menschlicher Laut war. Es klang wie ein Kind, das sich verirrt hatte und das nun vor dem Fenster stand und um Hilfe bat. Sie stand auf, schob die Vorhänge zurück, spähte hinaus. Gerade stahl sich die Sonne über die Bergkämme und tauchte die Wiese vor der Hütte in orangefarbenes Licht.

Überwältigt von der Schönheit des Anblicks, öffnete sie das Fenster und sog die Morgenluft ein. Sah hinüber zur Wiese, in deren Mitte die rosafarbenen Köpfe der Wildblumen leuchteten.

Das Geräusch war verschwunden. Aber was auch immer es gewesen war, es zog sie nach draußen. Da sie schon einmal wach war, wollte sie diesen neuen Morgen genießen. Rasch zog sie ein paar Sachen über und kämmte sich das Haar. In plötzlichem Überschwang setzte sie den Blütenkranz auf und lief hinaus.

Hätte ich nur auf die Warnung gehört!

»Die Gegend ist gefährlich geworden für eine Frau«, hatte der Bauer gesagt, während er den Käse in ein Stück Papier schlug. »Sie sollten nie alleine losgehen.«

»Was soll schon passieren?«, hatte sie erwidert und gelacht. »Der Mord war ein Einzelfall. Wer sollte schon ein Interesse an mir haben, ausgerechnet an mir?«

Sie hatte sich geirrt.

Könnte ich doch nur die Zeit zurückdrehen!

Aufseufzend ließ sie die Hand sinken. In der Bewegung riss sie einige Blütenblätter mit, sie rieselten herab, verloren sich im Halbdunkel. Könnte sie doch nur die Zeit zurückdrehen, bis zum Morgen.

Aber wie hätte sie auch vorhersehen sollen, dass ein Mann mit angelegtem Gewehr auf sie wartete, kaum dass sie ins Freie getreten war. Die Entschlossenheit in seinem Blick ließ keinen Zweifel daran, warum er sie herausgelockt hatte.

Sie war zurückgehastet, war den Schüssen ausgewichen und ins Haus gestürzt. Hatte die Tür verriegelt, um nun in der kleinen, fensterlosen Speisekammer auszuharren.

Plötzlich meinte sie, ein Geräusch zu hören. Ein Kratzen, dann das Splittern von Holz, auf das ein lautes Krachen folgte. War er ins Haus eingedrungen? Mit klopfendem Herzen drängte sie sich gegen die Regale in ihrem Rücken, versuchte, die aufsteigende Panik herunterzuwürgen. Jetzt waren Schritte zu hören, das Knacken der Dielen.

Er darf mich nicht finden!

Immer tiefer kroch sie zwischen die Vorräte, riss Konserven um und Flaschen, die mit lautem Klirren zu Bruch gingen. Eine klebrige Flüssigkeit breitete sich unter ihr aus, dann wurde die Tür aufgerissen. Gleißende Helligkeit durchdrang den Raum. Sie kniff die Augen zusammen und hielt die Hände schützend vors Gesicht, als sich der Körper des Mannes in den Türrahmen schob, bis das Licht ihn umgab wie ein zuckender Kranz.

»Was wollen Sie von mir? Warum tun Sie das?«

Er schwieg, sein Atem ging schwer. Langsam kam er auf sie zu. Mit zusammengekniffenen Augen und erhobenem Gewehr.

»Ich bitte Sie, lassen Sie mich leben …« Ihre Stimme klang schrill, hallte in ihren Ohren nach. »Mein Mann wird Ihnen alles geben, was Sie wollen«, keuchte sie. »Wie viel Geld brauchen Sie? Es ist egal, wie viel. Er kann es auftreiben.«

Der Fremde schwieg.

»Brauchen Sie Hilfe? Mein Mann ist ein einflussreicher …« Sie brach ab. Ein entsetzlicher Gedanke stieg in ihr auf. Sie schrie, als sie ihn ausspie. »Hat *er* Sie geschickt?«

Der Knall war ohrenbetäubend. Und noch bevor sie den Druck in ihrem Körper spürte, im Kiefer und in den Wangenknochen, dachte sie daran, dass ihr Fehler womöglich nicht darin gelegen hatte hinauszugehen, sondern darin, ihn zu heiraten.

I

»Noch etwas *compote*?«

Pierre nickte, ohne die Augen zu öffnen. Obwohl in seinem Magen kaum noch Platz für eine einzige dieser lauwarmen, süß zerschmelzenden Früchte war, vermochte er die verlockende Offerte nicht abzulehnen. Beim besten Willen nicht. Wenn Charlotte ihn zu sich einlud, um eines ihrer mehrgängigen Menüs zu zaubern, dann konnte er nicht anders, als seinen Bauch bis zum Äußersten zu strapazieren.

Ja, natürlich, es war unfein. Disziplin und eine gewisse Selbstbeherrschung waren grundlegende Dinge, zu denen man in der Lage sein sollte, wenn man die fließende Grenze zwischen Genießer und Gierschlund nicht überschreiten wollte. Jedes Mal nahm er sich vor innezuhalten, wenn sein Magen ihm das Gefühl von Sättigung vermittelte. Abzulehnen, wenn Charlotte ihm einen Nachschlag anbot. Nur um jedes Mal aufs Neue zu scheitern.

»Gerne!«

Er hätte sich in die Schüssel legen können, in der sie das Kompott aufbewahrte und aus der sie, wie er deutlich hören konnte, nun mit einem Löffel die letzten Reste herauskratzte.

Selig lächelnd fuhr er sich mit der Zunge über die Lippen, während er den Duft mit bebenden Nasenflügeln einsog.

Endlich hörte er, wie sie die Dessertschale abstellte, öffnete die Augen und betrachtete die gekochten Pflaumen und Pfirsiche, die sich wie eine Haube über die sahnige Joghurtcreme legten. Tauchte den Löffel in das Dessert, wobei er darauf achtete, sämtliche Zutaten zu erwischen, und schob ihn in den Mund. Genoss die zitronige Note der warmen, weichen Früchte, die in Verbindung mit der Creme und dem Sirup einfach göttlich war.

»Dir scheint es ja richtig zu schmecken!«

Pierre sah auf. Charlotte hatte sich wieder gesetzt und lächelte so breit, dass er sich unwillkürlich fragte, wie lange sie ihn wohl schon beobachtete.

»Und wie!«, entfuhr es ihm. »Du solltest ein Kochbuch schreiben.«

Doch als er das Strahlen sah, das ihr Gesicht schlagartig erhellte, ärgerte er sich über die unbedachte Äußerung. Charlotte war eine begeisterungsfähige Person. Was sie viel zu rasch in immer neue Projekte trieb, sodass er inzwischen aufpassen musste, was er sagte. Eine inspirierende Bemerkung, eine funkende Idee – und schon brannte sie lichterloh vor lauter Tatendrang.

So war es bei seinem renovierten Bauernhaus gewesen, das Charlotte mit ungebremster Leidenschaft sehr behaglich, aber gleichzeitig modern eingerichtet hatte. Der Stil hätte jeden Innenarchitekten in Verzückung versetzt. So war es auch bei ihrer *Épicerie,* die sie nur wenige Wochen nach der Kündigung als Chefköchin eines Luxushotels in einer ehemaligen Weinhandlung eröffnet hatte. Und in der sie neben selbst gemachter Konfitüre und einer Auswahl an regionalen Wurst- und Käsesorten auch urprovenzalische Gerichte *à emporter* anbot. Täglich frisch, nur mit Unterstützung einer Küchenhilfe.

»Ein Kochbuch? Eine großartige Idee!«, sagte sie mit einer Stimme, die ihn fürchten ließ, dass es für sie kein neuer Gedanke war.

»Nein!«, entgegnete er vehement. »Du hast auch so schon genug zu tun.«

»Findest du?«

»Ja. Wir sehen uns kaum noch. Und wenn, dann stehst du meist in der Küche.«

»Bislang hat es dich nicht gestört.«

Sie verzog den Mund, und Pierre erkannte an der Art, wie sie die Arme verschränkte, dass er sich auf heikles Terrain begab. Aber er hatte nicht vor, eine Diskussion zu beginnen. Nicht an einem so schönen Abend wie diesem.

»Ich liebe dein Essen, *ma douce*«, sagte er in sanftem Tonfall. »Aber du arbeitest viel zu viel. Ich mache mir langsam Sorgen, dass dein Leben nur noch aus der *Épicerie* besteht.«

»Und wenn schon. Was ist verkehrt daran, dass mir meine Arbeit Spaß macht?«

»Nichts. Aber es gibt auch noch anderes im Leben.«

»Das da wäre?« Sie beugte sich vor. Erwartungsvoll.

Pierre zögerte. Ihr Blick verriet, welche Antwort sie von ihm erhoffte. Dass es nur einen Punkt gab, der wichtiger war als ihre Berufe: ihre Liebe, die es endlich zu vertiefen galt.

Pierre griff nach der Serviette und tupfte sich über die Stirn, auf der sich Schweißtropfen gebildet hatten. »Ähm … ich habe damit eigentlich gemeint, dass du auch mal an dich denken sollst. Ein wenig mehr Freizeit würde dir guttun.«

»Freizeit?« Charlotte richtete sich wieder auf, die Brauen erhoben. »Und wie soll diese Freizeit deiner Meinung nach aussehen? Soll ich vielleicht mit dir auf dem Bouleplatz abhängen oder in der *Bar du Sud*?«

»Nein.« Pierre lachte. Es sollte entwaffnend klingen, doch es war eher ein Husten. »Ich dachte an etwas Entspannendes. Lesen oder Shoppen gehen, was Frauen eben gerne so machen. Du musst dich auch mal erholen.«

»Wenn wir in Urlaub fahren, ist das Erholung genug. Mehr brauche ich nicht. Ich kenne meine Grenzen, Pierre, und ich liebe meine Arbeit, mir geht es gut dabei.«

»Na schön«, gab er sich geschlagen. Es war schließlich ihr Leben. Pierre lehnte sich im Stuhl zurück und dachte an die bevorstehenden Tage. »Unsere erste gemeinsame Reise! Ich freue mich auf die Spaziergänge am Meer, auf die Abende zu zweit.«

»Ja … ich auch.« Charlotte stieß ein Seufzen aus. »Allerdings weiß ich nicht, wie ich bis Freitag alles hinbekommen soll. Es ist noch so viel zu tun.«

»Das schaffst du schon, du wirst sehen. Am Donnerstagabend hängst du das Abwesenheitsschild an die Glasscheibe, sperrst den Laden zu und lässt einfach alles hinter dir. Wir sind ja nicht lange fort, es sind nur sieben Tage.«

Charlotte zögerte, als wolle sie etwas darauf erwidern, dann lächelte sie zaghaft. »Ich tue mein Bestes.«

Pierre schob die Hand vor und strich Charlotte über den Arm. Er wusste, wie schwer es ihr fiel, das Geschäft wegen des Urlaubs zu schließen. Aber Anfang November, so sein Argument, sei ohnehin nicht viel los, da falle es kaum ins Gewicht, wenn sie einmal nicht erreichbar sei. Außerdem könne sie Kraft tanken für die hektische Weihnachtszeit, die sich bereits jetzt in einem prall gefüllten Auftragsbuch ankündigte, in das sie die Vorbestellungen für ihren Catering-Service eintrug.

Eine entspannte Zeit lag vor ihnen, eine Woche nichts als Strand, Sonne und Meer. Sie würden nach Banyuls-sur-Mer fahren. Dorthin, wo Charlottes Mutter aufgewachsen war und wo sie als Kind viele Sommer verbracht hatte.

Dick eingepackt würden sie auf einer der Bänke sitzen, von denen aus man über den kleinen Hafen schauen konnte. Oder in einem der Cafés mit Blick auf den von farbenfrohen Häusern gesäumten Badestrand, über den zu dieser Jahreszeit nur wenige Spaziergänger flanieren würden. Sicher würden sie auch den *Jardin Méditerranéen* und das Aquarium des Forschungszentrums für Ozeanologie besuchen und nach Perpignan fahren oder nach Cadaqués, wo eine entfernte Cousine von Charlotte lebte. Nur dies, nicht mehr. Alles konnte, nichts musste.

Pierre freute sich so sehr auf die Woche, dass es ihn selbst überraschte. Urlaub hatte für ihn nie die Wichtigkeit gehabt, die andere ihm beimaßen. Warum auch? In Sainte-Valérie hatte er alles, was er brauchte, er fühlte sich wohl, war gerne hier, selbst an seinen freien Tagen.

Es war für ihn der erste Urlaub, seit er aus Paris weggezogen war. Überhaupt der erste seit vielen Jahren. Als junger Kommissar war Pierre einmal in Biarritz gewesen. Mit seiner damaligen Freundin Suzanne, der er einen Verlobungsring hatte anstecken wollen – zumindest bis zu dieser Reise. Den Ring hatte er wieder zum Juwelier gebracht, kaum dass sie zurückgekehrt waren. Aber das war eine andere Zeit. So fern. Fast schon unwirklich.

Suzanne … Er hatte sie fast vergessen. Zum Glück.

»Und über den Urlaub hinaus?«, fragte Charlotte in seine Gedanken. Sie legte den Kopf schräg und lächelte ihn an. Das warme Licht der Kerze übergoss ihre schulterlangen kastanienbraunen Locken mit einem rötlichen Schimmer. »Vielleicht sollten wir etwas unternehmen, damit wir mehr Zeit füreinander haben. Trotz Arbeit.«

»Was meinst du damit?«

Charlotte reckte das Kinn und sah ihn herausfordernd an. »Nun komm schon, Pierre, du weißt genau, wovon ich spreche.«

Ihm wurde schlagartig warm. Natürlich wusste er, worauf sie anspielte. Obwohl sie anfangs scherzhaft behauptet hatte, sie behalte lieber ihre eigene Wohnung, statt mit einem ewigen Junggesellen zusammenzuziehen, war es genau das, was sie inzwischen herbeisehnte.

»Na ja …«, begann er zögernd, während er die Hand wieder von ihrem Arm nahm. Er überlegte, wie er sich der Situation elegant entziehen könnte, versuchte es schließlich mit einem Scherz. »Deine Idee war eigentlich gar nicht so übel«, sagte er mit jungenhaftem Grinsen.

»Ja?«

»Wir könnten nach der Arbeit gemeinsam in der Bar versacken. Oder ich bringe dir das Boulespielen bei.«

Charlotte lachte nicht. »Du bist ein Kindskopf!«, presste sie hervor und erhob sich, ging zur Küchenzeile hinüber, wo heftiges Scheppern einsetzte.

Angespannt sah Pierre ihr nach, dann schob er mit unwilligem Schnalzen die halbvolle Dessertschale von sich. Wie gereizt sie geklungen hatte. Hätte er doch bloß nichts gesagt!

Er widerstand dem Impuls, aufzustehen und Charlottes Wohnung zu verlassen, stattdessen folgte er ihr. Ja, auch er sehnte sich nach mehr Zweisamkeit, wenngleich er sie gerne wohl dosierte. Allein der Gedanke, seine Freiheit aufzugeben und mit Charlotte zusammenzuziehen, schnürte ihm den Hals zu. Doch er wollte nicht, dass sie es als Ablehnung begriff, sondern als Teil seiner Persönlichkeit.

Charlotte stand mit dem Rücken zu ihm da, beide Hände auf die Arbeitsplatte gestützt. Er trat näher, und als er über ihr Haar streichen wollte, fuhr sie herum.

»Vergiss es!«, blaffte sie und funkelte ihn mit dunkelgrünen Augen an. »Vergiss einfach, was ich gesagt habe.«

»Das kann ich nicht.« Er nahm sie in die Arme und zog sie an sich, bis ihr Gesicht ganz nahe war. »Ich liebe dich. Dass ich nichts davon halte zusammenzuziehen, hat nichts mit meiner Liebe zu dir zu tun, sondern damit, dass ich es manchmal brauche, alleine zu sein. Wahrscheinlich werden wir«, er lächelte sanft, »wenn wir einmal verheiratet sind, noch immer in getrennten Wohnungen leben.«

»Verheiratet?« Es war nur ein Flüstern. »Das glaubst du doch selbst nicht.«

Sie rückte von ihm ab, doch er zog sie erneut an sich heran. Küsste sie auf den Mund, den Hals, bis er spürte, dass ihr Widerstand schwand. Behutsam strich er ihr über den Nacken, ließ die Hand tiefer wandern, den Rücken hinab und von dort unter ihre Bluse. Er wollte nicht mehr darüber reden. Wollte sie stattdessen spüren lassen, dass sie sich keine Sorgen machen musste. Dass er sie mehr liebte als …

Ein lautes Quaken ertönte.

Pierre schrak zusammen. Er kannte den Klingelton nur zu gut. Er hatte ihn für eine ganz bestimmte Person eingestellt, damit er wusste, wann er sich besser zweimal überlegen sollte, ob er den Anruf annahm oder nicht.

»Was ist das?«, fragte Charlotte irritiert.

»Nichts.«

Wieder das Quaken. Es kam aus dem Flur, wo er seine Jacke aufgehängt hatte. Nervtötend. Und, so schien es ihm, in immer kürzeren Abständen.

»Es klingt wie eine Ente.«

»Das ist mein Telefon.«

»Seit wann …?«

Pierre blies die Backen auf und stieß die Luft aus. »Glaub mir, es ist nicht wichtig. Der Anrufer ist Arnaud Rozier.«

»Unser Bürgermeister? Um diese Zeit? Es ist nach zehn.«

»Ja. Lass uns einfach weitermachen. Das Klingeln hört auf, sobald sich der Anrufbeantworter einschaltet.«

Das Quaken erstarb. Pierre seufzte und vergrub das Gesicht

in ihrer Halskuhle. Sog Charlottes warm-vanilligen Duft ein, den er über alles liebte.

»Wo waren wir stehen geblieben?«, murmelte er.

Es quakte erneut.

»Scheint wichtig zu sein.« Charlotte schob ihn von sich. »Du solltest besser rangehen.«

»Verdammt!«

Mit gerunzelter Stirn ließ er von ihr ab und ging zu seiner Jacke. Langsam, in der Hoffnung, dass Rozier inzwischen aufgab. Doch kaum dass sich die Mobilbox eingeschaltet hatte, setzte wieder das Quaken ein. Charlotte hatte recht, es musste dringend sein.

»Was gibt's?«, brummte er in den Hörer.

Arnaud Rozier keuchte. »Du musst sofort kommen. Es geht um Leben und Tod!«

2

Arnaud Rozier wohnte in einem hübschen zweistöckigen Steinhaus im *Chemin des Liserons*. Die Fassade war in einem schlichten Naturton gehalten, der sich von dem der anderen Bauten kaum abhob, dazu pastellblaue Fensterläden. Pierre hatte sich immer vorgestellt, der Bürgermeister würde Knallfarben bevorzugen, etwas Dominantes, Auffälliges. Laut und geckenhaft wie sein Auftreten. Doch sein Zuhause war das Gegenteil. Bescheiden, dezent, fast unauffällig. Während Pierre den Finger zum Klingelknopf hob, fiel ihm auf, dass er noch nie bei seinem Vorgesetzten zu Besuch gewesen war. Es hatte sich bisher nicht ergeben.

Die beiden pflegten ein von Respekt geprägtes Arbeitsverhältnis, das sich im Lauf der Jahre – trotz zeitweiliger Querelen – recht gut eingespielt hatte. Im Wesen und Charakter waren sie jedoch derart unterschiedlich, dass Pierre sich Besseres vorstellen konnte, als seine kostbare freie Zeit mit Rozier zu verbringen. Da der Bürgermeister ihn noch nie zu sich eingeladen hatte, schien es auf Gegenseitigkeit zu beruhen.

Noch bevor Pierre die Klingel betätigte, wurde die Tür aufgerissen.

»Na endlich!«, stieß der Bürgermeister hervor, dessen schütteres Haar seltsam zerzaust wirkte. Er blickte sich um und zog Pierre hastig ins Haus. »Gut, dass du da bist!«

Aus dem Hintergrund drang ein lautes, wütendes Kläffen.

»Seit wann habt ihr einen Hund?«, fragte Pierre verwundert.

»Ach, das ist eine lange Geschichte. Erzähle ich dir ein andermal.«

Am Ende des Flures war ein Kratzen zu hören, dann ein Winseln.

»Willst du ihn nicht rauslassen?«

»Bist du verrückt? Dann können wir uns gar nicht mehr unterhalten.« Rozier brüllte ein paar scharfe Kommandos in Richtung des Winselns, das sofort verstummte, dann wandte er sich wieder an Pierre. »Warte hier, ich schließe erst einmal ab.«

Pierre blieb im Eingangsbereich stehen und sah sich um, während der Bürgermeister hinter ihm geräuschvoll das Schloss verriegelte. Der Flur war cremefarben gestrichen und liebevoll dekoriert. Neben einem kunstvoll gearbeiteten Garderobenspiegel hing eine Kollektion von Strohhüten, auf einem weißen Holztischchen stand eine patinierte Vase mit Trockenblumen.

»Nanette kümmert sich um die Einrichtung«, sagte Rozier, der Pierres Blick bemerkt hatte, und es klang wie eine Entschuldigung. »Alles hier trägt ihre Handschrift.«

»Es ist hübsch.«

»Findest du?« Rozier runzelte die Stirn. »Ein bisschen zu weiblich für meinen Geschmack. Aber du weißt ja, wie Frauen so sind. Wenn sie erst mal das Kommando übernommen haben, kommt man nicht mehr dagegen an.«

»Das soll wohl ein Scherz sein.«

Pierre schüttelte lachend den Kopf. Roziers Frau war alles andere als dominant. Nanette war eine ruhige, ausgeglichene Person mit leiser Stimme, die ihrem Mann die große Bühne überließ. Sie hielt sich stets im Hintergrund wie ein Schatten, sie schlich, statt zu gehen, und mied jeglichen Blickkontakt. Er fragte sich, wie oft er wohl schon an ihr vorbeigegangen war, ohne es zu bemerken. Sie hatten einige Male geplaudert, er hatte von seiner Arbeit erzählt und von seinen Fällen, die sie mit Interesse verfolgte. Von ihr wusste er nur, dass sie gerne Ausstellungen besuchte und sich für Kunst interessierte. Und dass sie sich sozial engagierte, allerdings konnte er sich nicht mehr daran erinnern, wofür genau.

»Doch, doch«, entgegnete Rozier. »Du glaubst gar nicht, welche Hartnäckigkeit Nanette an den Tag legen kann, wenn wir alleine sind. Du solltest mal sehen, wie sie …«

»Schon gut«, unterbrach ihn Pierre. Er hatte nicht vor, sich Geschichten aus dem Eheleben seines Vorgesetzten anzuhören. »Nun erzähl schon. Warum hast du mich zu so später Stunde herbestellt?«

Arnaud strich sich über das zerzauste Haar. »Nanette ist verschwunden. Seit fast zwei Wochen.«

»Zwei Wochen?«, echote Pierre und riss die Augen auf. »Und das ist dir erst heute Abend aufgefallen, oder wie?«

Der Bürgermeister sah ihn tadelnd an, dann zuckte er die Schultern. »Natürlich nicht. Ich hatte gehofft, dass sie wiederkommt. Dass sie mich nur ein bisschen zappeln lässt, um dann reumütig heimzukehren. Aber heute ist etwas passiert, das mich glauben lässt …« Er brach ab. »Magst du Traubenbrand? Ich brauche jetzt einen.«

Pierre nickte, obwohl es seine Hoffnung schmälerte, das Gespräch rasch beenden zu können. Rozier tat ihm plötzlich leid.

Der Bürgermeister sah müde aus, nun fielen Pierre auch die Augenringe auf, vermutlich Zeugnisse durchwachter Nächte. Offenbar machte er sich tatsächlich Sorgen um seine Frau, da wollte Pierre ihn nicht alleine lassen. Egal wie leidlich ihr Verhältnis bislang gewesen war.

Er folgte Rozier ins behagliche Wohnzimmer, wartete, bis er einige herumliegende Zeitungen zusammengerafft hatte, und nahm dann auf dem angebotenen Sessel Platz. Dabei fiel sein Blick auf die wöchentlich wechselnde Karte von Charlottes

L'Épicerie provençale mit den Gerichten zum Mitnehmen. Er lächelte. Charlottes Geschäft lief gut, immer häufiger sah er die Papiertüten mit dem floralen Aufdruck, in denen Touristen wie Einheimische ihre Köstlichkeiten in Ferienhäuser und Wohnungen trugen.

»Du hast am Telefon gesagt, es gehe um Leben und Tod«, begann Pierre, nachdem der Bürgermeister kurz den Raum verlassen hatte und mit zwei Gläsern und einer teuer aussehenden Flasche zurückgekehrt war. »Was ist denn passiert?«

»Wenn ich das wüsste …« Rozier füllte die Gläser mit dem klaren Brand und setzte sich Pierre gegenüber aufs Sofa. »Nanette und ich haben uns gestritten. Das kommt ab und zu vor, daher habe ich mir auch nichts dabei gedacht, als sie ohne ein Wort verschwunden ist.« Er prostete Pierre zu und leerte sein Glas in einem Zug.

Pierre hob den Schnaps zum Mund – er roch mild und elegant – und trank einen kleinen Schluck, bevor er das Glas wieder abstellte. »Verschwindet sie häufiger mal?«

»Eigentlich nicht. Einmal ist Nanette nach einem Streit an die Küste gefahren, um einen klaren Kopf zu bekommen, aber sie hat mir einen Zettel dagelassen. Dieses Mal ist sie ohne Hinweis davon. Kein Anruf. Nichts. Ich dachte, sie wolle mir eine Lektion erteilen.«

»Eine Lektion?« Pierre beugte sich vor. »Warum? Was ist geschehen?«

»Nun ja …« Rozier fuhr sich mit der Zunge über die Lippen. »Du weißt doch selbst, wie das ist. Ein Wort gibt das andere, und zack kommt man in eine Spirale, aus der man so schnell nicht wieder rausfindet. Man sagt Dinge, die man später bereut. Normalerweise bewahrt Nanette die Ruhe und wartet ab, bis sich der Sturm verzogen hat. Sie ist diejenige, die die ersten versöhnlichen Worte spricht und dafür sorgt, dass wir uns wieder vertragen. Aber nicht dieses Mal.« Er schenkte sich nach, ohne einen Blick auf Pierres Glas zu werfen, und schüttelte den Kopf. »Diesmal hat sie gemeint, dass sie es nicht mehr aushält. Weißt du, Pierre, das war schon hart. So etwas hat noch nie eine Frau zu mir gesagt.«

Er wirkte gekränkt, verzog den Mund. Im Hintergrund bellte der Hund, laut und ausdauernd.

Pierre runzelte die Stirn. »Sie muss ganz schön wütend auf dich gewesen sein.«

»Völlig grundlos! Sie hat behauptet, ich würde viel zu wenig auf ihre Bedürfnisse eingehen. Ich sei ein Egoist. Da bin ich eben ausgeflippt. Ich meine, es geht ihr doch gut bei mir, oder etwa nicht? Sie hat ein hübsches Haus, genügend Freiheiten … Wer bezahlt denn die ganzen Kunstreisen, hm? Die vielen Kleider, all das Zeug hier.« Er ließ die Hand von der weißen Anrichte, in der eine Sammlung dekorativer Windlichter stand, über das aus allen Nähten platzende Bücherregal bis zu dem silbernen Tablett auf dem Couchtisch schweifen, das gefüllt war mit getrockneten Rosenblättern in Rosé, Pink und Rot. »Wir führen eine gute Ehe, Pierre. Es gibt nichts auszusetzen.«

»Manchmal brauchen Frauen mehr als das.« Pierre lächelte. Er hörte sich schon an wie Farid, der ihm einst wegen seiner Ignoranz weiblichen Bedürfnissen gegenüber eine saftige Predigt gehalten hatte.

»Papperlapapp. Was glaubst du, woher all die Rosenblätter stammen? Jedes einzelne Blatt steht für einen ganzen Strauß. Jetzt brauchst du nur noch nachzuzählen. Weißt du, wie teuer Blumen sind? Trotzdem schenke ich ihr welche. An jedem verdammten Samstag.«

Roziers Gesicht hatte sich gerötet, die Brauen waren zusammengezogen. Nach Bestätigung heischend sah er Pierre an.

Der seufzte nur. »Nachdem sie dir gesagt hat, dass sie es nicht mehr aushält, ist sie also gegangen«, rekapitulierte er.

»Nicht sofort. Wir sind wortlos schlafen gegangen, sie hat sich nicht einmal bei mir entschuldigt! Am nächsten Morgen bin ich zur Arbeit, ohne mich von ihr zu verabschieden ... Jetzt sieh mich nicht so an, ich habe auch meinen Stolz. Als ich am Abend zurückkam, war sie fort. Ohne eine Nachricht, ohne ein Wort.«

»Hat sie ihre Sachen mitgenommen?«

»Ein Koffer fehlt. Und ein paar Kleidungsstücke. Aber das meiste ist noch da. Sogar den Hund hat sie hiergelassen. Ich meine, was soll ich denn den ganzen Tag mit dem Tier tun, er ist ja noch ein Welpe. Ins Büro kann ich ihn auf keinen Fall mitnehmen, der pinkelt mir ja alles voll.« Rozier strich sich übers Haar. »Sie hat mich einfach so im Stich gelassen, nach dreiunddreißig Jahren!«

»Und ihr Telefon?«

»Ist abgeschaltet. Eine unfeine Art, mich zu bestrafen. So etwas tut man nicht!«

»Arnaud ...«, begann Pierre und rollte die Augen. Er ahnte, warum Nanette verschwunden war, aber es ging ihn nichts an. »Hast du mich im Ernst mitten in der Nacht hergerufen, weil du dich darüber ärgerst, dass deine Frau dich verlassen hat?«

»Wenn es nur das wäre ...« Rozier atmete tief ein. »Ich befürchte, dass es jemanden gibt, der das ausschlachten will. Du weißt, dass wir mitten in den Vorbereitungen zur nächsten Kommunalwahl stecken. Momentan sieht es so aus, als würde der Gemeinderat ähnlich zusammengesetzt wie bisher, und die mehrheitliche Zustimmung der Ratsmitglieder scheint mir sicher. Aber bis zum März sind es noch vier Monate. Da kann allerhand passieren ...«

»Du glaubst also, jemand wolle sich euren Ehestreit zunutze machen?«

»Allerdings! Ich will, dass du nach Nanette suchst. Inoffiziell. Sie soll zurückkommen und sich im Dorf zeigen, bevor das Gerede anfängt.«

»Bitte?« Pierre erhob sich. Wie dumm von ihm zu glauben, Rozier hätte auch eine empfindsame Seite. Doch statt sich um das Wohlbefinden seiner Frau zu sorgen, dachte er nur an seine Reputation. »Findest du nicht, dass es *deine* Aufgabe wäre, nach ihr zu suchen?«

Auch Rozier stand auf. Fuchtelte mit den Händen in der Luft herum. »Den Gefallen werde ich meinen Gegnern nicht tun. Ich habe alles dafür getan, ein respektabler Politiker zu sein, dem die Leute vertrauen, der Souveränität ausstrahlt und die Dinge ruhig und sachlich regelt. Und nun soll ich wie ein aufgescheuchtes Huhn durch die Gegend laufen und mich lächerlich machen, weil ich nicht weiß, wo meine Frau steckt?«

»Die Menschen würden es verstehen.«

»Von welchen Menschen redest du? Die meisten, die ich kenne, würden mich noch Jahre später damit aufziehen. Nein, Pierre, das kann ich nicht, damit wäre alles zerstört, was ich mir mühsam aufgebaut habe. Das muss ein anderer machen!« Er trat vor und legte die Hand auf Pierres Schulter. »Und ich kann mir niemanden vorstellen, der das besser könnte als du.«

Pierre schüttelte die Hand ab. »Wie stellst du dir das vor? In zwei Tagen beginnt mein Urlaub.«

»Dir ist also dein Urlaub wichtiger als die Tatsache, dass Nanette etwas zustoßen könnte?«

»Etwas zustoßen?« Jetzt wurde es ihm langsam zu bunt. »Bislang hast du nicht den Eindruck gemacht, dass du dir Sorgen um sie machst. Ganz im Gegenteil.«

»Warum hätte ich mir auch welche machen sollen?«, rief Rozier aus. »Nanette ist eine eigenständige und manchmal äußerst dickköpfige Frau.« Er senkte die Stimme. »Ich habe geglaubt, es sei nur eine schlechte Phase. Etwas, das vorübergeht. Bis heute …« Er atmete schwer. »Ich habe dir noch nicht alles erzählt. Es gibt eine Sache, die dem Ganzen einen unschönen Beigeschmack verleiht.«

»Und die wäre?«

»Ich hatte Besuch von der Kriminalpolizei. Jemand hat behauptet, ich hätte meiner Frau etwas angetan.«

3

Pierre schlug den Kragen seiner Jacke hoch, verbarg das Gesicht vor dem kalten Wind, der durch die nächtlichen Gassen zog. Er war besorgt, nun da er die ganze Geschichte kannte.

»Die Beamten haben mich ausgefragt«, hatte Rozier erzählt. »Was ich zu den Vorwürfen zu sagen hätte, ob ich wisse, wo Nanette steckt. Ich habe ihnen ganz offen von dem Streit erzählt und dass sie sicher bald wieder da ist. Ich habe ja nichts zu verbergen! Aber sie scheinen mir nicht zu glauben. Jedenfalls wollen sie meine Aussagen überprüfen und wiederkommen.«

»Das ist ihr Job. Haben sie denn irgendetwas Konkretes in der Hand?«

»Das haben sie mir nicht verraten. Was soll das auch schon sein?« Rozier rieb sich mit den Händen übers Gesicht. »Sie gehen davon aus, dass Nanette Angst vor mir hatte. Meine eigene Frau! Dabei habe ich nie auch nur die Hand gegen sie erhoben!«

Pierre glaubte ihm. Rozier mochte ein Gockel sein und die Dinge gerne zu seinem Vorteil auslegen, aber er war ein rechtschaffener Mann. Auf keinen Fall war er ein Schläger. Obwohl, schob Pierre in Gedanken hinterher, es durchaus einige Situationen gegeben hatte, bei denen man sich fragte, ob der Bürgermeister noch bei Verstand sei.

»Jemand hat also behauptet, du hättest Nanette etwas angetan«, wiederholte er. »Hast du eine Ahnung, wer das war?«

»Nein. Nachdem die Beamten gegangen waren, habe ich lange darüber nachgedacht, dann habe ich plötzlich verstanden, was das soll. Jemand fährt eine Schmutzkampagne gegen mich und will mich diskreditieren, damit ich nicht wiedergewählt werde. Die Person, die sich bei der Polizei gemeldet hat, wollte anonym bleiben. Das sagt doch alles, nicht wahr?« Er schnaubte. »Wahrscheinlich war es Marechal. Der Jungspund will sich ebenfalls als Kandidat aufstellen lassen und hofft darauf, dass sich der Gemeinderat auf die Seite der Jugend schlägt, so wie bei der Bürgermeisterwahl in Gordes.«

»Der Bürgermeister von Gordes hat seinen Posten freiwillig geräumt, weil sie ihn zum Präsidenten des *Département*-Rats der Vaucluse gewählt haben.« Pierre schüttelte den Kopf »Abgesehen davon hat Marechal es nicht nötig, dich zu diskreditieren.«

Gabriel Marechal war ein engagierter junger Mann, der sich für die Errichtung einer modernen Kindertagesstätte einsetzte, um Sainte-Valérie für Familien attraktiver zu machen. Ein ernstzunehmender Konkurrent, der Rozier auch ohne Intrigen in Bedrängnis bringen konnte.

»Oder«, überlegte der Bürgermeister weiter, ohne auf den Einwand einzugehen »es war einer von den Alten. Entweder Carbonne, Poncet oder Oudart. Auch wenn mich das heftig enttäuschen würde, wir haben uns mittlerweile ganz gut zusammengerauft.«

»Das kann ich mir nicht vorstellen«, entgegnete Pierre. Der alte Uhrmacher, der Mechaniker und der Krämer hatten sich noch wenige Monate zuvor in ihren Groll gegen das Dorfoberhaupt hineinsteigert. Bis sie sich endlich ausgesprochen hatten. Seitdem hatte Pierre den Bürgermeister sogar ab und zu mit den Alten Boule spielen sehen.

Nein, es musste jemand anderen geben, der Rozier schaden wollte. Allerdings fiel ihm niemand ein, der so weit gehen würde, den Streit mit Nanette für eine Intrige auszunutzen.

»Mal angenommen«, fasste Pierre zusammen, »du hättest recht mit deiner Vermutung und es gibt tatsächlich jemanden, der deine politische Karriere zerstören will. Dann müssten wir voraussetzen, dass derjenige von Nanettes Verschwinden weiß. Hast du eine Idee, wer das sein könnte?«

»Niemand weiß davon, das ist ja das Eigenartige.« Rozier klang nachdenklich. »Ein paar Freundinnen haben vor ein paar Tagen nach Nanette gefragt, weil sie zu einer Verabredung nicht erschienen ist. Ich habe spontan behauptet, sie mache gerade eine Kulturreise durch die Toskana. Ein unerwartetes Angebot, das sie nicht ablehnen konnte. Genau das habe ich dann jedem gesagt, der nach ihr fragte oder auch nur Grüße ausrichten wollte.« Er seufzte. »Ich kann es mir wirklich nicht erklären. Niemand konnte es auch nur ahnen, Pierre, ich schwöre es, wirklich niemand!«

»Es sei denn, Nanette hat eine Vertrauensperson, von der du nichts weißt.«

»Das wäre aber eine feine Vertrauensperson, die mir hinterrücks mit falschen Behauptungen ein Messer ins Fleisch rammt. Wer soll das denn bitte sein?« Energisch schüttelte Rozier den Kopf. »Nein, ich kenne sämtliche Personen, die Nanettes Vertrauen genießen. Glaub mir, so groß ist der Kreis nicht, dass ich jemanden übersehen könnte.«

Pierre nickte, obwohl er bezweifelte, dass der Bürgermeister die Lage richtig einschätzte. Andere wussten da sicher mehr.

»Wer sind denn die Freundinnen, mit denen du gesprochen hast?«

»Emélie und Brigitte Bousquet, die beiden alleinstehenden Schwestern, die ihre Töpferwaren auf dem Markt verkaufen. Sie waren konsterniert, dass Nanette ihnen nicht rechtzeitig abgesagt hat. Es ging wohl um eine Wohltätigkeitssache, die ihr am Herzen lag. Aber am Ende haben sie mir die Sache mit der Kulturreise abgekauft.«

»Haben sie sich denn nicht gewundert, dass Nanette ihnen nichts davon erzählt hat?«

»Ich kann sehr überzeugend sein, wenn es darauf ankommt.« Rozier reckte das Kinn. »Außerdem ist Nanette eher der introvertierte Typ, verstehst du? Sie hält sich meist zurück mit Informationen, selbst vor ihren Freundinnen.«

Pierre hatte vor allem eines verstanden: dass er die Zeit vor seinem Urlaub nutzen wollte, um der Sache nachzugehen. Nanettes Verschwinden ließ ihn nicht unberührt. Er fragte sich, ob Rozier ihm wirklich alles erzählt hatte oder ob er ein entscheidendes Detail zurückhielt, das die Angelegenheit in einem anderen Licht erscheinen ließe.

Inzwischen war Pierre vor Charlottes Haus angelangt. In den Fenstern brannte Licht, er hoffte, dass sie noch wach war. Mit ihr konnte man gut reden, sie half einem, die Gedanken zu sortieren. Nanette war eine ihrer treuesten Kundinnen, sicher wusste sie die Situation besser einzuschätzen als er selbst oder Rozier.

Pierre blies die Luft durch die Backen und blickte den weißen Atemwölkchen nach, die in Richtung des sternenübersäten Novemberhimmels zogen. Dann holte er den Schlüssel aus der Tasche und öffnete die Tür, während er in Gedanken überschlug, wie viel Zeit ihm noch blieb.

Morgen war Donnerstag. In knapp eineinhalb Tagen begann sein Urlaub. Am Freitag gegen zwei Uhr wollte sein Assistent Luc ihn und Charlotte zum Bahnhof nach Avignon fahren, wo sie den Zug nach Banyuls-sur-Mer nehmen würden. Um Viertel nach sieben sollten sie am Ziel ankommen.

Charlotte hatte darauf bestanden, nicht schon am frühen Morgen zu fahren, damit sie noch die Bestellungen für die Zeit nach dem Urlaub vorbereiten konnte. Zudem wollte der Uhrmacher Carbonne, der in der Zwischenzeit auf Pierres Ziegen aufpassen wollte, die übrig gebliebenen Gerichte in der *Épicerie* abholen, bevor sie verdarben.

Pierre hatte angesichts ihres Arbeitseifers nur den Kopf geschüttelt, bevor er sich geschlagen gab. Jetzt war er froh darüber, so blieb ihm mehr Zeit für die Suche nach Nanette. Er beschloss, ihren Freundinnen einen Besuch abzustatten. Und *Commissaire* Lechat anzurufen, dem er freundschaftlich verbunden war. Auch wenn die Suche nach Vermissten nicht in den Aufgabenbereich der Mordkommission fiel – nach der anonymen Anzeige hatte der Fall eine andere Gewichtung. In kleinen Dienststellen wie der in Cavaillon wurde derlei oft bereichsübergreifend bearbeitet, daher war davon auszugehen, dass der junge Kommissar mehr über die Hintergründe der Polizeiaktion zu sagen vermochte.

Pierre entdeckte Charlotte im Wohnzimmer. Sie hatte sich auf dem Ohrensessel eingerollt wie eine Katze und schlief. Neben ihr lag der Ordner mit ihren Rezepten, von denen einige mit orangefarbenen Post-its markiert waren. Leise hob er ihn auf und wollte ihn gerade auf den Sekretär legen, an dem sie immer die Buchhaltung machte, als ihm etwas entgegenrutschte. Es war ein Prospekt mit einer Collage atmosphärischer Bilder: eine Olivenmühle, ein Weinberg im Herbstlaub, ein Bauer, der dem Betrachter einige Trüffel entgegenstreckte, und ein köstlich aussehender Fleischeintopf, dem traditionellen *boeuf en daube.* Neugierig las er die Überschrift: *Gourmetwochenende mit Martin Cazadieu & Catherine Lejeune.*

Pierre musste schmunzeln. Martin Cazadieu war ihm noch

von seinem ersten Mordfall bekannt, den er damals entgegen der *règlements* als *Chef de police municipale* hatte lösen wollen. Der ehemalige Sommelier des Luxushotels *Domaine des Grès* war ein Exarbeitskollege von Charlotte. Er hatte die Leiche des Dorfcasanovas im stählernen Weintank des Hotels gefunden, zusammen mit einem *bouquet garni* um den Hals und dem Rezept für *coq au vin.* Einer von Pierres skurrilsten Fällen, bei denen die Morde von Rezepten angeregt waren.

Cazadieu hatte kurz nach Charlottes Weggang ebenfalls gekündigt und sich mit einer Wein- und Sommelierschule selbständig gemacht. Offenbar bot er nun auch kulinarische Reisen an, der Prospekt jedenfalls versprach ein ganzes Wochenende voll provenzalischer Genüsse. Neben einer Trüffelverkostung und der Besichtigung einer Ölmühle in Cucuron fand auch eine Einführung in die Welt der Weine statt. Und in dem begleitenden Kochkurs lernten die Teilnehmer, aus herbstlichen Zutaten schmackhafte Gerichte zuzubereiten.

Nachdenklich legte Pierre den Prospekt zurück in den Ordner. Hoffentlich hat Charlotte sich nicht davon inspirieren lassen, überlegte er. Es fehlte noch, dass sie eine Kochschule eröffnete. Eine, wie sie zu der Zeit geleitet hatte, als sie sich kennenlernten. Dann hätte sie überhaupt keine Zeit mehr, weder für ihn noch für sich. Mit dem Schritt in die Selbständigkeit hatte ihre Arbeitswut etwas Grenzenloses, Manisches bekommen. Fast schien es ihm, als habe sie Angst zu versagen, als müsse sie das Erreichte mehrfach absichern. Es war nicht mehr die Charlotte, in die er sich verliebt hatte. Sonnig, in sich ruhend und – trotz ihrer Akkuratesse – voll unbändiger Lebensfreude.

Pierre setzte sich auf die Armlehne des Sofas und betrachtete Charlottes ovales Gesicht. Angespannt sah es aus, so als würde sie im Traum kämpfen. Sanft strich er ihr über das Haar, bis sie die Augen aufschlug und ihn anlächelte.

»Oh, ich muss eingeschlafen sein«, murmelte sie. »Wie spät ist es?«

»Gleich Mitternacht.«

Erschrocken richtete sie sich auf und sah sich nach ihrem Ordner um. »Oje, ich muss morgen früh aufstehen, ich bin nicht ganz fertig geworden. Wo ist denn …?«

»Auf dem Sekretär. Es ist gut jetzt«, sagte Pierre mit Nachdruck und beschloss, heute nicht mehr mit ihr über Nanette zu sprechen. »Du brauchst deinen Schlaf.« Dann half er ihr auf und schob sie aus dem Wohnzimmer. »Irgendwann muss auch mal Schluss sein!«

4

Der Morgen war finster. Noch immer blies der Wind, und als Pierre das Fenster aufriss, um frische Luft ins Schlafzimmer zu lassen, begannen die Vorhänge einen wilden Tanz, sodass er die Flügel abrupt wieder schloss. Die Nächte waren kalt geworden, und mit jedem Tag brauchte die Sonne länger, um die Luft zu erwärmen. Gegen Mittag, so hoffte er, würden die Temperaturen um die zwanzig Grad erreichen, so wie in den vergangenen Tagen auch.

Er schaltete die Nachttischlampe an und sah sich um.

Die andere Bettseite war leer. Charlotte war bereits aufgestanden, aus der Küche drang der Duft frisch aufgebrühten Kaffees. Rasch sprang er unter die Dusche und zog sich Polizeisweatshirt und Hose über, dann ging er dem Duft entgegen.

»Guten Morgen, *mon policier*«, begrüßte ihn Charlotte lächelnd, während sie den Ordner mit den Rezepten hastig unter einem Kissen auf der Sitzbank verschwinden ließ. Dann schlang sie beide Hände um die große Kaffeetasse und sah ihn mit unschuldigem Blick an. »Wie war's eigentlich gestern beim Bürgermeister? War die Angelegenheit wirklich so wichtig, wie es geklungen hat?«

Pierre warf ihr einen grimmigen Blick zu, dann beugte er sich zu einem Morgenkuss herunter, bevor er sich ebenfalls einen Kaffee nahm und ihr gegenüber setzte. »Nanette ist verschwunden. Seit zwei Wochen schon.«

»Oh!«, sagte sie nur und sah ihn aufmerksam an.

»Arnaud hat erst geglaubt, sie wolle ihn nach einer heftigen Auseinandersetzung zappeln lassen. Aber nun scheint jemand ihre Abwesenheit zu nutzen, um ihm ein Verbrechen zu unterstellen. Derjenige hat die Polizei eingeschaltet.«

»Aus welchem Grund?«

»Er soll Nanette etwas angetan haben.«

Sie lachte auf. »So ein Unsinn!«

»Das denke ich auch. Arnaud war sichtlich erschüttert wegen des Vorwurfs, er hat auf mich nicht wie jemand gewirkt, der ein Verbrechen zu vertuschen hat. Aber vor allem war er besorgt um seine Reputation.«

»Das sieht ihm ähnlich.«

»Ja.« Pierre rieb sich das Kinn. »Er ist davon überzeugt, dass es Nanette gutgeht. Er denkt noch immer, sie wolle ihn bestrafen.«

»Und was denkst du?«

»Ich kann die Lage noch nicht richtig einordnen. Die Anzeige wurde anonym erstattet. Ich hoffe sehr, dass die Person nichts mit Nanettes Verschwinden zu tun hat.«

»Eine Entführung?«

»Möglicherweise. Ich habe das ungute Gefühl, dass Arnaud mir nicht alles erzählt hat. Vielleicht wird er erpresst.«

Mit einer nachdenklichen Bewegung stellte Charlotte die Kaffeetasse auf den Tisch. »Oder es war eine Freundin, die sich Sorgen um Nanette macht und nicht daran glaubt, dass sie ohne ein Wort verschwinden würde. Obwohl so etwas häufiger vorkommt, als man denkt.«

»Du meinst, sie ist einfach so gegangen? Für immer und ohne sich zu verabschieden?«

»Schon mal was von Ghosting gehört? So nennt man es, wenn ein Partner sich unvermittelt in Luft auflöst. Oft haben diejenigen, die gehen, nicht die Kraft, die Trennung offen zu kommunizieren. Nanette ist eine sensible, zurückhaltende Frau, die niemandem zur Last fallen will. Was, wenn sie Angst vor Arnauds Reaktion hatte, vor seiner Wut?«

»Aber dann hätte sie sicher ihre Freundinnen eingeweiht …« Er brach ab, als er ein Aufleuchten in Charlottes Gesicht bemerkte.

»Das mit der Entführung können wir zumindest ausschließen«, beschied sie. »Ich bin sogar sicher, dass sie die Aktion vorbereitet hat. Bei ihrem letzten Besuch in meiner *Épicerie* hat sie mich gefragt, ob ich eine Karte mit den aktuellen Angeboten für sie hätte. Sie wolle die Liste jemandem geben, der sich künftig selbst versorgen müsse.«

Die Karte! Pierre richtete sich auf. »Wann war das?«

»Das kann ich dir genau sagen. Donnerstag vor zwei Wochen, am frühen Nachmittag.«

»Bist du dir sicher?« Das war der Tag, bevor Nanette gegangen war, vor dem Streit mit ihrem Mann. Hatte Nanette ihr Verschwinden tatsächlich geplant?

»Absolut. Das weiß ich deshalb so genau, weil ich gerade eine frisch zubereitete Tomaten-Ziegenkäse-Tarte in die Vitrine gestellt hatte und sie mir nur eine Portion davon abnahm. Sie sagte, das sei ihr Mittagessen für den nächsten Tag. Ich wunderte mich darüber, immerhin weiß ich, dass auch ihr Mann Ziegenkäse mag und freitags zum Essen nach Hause kommt.«

»Eine Portion …«, wiederholte er nachdenklich.

»Siehst du?« Charlotte lachte, es klang erleichtert. »Also doch nur eine Beziehungsgeschichte. Und du willst mir vorwerfen, ich denke nur an die Arbeit, während du hinter jeder Unregelmäßigkeit einen neuen Fall witterst!«

»Wenn es bloß eine Beziehungsgeschichte wäre, hätte sich die *police nationale* gar nicht erst auf den Weg gemacht.«

»Ein Missverständnis. Du wirst sehen. Irgendwann wird

sie ihrem Mann eine Karte schreiben oder jemanden vorbeischicken, der ihre Sachen abholt.« Sie erhob sich und gab ihm einen flüchtigen Kuss. »Ich muss los. Schließt du hinter dir ab?«

Schon als er in die *Rue des Oiseaux* bog, hörte Pierre die Musik, die aus der Wache schallte. Sie wurde ohrenbetäubend laut, als er vor dem Gebäude zum Stehen kam und den Schlüssel aus der Jacke zog. Irgendein Rapper schrie Pierre durch die verschlossene Tür entgegen, als sei er persönlich für sein Unglück verantwortlich. Begleitet von düsteren Soundelementen, die jeden Bewohner der umliegenden Häuser schon nach wenigen Sekunden in schwerste Depressionen stürzen mussten.

Mit einem Ruck riss er die Tür auf. Sein Assistent saß tief gebeugt über einem riesigen Stapel Papier, nein, er tanzte im Sitzen. Mit abgehackten Bewegungen und Richtung Decke rudernden Händen, mit denen er eine Akte im Takt schwenkte, während der Rapper aus dem überdimensionierten Kopfhörer, der Lucs Ohren vollständig bedeckte, zu einem neuen Sturm unflätiger Beschimpfungen ansetzte.

»Luc!«, brüllte Pierre, doch es war zwecklos. Mit wenigen Schritten war er bei seinem Assistenten und klopfte ihm auf die Schulter, dass dieser erschrocken die Akte fallen ließ und den Kopfhörer herunterriss. »Mach das sofort aus!«

Luc sah sich irritiert um. »Warum ist das denn so laut?«

Wortlos zeigte Pierre auf das Monstrum in seiner Hand.

»Oh«, entfuhr es Luc, »ich hab wohl den falschen Knopf gedrückt.« Er machte eine rasche Bewegung, und die Musik erstarb. »Das ist ein Dynabass, verstehst du? Ein Zwei-in-eins-Kopfhörer mit integriertem Lautsprecher und einem gigantischen Bass. Das Ding ist umwerfend, das musst du unbedingt ausprobieren. Komm, ich setz ihn dir mal auf!«

»Nein, danke«, entgegnete Pierre schroff. »Ich hab genug

gehört. Warum bist du schon so früh hier? Seit du mit Florence zusammen bist, warst du noch nie vor acht im Büro.«

»Ach …« Luc atmete tief ein. »Ich dachte, ich arbeite den Stapel da endlich mal ab, sonst komme ich ja gar nicht dazu, dich würdig zu vertreten. Es liegen sogar noch Vorgänge aus dem Juli dabei, ich weiß überhaupt nicht, wo ich anfangen soll …« Mit einem Stirnrunzeln betrachtete er den Boden, über den sich vollgetippte Blätter verteilten, die aus der herabgefallenen Akte gerutscht waren. »Das ist echt kacke, Pierre, so habe ich mir die Arbeit bei der *police municipale* nicht vorgestellt. Florence sagt, ich solle mich lieber bei einem Sicherheitsunternehmen bewerben, die zahlen zwar dasselbe, aber der Job ist nicht so nervig.«

»Dafür gibt es dort andere Probleme.«

»Was kann schlimmer sein als dieser bürokratische Mist?« Luc hob die Arme und machte dabei ein Gesicht, als habe ihm jemand einen Kübel Gülle über den Kopf gekippt. »Hat der Bürgermeister uns nicht versprochen, Celestines Posten wieder zu besetzen? Ihre Kündigung ist ja nun auch schon eine ganze Weile her.«

»Stimmt, er wollte eigentlich nur die Renovierung des Burgmuseums abwarten«, bestätigte Pierre. Nachdenklich betrachtete er das Ablageregal hinter Lucs Schreibtisch, dessen Oberfläche vor lauter Papierstapel kaum noch zu erkennen war. Einige waren zur besseren Unterscheidung mit farbigen Gummibändern markiert, ein System, das sie von Celestine übernommen hatten und das ihnen einigermaßen dabei half, die einzelnen Bereiche auseinanderzuhalten. Doch vor einigen Wochen waren ihnen die blauen Bänder ausgegangen. Da seither keine Zeit gewesen war, neue zu bestellen, hatte Luc die betreffenden Vorgänge kurzerhand mit rot-weißem Küchengarn umwickelt, das er sich von Florence geborgt hatte.

In seinem eigenen Büro sah es ähnlich aus. Pierre konnte das Fenster nur noch kippen, wenn er die unerledigten Anträge, Anfragen, Verordnungen und Mahnbescheide nicht vom Sims stoßen wollte. Immerhin wusste er, wo er die einzelnen Schreiben wiederfinden würde – was man von Luc nicht behaupten konnte. Jedes Mal, wenn Pierre um einen Vorgang bat, dauerte es Stunden, bevor sein Assistent die Dokumente aus dem heillosen Durcheinander hervorgezerrt hatte. Danach sah die Ablage nur noch schlimmer aus.

Pierre seufzte. Selbst wenn sie Tag und Nacht durcharbeiteten, würde es Monate dauern, sämtliche Schriftstücke zu beantworten, einzusortieren und abzuheften. So konnte es nicht weitergehen. Luc hatte recht, es war an der Zeit, den Bürgermeister an sein Versprechen zu erinnern. Sobald Nanette zurückgekehrt war und er wieder ein Ohr für die Probleme der *police municipale* hatte.

»Ich kümmere mich darum«, sagte Pierre mit aufmunterndem Lächeln.

»Bitte, ja? Sonst bleibt mir nichts anderes übrig, als den Job zu wechseln. ›Wenn Sie ein ganzer Mann sind, kommen Sie zur Polizei‹, hat es geheißen, ›da haben Sie Action‹. Stattdessen mache ich jeder Sekretärin Konkurrenz!«

Mit flehendem Blick stand er da, das kurze Haar verstrubbelt, als habe man ihn aus dem Schlaf gerissen, und tat Pierre sehr leid.

»Ich gebe mein Bestes. Ich möchte nämlich nur ungern auf dich und deine Mithilfe verzichten, hier wirst du gebraucht. Als Mensch und als Kollege!«

Nie hätte Pierre gedacht, dass er das jemals sagen würde. Noch vor wenigen Jahren hatte er den Bürgermeister verflucht, weil er ihm einen derart schlicht gestrickten, übereifrigen Assistenten an die Seite gestellt hatte. Damals hatte Pierre sich einen gestandenen Mann gewünscht, der seine Ermittlungen mit wachem Verstand begleitete, statt sie mit abstrusen Gedankengängen zu verkomplizieren. Aber im Lauf der Jahre hatte er erkennen müssen, dass Luc andere Qualitäten hatte, die mehr zählten als das. Er war loyal und arbeitete mit fast kindlicher Freude, und wenn man seine Hilfe brauchte, konnte man sich auf ihn verlassen. Mehr noch: Luc war einer der ehrlichsten und authentischsten Menschen, die Pierre kannte.

»Meinst du das wirklich ernst?« Luc sah ihn skeptisch an, dann schlich sich ein Schimmern in seine Augen.

»Und ob!«, bekräftigte Pierre. »So jemanden wie dich gibt es kein zweites Mal.«

Luc schluchzte auf und stammelte ein Dankeschön, bevor er Pierre an seine Brust drückte.

»Ist ja gut«, lachte dieser, während er seinem Assistenten auf den Rücken klopfte. Dann entwand er sich dem Griff und ging mit der Entschuldigung, einen wichtigen Anruf tätigen zu müssen, in sein Büro. Rührseligkeiten konnte er nur schwer ertragen. Vor allem unter Männern.

5

Commissaire Lechat war nicht erreichbar, also bat Pierre um Rückruf.

Nachdem er sich eine Weile mit dem Ablagestapel auf seinem Schreibtisch beschäftigt hatte, beschloss er, nicht länger zu warten und stattdessen bei den Bousquet-Schwestern vorbeizuschauen. Vielleicht, dachte Pierre, während er seine Jacke vom Garderobenhaken nahm, hat sich die Angelegenheit ja bis zum Abend geklärt. Dann konnte er sich ganz auf den bevorstehenden Urlaub konzentrieren. Ein wenig Zeit mit den beiden Ziegen verbringen, für den alten Carbonne eine Kiste Futter bereitstellen, dazu einen bis zum Rand gefüllten Korb mit Äpfeln und Karotten, von denen der verwitwete Uhrmacher vermutlich den Großteil selbst verputzen würde.

Und er würde endlich packen. Noch hatte er nichts herausgelegt, aber erfahrungsgemäß war das eine Sache von einer halben Stunde. Höchstens!

Pierre verstand nicht, warum manche Menschen daraus eine langwierige Angelegenheit machten. Die meisten seiner Exfreundinnen hatten Tage gebraucht, um sich für eine Reisegarderobe zu entscheiden, die nicht den Koffer sprengte. Stundenlang hatten sie Kleider vor dem Spiegel anprobiert und die Farbe der Sandalen auf die auserwählten Stücke abgestimmt, um nur wenig später alles zu verwerfen, weil keine Strickjacke zu Kleid und Schuhen passen mochte. Oder kein Armband. Was auch immer – das Packen schien für die weibliche Seite der Schöpfung eine äußerst komplizierte Angelegenheit zu sein.

Charlotte war da offenbar anders. Jedenfalls war ihm aufgefallen, dass bisher kein Koffer im Schlafzimmer stand, auch keine Stapel vorsortierter Sachen oder über die Wohnung verteilte Schuhe. Obwohl auch sie Wert auf ein gepflegtes Äußeres legte und immer elegant und modisch gekleidet war. Aber vielleicht hatte er es auch einfach nur übersehen.

Der Wind frischte auf, und während Pierre auf das Haus von Emélie und Brigitte Bousquet zuschlenderte, überlegte er, ob er besser den Fleecepullover einpacken sollte, der eigentlich zur Dienstkleidung gehörte. Der Wetterbericht versprach zwar durchgängig blauen Himmel, doch die Luft an der Küste konnte eisig sein, geradezu scharf.

Emélie Bousquet öffnete ihm die Tür, die ältere der beiden Schwestern. Eine Frau Ende sechzig mit violettem Baumwollkleid und gelocktem grauem Haar, das sie zu einem dicken Zopf zurückgebunden hatte. Verwundert blinzelte sie ihn an.

»*Monsieur le policier*? Ist etwas mit der Standlizenz? Haben wir einen Verlängerungsantrag übersehen?«

»Nein, alles in Ordnung. Ich bin hier, um mit Ihnen über Nanette Rozier zu reden.«

»Emélie?«, schallte es aus dem Hintergrund. »Ist das Roger? Er soll die Ware vor dem Atelier abstellen!«

»Nein«, rief die Angesprochene über die Schulter, »es ist Monsieur Durand.« Dann wandte sie sich wieder an Pierre. »Hat Arnaud Sie geschickt?«

»Nicht direkt«, antwortete er gedehnt, »allerdings macht er sich Sorgen um den Verbleib seiner Frau, ebenso wie ich. Nanette ist nämlich …«

»Was will er denn?« Brigitte trat aus dem Dunkel des Flurs und wischte sich die Hände an der tonbeschmierten Schürze ab. Sie hatte ebenso lockiges Haar wie ihre Schwester, wenngleich es eine Spur dunkler war und zerzauster. Unwillkürlich prallte sie zurück, als sei sie überrascht, ihn zu sehen. »Ah, *bonjour,* wie geht es Ihnen?«

»Danke, gut. Ich bin hier wegen Nanette Rozier. Sie sind mit ihr befreundet?«

Brigitte und Emélie nickten gleichzeitig.

»Wie schon gesagt«, fuhr Pierre fort, dabei sah er die beiden ernst an, »wir machen uns Sorgen um ihren Verbleib. Nanette ist seit fast zwei Wochen verschwunden. Arnaud hat zwar allen erzählt, sie mache eine Kulturreise durch die Toskana, aber die Wahrheit ist, dass niemand weiß, wo sie steckt.«

»Das haben wir ihm ohnehin nicht abgekauft!«, entfuhr es Brigitte.

»Wie bitte?«

»Er wäre der Letzte, dem Nanette erzählen würde, wo sie steckt.«

Emélie packte sie am Arm. »Brigitte! Sie hat uns schwören lassen, dass wir niemandem davon erzählen!«

»Er ist *Policier,* Emélie.« Die jüngere Schwester riss sich los und stemmte die Hände in die Hüften. »Außerdem mache ich mir große Sorgen um Nanette. Ich bin froh, dass Monsieur Durand hier ist. Ich habe selbst schon daran gedacht, ihn aufzusuchen.«

»Dann wussten Sie also, dass der Bürgermeister sich die Kulturreise nur ausgedacht hat?«

Brigitte sah ihre Schwester an und fuhr, als die Ältere fast unmerklich nickte, fort: »Nanette hat uns erzählt, dass sie ein paar Tage verreisen wolle, ohne sich von Arnaud zu verabschieden und ohne ihm zu sagen, wohin. Sie nannte es einen heilsamen Schock. Sie hoffte, er würde sie danach mit mehr Respekt behandeln. Nicht als Selbstverständlichkeit.«

»Wann hat sie Ihnen das erzählt?«

»Kurz bevor sie gefahren ist. Es muss vorletzten Donnerstag gewesen sein. Sie hat es uns gesagt, damit wir uns keine Sorgen machen.«

»Um wie viel Uhr war das?«

»So gegen halb vier, vielleicht auch etwas später.«

»Hatte sie zufällig eine Tüte von der *L'Épicerie provençale* dabei?«

»Ja, genau. Das weiß ich noch, weil ich darüber nachgedacht habe, uns das *civet de sanglier* fürs Abendessen zu besorgen. Es stand auf der Wochenkarte.«

Wieder der Donnerstag. Rozier hatte ihm erzählt, Nanette und er hätten sich an jenem Abend gestritten und seien dann wortlos schlafen gegangen. Er glaubte, das sei der Anlass für Nanette gewesen zu gehen. In Wahrheit schien sie alles sorgfältig vorbereitet zu haben. Sie hatte bei Charlotte ein Stück Tarte für Freitagmittag gekauft und sich eine Karte von der *Épicerie* geben lassen, damit ihr Mann sich selbst versorgen konnte. Sie hatte sich gekümmert, um sein Wohl besorgt. Selbst in einer Situation wie dieser.

»Hat sie gesagt, wohin sie fahren wollte?«

»Nein.« Die beiden Schwestern schüttelten einhellig den Kopf.

»Nanette war nur kurz da«, erklärte Brigitte. »Sie hatte es eilig, musste noch Reisevorbereitungen treffen. Rasch, damit Arnaud nichts davon mitbekommt. ›Bis übernächsten Sonntag‹, hat sie gesagt und noch einmal beteuert, wie sehr sie sich auf die Ausstellung freut. Sie hatte einen Tonkrug mit orangerot verlaufendem Farbspiel im Auge, der ihr besonders gut gefallen hat und den sie sich vorab reservierte.«

»Sie meinte, sie würde sich vielleicht von unterwegs melden«, ergänzte Emélie.

»Und, hat sie das getan?«

Wieder antwortete die Ältere der beiden. »Nein, aber es war ja auch nur vage dahergesagt, darum haben wir uns nichts dabei gedacht. Erst als sie nicht zur Ausstellung erschienen ist, begannen wir uns Sorgen zu machen. Die Veranstaltung war ihr wichtig, der Erlös war für einen wohltätigen Zweck bestimmt. Wir unterstützen eine private Auffangstelle für streunende Hunde, wissen Sie, und bewahren die Tiere vor dem Einschläfern. Beaufort stammt auch von dort.«

»Wer ist Beaufort?«

»Der neue Hund der Roziers. Arnaud hat ihn so genannt. Nanette fand Yoyou passender für den Schlingel, aber Arnaud hat auf den herrschaftlicheren Namen bestanden. Er sei ein stattlicher Kerl, kein Kuscheltier.«

»Ein Statussymbol eben«, ergänzte Emélie schnippisch, »ein Jagdhundwelpe macht sich nun mal gut auf Pressefotos. Vor allem da es in Sainte-Valérie so viele jagdbegeisterte Menschen gibt.«

»Ein Statussymbol«, wiederholte Brigitte sichtlich erregt, »auf das Nanette aufpassen sollte! Sie war von Anfang an dagegen, da sie mit ihrem Ehrenamt vollends ausgelastet war und gar keine Zeit für einen Hund hat. Aber als Arnaud plötzlich mit einem Welpen aus der Auffangstation ankam, hat sie nachgegeben. Obwohl sie ihre Tätigkeit dafür aufgeben musste. Arnaud selbst hat keinen Finger gerührt, er ist jeden Tag zur Arbeit gegangen, als habe sich nichts verändert!«

Pierre machte sich Notizen, obwohl es ihm eigenartig vorkam. Es schien ja tatsächlich kein richtiger Fall zu sein. Eher kam er sich vor wie der Moderator einer dieser Sendungen, in denen mithilfe des Fernsehens nach vermissten Personen gesucht wird. »Dann ist Nanette der neue Mitbewohner also zu anstrengend geworden?«

»Na ja«, sagte Emélie nachdenklich. »Eigentlich hat sie den Welpen recht bald ins Herz geschlossen.«

»Daher ist es mir auch so seltsam vorgekommen«, fiel Brigitte ihr ins Wort, »dass Nanette den Hund so lange mit Arnaud alleine gelassen hat. Sie muss doch wissen, dass Beaufort leidet! Na gut, habe ich mir gedacht, eine Woche wird der kleine Kerl schon überstehen. Und nun sind es schon beinahe zwei! Wenn ich nicht so allergisch wäre, hätten wir ihn längst zu uns genommen.«

Pierre schlug eine neue Seite in seinem Notizbuch auf und begann, die Fakten zeitlich zu sortieren. Am Donnerstag, den 19. Oktober, war Nanette bei den beiden Schwestern vorbeigegangen, um sich für eine Woche abzumelden, offenbar gleich nach ihrem Besuch in Charlottes *Épicerie.* Sie hatte ihren Weggang gut vorbereitet, vielleicht sogar den Streit mit ihrem Mann provoziert, um dann am nächsten Morgen zu verschwinden.

»Sie sagten, Nanette habe zu der Ausstellung gehen wollen. Wann hat diese stattgefunden?«

»Das war vor vier Tagen, am neunundzwanzigsten Oktober, einem Sonntag«, antwortete Brigitte. »Eine Matinee mit Keramiken in herbstlichen Farbtönen. Wir waren erstaunt, als Nanette nicht kam, und haben versucht, sie mobil zu erreichen, aber das Handy war ausgeschaltet. Zuerst dachten wir, dass sie den Termin vergessen hat oder krank geworden ist. Am Abend haben wir sie dann besucht, aber es war nur Arnaud da.«

Pierre nickte. »Und der hat Sie mit der Kulturreise abgespeist.« Er dachte an die anonyme Anzeige, die bei der *police nationale* in Cavaillon eingegangen war. Möglicherweise hatte eine der beiden Schwestern, die Arnaud offensichtlich misstrauten, sie aufgegeben. »Was ist in dem Moment in Ihnen vorgegangen?«, fragte er. »Nun da Sie wussten, dass er lügt.«

»Wir haben gedacht, er wolle sein Gesicht wahren«, antwortete Brigitte. »Verheimlichen, dass er nicht wusste, wo sie steckt. Noch hofften wir, sie würde bald wiederauftauchen.«

»Und dann? Was haben Sie wenige Tage später gedacht, als sie noch immer kein Lebenszeichen von Nanette hatten? Vielleicht, dass ihr Mann etwas damit zu tun hat? Dass er ihr …« Er zögerte. »Dass er ihr etwas angetan haben könnte?«

Die beiden Frauen sahen sich an.

Pierre konnte nicht sagen, ob ihre Blicke einen stillen Dialog ausdrückten oder nur Ratlosigkeit.

»Nein«, antwortete schließlich Emélie, »das wohl nicht. Wir haben eher vermutet, dass etwas zwischen den beiden vorgefallen ist, das Nanette dazu brachte, alle Brücken hinter sich abzubrechen.«

Pierre merkte auf. Genau das hatte Charlotte auch angenommen. »Ohne Sie darüber zu informieren?«

Wieder ein rascher Blickwechsel, dann hob Brigitte in einer langsamen Bewegung die Schultern. »Ich kann es mir nicht anders erklären.«

Pierre klappte das Notizbuch zu und verstaute es in der Jackeninnentasche. Alle Brücken abbrechen.

Charlotte hatte von Anfang an recht gehabt. Wie oft kam es vor, dass Menschen erst für ein paar Tage verschwanden, um ihre Gedanken zu ordnen oder die Zurückgelassenen zu bestrafen. Um sich dann an die neue Freiheit, an das Durchatmen zu gewöhnen, es lieb zu gewinnen. So lieb, dass eine Rückkehr mit jedem Tag, mit jeder Woche unmöglicher erschien. Am Ende blieben nicht nur Partner zurück, die Freunde und Verwandten, sondern ein ganzes Leben.

Ein Neuanfang.

Auch Pierre hatte schon einmal alle Brücken hinter sich abgebrochen, damals, als er aus Paris fortgegangen war. Bis auf einen alten Kollegen, mit dem er ab und zu telefonierte, waren sämtliche Personen aus jenen Tagen wie ausradiert. Anlass dafür war eine Auseinandersetzung mit seinem ehemaligen Vorgesetzten.

Auf einmal erkannte er, dass es viel mehr war als nur das: Der eigentliche Grund, warum er damals seine Wohnung aufgegeben, Freunde und Bekannte – seine Vergangenheit – zurückgelassen hatte, war ein anderer gewesen. Es hatte jemanden gegeben, der sein gesamtes Dasein besetzt hatte. Eine Person, die ihn umklammerte, ebenso wie seine Freunde, die ihm absprachen, noch bei Verstand zu sein, als er sich gegen sie entschied. Die sich vor Suzanne stellten, wenn er sie in ihrer Gegenwart schroff anfuhr.

Eigentlich war es eine ganz normale Trennung gewesen, so wie sie sekündlich überall auf der Welt geschahen. Bis zu diesem fatalen Urlaub war er der festen Überzeugung gewesen, in Suzanne die Frau seines Lebens gefunden zu haben. Doch dann war etwas geschehen, das mit einem Schlag alles veränderte. Auf einmal stand dieses Gefühl im Raum, das es ihm unmöglich machte, so zu tun, als habe ihre Beziehung eine Zukunft. Von Tag zu Tag fiel es ihm schwerer, Suzannes Nähe zu ertragen. Jeder Kuss löste ein Magendrücken aus, jede Berührung seinen Fluchtinstinkt. Am Ende des Urlaubs hatte er ihre bloße Anwesenheit nicht mehr ertragen, jede Faser in ihm hatte danach geschrien, die Sache zu beenden.

Ihr erschrockenes Gesicht, als er ihr erklärte, dass es aus sei, endgültig, stand ihm noch genauso scharf vor Augen, als wäre es erst gestern gewesen. Er hatte versucht, es ihr zu erklären, hatte es damit allerdings nur noch schlimmer gemacht. Jedes nachfolgende Gespräch, auf das er sich auf ihr Bitten hin einließ, nährte in ihr die Hoffnung auf einen Neuanfang, bis er schließlich die Segel strich, sich überhaupt nicht mehr meldete und jeden ihrer Versuche ignorierte, mit ihm in Verbindung zu treten.

Er hatte nicht geahnt, wie schwer es werden würde, ihr aus dem Weg zu gehen. Sein ganzes Leben schien mit dieser Frau verwoben zu sein, untrennbar. Sie hatte sich mit allem verbunden, was ihm wichtig war, hatte ein Netz geknüpft, das überall zu kleben schien. Auf jeder Party, bei Freunden, in Bars und selbst im Kino war er ihr begegnet. Ja, sogar in seinem Lieblingscafé um die Ecke, bis er irgendwann in andere Stadtteile auswich, wenn er mit Kollegen ausging, sich bis spät am Abend in seinem Büro am *Boulevard du Palais* verschanzte und ansonsten zurückzog, um in Frieden weiterzuleben.

»*Du wirst mir nie entkommen*«, hatte sie ihm auf den Anrufbeantworter gesprochen. »*Niemals. Wohin du auch gehst, ich werde da sein. So lange, bis du mir eine Chance gibst. Das bist du mir schuldig.*«

Von einem Tag auf den anderen hatten ihre Kontaktversuche nachgelassen. Er dachte, sie habe jemand Neues kennengelernt, an den sie sich klammern konnte. Doch die Angst, dies könne sich ändern, sobald er wieder in sein altes Leben schlüpfte, hielt ihn in seiner Isolation. Es war ohnehin nicht erstrebenswert, die Freunde waren keine Freunde mehr, es gab kein Zurück.

Erst später hatte er durch eine unscheinbare Anzeige in *Le Monde* erfahren, dass es einen anderen Grund für Suzannes Verschwinden gab. Von da an verfolgten ihn wirre Träume, in denen er die vergangenen Monate durchspielte. Wann war der Moment gewesen, in dem sich alles zum Guten hätte wenden können? Oder gab es ihn nie, diesen einen Augenblick. War das Leben nur eine Perlenschnur voller Entscheidungen, die einem zwar durchdacht vorkamen, in Wahrheit jedoch nur impulsive Handlungen waren, die einen in Richtungen trieben, die man besser nicht eingeschlagen hätte?

»*Du wirst mir nie entkommen. Niemals.*«

Paris, die pulsierende Weltstadt, war ihm zu eng geworden.

Der Konflikt mit seinem damaligen Vorgesetzten Victor Leroc und die Wut auf das ständige Taktieren innerhalb der Polizeibehörde waren ihm gerade recht gekommen. Als Leroc ihm nahelegte, die Ermittlungen gegen einen Kulturjournalisten fallen zu lassen, wenn er nicht in die hinterste Provinz versetzt werden wollte, platzte ihm der Kragen. Er machte trotz der Drohung weiter, folgte seinem Instinkt und kündigte schließlich. Bevor sie ihm den Stuhl vor die Tür setzen konnten, hatte er sich auf den Posten eines einfachen Dorfpolizisten in Sainte-Valérie beworben, um nie wieder zum Spielball machtpolitischer Strukturen zu werden. Um noch einmal von vorne zu beginnen, einen Schlussstrich zu ziehen, der, wie er sich nun eingestehen musste, nicht nur mit seinem Berufsethos zu tun hatte.

Energisch wischte Pierre die Erinnerungen fort.

»Erzählen Sie mir von Nanette«, bat er. »Was für ein Mensch ist sie?«

»Ein herzensguter. Anders kann man es nicht sagen.«

Emélie nickte bestätigend. »Warm und voller Mitgefühl. Sehr energisch, wenn es darum geht, anderen zu helfen. Aber auch sehr zerbrechlich. Geradezu durchscheinend.«

»Das«, wandte Pierre ein, »passt zwar zu der Tatsache, dass sie nicht geht, ohne für das leibliche Wohl ihres Mannes zu sorgen. Allerdings wundert mich, dass sie auch den Welpen zurückgelassen hat, der ihr, wie Sie sagten, ans Herz gewachsen ist. Es muss etwas vorgefallen sein, das gewaltig genug war, all das für immer aufzugeben.« Er sah in zwei betretene Gesichter, und als keine der beiden antwortete, setzte er nach: »Haben Sie eine Ahnung, was das gewesen sein könnte?« Er überlegte. »Eine seelische oder körperliche Verletzung vielleicht, die diesem radikalen Schnitt vorausging?«

Die jüngere Schwester setzte zu einer Antwort an, als ein

paar Jungen in Vampirkostümen die Straße entlanggelaufen kamen. Die etwa Achtjährigen warfen einen mit Totenköpfen bedruckten Ball zwischen sich hin und her. Ein skurriles Überbleibsel der *fête de la toussaint,* deren amerikanische Version namens Halloween in der Provence nur ein müdes Lächeln hervorrief. Brigitte wartete mit zusammengezogenen Brauen, bis sich die Kinder entfernt hatten, und als sie sprach, war ihre Stimme gedämpft.

»Nanette war irgendwie anders in den letzten Wochen. In sich gekehrt, fast melancholisch. Ich habe sie gefragt, ob etwas vorgefallen sei, ob Arnaud sich etwas zuschulden habe kommen lassen, wenn Sie wissen, was ich meine. Das wird man als gute Freundin ja wohl fragen dürfen, oder? Sie hat nur den Kopf geschüttelt und sich abgewendet. Aber die Tränen, die ihr in die Augen gestiegen sind, die habe ich gesehen.«

Eine Affäre? Hatte Arnaud seine Frau betrogen? Die Meldung bei der *police nationale* könnte also eine Art Rache gewesen sein, ein letztes Nachtreten, auch wenn es nicht wirklich zu Nanettes Sanftmut passen mochte. Wahrscheinlicher war, dass eine der beiden Schwestern, die Arnauds Ausflüchten nicht glaubten, dahintersteckte. Ja, so war es wohl gewesen. Sie hatten sich Sorgen gemacht und wollten, dass die Polizei der Sache nachging. Es wäre einfacher gewesen, wenn sie es ohne den Schutz der Anonymität getan hätten, dann stünden nicht so viele Fragezeichen im Raum. Aber wer konnte es ihnen schon verdenken? Sie hatten ja keinen Beweis, nur eine Vermutung.

Pierre straffte die Schultern.

Charlotte hatte also auch in diesem Punkt recht behalten. Während er wieder mal einen Fall witterte, ging es in Wahrheit nur um eine Beziehungsgeschichte. Was auch immer zwischen Nanette und Arnaud vorgefallen sein mochte, es war sicherlich dramatisch. Doch es war eine Sache zwischen den beiden und ging ihn nichts an. Das war nicht sein Bereich, hier konnte und wollte er sich nicht ungefragt einmischen.

»Ich danke Ihnen für Ihre Offenheit«, sagte er und nickte den beiden Schwestern zu. »Sollten Sie doch noch etwas erfahren, das auf eine Straftat hinweist, melden Sie sich bitte umgehend bei mir.«

Er hob die Hand zum Gruß und machte sich auf den Weg zurück zur Wache.

Auf einmal ergab auch das eigenartige Gefühl, Rozier hätte ihm nicht alles erzählt, einen Sinn. Er hatte die Affäre vielleicht nicht zugeben wollen, nicht eingestehen, worum es in Wahrheit ging. Er hatte seine Frau damit derart verletzt, dass sie keine Lust verspürte, auch nur ein einziges Wort mehr mit ihm zu wechseln.

6

Als Pierre zurück zur Wache kam, fand er eine Notiz auf seinem Schreibtisch vor, auf der stand, dass *Commissaire* Robert Lechat zurückgerufen habe und innerhalb der nächsten Stunde gut erreichbar sei. Wobei nirgendwo stand, von wann die Nachricht war. Pierre ging in die kleine Kaffeeküche, dann wieder in den Vorraum, um Luc zu suchen, der die Notiz verfasst hatte. Aber sein Assistent war nirgends zu finden.

Mit einem Blick auf die Uhr griff Pierre nach dem Hörer. Es war bereits halb elf, er hatte nach seinem Besuch bei den Bousquet-Schwestern einen Spaziergang durch den Ort gemacht, um nachzudenken, und hatte dabei den Park vor dem Burgmuseum durchquert, über dessen Grün sich mit jedem Windstoß mehr und mehr Herbstlaub legte.

Patrouillieren nannte er das, es half ihm stets, klarer zu sehen, wobei es ihm dieses Mal nicht um den Fall ging, der im Grunde genommen gar keiner war, sondern um seine eigene Vergangenheit. Die Erinnerungen an Suzanne, seine damalige Fast-Verlobte, hatten ihn aufgewühlt. Über Jahre hatte er sie an einem Ort fern seiner Gedanken verschlossen gehalten – und nun ließen sie sich nicht ohne Weiteres zurück an ihren angestammten Platz zwingen, was ihn maßlos ärgerte.

»Schluss damit«, flüsterte Pierre entnervt, dann drückte er die Kurzwahltaste des Telefons. Es war höchste Zeit, sich auf die Gegenwart zu konzentrieren.

Commissaire Lechat war bester Laune, als er abnahm. »Mein

lieber Pierre, wie schön, von Ihnen zu hören! Wie lange ist es her, drei Monate?«

»Bestimmt noch länger.«

»Dann wird es ja höchste Zeit. Hatten wir nicht vereinbart, uns auch mal außerhalb des Dienstes zu treffen? Na, wie steht's, wollen wir einen neuen Versuch wagen?«

»Gerne. Allerdings erst nach meinem Urlaub. Morgen fahren Charlotte und ich nach Banyuls-sur-Mer.«

»Sie Glücklicher! Dann gibt es also einen anderen Grund für Ihren Anruf?«

»Ja, es geht um den Besuch Ihrer Inspektoren bei unserem Bürgermeister.«

»Soso …« Lechats Stimme wurde schlagartig sachlich. »Dann hat Monsieur Rozier Sie also informiert.«

»Allerdings. Auch wenn ich inzwischen denke, dass es eine private Angelegenheit ist. Und die Anzeige eine Überinterpretation besorgter Mitmenschen.«

Auf der anderen Seite der Leitung herrschte kurzes Schweigen, und als Lechat endlich mit einer Frage antwortete, hatte diese einen lauernden Beiklang. »Wie kommen Sie darauf?«

»Ich habe mit Freundinnen der Vermissten gesprochen, die mir berichteten, dass Madame Rozier ihrem Mann nur einen heilsamen Schrecken einjagen wollte. Die beiden waren besorgt, weil Madame deutlich länger fort ist als geplant. Vermutlich hat sich eine der beiden anonym bei Ihnen gemeldet.«

»Wie heißen die Freundinnen?«

»Emélie und Brigitte Bousquet, zwei Schwestern aus dem Ort.« Pierre hielt inne. Lechats Anspannung in der Stimme irritierte ihn. »Gibt es etwas, das ich nicht weiß?«

Der junge *Commissaire* stieß die Luft aus. »Es ist noch zu früh, etwas zu sagen. Nur so viel: Die Schwestern waren mit großer Wahrscheinlichkeit nicht der Absender.«

»Der Absender von was?« Pierre wurde langsam ungeduldig. »Worum geht es hier eigentlich? Kommen Sie schon, Robert, mit mir können Sie doch offen reden. Es wäre nicht der erste Fall, den wir gemeinsam lösen.«

»Dieses Mal ist die Sachlage ein wenig anders. Immerhin geht es um Ihren Vorgesetzten …«

Erstaunt richtete Pierre sich auf. In seinem Kopf begann es zu summen. »So ernst ist es?«

»Vermutlich. Vieles liegt noch in der Schwebe, wir wollen ganz sichergehen und dürfen nicht voreilig handeln.«

So viel Zurückhaltung war ungewöhnlich für Lechat. Aber der *Commissaire* irrte sich, wenn er dachte, dass Pierre sich davon beeindrucken lassen würde. Ganz im Gegenteil, es machte ihn nur noch neugieriger. »Dann sind die Beamten also hingefahren, weil sie etwas gegen Monsieur Rozier in der Hand haben?«

»Sozusagen.«

Pierre spürte, dass Lechat mit sich rang, wie viel er ihm erzählen konnte. »Der Bürgermeister glaubt an eine Rufmordkampagne«, sagte er mit Nachdruck. »Seiner Meinung nach versucht jemand, ihn gezielt zu diskreditieren.«

»Ein Grund mehr, die Füße stillzuhalten, bevor er uns eine Armada an Anwälten auf den Hals schickt.« Lechat seufzte. »Es tut mir leid, Pierre, ich kann Ihnen wirklich nichts darüber sagen.«

Zut!

Gerade wollte Pierre sich geschlagen geben, als sich ein spontaner Gedanke formte. »Madame Rozier hat ihr Verschwinden vorbereitet«, begann er langsam. »Sie hatte vor, nach einer Woche zurückzukehren. Den Schwestern hatte sie davon erzählt, damit sie sich keine Sorgen machten. Dann aber blieb sie verschwunden, ohne jeden Handykontakt. Was, wenn ihr tatsächlich etwas zugestoßen ist? Wenn man sie irgendwo festhält, um den Bürgermeister zu erpressen?«

»Mit einer Schmutzkampagne?«

»Womit, ist mir nicht klar. Aber ich beginne, mir Sorgen zu machen.«

Es entstand wieder eine Pause, und Pierre wollte gerade nachfragen, ob Lechat noch dran sei, als dieser die Stimme erhob.

»Also gut. Aber was ich Ihnen gleich erzähle, bleibt unter uns.«

»Selbstverständlich!«

»Schwören Sie, es für sich zu behalten? Wenn auch nur ein einziges Wort davon an die Öffentlichkeit dringt, ziehe ich Sie persönlich dafür zur Rechenschaft.«

Pierre stöhnte auf. »Himmel, das muss ja ein gewichtiger Befund sein. Na gut, ich schwöre.«

»In unserer Polizeistation ist ein Umschlag mit brisantem Inhalt eingegangen. Die Außenkameras zeigen, dass eine vermummte Person ihn Mittwoch früh um vier Uhr dreißig in den Briefkasten geworfen hat. Der Größe nach war es ein Mann, etwa eins neunzig. Kräftige Statur, aber das kann auch täuschen, er trug einen Mantel, der unterfüttert wirkte. Auf dem Umschlag steht ›Frau in Not‹, auf ein Klebeetikett gedruckt, wie man sie für Adressen verwendet. Im Inneren fanden wir eine Postkarte, angeblich von Nanette Rozier geschrieben und unterzeichnet. Darauf ist Folgendes zu lesen: *Ich weiß etwas, das Arnaud ins Gefängnis bringen könnte. Er hat mich genötigt, es niemandem zu sagen, und nun habe ich Angst um mein Leben. Wenn du mich nicht mehr erreichen kannst, übergib diese Karte der Polizei. Bete für mich, Nanette.*«

Pierre sog die Luft ein. »Sind Sie sicher, dass Madame Rozier die Karte geschrieben hat?«

»Die Beamten, die gestern bei Ihrem Bürgermeister waren,

haben eine Schriftprobe mitgenommen. Auf den ersten Blick sieht es tatsächlich so aus, als stamme sie von ihr. Wir lassen derzeit ein grafologisches Gutachten erstellen, danach wissen wir mehr.«

»Und wer war der Adressat dieser Nachricht?«

»Der ist unbekannt. Die Karte wurde in der Mitte geteilt, die Empfängeradresse samt Poststempel ist abgeschnitten. Ihr lag eine gedruckte Notiz bei, auf der behauptet wird, dass die beiden ein Telefonat täglich vereinbart hätten. Das letzte Lebenszeichen stamme vom Montag, dem dreißigsten Oktober. Nachdem sie am Dienstag den ganzen Tag nicht erreichbar gewesen sei, habe der Absender entschieden, die Karte wie vereinbart zu übergeben.«

»Waren Fingerabdrücke auf der Karte oder dem Umschlag?«

»Nein.«

»Das ist eigenartig. Wenn die anonyme Person so sehr in Sorge ist, dann verstehe ich nicht, warum sie sich nicht zu erkennen gegeben hat.«

»Sie kennen das doch. Manche Leute wollen nicht in einen Fall hineingezogen werden, aus den unterschiedlichsten Gründen. Vielleicht befürchtete derjenige die Rache des Bürgermeisters und seiner Anwälte.«

»Ist die Karte noch in der Kriminaltechnik?«

»Ja. Warum?«

»Ich würde sie mir gerne mal ansehen.«

»Sie geben wohl nie auf.« Lechat lachte tonlos. »Na schön, ich kann Ihnen ein Foto von der Karte zeigen. Rufen Sie mich mobil auf meinem Diensthandy an und schalten Sie die Videofunktion ein.«

Pierre tat wie ihm geheißen, schob den Lautstärkeregler hoch und wartete, bis Lechat den Videoanruf entgegennahm. Der *Commissaire* sah wie gewohnt gut aus, der durchtrainierte

Oberkörper zeichnete sich unter dem schmal geschnittenen Hemd derart vorteilhaft ab, dass Pierre unwillkürlich den Bauch einzog. In der Hand hielt Lechat einen Fotoabzug, auf dem das Schriftfeld einer halben Postkarte abgebildet war.

»Sehen Sie«, sagte er und hielt die Nachricht in die Kamera.

Pierre beugte sich näher. Eine ordentliche Schrift mit kleinen, runden Buchstaben erschien im Display. Er las die Worte, die ihm einen unvermittelten Schauer über den Rücken trieben. Nanette schien tatsächlich Angst vor ihrem eigenen Mann zu haben! Dann hob Lechat einen weiteren Abzug mit der Vorderseite hoch. Ein See war zu sehen, der Lac de Sainte-Croix, den Pierre trotz der großzügig abgetrennten Kartenhälfte sofort erkannte. Türkisgrünes Wasser inmitten von grün bewachsenen Hügeln und schmalen Sandstränden, die den See in sanften Kurven umarmten.

»Und?«, erklang Lechats Stimme. »Was sagen Sie dazu?«

»Ich kann mir kaum vorstellen, dass Nanette Rozier das selbst geschrieben hat, zumindest nicht freiwillig. Das Ganze ist zu absurd. Warum sollte sie ihr Wissen trotz der angeblichen Bedrohung für sich behalten und ihre Vertrauensperson stattdessen bitten, die Karte an die Polizei zu schicken? Was sollen die Beamten denn daraufhin tun? Einen Suchtrupp losschicken? Wohin denn? Der See ist riesig …«

»Genau gesagt handelt es sich um ein Gebiet von etwa dreißig Quadratkilometern, wenn man die umliegenden Dörfer einbezieht.«

»Sie gehen also davon aus, dass Madame Rozier irgendwo dort steckt.«

»Es ist unser einziger Anhaltspunkt.« Lechat ließ den Abzug sinken. »Es sieht aus wie ein Rätsel oder Puzzle, möglicherweise gibt es Gründe dafür, ihren konkreten Aufenthaltsort nicht zu verraten. Vielleicht hat man sie tatsächlich zu diesem eigenartigen Hilferuf gezwungen, wir stehen noch zu sehr am Anfang, um irgendetwas auszuschließen. An der Echtheit des Schreibens dürften jedoch auch ohne die Bestätigung des Schriftprobenvergleichs kaum Zweifel bestehen.«

Pierre ahnte, was nun kam. »Ihr habt ihre Mobilfunkdaten ausgelesen.«

Lechat beugte sich näher zur Kamera. »Zum Glück hat sich Monsieur Rozier kooperativ verhalten. So konnten wir anhand der Daten ihre Bewegungen zurückverfolgen. Bis zum Freitag, den siebenundzwanzigsten Oktober, war Nanette Rozier regelmäßig bei einigen Sendemasten eingeloggt, die rund um Banon liegen. Ab elf Uhr vormittags kam dann Bewegung in die Sache. Ihre Reiseroute verlief weiter südöstlich über Manosque und Allemagne-en-Provence. Dort brach der Kontakt dann ab. Erst drei Tage später fing der Sendemast an der *Route de Moustiers* zwischen Sainte-Croix-du-Verdon und Moustiers-Sainte-Marie ihr Signal wieder auf. Am Montag, den dreißigsten Oktober, um vier Uhr morgens. Das war der letzte Kontakt.«

»Verdammt!« In Pierres Magengrube pulsierte es. Er wollte nicht glauben, was sich in den vergangenen Minuten verdichtet hat. »Um vier Uhr morgens«, wiederholte er flüsternd. In seinem Kopf entstand das Bild einer verängstigten Frau, die durch die Nacht floh und einen letzten Anruf abzusetzen suchte, bevor ihr Verfolger sie erreichte.

»Mit wem hat sie in der Zeit telefoniert?«

»Mit niemandem. Das ist ja das Eigenartige. Bis auf ein paar vergebliche Anrufe von ihrem Ehemann und einer weiteren Telefonnummer, die wir Émelie und Brigitte Bousquet zuordnen konnten, gab es keinerlei Kontaktversuche von anderen Personen.« Lechat lehnte sich zurück. »Wenn sie sich wirklich mit jemandem täglich verständigen wollte, dann muss sie ein zweites Handy besitzen. Eines, das auf einen anderen Namen registriert ist. Oder sie hat sich von einer öffentlichen Telefonzelle aus gemeldet.«

»Damit kommt Arnaud Rozier als möglicher Täter nicht infrage«, entfuhr es Pierre. »Sie haben sicher bereits herausgefunden, dass er die ganze Zeit über in Sainte-Valérie war.«

»So ist es«, nickte Lechat. »Die Empfangsdame der *mairie* hat es bestätigt. Und die Nachbarn, die ihn alle paar Stunden mit einem Welpen Gassi gehen sahen. Was ihn jedoch nicht von dem Vorwurf der Anstiftung befreit. Er könnte sehr wohl jemanden beauftragt haben. Und da ist noch etwas, das mir nicht gefällt.« Er hielt einen Moment inne, so als finde er Gefallen daran, die Spannung hochzutreiben. »Monsieur Rozier hat keine Vermisstenanzeige gestellt. Obwohl seine Frau bereits so lange fort war.«

»Bis zum Besuch der Beamten hat er sich keine Sorgen gemacht.«

»Ja, den Eindruck hatten die Inspektoren auch. Aber welcher Ehemann ist derart abgebrüht, selbst nach zwölf Tagen noch immer nicht an ein mögliches Verbrechen zu denken?« Lechat schaltete die Kamerafunktion aus. Nun war nur noch seine Stimme zu hören. »Nach dem aktuellen Stand der Dinge müssen wir annehmen, dass Madame Rozier sich in Gefahr befindet. Oder … davon gehen wir momentan aber nicht aus, dass ihr etwas zugestoßen ist.«

Pierre sog die Luft ein. »Was haben Sie nun vor?«

»Die Kollegen von der Gendarmerie in Moustiers-Sainte-Marie haben sich der Sache angenommen. Sie sind gerade dabei, sämtliche Hotels und Pensionen im Umkreis abzuklappern und die Umgebung nordwestlich des Sees zu durchstreifen. Darüber hinaus werden wir, sobald das grafologische Gutachten unsere Annahme bestätigt, eine öffentliche Personenfahndung herausgeben. Intern sind die Daten von Madame und die ihres

Wagens bereits eingespeist. Ein roter Fiat fünfhundert dürfte nicht lange unbemerkt bleiben.«

»Ich werde sofort an den Lac de Sainte-Croix fahren und bei der Suche helfen.«

»Das ist nicht notwendig, es sind genügend Leute vor Ort. Außerdem dachte ich, Sie fahren morgen in Urlaub?«

»Ja.« Pierre rieb sich den Kopf. »Aber bis dahin ist ja noch etwas Zeit.«

»Sie könnten stattdessen versuchen, mehr über Madame Roziers Gewohnheiten in Erfahrung zu bringen. Vielleicht gibt es ja einen Bezug zum See oder dessen Umgebung? Es würde sicher helfen, die Suche einzugrenzen.«

»Natürlich. Ich melde mich, wenn ich neue Informationen habe.« Pierre legte auf.

»Soll ich dir einen Kaffee machen? Du siehst ja ganz blass aus!«

Erschrocken blickte er auf. Sein Assistent Luc stand im Türrahmen und sah ihn mit großen Augen an.

»Wo kommst du denn plötzlich her?«, fuhr Pierre ihn an und klang dabei schroffer als gewollt.

»Ich bin zum Parkplatz gerufen worden. Vandalismus. Der Mülleimer ist hin.« Luc war knallrot geworden. »Ich dachte, wir wären ein Team! Woher soll ich wissen, dass du hier Geheimgespräche führst?«

»Schon gut«, seufzte Pierre. »Wie viel hast du mitbekommen?«

»Alles. Nanette Rozier ist verschwunden. Eine Postkarte mit einer seltsamen Botschaft ist aufgetaucht. Und *Commissaire* Lechat hat unseren Bürgermeister in Verdacht.«

»*Putain!* Behalte es für dich, in Ordnung? Ich habe geschworen, dass nichts davon nach außen dringt.«

Luc nickte. »Wahrscheinlich war er es selbst.«

»Wie bitte?«

»Na, die Karte. Rozier tut doch alles, um in die Presse zu kommen.«

»Du meinst, er nimmt selbst die Verdächtigung in Kauf, seine eigene Frau beseitigen zu wollen?«

»Warum nicht?« Luc zuckte die Schultern. »Sieh es mal so: Wenn sich die gesamte Journaille auf die Sache stürzt und ihn zu Unrecht beschuldigt, steht er im Nachhinein wie ein Held da. Stell dir mal vor, was passiert, wenn Nanette wiederauftaucht. Dann haben sie alle ein schlechtes Gewissen wegen der falschen Verdächtigungen und wählen ihn, um es wiedergutzumachen, erneut in den Gemeinderat und zum Bürgermeister. Ich wette, er hat ihr einen schönen Wellnessaufenthalt spendiert und spielt, bis sie zurückkehrt, den verzweifelten Verlassenen.«

»Luc, das ist blanker Unsinn.« Pierre verdrehte die Augen. So verquer konnte man doch nicht denken!

»Ist ja gut. Das war übrigens eine der netteren Theorien.«

»Schlimmer kann es kaum kommen.«

»Doch. Die zweite ist glatter Horror!« Lucs Ohren glühten. »Im *Département* Alpes-de-Haute-Provence ist Mitte Oktober eine Touristin erschossen worden, in den Bergen. Nur zehn Tage später hat man eine zweite Leiche entdeckt.«

»Woher hast du das?«

»Das stand in der Zeitung. Hast du nicht davon gelesen? Die erste Frau war Engländerin. Sie wurde etwa zwanzig Kilometer vor Sisteron gefunden, unweit der Abtei von Ganagobie. Man hat sofort Vergleiche zur Affäre Dominici gezogen, weil der damalige Tatort nicht weit davon entfernt liegt. Erinnerst du dich? Das war neunzehnhundertzweiundfünfzig, als eine englische Familie vom Besitzer eines angrenzenden Bauernhofes erschossen wurde. Zumindest dachte man das, aber die Aussagen wurden ständig verändert, später gab es Spekulationen, der tote Familienvater habe beim englischen Geheimdienst gearbeitet …«

»Komm zur Sache, Luc!«

»Na schön. Die zweite Frau wurde ebenfalls mit einem gezielten Schuss getötet. Aus derselben Waffe. Und jetzt kommt's: Beide Frauen sind vorher als vermisst gemeldet worden. Das kann doch kein Zufall sein.«

»Und jetzt glaubst du an eine Verbindung zu Nanette Rozier?«, fragte Pierre, der allmählich eine vage Angst vor Lucs sonderbaren Theorien entwickelte.

»Ich habe sofort an den Artikel gedacht, als ich von ihrem Verschwinden hörte. Der Täter könnte ein Frauenhasser sein. Jemand, der sie in der Einsamkeit der Berge als störend empfindet. Ein weltfremder Eremit beispielsweise. In einer weiteren Abtei, der *Abbaye Notre-Dame de Lure,* gibt es eine Einsiedelei, die liegt nicht allzu weit vom zweiten Tatort entfernt.« Er riss die Augen auf. »Und gerade fällt mir auf, dass beide Fundorte unweit von religiösen Bauten liegen. Das ist ein Muster! Wir müssen vielleicht nur nachsehen, ob es in der Gegend um die Montagne de Lure eine dritte Abtei gibt.«

»Warum sollte Nanette dort hingefahren sein?«

»Weil sie sich eine spirituelle Weiterentwicklung versprochen hat.« Luc war nicht mehr zu bremsen. »Sieh mal, Nanette Rozier war schon lange nicht mehr richtig glücklich in ihrer Ehe …«

»Woher willst du das wissen?«

»Das wird im Dorf erzählt. Außerdem geraten viele Frauen ab einem gewissen Alter in eine Lebenskrise. Sie sind auf der Suche nach ihrer Identität, die sie in all den Jahren vergraben haben, weil sie ihre Bedürfnisse immer hintanstellten. Das alte Rollenbild, verstehst du? So wie bei Roziers Frau. Eines Tages kommt ein Erleuchteter daher und verspricht ihr seelische Reinigung in der Einsamkeit der Berge. Doch statt ihr zu helfen, tötet er sie.«

Pierre verdrehte die Augen. »Warum sollte er das tun?«

»Weil … weil er ein Problem mit Frauen hat. Genau wie der Eremit. Das könnte doch gut sein.«

»Die Tatorte sind viel zu weit vom Lac de Sainte-Croix entfernt.«

»Nein. Von dort sind es nur etwa siebzig Kilometer bis zum See. Vielleicht ist Madame Rozier dort hingefahren. Der Kontakt ist ja bereits am Montag abgebrochen.« Luc rieb sich übers Kinn. »Ich muss gleich mal nachsehen, welche Abteien und Klöster es da noch so gibt. Vielleicht waren ja sogar die Ehemänner daran beteiligt, die das ständige Jammern satthatten und sich ihrer Frauen entledigen wollten. Mithilfe eines Rituals. Möglicherweise gab es bereits einen Scheidungsgrund. Die Frauen wollten viel Geld, und die Herren fürchteten einen Rosenkrieg, der sie um ihr Erspartes bringen würde …«

»Niemals!« Pierre lachte auf. Das hier gehörte unbedingt in die Sammlung Lucs absurdester Theorien, die er im Laufe der Jahre von sich gegeben hatte. Ja, es übertraf sogar den Versuch, den Mord an einem Journalisten mit der Verschwörung einer alten Templergemeinde zu erklären.

»Warte mal.« Luc verschwand im Vorraum und kam kurz darauf mit einer Zeitung wieder. »Da steht es, schwarz auf weiß.« Er sah Pierre aufgebracht an, während er auf das Blatt tippte.

Pierre beugte sich vor. Auf einem Bild waren mit der Trikolore behängte Personen zu sehen, die Waffen trugen und grimmig in die Kamera blickten.

»›Die Bürgermeister der Haute-Provence stellen sich auf die Seite der Wolf-Gegner‹«, las Pierre laut vor.

»Was?« Luc sah irritiert auf den Artikel, blätterte dann um. »Nein, das war der falsche Bericht. Hier ist es: ›Ehemann unter Verdacht. Wollte Tricaud sein Vermögen retten?‹« Er zuckte die Schultern. »Ist ja nur ein Ansatz. Freies Assoziieren. Du betonst selbst immer, wie wichtig es sei, um zum Kern der Sache vorzudringen.«

»Für mich klingt das eher nach freiem Fabulieren«, wehrte Pierre energisch ab. »Die einzige Gemeinsamkeit mit Nanette Rozier liegt darin, dass man die Frauen vorher als vermisst gemeldet hat.«

»Und dass sie Eheprobleme hatten. Zumindest im zweiten Mordfall.«

»Das hat nichts miteinander zu tun.«

»Was macht dich so sicher?«

»Weil ich es weiß!« Pierre erhob sich. Er hatte nicht vor, sich diese Spekulationen länger anzuhören. Wo käme er denn hin, wenn er sämtliche Verbrechen, die sich in der Region Provence-Alpes-Côte d'Azur abspielten, miteinander in Verbindung brachte? Zufällige Überschneidungen gab es überall. Dieses Mal waren es als vermisst gemeldete Frauen mit Eheproblemen, ein anderes Mal war es vielleicht die Tatsache, dass die Opfer gerne Kunstausstellungen besuchten. »Und jetzt Schluss damit!«, polterte er, »ich habe zu tun.«

»Ist ja schon gut.«

Schmollend zog sich Luc in den Vorraum zurück, während Pierre den Schreibtisch umrundete und nach seiner Jacke griff.

Er musste noch einmal mit Rozier sprechen. Die Situation war viel zu verworren, um sie klar einordnen zu können. Es musste sich um ein Missverständnis handeln, die Postkarte war wirklich zu absurd. Er hoffte, dem Bürgermeister eine Information entlocken zu können, die seine Ermittlungen entscheidend voranbrachte, ohne dass er dabei die Zusage brach, die er *Commissaire* Lechat gegeben hatte. Sicher hatte Rozier eine Idee, was Nanette mit der Haute-Provence verband. Vielleicht kam ja auch ohne sein Zutun die Karte zur Sprache, und es entpuppte sich als ein humoreskes Ratespiel unter Eheleuten, das einem besorgten Bürger in die Hände gefallen war.

Bis zum Abend würde er vielleicht die entscheidenden Hinweise zusammengetragen haben und den Fall – hoffentlich glücklich – abschließen können. Manchmal ging das ganz schnell, während seiner Zeit in Paris hatte er miterleben müssen, wie sich eine Situation, auf die eine ganze Abteilung angesetzt war, innerhalb weniger Augenblicke klärte. Mit einer einzigen Aussage.

Raschen Schrittes ging Pierre an Luc, der sich wieder hinter seinem Aktenstapel verschanzt hatte, vorbei ins Freie.

Falls nicht, müsste er den Urlaub eben absagen.

7

Eine starke Brise begleitete Pierre auf dem Weg zum Bürgermeisteramt mit einem sanften Blätterregen. Wo Straßenkehrer eben noch die zusammengefegten Haufen fortgeräumt hatten, formierten sich im Nu neue, drängten sich vom Wind getrieben an Hausecken und Fahrradständer. Vom Bouleplatz kam verhaltenes Fluchen, weil eine Kastanie, die just in diesem Moment auf die Sandbahn gefallen war, die Kugel in ihrem Lauf ablenkte. Und drüben beim Brunnen liefen Kinder kreischend und lachend durch den Sprühregen, der jedes Mal entstand, wenn eine Böe den Wasserstrahl streifte.

Hätte Pierre es nicht so eilig gehabt, er wäre stehen geblieben und hätte die Szenerie in sich aufgesogen. Er liebte den Herbst in Sainte-Valérie, so wie eigentlich alle Jahreszeiten hier. Bis auf den Winter. Der konnte sehr grau sein und trüb. Warf einen unbarmherzig auf sich selbst zurück. Hier in der Provence, wo einem das wechselnde Kleid der Landschaft unmittelbar vor Augen stand, gab es keine Möglichkeit des Ausweichens, keine Ablenkung wie in der Großstadt. Was über das Jahr gesehen von Vorteil war. Doch von Dezember bis Ende Februar entwickelte es sich manchmal zum Fluch.

Als Pierre die Tür zum Bürgermeisteramt aufstieß, bot sich ihm ein eigenartiges Bild. Die Empfangsdame, die erst vor wenigen Wochen ihren sechzigsten Geburtstag gefeiert hatte, robbte auf Knien über den Boden, wobei ihr Rock etwas zu weit nach oben gerutscht war und hellbeige Spitze offenbarte, die sich durch die Nylonstrumpfhose deutlich abzeichnete.

»Gisèle!«, rief Pierre aus und eilte zu ihr, in der Annahme, sie sei gestürzt. »Haben Sie sich verletzt?«

Ein Hundewelpe schoss hinter dem Empfangstresen hervor, hüpfend und kläffend, bis ihn die Leine zurückriss, die irgendwo festgebunden war. Erschrocken wich Pierre zurück. Das musste Beaufort sein, der Jagdhund der Roziers.

»Himmel!«, entfuhr es ihm, während er sich neben die Empfangsdame hockte und nach ihrem Arm griff. »Der ist aber stürmisch.«

»Das macht er bei jedem, der reinkommt.« Stöhnend fuhr sich Gisèle mit dem Handrücken über das Haar, und erst jetzt sah Pierre, dass sie in der anderen Hand einen Lappen hielt. Vor ihr der nassglänzende Boden, von dem ein strenger Geruch ausging.

»Ein Malheur«, stellte er fest. Jetzt bemerkte er auch den Wischeimer, der mit schaumigem Wasser gefüllt war.

Gisèle nickte missmutig und fuhr noch einmal mit dem Lappen über den Stein. »Das Tier sagt ja nicht Bescheid! Ich habe es erst jetzt gesehen, schauen Sie nur mal, wie sich der Boden verfärbt. Das ist Naturstein, wenn man nicht sofort handelt, zieht das komplett ein. Wir können von Glück sagen, dass kein Besucher hineingetreten ist und es über alle Stockwerke verteilt hat!«

Pierre betrachtete den Hund, der noch immer auf und ab hüpfte. Ein hübsches Tier, weiß, mit kleinen grauvioletten Sprenkeln und großen Schlappohren, von denen eines im Eifer des Gefechts nach hinten geklappt war. Ein *Braque du Bourbonnais,* soweit er erkennen konnte, vermischt mit einer weiteren Rasse, die ihm statt des Stummelschwanzes eine fedrige Rute vererbt hatte und große, runde Augen, von denen eines dunkel unterlegt war. Wie ein Pirat sah der kleine Kerl aus, allerdings ein besonders ungeduldiger.

»Ich glaube, er muss mal raus«, bemerkte Pierre, während er sich wieder aufrichtete.

»Ach, wirklich? Dann können Sie mir sicher auch sagen, wann ich das tun soll, jetzt da die Kollegen alle im Urlaub sind und die ganze Arbeit bei mir landet!«

»Hat Arnaud Ihnen aufgetragen, sich um den Hund zu kümmern?«

»So ist es. Seit Madame Rozier auf und davon ist, geht es hier drunter und drüber.« Gisèle tunkte den Lappen in den Wassereimer und wrang ihn derart beherzt aus, als wolle sie jemandem den Hals umdrehen. »Aber das ist kein Zustand, *Monsieur le policier*. Ich habe keine Zeit, alle ein, zwei Stunden mit dem Hund rauszugehen und den Platz am Tresen unbesetzt zu lassen. Den Bürgermeister interessiert das nicht. ›Das schaffen Sie schon‹, hat er gesagt, ›das ist doch nicht so schwer.‹ Wer soll dann die liegen gebliebene Arbeit machen, hm? Ich bin mit den Nerven am Ende! Ich habe neulich sogar überlegt zu kündigen.«

Das war nach Luc nun schon die zweite Person, die das ankündigte.

»Tun Sie das nicht, das wäre eine Katastrophe!«

Das Bellen klang energischer, dabei machte der Welpe kleine Hüpfer, mit denen er den schweren Holzstuhl in Bewegung setzte und Stück für Stück hinter sich herzog.

»Ich schlage vor«, sagte Pierre schmunzelnd, »Sie tun das, was *Monsieur le maire* Ihnen aufgetragen hat, und gehen mit dem Hund raus.«

»Und wer macht dann die Arbeit?«

»Das werden Sie ihm wohl selbst überlassen müssen. Sie können sich ja nicht zerreißen, oder?«

Gisèle starrte ihn an. Dann schlich sich ein Lächeln auf ihr Gesicht. »Sie haben recht, *Monsieur le policier.* Sie haben vollkommen recht!«

Damit nahm sie einen Zettel und schrieb ein paar Zeilen darauf, faltete ihn in der Mitte und stellte ihn sichtbar auf:

Schalter zurzeit unbesetzt. In dringenden Fällen
bitte direkt im Büro des Bürgermeisters vorsprechen.
Die Treppe hoch, zweite Tür links.

»Wissen Sie was?«, fragte sie, auf einmal gut gelaunt. »Ich beginne die Mittagspause einfach eine halbe Stunde früher. Wollen Sie mich vielleicht begleiten?«

Pierre zögerte. »Eigentlich muss ich mit Arnaud sprechen«, sagte er. »Es sei denn …« Gisèle kannte Nanette sicher gut, vielleicht war das gar keine schlechte Idee. »Haben Sie eine Ahnung, warum Madame Rozier fortgegangen ist?«

»Sicher. Jeder hier im Ort ahnt, was der Grund dafür war. Wenn Sie mitkommen, erzähle ich es Ihnen haarklein.«

»Na, dann.« Pierre nickte ihr freudig zu. »Worauf warten wir?«

Wenig später hatten sie das westliche Stadttor erreicht. Stirnrunzelnd beobachtete Pierre, wie der Welpe Gisèle in Richtung eines Sonnenblumenfelds zog, dessen Pflanzen vertrocknet in kümmerlichen Reihen standen. Dabei zog der Hund an der Leine, als habe er an der Stelle, wo sich das Halsband ins Fell grub, keine Nerven.

Pierres Frage, ob er übernehmen solle, beantwortete Gisèle mit Nein. Was ihn zugegebenermaßen erleichterte. Er war schon nach den ersten Metern zu der Erkenntnis gekommen, dass Zicklein wesentlich einfacher zu hüten waren als Hundewelpen. Zumindest galt das für die kleine Lilou, die seine

Ziege Cosima im Frühjahr zur Welt gebracht hatte. Und die in diesem Moment wohl mit ihrer Mutter auf der großen Wiese herumtobte, die Carbonne ihnen vor einigen Tagen eingezäunt hatte, weil das bisherige Gehege für die beiden zu klein geworden war.

»Madame Rozier hat viele Jahre lang in einer Einrichtung in Saignon gearbeitet«, nahm Gisèle den Gesprächsfaden wieder auf. »In den Werkstätten werden Menschen mit Behinderung, Migranten und Wanderarbeiter in verschiedenen kunsthandwerklichen Bereichen und der Landschaftspflege ausgebildet. Und Kinder aus sozialschwachen Familien betreut. Letztere war Madame Roziers Abteilung, sie hat den Jungen und Mädchen Lesen und Schreiben beigebracht.« Sie seufzte. »Sie war sehr betrübt, ihre Schützlinge alleine lassen zu müssen. Sie hat sogar geweint, als sie mir davon erzählte.«

»Die Bousquet-Schwestern vermuten, Arnaud habe den Welpen angeschafft, um Nanette wieder mehr ans Haus zu binden.«

»Das glaube ich nicht, er ist doch tagsüber gar nicht da. Ich denke eher, dass er nicht darüber nachgedacht hat, welche Konsequenzen das für Madame Rozier hat. Für sie hat sich alles verändert. Selbst wenn der Hund größer ist, wird sie nie wieder einen ganzen Tag in Saignon verbringen können. Das ginge nur mit Fremdbetreuung, was, wenn ich Madame richtig verstanden habe, für den Bürgermeister nicht infrage kommt.«

»Warum hat sie dann überhaupt zugestimmt?«

Gisèle blieb stehen. Der Wind zerrte an ihren Haaren. Sie strich sich mit der freien Hand eine Locke aus dem Gesicht und sah ihn ernst an. »Monsieur Rozier hat Madame vor vollendete Tatsachen gestellt. Und da ihr Herz zu groß ist, um einen Welpen zurück in die völlig überfüllte Auffangstation zu geben, hat sie sich gefügt. Jeder weiß, dass die Hunde eingeschläfert werden, wenn sich nicht innerhalb von Stunden ein neuer Besitzer findet. Niemand wäre so hartherzig, den kleinen Kerl dorthin zurückzubringen, zuallerletzt Madame Rozier.«

Pierre nickte. So hatten es die Bousquet-Schwestern auch erzählt. »Dann war das also Ihrer Meinung nach der Grund für Nanettes Verschwinden?«

»Ja. Aber Madame Farigoule behauptet, es sei nur die Spitze des Eisberges.«

»So? Was erzählt unsere liebe Friseurin denn?«

»Madame Rozier hat wohl angedeutet, dass sie sich nicht länger fremdbestimmen lassen wolle. Das gehe schon seit Jahren so, nun sei endlich Schluss damit, sie lebe lieber alleine als mit diesem Despoten.« Gisèle nickte nachdrücklich. »Es ist ihr wohl herausgerutscht, als Madame Farigoule zu ihr sagte, dass sie traurig aussehe. Sie hat es sofort zurückgenommen. Madame Rozier redet nicht gerne über Privates, es war ihr sehr unangenehm.«

Pierre verschränkte die Arme. Dass Nanette in ihrer Ehe unzufrieden war, wusste er inzwischen von mehreren Seiten. Es erklärte aber nicht den Text, der auf der Karte stand.

Ich weiß etwas, das Arnaud ins Gefängnis bringen könnte. Er hat mich genötigt, es niemandem zu sagen, und nun habe ich Angst um mein Leben.

»Und darüber hinaus?«

»Was meinen Sie?«

»Hat sie erwähnt, dass ...« Er zögerte. Überlegte, wie er die Frage anbringen konnte, ohne zu viel zu verraten. »Dass sie sich vor ihm fürchtete? Oder dass er Dinge getan hat, die sie moralisch ablehnte?«

»Intime Dinge?«

Gisèle schaute ihn pikiert an. Pierre merkte ihr deutlich an, dass sie sich innerlich wand.

»Nein, nicht, woran Sie jetzt denken, eher beruflicher Natur.«

»Aber Monsieur Durand, das klingt ja beinahe, als verdächtigten Sie Monsieur Rozier der Korruption!« Sie klang aufrichtig empört. »Ich kann Ihnen versichern, dass so etwas in Sainte-Valérie unmöglich ist. Alle Vorgänge gehen früher oder später über meinen Tisch. Selbst die Konten. Wir sind ein kleines Bürgermeisteramt, mit nur drei Angestellten. Nichts geschieht hier ohne mein Wissen.«

Pierre hob die Hände. »Natürlich nicht.« Gisèle war Empfangsdame, Sekretärin und scheinbar auch Controllerin zugleich. Roziers Hang, an Mitarbeitern zu sparen, hatte zumindest in diesem Fall etwas Gutes, denn es erleichterte die Befragung.

»Abgesehen davon«, fuhr Gisèle fort, »würde er so etwas nicht tun. Er mag ein Betonkopf sein. Ein Egoist oder Narzisst, ganz wie Sie wollen. Aber sein Beruf ist sein Leben. Er würde nie etwas tun, das seinem Ansehen schadet.«

»Da mögen Sie recht haben.« Pierre beschloss, das Thema fallen zu lassen. »Hat Madame Rozier eine besondere Beziehung zur Haute-Provence?«

»Ja, sie war dort vor einigen Jahren wandern, allerdings kann ich mich nicht mehr an den Ort erinnern, die Haute-Provence ist ja groß.«

»Vielleicht am Lac de Sainte-Croix?«

»Nein, es war etwas abseits Gelegenes. Sie interessierte sich für verlassene Dörfer. Die Steinruinen, die Zeugnisse vergangenen Dorflebens hatten es ihr angetan. Das Schicksal der Bewohner, die ihre Heimat verlassen mussten, weil es dort keine Zukunft für sie gab.«

»Es gibt eine Menge solcher Dörfer in der Haute-Provence. Können Sie sich nicht daran erinnern, in welcher Gegend sie war?«

»Tut mir leid. Aber«, ihr Gesicht erhellte sich, »sie ist regelmäßig nach Banon gefahren.«

»Banon!«

»Ja, genau. Vor allem der Buchladen mit der Kornblume, *Le Bleuet,* hatte es ihr angetan. Sie liebte es, dort Zeit zu verbringen. Der Laden ist eine Institution. Wussten Sie, dass der Buchhändler im Sommer mehr als tausend Bücher täglich verkauft?«

»Nein.«

»Er hat einen hervorragend organisierten Internethandel und einen Bestand von über hunderttausend Titeln, darunter alleine fünfhundert aus einer überaus anspruchsvollen literarischen Edition. Vor einigen Jahren hat er sogar versucht, dem Internetriesen Amazon die Stirn zu bieten, und den Lagerbestand derart erhöht, dass er in einer Halle am Ortsrand untergebracht werden musste. Angeblich umfasste sie die unglaubliche Menge von einer Million Bücher.«

»Ach!« Pierre war erstaunt. »Und das ist gutgegangen?«

»Leider nein. Das Unterfangen hat sich als Massengrab erwiesen.« Sie verzog den Mund. »Seitdem hat der Besitzer schon zweimal gewechselt. Das Lager ist schon lange aufgelöst, und sie haben sich auf das literarische Flair der Neunziger zurückbesonnen, als die *Librairie* ihre größten Erfolge feierte. Aber noch immer zieht es die Menschen in das Tausend-Seelen-Dorf, um in den heiligen Hallen der Literatur ein Buch zu erstehen.«

»War das *Le Bleuet* der einzige Grund, warum Nanette dorthin gefahren ist?«

»Nein. Dort wohnt auch eine Frau, mit der sie sich regelmäßig austauscht. Ihren Namen kenne ich leider nicht. Aber sie arbeitet auf einem Ziegenhof.«

Endlich eine konkrete Spur! »Kennen Sie denn den Namen des Hofes? Es gibt dort sicher mehrere.«

»Nein.«

»Vielleicht weiß das irgendjemand in der Behinderteneinrichtung, in der Nanette gearbeitet hat?«

»Ich kann gerne mal nachfragen. Eine Bekannte von mir hilft dort ebenfalls mit.«

»Ja, tun Sie das. Möglichst gleich.«

Ihr Blick bekam etwas Sorgenvolles. »Madame Rozier ist doch nichts zugestoßen?«

»Nein«, sagte Pierre gedehnt und setzte etwas fester hinzu: »Sicher nicht.«

»Dann ist es ja gut. Ich werde meine Bekannte anrufen, sobald ich mit dem Hund zurück bin.« Gisèle wandte sich wieder dem Welpen zu, der in aller Seelenruhe ein Loch gebuddelt hatte und nun über und über mit Erde verdreckt war. »Aus, Beaufort!«, schimpfte sie. »Hör sofort auf damit.«

Pierre sah auf die Uhr. In wenigen Minuten würde der Bürgermeister in die Mittagspause gehen, er musste sich beeilen, wenn er ihn noch abpassen wollte.

8

Als Pierre das Bürgermeisteramt erreichte, schlug die Uhr der *Église Saint-Michel* zwölf. Er griff nach dem Türknauf, um festzustellen, dass der Eingang bereits verschlossen war. *Merde,* er hatte Rozier verpasst!

Eilig lief er die Stufen wieder hinab und sah sich suchend um. Wie er den Bürgermeister kannte, verbrachte der die Mittagspause in einem der Restaurants, die den Dorfplatz säumten. Und tatsächlich, auf der Außenterrasse des *Chez Albert,* die wegen der mittäglichen Wärme noch immer geöffnet war, saß Rozier vor einem Korb mit Weißbrot und einem Glas Rotwein. Die Augen geschlossen, mit gelockerter Krawatte und offenem Hemdkragen saß er da und hielt das Gesicht in die Sonne.

Er wirkte entspannt, fiel Pierre auf, beinahe zu entspannt.

»Arnaud«, begann er ohne Umschweife, während er sich auf den Stuhl gegenüber setzte, »ich muss mit dir reden.«

»Gerne.« Rozier öffnete die Augen und setzte sich auf. »Hast du etwas herausgefunden?« Ohne eine Antwort abzuwarten, winkte er nach dem Kellner und bat ihn, Pierre eine Speisekarte und ein weiteres Glas zu bringen. »Ich habe bereits bestellt. Du leistest mir doch Gesellschaft, nicht wahr?«

Pierre nickte. Beim Essen ließ es sich besser reden, man erfuhr oft mehr, wenn die Konzentration auf anderen Dingen lag.

»Ich habe mich ein wenig umgehört«, begann er, nachdem

er die Maronensuppe mit Trüffeln von der Tageskarte geordert hatte. »Dabei ist herausgekommen, dass Nanette ihr Verschwinden bereits vor eurem Streit geplant hatte.«

»Tatsächlich?« Der Bürgermeister runzelte die Stirn. »Warum hätte sie das tun sollen?«

»Das frage ich dich. Gibt es vielleicht eine andere Frau? Du kannst es mir ruhig sagen, ich kann schweigen.«

»Bist du verrückt? Ich mache mich doch nicht erpressbar!« Rozier griff nach dem Weißbrot und riss ein Stückchen ab. »Nanette behauptet ständig, ich würde sie bevormunden.«

»Und, tust du das?«

»Ich? Niemals.«

Pierre unterdrückte ein ungläubiges Schnalzen.

»Kann es sein, dass sie sich von dir bedroht fühlte?« Er zögerte. »So sehr, dass sie untergetaucht ist?«

»Vor mir?« Rozier sah ihn entgeistert an. »Das ist nicht dein Ernst! Warum, um Himmels willen, sollte ich meine eigene Frau bedrohen?« Er hob das Kinn. »Gibt es etwa jemanden, der das behauptet? Sag, wer ist der Kerl, den zeige ich an!«

Pierre schüttelte den Kopf und stieß einen tiefen Seufzer aus. Diese ganze Fragerei kam ihm grotesk vor. Alles, woran er sich dabei klammerte, stammte von einer Postkarte, deren Inhalt aus dem Zusammenhang gerissen schien. So als hätte den Text jemand Fremdes geschrieben, jemand, der ein anderes Leben führte. Dennoch war es Nanettes Schrift. Es verstärkte seine Ahnung, dass jemand sie dazu gezwungen hatte. Selbst wenn an den Vorwürfen etwas dran wäre, wenn sie über Beweise verfügte, die ihren Mann ins Gefängnis bringen könnten, so war es nicht ihre Art, die Situation mit einem derartig offensiven Hilferuf zu lösen. Warum sollte sie jemanden vorschicken, statt sich selbst an die Polizei zu wenden? Oder an ihn, den Dorfpolizisten, dem sie, wie er wusste, vertraute?

Pierre stieg die Hitze in den Kopf, er rieb sich das Gesicht. Er sollte es den Kollegen von der *police nationale* überlassen, Anhaltspunkte für die Richtigkeit dieser Anschuldigungen zu finden, und sich stattdessen darauf konzentrieren, Nanettes Aufenthaltsort ausfindig zu machen.

In diesem Moment brachte der Kellner einen Teller, auf dem eine mit Thymian dekorierte Kaninchenkeule neben getrockneten Pflaumen in einer dunklen Sauce badete, und stellte ihn vor dem Bürgermeister ab.

Rozier legte das Weißbrot an den Tellerrand. Dann zerteilte er das Fleisch, tunkte es in die Sauce und schob sich die Gabel in den Mund. »Du hast doch nichts dagegen, wenn ich schon mal anfange?«, fragte er kauend.

»Nur zu.« Pierre wartete, bis der Bürgermeister heruntergeschluckt hatte. »War Nanette manchmal am Lac de Sainte-Croix?«

»Wir haben dort einmal Urlaub zusammen gemacht.«

»Wo genau?«

»In Moustiers-Sainte-Marie. Das Hotel hieß …« Rozier ließ die Gabel sinken und dachte nach. »*Hôtel le Belvédère.* Warum fragst du?«

»Weil ich überlege, ob sie dorthin gefahren sein könnte.«

»Warum ausgerechnet an diesen Ort?«

»Weil … weil ich inzwischen erfahren habe, dass Nanette gerne in der Haute-Provence ist.«

»Das stimmt, aber es ist nur eine Region von vielen. Nanette ist eine begeisterte Wanderin. Sie liebt die Einsamkeit und die Stille der Wälder ebenso wie abgelegene Küsten. Auch die Dordogne hat ihr gut gefallen, sie könnte überall sein!«

»Was ist mit Banon? Es soll dort einen Ziegenhof geben, den sie gerne besucht hat.«

»Das wäre eine Möglichkeit!« Rozier sah ihn aufmerksam

an. »Sie hat dort eine Bekannte, die sie ab und an besucht. Ich glaube, sie heißt Lucile. Die Ziegenkäserei liegt ein bisschen außerhalb, in Revest-du-Bion. Der Name fällt mir jetzt nicht ein, aber es gibt dort nur eine.«

»Sehr gut.« Damit hatte er bereits zwei Anhaltspunkte, einen Hof bei Banon und ein Hotel in der Nähe des Lac de Sainte-Croix. »Sonst noch was? Eine Pension vielleicht, in der sie übernachtet hat, wenn sie ihre Freundin in Banon besuchte?«

»Nein. Sie war immer nur für einen Tag dort, nie länger.«

»Na schön. Ich werde mich ein wenig umhören. Hast du ein Bild von Nanette, das ich vor Ort herumzeigen kann?«

»Natürlich.« Rozier zog sein Portemonnaie aus der Innentasche des Sakkos und fingerte ein Foto heraus. »Willst du wirklich hinfahren? Die Spur ist ja recht vage, oder?«

»Es ist zumindest ein Anfang«, antwortete Pierre ausweichend, während er das Bild der schlanken Frau Mitte fünfzig betrachtete, deren klares Gesicht von kinnlangem dunkelblondem Haar umrahmt wurde.

»Sie hat gesagt, dass sie mich verlassen will«, gestand Rozier unvermittelt. Er sah an Pierre vorbei, sein Blick ging ins Leere.

»Dann stimmt das also mit der Bevormundung?« Pierre hatte es sich nicht verkneifen können.

»Na schön, ja, vielleicht. Aber das alleine kann doch nicht der Grund dafür sein, ohne ein Wort zu verschwinden. Und hätte sie dann nicht mehr mitnehmen müssen als nur einen Koffer? In der Kaffeedose, in der sie das Haushaltsgeld aufbewahrt, liegen fast zweihundert Euro. Das ist viel Geld, Pierre. Hätte sie es nicht mitnehmen müssen, wenn sie vorhatte, für immer zu gehen?« Er schüttelte den Kopf. »Ich verstehe das alles nicht. Ich begreife nicht, was in ihr vorgegangen ist. Es ist, als würde ich meine eigene Frau nicht mehr kennen.«

»Ich weiß, dass es sich seltsam anhört, Arnaud, aber kannst du dir vorstellen, dass Nanette entführt wurde?«

Rozier legte die Gabel beiseite. »Daran habe ich auch schon gedacht. Aber hätte ich dann nicht eine Lösegeldforderung erhalten müssen? Und sagtest du nicht gerade, dass sie das Ganze selbst vorbereitet hat, also freiwillig gegangen ist?«

»Jemand könnte sie unterwegs abgepasst haben.«

»Ja, das ergibt Sinn.« Rozier riss die Augen auf. »Sicher hat man sie entführt, um ein Komplott gegen mich zu schmieden!« Er zog er sein Mobiltelefon aus dem Sakko und tippte auf dem Display herum.

»Was hast du vor?«

»Ich schalte meinen Anwalt ein. Die Sache wird mir zu heiß!«

Pierre ließ den Blick auf dem Bürgermeister ruhen, der nun leise zischend in sein Telefon sprach, dabei die Brauen eng zusammenzog und sich mit einem Taschentuch die Schweißperlen von der Oberlippe tupfte.

Alles sprach gegen die Annahme, Rozier hätte etwas mit der Sache zu tun. Hatte Pierre jemals daran gezweifelt, so war ihm der Anblick des aufgelösten, hektisch agierenden Bürgermeisters Beweis genug. Er war nicht der Täter, sondern das Opfer eines Spiels, das allem Anschein nach ein Unbekannter aus der Ferne dirigierte. Ein namenloser Widersacher, der Nanette möglicherweise daran hinderte, nach Sainte-Valérie zurückzukehren. Aus welchen Gründen auch immer.

Pierre trank einen Schluck Rotwein und dachte, dass es effektiver sei, wenn die Polizei vor Ort das *Hôtel le Belvédère* aufsuchte. Er selbst würde nach Banon fahren, wo das Unglück vermutlich seinen Anfang genommen hatte.

Als Rozier das Telefon sinken ließ, wirkte er erschöpft wie nach einem Sprint.

»Mein Anwalt vermutet, dass die Kriminalpolizei mir Informationen vorenthält. Er will sich Einsicht in die Akten verschaffen. Ich weiß nicht mehr, was ich denken soll, ich habe doch nichts verbrochen!« Er sah unendlich traurig aus. »Du musst mir helfen«, beschwor er Pierre. »Mein ganzes Leben bricht gerade zusammen!«

Es war das erste Mal, dass Pierre den Bürgermeister derart aufgelöst sah. »Ich verspreche dir, dass ich alles tun werde, um …«

Weiter kam er nicht. Ein Wagen der *police nationale* schoss auf die *Place du Village* zu und blieb mit kreischenden Bremsen vor dem Eingang der *mairie* stehen. Heraus sprangen drei Beamte, in der Hand Kisten, die man gewöhnlich für Akten und Technik verwendet, die bei einer Durchsuchung beschlagnahmt werden sollen.

Rozier sprang auf und stieß dabei gegen den Kellner, der gerade Pierres Suppe servieren wollte, sodass sich der gelbbraune Inhalt über das Hemd des Bürgermeisters ergoss.

»*Putain*!«, rief dieser aus und betrachtete angewidert das Malheur.

Als wäre dies nicht genug, stand plötzlich Gisèle am Tisch, mit wütendem Blick. Ihre Schuhe und Beine waren vollkommen verdreckt.

»*Monsieur le maire*«, rief sie mit vor Erregung zitternder Stimme, »Ihr Beaufort hat sich einfach losgerissen und folgt jetzt irgendwelchen Hasen über die Felder. Ich habe alles versucht, ihn zurückzurufen, aber es ist zwecklos.«

»Sehen Sie denn nicht, was hier los ist?«, blaffte der Bürgermeister, während er den eilfertig an ihm herumtupfenden Kellner beiseiteschob und nun seinerseits begann, das Hemd mit der Serviette zu bearbeiten. »Na los, stehen Sie hier nicht rum, sehen Sie zu, dass der Hund zurückkommt!«

Gisèle schnappte nach Luft und sah auf einmal leichenblass aus. »Ich habe genug«, presste sie endlich hervor. »Ich kündige!« Damit wandte sie sich um und verschwand mit hoch erhobenem Kopf in Richtung Kirchengelände.

Rozier stand reglos da, die tropfende Serviette in der Hand, mit weit geöffnetem Mund. Unter den heftigen Atemzügen hob und senkte sich seine Brust, dann stieß er, puterrot im Gesicht, einen brachialen Ton aus. »Sind denn jetzt alle verrückt geworden? So ein verfluchter Scheiß!«

9

Der Bürgermeister hatte ihm leidgetan. Obwohl es angesichts Gisèles entschiedener Gegenwehr auch einen klitzekleinen Moment der Schadenfreude gegeben hatte, die in dieser Situation, das war ihm bewusst, nicht ganz angemessen war. Weshalb er sie sich ganz schnell wieder verkniffen hatte.

Noch im Stehen hatte Pierre im Kommissariat von Cavaillon angerufen, um Lechat den Namen des Hotels in Moustiers-Sainte-Marie durchzugeben und um Näheres über den Grund der Durchsuchung in Erfahrung zu bringen.

»Der Schriftprobenvergleich ist positiv ausgefallen«, so Lechats Erklärung. »Es besteht kein Zweifel an der Echtheit des Schreibens.«

Damit habe er einen Durchsuchungsbeschluss erwirkt, um den Vorwürfen, die auf der Karte ja nur vage formuliert waren, auf den Grund zu gehen, und zwar sowohl in der *mairie* als auch in Roziers privaten Räumen.

Pierre konnte es nicht fassen. »Aufgrund eines positiven Schriftvergleichs? Ich kenne kaum einen Untersuchungsrichter, dem das ausreichen dürfte.«

»Da mögen Sie recht haben, aber Sie verstehen sicher, wenn ich Sie als zu befangen einstufe, um Ihnen mehr darüber zu erzählen«, lautete Lechats lapidare Antwort.

Gab es etwa weitere Vorwürfe, von denen er nichts wusste?

Pierre hatte nachdenklich aufgelegt. Dann hatte er Luc gebeten, sich um den noch immer über die Felder streunenden

Welpen zu kümmern, bevor er selbst sich auf den Weg nach Banon machte.

Gegen zwei Uhr erreichte Pierre die weite Ebene bei Montsalier, die im Sommer vom typischen Farbwechsel aus sattem Weizengelb und dem Violett des Lavendels geprägt war. Jetzt überzogen die abgeernteten Kornfelder wie blassgelbe Teppiche die Landschaft. Daneben ordentliche Reihen kurz geschnittener grauer Büschel, die von weitem aussahen, als habe jemand mit einem Kamm ein Muster in den Boden gezogen.

In wenigen Kilometern würde er an der Stelle vorbeifahren, an der sich regelmäßig Fotografen und Touristen postierten, um jenen grandiosen Blick auf Banon festzuhalten, der unzählige Postkarten zierte.

Bis nach Revest du Bion waren es noch dreizehn Kilometer, der Weg führte ihn an Banon vorbei durch eine abgelegene Ortschaft, in der sich verdorrte Stockrosen an Mauern drängten, und weiter hinaus aufs Land.

Der Ziegenhof lag abseits des Dorfes mit Blick auf den fernen Mont Ventoux, dessen kalkweiße Spitze heute besonders gut zu erkennen war. Pierre parkte den Wagen seitlich des langgezogenen Ziegenstalls und folgte dem Schild mit der Aufschrift *Direktverkauf.*

Die Türen zum Stall standen weit offen, im Vorbeigehen bemerkte er mehrere Personen, die dabei waren, die Boxen auszumisten. Eine Arbeit, die er selbst nicht gerne erledigte, das musste er bei aller Liebe zu seinen beiden Ziegendamen zugeben.

Im Inneren des Verkaufsraumes war es kühl. Er war klein, wurde fast vollständig von einem Kassentresen und einem Kühlschrank eingenommen, hinter dessen Glastür mehrere Reihen Ziegenkäse lagerten. Eingelegt, klassisch in Kastanienblätter gewickelt, frisch mit Pfeffer, Kräutern oder einer Ascheschicht umhüllt. Eine gläserne Wand trennte den Verkaufsraum von einer gefliesten Kammer, die wohl eine Art Labor war. Dort saßen Männer und Frauen mit weißen Hauben und Kitteln, die in ihrem Tun innehielten, als er eintrat, und ihn mit großen Augen ansahen, abwartend, geradezu scheu.

Pierre winkte ihnen zu, als ein junger Mann mit hoher Stirn einen schrillen Laut ausstieß. Wie aus dem Nichts erschien eine Frau und trat mit freundlichem Lächeln durch eine Tür in der Glaswand, die sich hinter ihr automatisch wieder schloss.

»Wie kann ich Ihnen helfen?«

Pierre setzte zu einer Antwort an, bemerkte dann die Blicke der Angestellten hinter der Scheibe, die jede seiner Bewegungen argwöhnisch beobachteten, und hielt inne.

»Sie sind nur neugierig«, sagte die Verkäuferin, während sie die Haube vom Kopf nahm und sich mit der freien Hand durch das dunkelbraune, kurz geschnittene Haar fuhr, bis es sich aufrichtete. »Sie müssen jeden Fremden einsortieren, damit ihnen seine Anwesenheit keine Angst macht.«

Erst jetzt bemerkte Pierre den Hinweis an der Glaswand, der diesen Betrieb als eine Einrichtung der ESAT auswies, ein Service zur sozialen und beruflichen Integration von Erwachsenen mit Behinderung.

»Ich verstehe.« Pierre nickte. Er sah auf das Namensschild, das auf ihren Kittel gestickt war. *L. Tanguy* stand da, *Ausbilderin.*

»Sind Sie Lucile?«

Die Frau legte den Kopf schräg und streifte mit raschem Blick das Abzeichen der *police municipale* auf Pierres Jacke, die blau-weißen Streifen, die sich quer über die Brust zogen. »Sie sind nicht hier, um Ziegenkäse zu kaufen, nicht wahr?«

»Ehrlich gesagt … nein. Mein Name ist Pierre Durand, *Chef*

de police municipale aus Sainte-Valérie. Ich bin auf der Suche nach Nanette Rozier.«

Madame Tanguy hob die Hand zum Mund, langsam, in banger Erwartung. »Ist ihr … etwas zugestoßen?«

»Sie wird vermisst«, antwortete Pierre ausweichend. »Eine der Spuren führt nach Banon. War sie kürzlich hier?«

»Ja, sie hat mich besucht, vorletzten Montag.«

»War sie alleine?«

»Ja.«

»Und worüber haben Sie gesprochen?«

Madame Tanguy ließ die Hand sinken. »Nanette hat mich gefragt, wie es mir geht. Mein Vater ist seit Kurzem schwer krank, davon habe ich ihr erzählt.«

»Das tut mir leid. Wissen Sie, warum Madame Rozier nach Banon gekommen ist?«

Sie nickte, nachdenklich. »Nanette hat gesagt, dass sie eine Auszeit braucht.«

»Hat sie Ihnen erzählt, warum?«

»Nein, aber ich habe auch nicht nachgefragt. Wenn ich es mir recht überlege, sah sie sehr erschöpft aus.« Madame Tanguy strich sich übers Haar. »Es beschämt mich, dass ich mich nicht nach ihrem Befinden erkundigt habe. Aber meine Gedanken waren ganz woanders, ich dachte nicht, dass …« Sie brach ab.

Pierre nickte verständnisvoll, obwohl er sich eine andere Antwort erhofft hatte. Nanette, die gerne zuhörte, die jedermann Rat gab und dabei die eigenen Sorgen in ihrem Innersten verschlossen hielt. Oder war es so, dass einfach niemand danach fragte? »Hat sie gesagt, wie lange sie bleiben wollte?«

»Eine Woche.«

»Wissen Sie, wo sie gewohnt hat?«

»Nein, aber hier in Banon gibt es nicht allzu viele Möglichkeiten. Das *La Maison de l'Ami* direkt bei der Buchhandlung oder das *La Panenthèse* an der *Route de Forcalquier.* Und drei oder vier Airbnb-Wohnungen. Das berühmte *Hôtel des Voyageurs,* dessen Tiefkühltruhe die Hauptrolle in einem Kriminalroman spielt, ist ja inzwischen nur noch ein Café-Restaurant mit Bar.«

Ein leises Klopfen ließ Madame Tanguy innehalten. Sie sah hinüber zur Glaswand, hinter der ein untersetzter Mann mit rötlichem Kinnbart stand und das Gespräch aufmerksam verfolgte. Er presste beide Hände gegen das Glas, so fest, dass die Handballen weiß anliefen.

»Ich weiß, wo sie gewohnt hat«, sagte er durch die Scheibe. »Sie hat angerufen und eine Bestellung aufgegeben. Drei *banon* und ein Glas eingelegte Würfel. Ich habe ihr den Käse vorbeigebracht, als wir den Krämer im Ort belieferten.«

»Bist du dir ganz sicher, Edouard?«

Der Mann nickte heftig, verzog plötzlich den Mund. »Ich habe vergessen, den Gruß auszurichten …«

»Das macht nichts, alles gut.«

Madame Tanguy ging zum Kassentresen und blätterte im Auftragsbuch. »Tatsächlich, hier steht es. Das war am Donnerstag, den sechsundzwanzigsten Oktober. Die Lieferung ging ins *La Maison de l'Ami.*«

Pierre notierte sich Namen und Adresse des Hotels. Dann sah er zu Edouard, der inzwischen die Verbindungstür geöffnet hatte und nun im Rahmen stand, wobei er die Hände fortwährend knetete.

»Haben Sie mit Nanette Rozier gesprochen?«

»Nein. Ich habe den Käse am Empfang abgegeben.«

»Sagten Sie nicht, Sie sollten einen Gruß ausrichten?«

Edouard öffnete den Mund und überlegte, bevor er antwortete. »Das hat Molly gesagt. Sie hat mir einen Umschlag mit dem Geld für den Käse gegeben. Madame Rozier habe ich nicht gesehen.«

»Molly ist die Rezeptionistin«, erklärte Madame Tanguy mit gespitztem Mund. »Sie ist Amerikanerin.«

Sie sah Pierre an, als sei dies von besonderer Bedeutung. Er fragte sich, ob Amerikanerinnen ihrer Meinung nach im Ausrichten von Grüßen nicht sehr zuverlässig sind, dann entschied er, dieses Detail unter »unnütze Informationen« abzuspeichern.

»Kennen Sie auch ihren Nachnamen?«

»Den kennt hier niemand.«

Pierre schwirrten die Fragen nur so im Kopf umher. Warum hatte Nanette den Käse ins Hotel bestellt, statt ihn direkt bei ihrer Bekannten zu kaufen, mit der sie doch sicher gerne ein wenig plauderte. Hatte sie nur ein wenig Ruhe haben wollen, oder war sie daran gehindert worden, noch einmal hierherzufahren?

»War noch etwas anderes in dem Umschlag?«

»Nein.« Edouard betrachtete seine Fußspitzen.

»Eine Nachricht vielleicht. Ein Hilferuf.«

»Nein. Ganz sicher.«

Pierre atmete tief ein und wieder aus, was ihm half, seine aufkeimende Ungeduld zu zügeln. »Wo ist der Umschlag jetzt?«

»Ich habe ihn weggeworfen.« Edouard zeigte, ohne den Blick zu heben, auf den Papierkorb, der unter der Kasse stand.

»Wann wird der Müll geleert?«

»Jeden Montag.« Eine Träne tropfte von seiner Wange auf den Boden.

»Ist gut, mein Lieber«, flüsterte Madame Tanguy, die mit wenigen Schritten bei ihm war und ihm über den Rücken strich, während sie Pierre mit einem eigenartigen Blick bedachte. »Du hast alles richtig gemacht.«

»Ja«, murmelte Pierre, bestürzt über den abrupten Stimmungsumschwung. »Es war nur ein Gedanke.«

Er nickte Edouard, der sich rasch wieder gefangen hatte, aufmunternd zu und bedankte sich für die Hilfe.

»Ich hoffe, Sie finden Nanette bald«, sagte die Ausbilderin.

»Das hoffe ich auch.« Pierre gab ihr seine Karte. »Wenn Ihnen noch etwas einfällt, rufen Sie mich bitte an.«

Dann ging er zu seinem Wagen und fuhr an den stoppeligen Feldern entlang zurück nach Banon.

10

Es war beinahe vier, als Pierre in Banon ankam. Der Ort war winzig, schien fast nur aus dem Dorfplatz zu bestehen, der *Place de la République,* um den sich kleine Geschäfte gruppierten, die um diese Jahreszeit verwaist wirkten. Pierre parkte vor dem Postamt und stieg aus.

Drei *banon* und ein Glas mit eingelegtem Käse … Es klang wie ein Mitbringsel, das man am Urlaubsort kauft, um es an die Lieben zu Hause zu verschenken.

In Gedanken versunken ging Pierre in Richtung der genannten Pension. Der Weg führte ihn an einer *charcuterie* vorbei, aus deren Inneren ein Duft nach Geräuchertem bis auf die Straße zog.

Pierre blieb stehen und hob den Kopf, das Wasser lief ihm im Mund zusammen. Erst jetzt fiel ihm auf, dass er wegen des Malheurs mit der Suppe noch nichts gegessen hatte. Während er die Auslage betrachtete, stellte er sich vor, sich auf einem der Sitzplätze beim Brunnen niederzulassen, mit einer triefenden Wurst und einem Baguette, auf dem eine dicke Schicht Butter lag. Oder er kaufte sich eines der Gläser mit fertig zubereiteten *pieds et paquets;* die mit Speck und Knoblauch gefüllten und zu kleinen Paketen gewickelten Schafsfüße und -mägen aß er – im Gegensatz zu Charlotte – sehr gerne.

Er hatte Jahre gebraucht, bis er dieses urtypische provenzalische Gericht endlich probiert hatte. Wenn man nicht darüber nachdachte, worauf man da gerade kaute, schmeckte es außerordentlich gut! Gedankenversunken und mit knurrendem Magen stand Pierre vor dem schmalen Schaufenster der Metzgerei und spähte hinein.

Von der Decke über dem Tresen hing eine lange Reihe dünner Salamistangen, die – wie er einem Schild entnahm – mit Nüssen, Fenchel oder Ziegenkäse aromatisiert waren. Sogenannte *brindilles,* die ihren Namen der reisigdünnen Form verdankten.

Er beugte sich weiter vor, bis er mit der Stirn die Scheibe berührte. In der Vitrine erspähte er *caillettes.* Kleine, von einem grobmaschigen Netz umspannte Hackbällchen aus Schweinefleisch, vermengt mit Mangold oder Spinat, die gerade in diesem Moment ein Kunde verlangte.

Pierre musste heftig schlucken. Er begutachtete die Schlange, die sich hinter dem Kunden aufreihte. Die Wartenden unterhielten sich oder ließen den Blick über die Auslagen schweifen – verschiedene Käsesorten, Bratwürste und Lammkeulen – und schienen alle Zeit der Welt zu haben.

Unter normalen Umständen hätte er das Geschäft betreten und es mit einer gut gefüllten Tüte mit Leckereien wieder verlassen. Aber die Umstände waren alles andere als normal. Er hatte keine Zeit für kulinarische Ausflüge. Das unterschwellige Gefühl, sich beeilen zu müssen, nahm Überhand, die Sorge um Nanette trieb ihn an.

Er senkte den Kopf und setzte den Weg fort, kam jedoch nur wenige Schritte weit bis zum Bäcker, der neben frischem Brot und Törtchen auch mehrere Sorten Quiche anbot. Vielleicht konnte er auf dem Weg zur Pension etwas essen? Nur ein paar Happen, um den gröbsten Hunger zu stillen? Pierre bildete sich ein, sich ohne etwas im Magen nicht voll konzentrieren zu können. Die Bäckerei war leer, die Gelegenheit günstig, also riss er die Ladentür auf und zeigte auf eine *quiche à la proven-*

çale, noch ehe er vor dem Tresen zum Stehen kam. Er holte sein Portemonnaie hervor und kramte nach ein paar Münzen.

Wenige Augenblicke später stand er wieder auf der Straße und biss in die Quiche, bevor er seinen Weg fortsetzte. Erleichtert stellte er fest, dass es keiner von diesen billigen Snacks war, denen man den Beinamen »provenzalisch« verlieh, um Touristen anzulocken. Die Quiche war bis an den Rand gefüllt mit überbackenen Auberginen, Zucchini und Tomaten, gewürzt mit genau der richtigen Menge an getrockneten provenzalischen Kräutern, die den saftigen Gemüsekuchen aromatisierten, statt ihn zu überwürzen.

Pierre gönnte sich einen weiteren Bissen, bevor er die Quiche wieder in die Papiertüte schob, und legte die letzten Meter im Laufschritt zurück.

Das *La Maison de l'Ami* lag in einer Seitenstraße, knapp dreißig Meter von der *Librairie Le Bleuet* entfernt. Hätte er sich die Adresse nicht notiert, wäre er glatt daran vorbeigelaufen. Es gab weder Schild noch Hinweis, nur eine graubeige Fassade mit unscheinbarem Eingang, über dem ein baufälliges Vordach hing.

Auf sein Klingeln öffnete eine junge Frau mit lässig hochgestecktem Haar. Sie trug enge Leggins und einen weiten Strickpulli, der ihr über die rechte Schulter gerutscht war und ein Schmetterlingstattoo freilegte. Ihre Hände steckten in quietschgelben Gummihandschuhen, die sie in die Höhe hielt, als wolle sie ihm signalisieren, dass die Unterbrechung ihrer Arbeit unerwünscht war.

»Ein *Policier*?«, fragte sie mit amerikanischem Akzent. »Worum geht's?«

»Sind Sie Molly?«

»Allerdings.« Sie stutzte. »Sie kommen aber nicht von hier. Ich kenne sämtliche Beamte aus der Umgebung.«

»Da haben Sie recht.« Pierre stellte sich vor. »Ich habe eine Frage zu einem Ihrer Gäste, Nanette Rozier. Sie hatte sich bis zum vergangenen Freitag hier eingemietet, ist das richtig?«

»Huch!« Molly runzelte die Stirn. »Die Frau ist doch keine Schwerverbrecherin, oder habe ich da etwas verpasst?«

»Nein, sie ist nur nicht zu Hause angekommen. Ihr Mann hat sie als vermisst gemeldet.«

»Oha«, sagte sie und biss sich auf die Lippen.

»Madame Rozier war also hier?«

»Ja.«

»Hatten Sie noch mehr Gäste in dieser Zeit?«

»Nein, sie war die Einzige.«

»Und sie war alleine?«

»Ganz sicher.« Molly streifte die Gummihandschuhe von den Händen. »Sie hatte ein Einzelzimmer. In das Bett passt nicht einmal ein Liebespaar. Außerdem wirkte sie ganz zufrieden, so als brauche sie keine Gesellschaft. Sie war oft alleine spazieren. Manchmal hat sie auch draußen vor dem Café neben der *Librairie* gesessen und gelesen.«

»Hat sie denn zufrieden gewirkt?«

»Ja. Irgendwie ...« Sie suchte nach dem richtigen Wort. »Gesäubert, so sagt man doch, oder?«

»Sie meinen geläutert?«

»Ja, genau. Bei ihrer Ankunft hat das noch ganz anders gewirkt. Sie sah elend aus, aber irgendwie auch entschlossen. Ich hatte das Gefühl, sie suchte nach einem Weg oder einer Entscheidung. Die sie dann wohl auch getroffen hat. Bei ihrer Abreise hat sie mir erzählt, dass sie sich richtig auf die Rückkehr freut.«

Nanette Rozier wollte also tatsächlich nach Hause. Stattdessen war sie jedoch in Richtung Lac de Sainte-Croix gefahren.

»Um wie viel Uhr hat sie die Pension verlassen?«

»Sie meinen am Freitag? Das war um kurz vor zehn.«

»Kurz vor zehn?«

»Ja, das weiß ich ganz genau. Ich habe mich nämlich gefreut, dass ich den Anfang von *Desperate Housewives* nicht verpasse. Kennen Sie die Serie? Es ist ulkig, sie in der französischen Übersetzung anzusehen. Die Stimmen klingen ganz anders als im Original.« Sie gluckste.

Laut Bericht des *Commissaires* hatte Nanette Banon erst um elf Uhr verlassen. Irgendetwas musste passiert sein, nachdem sie sich von Molly verabschiedet hatte. Ja, so war es: Zwischen zehn und elf Uhr war etwas Entscheidendes geschehen. Etwas, das ihre Pläne änderte. Nur was?

»In welche Richtung ist sie gegangen?«

»Ich habe ihr nicht nachgesehen.« Molly hielt die Gummihandschuhe in die Höhe. »Ist das alles? Ich würde jetzt gerne weiterputzen.«

»Ja.«

»Viel Glück bei der Suche!«

Pierre trat ins Freie und sah sich um. Rechts von der Pension lag die *Librairie Le Bleuet.* Mit der apricotgelben Fassade und den blauen Fensterläden war sie ebenfalls eine Postkartenschönheit des Dorfes. Der stilisierte, mit Kornblumen umgebene Schriftzug war frankreichweit bekannt, ebenso wie der holzgeschnitzte Bücherturm, der bis an den Balkon des ersten Stockwerks reichte. Nur der üppig grüne Baum, der auf den vielen Abbildungen Teil dieser Idylle war, bewegte seine nun nackten Zweige im sanften Wind.

Entschlossenen Schrittes ging Pierre auf die Buchhandlung zu. Vielleicht wusste hier jemand mehr über die fragliche Zeit.

In der *Librairie* herrschte ein reges Kommen und Gehen. Obwohl der Ort nur wenige Meter weiter geradezu ausgestorben gewirkt hatte, strömten hier die Menschen nur so durch die von Postkartenständern flankierte Eingangstür ins Innere. Verteilten sich im Labyrinth der Räume, standen in den Gängen, lasen interessiert oder streiften durch die Regale.

Pierre ging geradewegs auf den Kassenbereich zu, stellte sich der Dame hinter dem Tresen mit seinem Namen und Dienstgrad vor und zog das Bild von Nanette Rozier aus der Tasche.

»Ich bin auf der Suche nach dieser Frau hier. Sie soll in der Zeit vom zwanzigsten bis siebenundzwanzigsten Oktober in Banon gewesen sein.«

Die Dame griff nach ihrer Brille, die im Haar gesteckt hatte, schob sie vor die Augen und betrachtete das Foto eingehend. »Ja, natürlich, das ist eine langjährige Kundin. Sie hat hier Urlaub gemacht, vor ungefähr einer Woche.«

»Haben Sie mit ihr gesprochen?«

»Nur kurz, sie hat nach Sonderposten gefragt, und ich habe sie an die Verkäuferinnen verwiesen. Sicher kann Ihnen eine der Damen dazu Auskunft geben. Soll ich sie herbeirufen?«

»Das wäre sehr freundlich.«

Sie schob die Brille wieder ins Haar und bat ihn zu warten, bevor sie im Verkaufsbereich verschwand.

Pierre betrachtete das Ladeninnere, das sich – im Gegensatz zum plakativen Äußeren – kaum von anderen Buchhandlungen unterschied. Die Einrichtung war geradezu provozierend schlicht gehalten, beinahe altmodisch. Kiefernholzregale standen auf lindgrünem Teppich, Klappleitern lehnten an überfüllten Wänden. Der Laden schien vor lauter Büchern überzuquellen, sie verteilten sich auf Fensterbänken, in Drehständern, auf Treppenstufen, dem Sims eines Kamins sowie Deckel und Gehäuse eines Klaviers.

»*Monsieur le policier*?« Die Kassiererin hatte sich unbemerkt wieder genähert. Sie zeigte auf zwei Angestellte, die ihr nach vorne gefolgt waren. »Einige Kolleginnen können sich an die Dame erinnern.«

Pierre zückte sein Notizbuch und begann mit der Befragung. Eine Buchhändlerin nach der anderen kam zur Kasse, um sich das Foto anzusehen und Auskünfte zu erteilen. Am Ende wusste Pierre, dass Nanette Rozier seit vielen Jahren in unregelmäßigen Abständen in der *Librairie* vorbeikam, um sich mit Büchern einzudecken, und dass sie manchmal auch den Internetservice nutzte. Tatsächlich war sie in der besagten Woche gleich zweimal in der Buchhandlung gewesen, und als Pierre von einer Auszubildenden mit violett umrandeter Brille, die sich als Mademoiselle Joubert vorgestellt hatte, erfuhr, welche Bücher sie erstanden hatte, vertiefte sich seine ungute Ahnung.

»Ein Ratgeber über Welpenerziehung?«

»Außerdem mehrere Mängelexemplare von Kinderbüchern. Wir haben ihr einen guten Preis gemacht, weil wir wussten, dass es für einen guten Zweck ist. Am Ende waren es zwei Kartons voll.«

Kinderbücher. Zweifellos, Nanette hatte zurück nach Hause fahren wollen. Hatte entschlossen, Ordnung in ihr Leben zu bringen und wieder Kontakt zu der Einrichtung aufzunehmen, in der sie behinderten und sozial benachteiligten Kindern so gerne vorlas.

»Sie hat«, fuhr die Auszubildende fort, »die Bücher kurz vor ihrer Rückreise abgeholt. Ich habe ihr sogar noch geholfen, die Kartons zum Auto zu bringen. Das war am Freitag.«

»Um wie viel Uhr?«

»So gegen halb elf.«

Touché! Die junge Auszubildende war wahrscheinlich die Letzte, die Nanette hier in Banon gesehen hatte. »Wie hat Madame Rozier auf Sie gewirkt?«

»Fröhlich. Sie hat Scherze gemacht. Über ihr kleines Auto,

das unter dem Gewicht der Bücher hoffentlich nicht zusammenbrechen würde.«

»Haben Sie zufällig auch gesehen, wie sie losgefahren ist?«

»Nein.« Mademoiselle Joubert zögerte. »Aber ich habe mich noch einmal umgedreht, bevor ich um die Ecke gebogen bin. Madame Rozier stand am Auto, an der geöffneten Fahrertür, und unterhielt sich mit einem Mann.«

Pierre spürte, wie sich sein Puls beschleunigte. »Was war das für ein Mann, kannten Sie ihn?« Er nickte ihr auffordernd zu, und als sie leise verneinte, fügte er hinzu: »Bitte, Mademoiselle, ich brauche Details, das ist wichtig!«

»Es war niemand aus dem Dorf, so viel ist sicher. Er war schätzungsweise Anfang, Mitte vierzig, aber ich kann mich auch irren.«

»Haarfarbe?«

»Dunkel, denke ich, doch ich habe nicht weiter darauf geachtet. Ich konnte ja nicht ahnen …« Sie sah ihn mit großen Augen an. »Kann sein, dass die beiden zusammen gelacht haben, als seien sie gute Bekannte. Zumindest schien Madame sich zu freuen, ihn zu sehen. Mehr weiß ich wirklich nicht.«

Verdammt, dachte er, sagte es aber nicht laut. »Schon gut, das ist immerhin etwas.« Pierre zog eine Visitenkarte aus der Tasche und reichte sie ihr. »Wenn Ihnen noch was einfallen sollte …«

Die Auszubildende nahm die Karte entgegen und betrachtete sie, als stünde darauf die Antwort auf alle Fragen, als sich unvermittelt ihr Blick erhellte. »Ich weiß nicht, ob es Ihnen weiterhilft, aber ich erinnere mich, dass vor einigen Tagen eine Online-Bestellung bei uns eingegangen ist. Auf Madame Roziers Namen. Es muss nach ihrer Abreise gewesen sein, ich habe mich nämlich gefragt, ob sie etwas vergessen hat. Soll ich mal nachsehen?«

»Unbedingt!«

Mademoiselle Joubert ging zu einem Computer mit modern flachem Monitor und tippte etwas ein. Pierre folgte ihr und wartete ungeduldig, während ihre Finger flink über die Tastatur glitten.

»Ah, hier ist es«, sagte sie endlich. »Ja, die Bestellung kam über ihr Kundenkonto. Sie ist am Montagmorgen bei uns eingegangen.«

»Um wie viel Uhr war das?«

Wieder tippte sie etwas ein. »Ganz früh, um vier Uhr drei.«

Pierre gab ein Keuchen von sich. Das war die Zeit, in der Nanette am Lac de Sainte-Croix registriert wurde! Es musste sehr dringend gewesen sein, wenn sie dafür ihr Telefon eingeschaltet hatte. Pierre beugte sich vor. »*Tod unter der Glyzinie*«, las er irritiert.

»Der Titel ist von Pierre Magnan, der hier früher oft gelesen hat. Wir haben sämtliche Bücher von ihm vorrätig. Sein Roman *Laviolette auf Trüffelsuche* spielt nämlich in Banon.«

»Ah.« Pierre nickte in Erinnerung an das Gespräch mit Madame Tanguy. »Ist das die Story mit der Tiefkühltruhe?«

Die junge Frau nickte eifrig. »Sie kennen es?«

»Flüchtig. Wohin ist die Lieferung gegangen?«

»Nach Moustiers-Sainte-Marie, ins *Hôtel le Belvédère*.«

Das war das Hotel, in dem die Roziers vor Jahren Urlaub gemacht hatten!

Pierre bedankte sich, bevor er ins Freie stürmte und sein Mobiltelefon hervorholte. Er stellte fest, dass er zwei Anrufe übersehen hatte, von Luc und von Gisèle. Beide hatten auf die Mobilbox gesprochen, und er beschloss, die Nachrichten abzuhören, sobald er mit dem *Commissaire* gesprochen hatte.

Im selben Moment, als er Robert Lechats Nummer wählen wollte, erscholl der Klingelton. Es war Charlotte.

»Pierre, ich muss mit dir reden. Es ist wegen unserer Reise.«

»Später, ich muss dringend telefonieren.«

»Es ist wichtig.«

»Ist gut, aber ich muss erst mit *Commissaire* Lechat …«

»Bist du im Vermisstenfall vorangekommen?«

»Ja, das heißt vielleicht. Ich melde mich gleich wieder bei dir, ja?« Damit legte er auf und drückte die Kurzwahltaste.

Der *Commissaire* hörte sich an, was Pierre herausgefunden hatte, und als er endlich sprach, war seine Erregung deutlich zu hören.

»Ich werde umgehend die Gendarmerie in Moustiers-Sainte-Marie informieren. Die Kollegen waren bereits in dem Hotel, aber eine Nanette Rozier war dort nicht gemeldet. Sie haben ein Foto von der Vermissten herumgezeigt, aber man will sie weder im Hotel noch an anderer Stelle erkannt haben.«

»Sicher haben sie die Büchersendung übersehen«, entfuhr es Pierre. »Das Paket ist ja offenbar angenommen worden. Ich fahre am besten sofort hin.«

Das Packen konnte er notfalls auch auf den nächsten Morgen verschieben. Die Ermittlungen waren wichtiger. In seinem Körper herrschte eine unerträgliche Spannung, die nach Auflösung verlangte. Von hier bis zum Lac de Sainte-Croix waren es knapp zwei Stunden, wenn er schnell fuhr, eineinhalb.

»Den Weg können Sie sich sparen«, entgegnete Lechat. »Bis Sie da sind, haben die Beamten die Sache längst geklärt. Davon abgesehen, wollten Sie nicht morgen in Urlaub fahren?«

»Wenn nichts dazwischenkommt«, knurrte Pierre und dachte dabei, dass es tatsächlich unsinnig war, blindlings loszufahren. Es dämmerte bereits, und bis er dort ankam, war es stockfinster. Außerdem musste er die Ziegen versorgen, das Heu, das er am Vortag in die Raufe gelegt hatte, war sicher aufgefuttert. Und auch die Wiese gab nicht mehr allzu viel her. »Na schön. Dann fahre ich zurück nach Sainte-Valérie. Halten Sie mich bitte auf dem Laufenden!«

»Ich melde mich, sobald es Neuigkeiten gibt.«

Er wollte das Gespräch gerade beenden, als ihm etwas einfiel. »Ach, noch etwas: Hat die Durchsuchung der *mairie* etwas Belastendes hervorgebracht?«

»Das, mein lieber Pierre, fällt unter das Dienstgeheimnis.«

Es hatte süffisant geklungen, und Pierre konnte nicht sagen, ob Lechat ihm die Antwort verweigerte, um seine Ahnungslosigkeit zu kaschieren oder weil sie tatsächlich etwas Belastendes gefunden hatten. Wenn sich allerdings herausgestellt hätte, dass an den Andeutungen von der Postkarte etwas dran war, hätte Lechat ihm davon erzählt, Dienstgeheimnis hin oder her, dessen war sich Pierre sicher.

Mit großen Schritten eilte er zu seinem Wagen und lenkte ihn mit überhöhtem Tempo aus dem Ort. Er beschloss, Lechats Meldung abzuwarten, bevor er Charlotte zurückrief. Solange er die weiteren Entwicklungen nicht abschätzen konnte, ergab es wenig Sinn, mit ihr über den bevorstehenden Urlaub zu sprechen, überlegte er, während er durch die von der Abendsonne beleuchtete Landschaft fuhr, über die sich langsam ein dunstiger Schleier legte. Denn eines war ihm klar: Sollte es innerhalb der nächsten Stunde noch immer keine Spur von Nanette geben, würde er seine Tasche nicht für den Urlaub packen, sondern für die Suche nach der Bürgermeistergattin. Charlotte müsste dann alleine vorausfahren, er würde nachkommen, sobald er die Vermisste gefunden hatte. Sie würde es verstehen.

Zumindest hoffte er das.

11

Der ersehnte Rückruf kam, als Pierre den Wagen über die schmale Holzbrücke lenkte, die den Platz vor seinem Bauernhaus von der Straße trennte. Es war kurz vor sieben, der Himmel hatte ein verwaschenes Graublau angenommen, innerhalb der nächsten Minuten würde die Nacht das Licht komplett verschluckt haben.

Während der letzten Kilometer hatte er mit zunehmender Unruhe an Charlotte gedacht. Vor seinem inneren Auge sah Pierre sie vor dem Telefon sitzen, wartend, mit Blick auf die Uhr. Erst verwundert, dann mit zunehmender Wut. Endlich würde Lechat die ersehnte Klarheit bringen, die ihn in die Lage versetzte, eine Entscheidung zu treffen.

»Und? Ist die Lieferung der *Librairie* aufgetaucht?«, fragte Pierre, kaum dass er das Gespräch entgegengenommen hatte.

»Ja, das Päckchen ist am Dienstag eingetroffen, man hat es beiseitegelegt und nicht weiter beachtet, da die Empfängerin nicht im Hotel registriert war.«

»Haben die Beamten es untersucht?«

»Es war nichts weiter drin als das bestellte Buch.«

»Verdammt!« Pierre schlug mit der flachen Hand aufs Lenkrad, dann stellte er den Motor ab. »Das Ganze ergibt überhaupt keinen Sinn! Nanette Rozier, die vorhatte zurückzukehren, unterhält sich mit einem Fremden, ihr Mobiltelefon wird kurz darauf in Allemagne-en-Provence registriert, um unmittelbar danach wieder vom Radar zu verschwinden. Zwei Tage später schaltet sie noch vor dem Morgengrauen für einen Moment das Handy ein und bestellt ein Buch in ein Hotel, in dem sie gar nicht wohnt, um anschließend spurlos abzutauchen.« Er stieß die Luft aus. »Ich verstehe das alles nicht.«

»Es kann nur bedeuten«, Lechats Stimme klang kraftlos, »dass sie vorhatte, das Hotelzimmer zu beziehen, und ihr auf dem Weg dorthin etwas zugestoßen ist.«

Pierre sog die Luft ein. Er weigerte sich, diesem Gedanken zu folgen. »Vielleicht wollte sie uns damit ja etwas mitteilen.«

»Wie meinen Sie das?«

»Es könnte ein Hilferuf gewesen sein. Mal angenommen, dieser Mann, den sie in Banon getroffen hat, hat sie verschleppt. Ein paar Tage später lässt er sie für einen Moment unbeobachtet, und sie bestellt das Buch, um uns einen Hinweis zu geben. Das muss der Moment gewesen sein, als sie am Sendemast an der *Route de Moustiers* zwischen Sainte-Croix-du-Verdon und Moustiers-Sainte-Marie eingeloggt war.«

»Eine geheime Botschaft?«

»Ja.«

»Und welche soll das sein?«

»Keine Ahnung. *Tod unter der Glyzinie* … Der Titel klingt bedrohlich. Wissen Sie, worum es in dem Buch geht?«

»Ich kenne es auch nicht. Aber ich muss sagen, dass mir Ihre Theorie nicht ganz einleuchtet. Ihrer Meinung nach hat Madame Rozier die Bestellung also heimlich aufgegeben? Das ist nicht plausibel. Wenn sie Zugang zum Internet hatte, warum hat sie dann nicht einen Hilferuf geschickt? Unverschlüsselt, direkt an die Polizei.«

Pierre verzog den Mund. »Ja, das wäre sicher logischer gewesen.«

»Ich gehe davon aus«, fuhr Lechat fort, »dass dieser Mann Madame Rozier unmittelbar vor ihrer Abfahrt etwas gesagt hat, das sie umstimmte. Vielleicht hat er sie ja vor ihrem Ehemann gewarnt.«

»Sie vergessen, dass die Auszubildende der *Librairie* sie hat lachen sehen.«

»Ja, zunächst, aber die junge Dame hat nicht das ganze Gespräch beobachtet. Angenommen, der Streit im Haus der Roziers hat sich um Unregelmäßigkeiten in der Kontoführung gedreht. Um die Unterschlagung öffentlicher Gelder oder Dokumentenfälschung. Dann wäre dieser Mann aus Banon der große Unbekannte, mit dem sie verabredet hatte, täglichen Kontakt zu halten.«

»Sie glauben noch immer, dass der Hilferuf auf der Postkarte real ist, stimmt's?«

»Solange ich nichts habe, was mir das Gegenteil beweist.«

»Und der Grund, dass Nanette Rozier nicht im *Hôtel le Belvédère* ankam …«

»Ist, dass derjenige, der sie umbringen sollte, Erfolg hatte. Dass der große Unbekannte zugleich der Killer war, glaube ich nicht, denn dann bliebe die Frage, warum sie angeblich noch am Montag Kontakt mit dem anonymen Empfänger der Postkarte …«

»Schluss damit«, fuhr Pierre dazwischen. »Wenn man Sie reden hört, könnte man meinen, wir kämen zu spät.«

»Bei allem Respekt, Pierre. Genau danach sieht es aus.«

Pierre starrte ins Dunkel des Hofes. Ihm war übel. »Ist Ihnen schon mal der Gedanke gekommen, dass jemand mit Absicht versucht, uns zu verwirren?«

»Wie dem auch sei, es bringt nichts, wild zu spekulieren, wir müssen uns an die Fakten halten. Und nach denen ist Madame Rozier auf der Flucht vor den Repressalien ihres Mannes seit Tagen wie vom Erdboden verschluckt. Solange wir nicht hundertprozentig wissen, was tatsächlich mit ihr geschehen ist, besteht unsere Aufgabe darin, den Bürgermeister und all seine Schritte analog wie auch digital zu überwachen, um das Schlimmste zu verhindern.« Lechats Stimme wurde sanft. »Ich kann Ihren Zweifel verstehen, Ihre Sorge um Madame Roziers Wohlbefinden. Wir tun alles, was in unserer Macht steht, um sie zu finden. Ihre Personalien sind inzwischen im polizeiinternen Informationssystem erfasst, die Daten wurden mit sämtlichen unbekannten Toten abgeglichen, bislang glücklicherweise ohne Erfolg. Morgen wird eine Suchmeldung in der *La Provence* erscheinen und in einigen kleineren regionalen Zeitungen. Wir haben die Lage im Griff. Sie können beruhigt in Urlaub fahren. *Au revoir.*«

Benommen stieg Pierre aus. Blinzelte in die aufflammende Lampe, die der neue Bewegungsmelder aktiviert hatte, und ging über den Platz zum Stall, aus dessen Richtung ein lautes Blöken erklang.

Lechat hatte betont, sie müssten sich nur an die Fakten halten, doch das war leichter gesagt als getan. Das Problem an der Sache war, dass die Faktenlage verwirrend war, undurchsichtig, wie hingeworfene Bröckchen. Natürlich gab es auch Fälle, in denen sich am Ende alles aufklärte, ein roter Faden sichtbar wurde, der im Nachhinein sämtliche Bruchstücke logisch miteinander verband.

Allein, er glaubte nicht daran, dass es in dieser Angelegenheit so einfach war.

Sie können beruhigt in Urlaub fahren …

Lechats Worte klangen grotesk nach, als Pierre die Stalltür öffnete und das Licht einschaltete. Sofort belagerten ihn die beiden Ziegen. Carbonne war bereits da gewesen und hatte die Tiere aus dem Freigehege in den Stall geführt. Die weiß-braun gescheckte Cosima und ihre maronenfarbene Tochter Lilou stellten sich auf die Hinterhufe, um ihn zu begrüßen. Mit rauen Zungen schleckten sie ihm über die Hände, bevor sie sich wieder dem Trog zuwandten, der bis zum Rand mit Heu gefüllt war.

»Zum Glück habt ihr jemanden, der sich gut um euch kümmert«, sagte Pierre mit einem Anflug von schlechtem Gewissen.

Dann ging er in den Nebenraum, wo er einige Maiskolben aufbewahrte, und hielt ihnen ein paar hin. Mit wackelnden Stummelschwänzchen rissen die Ziegen ihm die Kolben aus der Hand. Pierre lauschte dem Kauen und Schmatzen, während er den Fall überdachte.

Er glaubte nicht, dass die Gefahr vorbei war, nur weil die Kollegen den Bürgermeister überwachten. Pierre dachte, dass Lechat Dinge zusammenwarf, die nicht zusammengehörten. Was, wenn Arnaud Rozier recht hatte mit der Annahme, jemand wolle ihm schaden, vielleicht sogar sein Leben zerstören? Wenn jemand Nanette als Faustpfand genommen hatte, um den Sturz des Bürgermeisters zu inszenieren?

Denn eine Frage hatte der *Commissaire* bisher ausgeklammert, obwohl sich hier die Bruchstelle offenbarte: Warum hätte Nanette fliehen und tiefer in die Haute-Provence eindringen sollen, statt sich unmittelbar an die Polizei zu wenden? Was für einen Sinn ergab es, vor einer Gefahr davonzulaufen und gleichzeitig einem nicht näher bezeichneten Freund eine Postkarte zu schicken, mit der Bitte, sie der Polizei zu übergeben, sobald der Kontakt abbricht? Jener Polizei, der sie angeblich nicht genug vertraute, um diesen ganzen Zirkus abzukürzen!

Es waren lauter Fragezeichen, die sich daraus ergaben. Pierre konnte selbst nicht sagen, wohin sie führten, eines war jedoch gewiss: Irgendetwas lief hier gründlich schief. In die falsche Richtung, raste direkt auf einen Abgrund zu.

Er konnte nicht untätig bleiben, in Urlaub fahren und so tun, als sei alles nur eine Frage des Erfolgs öffentlicher Suchmeldungen. Nanette war in Not. Das spürte er in der Magengrube, in der sich Übelkeit ausbreitete. Die Sorge war präsent, machtvoll. Er musste dringend mit Charlotte reden, den Urlaub aufschieben, um wenige Tage nur. Und das sollte er besser nicht am Telefon tun, sondern persönlich.

Noch einmal beugte er sich zu den Ziegendamen hinunter und kraulte sie hinter den Ohren. Zumindest die beiden waren während seiner Suche gut versorgt. Der alte Uhrmacher hatte selbst einmal Ziegen besessen, er kannte sich aus. Bei ihm, dessen war Pierre gewiss, würden die beiden innerhalb kürzester Zeit einige Pfunde zulegen.

Während er zurück zum Auto hastete und den Motor startete, überdachte Pierre die nächsten Schritte.

Den Polizeiwagen würde er nicht nehmen können, den musste er Luc überlassen, damit er in der Zeit handlungsfähig war. Er würde den Automechaniker Stéphane Poncet bitten, ihm den Ersatzwagen, den er für seine Kunden bereithielt, für ein paar Tage zu überlassen. Damit würde er nach Moustiers-Sainte-Marie fahren, wo er mit den Gendarmen vor Ort sprechen wollte. Irgendetwas mussten sie bei der Suche rund um den Lac de Sainte-Croix übersehen haben. Und er würde sich wie ein Pitbull festbeißen, bis er das entscheidende Detail fand.

12

Als Pierre wenig später die *Rue du Pontis* erreichte, war der Himmel bereits in nächtliches Schwarz getaucht. Einige Sterne blinkten, schienen weiter entfernt als je zuvor, während Pierre seinen Mut zusammennahm und über den Platz schritt, von dem aus sie unzählige Male in trauter Zweisamkeit die Aussicht über den Luberon genossen hatten.

In der *Épicerie* brannte helles Licht. Noch immer wusste Pierre nicht, wie er es Charlotte beibringen sollte. Er hoffte, sie würde den südfranzösischen Anteil ihres Wesens ein wenig zügeln können, ihrer Enttäuschung nicht allzu emotional Ausdruck verleihen. Er ahnte, was sie ihm alles an den Kopf werfen würde. Dass sie sich nur seinetwegen so beeilt hätte, den Laden auf die Urlaubszeit vorzubereiten, warum er es ihr erst jetzt mitteilte, statt ihr die Hetzerei zu ersparen.

Er hasste weibliche Wutausbrüche, am liebsten hätte er sich dem einfach entzogen. Aber er war ja kein Weichei, sondern Manns genug, sich dem Donnerwetter zu stellen. Schließlich ging es nicht um irgendeinen Fall, sondern um die Frau des Bürgermeisters. Am Ende würde Charlotte es verstehen.

Beherzt öffnete er die Tür. Dabei fiel ihm auf, dass das Abwesenheitsschild, mit dem Charlotte den heutigen Abend beschließen wollte, noch nicht an seinem Platz hing. Begleitet von einem hellen Glockenton, trat er ein, dann blickte er sich um.

Neben dem Fenster war ein Stehtisch aufgebaut, den er hier noch nie gesehen hatte. Darauf standen Gläser, Servierplatten und Schalen, dicht gedrängte Windlichter und kleine Olivenbäumchen, die aussahen, als warteten sie nur darauf, die *Épicerie* in eine Eventlocation zu verwandeln.

Charlotte war nirgends zu sehen. Stattdessen kam Martin Cazadieu auf ihn zu, mit weit ausgebreiteten Armen. Der Sommelier war noch runder geworden als bei ihrer letzten Begegnung, seine dunkle Löwenmähne schien noch eine Spur schwärzer, sodass Pierre sich unwillkürlich fragte, ob er sie wohl färbte.

»Mein lieber Monsieur Durand«, rief er aus, »schön, Sie zu sehen!« Mit beiden Händen ergriff er Pierres Rechte und schüttelte sie überschwänglich. »Was machen die Ziegen?«

»Es geht ihnen gut. Wo ist Charlotte?«

»In der Küche, sie bereitet die *amuse gueule* vor. Wir empfangen die Gruppe mit kleinen *tartines,* belegt mit *chevre à l'huile* auf Feigenkompott. Köstlich, sage ich Ihnen, ein wahrer Gaumenschmaus. Hervorragend zum herb-fruchtigen Aroma des *vin d'orange,* dem Aperitif, der uns ein kleines bisschen in den Sommer zurückversetzen soll.« Er bückte sich zu dem am Boden stehenden Weidenkorb und zog mit verklärtem Blick eine bauchige Flasche hervor. »Das hier verspricht eine exorbitante Geschmacksexplosion. Bittersüß wie das nahende Ende einer Liebesnacht.«

»*Amuse gueule* zum Empfang?« Pierre blickte an Cazadieu vorbei in Richtung Küche, aus der ein Klappern zu hören war. »Habe ich etwas verpasst?«

»Pardon? Ich dachte, Charlotte hätte Ihnen am Telefon davon erzählt.«

»Was erzählt?«

»Na, dass sie einspringt.« Er nahm eines der Gläser und schenkte den *vin d'orange* ein, schwenkte ihn versonnen und hielt ihn Pierre entgegen. »Catherine ist kurzfristig erkrankt.

Eine Magenverstimmung. In dem Zustand kann sie die Genusstage nicht begleiten, geschweige denn den Kochkurs geben. Das wollen wir niemandem zumuten.« Er grinste mit angehobener Braue. »Ich habe Charlotte gebeten, mir aus der Bredouille zu helfen, und sie hat sich dankenswerterweise bereiterklärt, gleich morgen …«

Pierre schob das Glas zur Seite und wandte sich zur Küche um, aus der Charlotte in diesem Moment hervorkam und ihn mit aufgerissenen Augen ansah.

»Pierre!«, rief sie aus, während sie mit erhobenen Händen auf ihn zuging, als sei er ein störrisches Kind. »Lass es mich erklären. Ich wollte es dir schon die ganze Zeit sagen, aber du hast ja nicht zurückgerufen …«

»Eine Krankheitsvertretung?«, presste er hervor und machte einen Schritt zurück. Er dachte an den Prospekt, der aus dem Rezepte-Ordner gerutscht war. »So unerwartet kann die Krankheit dieser Catherine ja nicht gekommen sein, oder? Wie lange weißt du schon, dass du die Reise absagen wirst?«

Es war absurd! Als wären ihre Rollen in dem Moment, als er durch die Tür des Lokals getreten war, vertauscht worden. Als hätte nicht er die ganze Zeit mit sich gerungen, den Urlaub zu verschieben, sondern sie. Wobei es einen entscheidenden Unterschied gab: Während er sich die ganze Zeit Gedanken machte, wie er ihr es so schonend wie möglich beibringen konnte, hatte sie die Entscheidung offenbar vollkommen selbstverständlich und ohne Gewissensbisse getroffen. Davon abgesehen: Bei Charlotte ging es nicht um Leben und Tod, sondern um die Verköstigung einer dahergelaufenen Reisetruppe, die jeder x-beliebige Koch hätte übernehmen können.

Es war nur ein weiterer Beweis dafür, dass Charlotte die Arbeit über alles stellte. Auch über ihn.

Als sie schwieg und statt einer Antwort nur in einer entschuldigenden Geste die Achseln hob, konnte Pierre nicht länger an sich halten. Er musste raus hier, bevor er etwas sagte, das er später bereute.

Wütend stapfte er aus dem Lokal. Sollte sie ihn doch am Allerwertesten!

Auf Höhe des Parkstreifens seitlich der Stadtmauer holte Charlotte ihn ein.

»Pierre, so warte doch!«

Abrupt blieb er stehen, sah sie mit verschränkten Armen an.

»Du tust mir Unrecht«, stieß sie aus. »Ich wollte bis zum letzten Moment nicht zusagen. Aber als du vorhin nicht zurückgerufen hast, musste ich eine Entscheidung treffen. Es geht doch nur um zwei Tage. Am Sonntagnachmittag reist die Gruppe wieder ab, dann können wir losfahren, meinetwegen noch am Abend.« Sie seufzte. »Pierre, es ist wirklich wichtig. Martin baut sich gerade eine Existenz auf. Das hier ist ein großer Auftrag, er entscheidet über seine Zukunft, da kann ich ihn unmöglich hängen lassen.«

»Na, schön.« Seine Wut erschien ihm auf einmal kindisch. Er sollte die Situation aufklären, ihr sagen, dass es ihm nicht ungelegen kam. »Dann fahren wir eben ein paar Tage später los. Ich …«

»Danke für dein Verständnis«, unterbrach sie ihn erleichtert. »Es gibt nämlich noch einen weiteren Grund: Die Veranstaltung ist eine Pressereise für den kulinarischen Reiseführer eines großen deutschen Verlagshauses. Die Programmleiterin ist auch dabei, vielleicht ergibt sich die Gelegenheit, ihr nebenbei ein provenzalisches Kochbuch vorzuschlagen.«

Ihr letzter Satz ließ Pierres Zorn erneut aufflammen.

»Hast du gerade Kochbuch gesagt?« Der Ordner mit den Rezepten, den Charlotte neulich mit orangefarbenen Post-its versehen hatte, bekam damit ein ganz neues Gewicht. »Sag, wie viele unerfüllte Berufsträume willst du denn noch aus dem Hut zaubern? Reicht es nicht langsam? Du hast doch auch so schon kaum noch Zeit für ein Privatleben. Seit ich dich kenne, bist du nur am Arbeiten! Wie sollen wir denn jemals unsere Beziehung vertiefen, wenn wir es nicht einmal schaffen, ein Wochenende miteinander zu verbringen, geschweige denn einen Urlaub.«

»Du hast doch gewusst, worauf du dich einlässt. Ich arbeite in der Gastronomie, da kann man nicht Dienst nach Vorschrift machen. Jedenfalls nicht, wenn man erfolgreich sein möchte.« Sie zog die Brauen zusammen und funkelte ihn sichtlich empört an. »Aber wenn du es so willst: Ich habe den Urlaub von Anfang an für eine Schnapsidee gehalten. Gerade jetzt, da die *Épicerie* langsam keine roten Zahlen mehr schreibt, hätte ich mir mehr Verständnis von deiner Seite gewünscht. Ja, ich liebe meinen Beruf. Aber ich liebe auch dich, sonst hätte ich mich wohl kaum deinem Wunsch gebeugt. Nur scheint mir, dass sich unsere Vorstellungen von einer gemeinsamen Zukunft komplett voneinander unterscheiden.«

»Wie meinst du das?«

»Das frage ich dich! Du sprichst davon, unsere Beziehung zu vertiefen, aber jedes Mal wenn es darum geht, wie wir unsere Zukunft gestalten, weichst du mir aus. Stattdessen erwartest du, dass ich weniger arbeite, um auf Zuruf mehr Zeit mit dir verbringen zu können. Das passt nicht zusammen, Pierre. Was du von mir verlangst, ist unmöglich. Solange wir keine tragfähige Perspektive haben, werde ich weiterhin meine beruflichen Träume verwirklichen und finanziell unabhängig bleiben.«

Pierre starrte sie an. »Was willst du mir damit sagen?«

»Dass du genau in den Moment, wenn ich alles stehen und liegen lassen würde, um mehr Zeit mit dir zu verbringen, davonlaufen würdest. Du bist doch gar nicht bereit für eine enge Beziehung.«

»Das ist nicht wahr! Ich habe dir im Frühjahr die alte Scheune angeboten, damit du dort ein Restaurant eröffnen kannst. Aber du wolltest nicht.«

»Weil ich Angst hatte, damit unsere Beziehung auf Spiel zu setzen! Zudem war dein Angebot von vornherein nicht realistisch, du hast genau gewusst, dass der Umbau finanziell nicht drin war.«

»Du willst sagen, ich habe es dir nur angeboten, weil es nicht umsetzbar war?« Er schnaubte. »Das ist doch absurd!«

»Absurd? Die ganze Zeit hältst du mir eine Karotte nach der anderen vor die Nase, während du hinter dir den Ausgang sicherst. Du erzählst mir was von heiraten und in zwei Wohnungen leben, als wolltest du mich damit ruhigstellen. Dabei ist es mir egal, ob wir irgendwann mal heiraten oder nicht, ich will nichts anderes, als dir nahe sein. Und das funktioniert nun mal nicht, wenn man den Alltag nicht miteinander teilen kann, weil sich jeder in seine eigenen vier Wände zurückzieht, sobald es brenzlig wird.«

»Denkst du das wirklich?«

»Ja. Pierre, wir reden die ganze Zeit um den heißen Brei herum. Ich will endlich wissen, woran ich bin.«

In all den Monaten hatten sie das Thema gemeinsame Zukunft umschifft, es nahezu ausgeklammert. Und nun kam es bei jeder Gelegenheit aufs Tapet. Es schnürte ihm den Hals zu, legte sich bleiern auf seine Brust, bis er meinte, keine Luft mehr zu bekommen. Der Blick, mit dem Charlotte ihn bedachte, kam ihm auf einmal fordernd vor, saugend, verschlingend. Er hustete, um den Kloß zu vertreiben, der sich in seiner Kehle gebildet hatte, räusperte sich dann, bis er wieder zu Atem kam.

»Das … wird nicht funktionieren. Aber wir können doch auch anders, ich meine, ohne …«

Sie lächelte mit einem Anflug von Bitterkeit. »Siehst du? Ich hab's gewusst. Du bist hochgradig bindungsscheu. Aber dann musst du auch damit leben, dass ich meine Unabhängigkeit genauso wenig verlieren will.«

»Das eine hat doch mit dem anderen gar nichts zu tun«, entgegnete er entnervt. »Du bist arbeitssüchtig. Punkt. Alles andere ist Ablenkung. Reines Psychogeschwätz!«

Sie schüttelte langsam den Kopf. »Na schön, es reicht. Das hier führt sowieso zu nichts. Wir telefonieren!«

Damit drehte sie sich um und ließ ihn stehen.

Mit einem wütenden Aufschrei riss er die Tür seines Renaults auf, startete den Motor und schloss sie mit lautem Krachen, bevor er die Straße in Richtung Stadttor fuhr.

Als er auf die Landstraße bog, die zu seinem Bauernhaus führte, dachte er an die Enttäuschung in ihrem Gesicht, als sie sich umgedreht hatte. Er wünschte, diese Szene hätte nie stattgefunden. Doch es war zu spät.

Charlotte hatte recht mit ihrem Urteil, so ungern er es sich auch eingestand.

Seit der Sache mit Suzanne hatte er es vermieden, engere Bindungen einzugehen. Viel zu schnell war er von der Anspruchshaltung, vom allzu Vertrauten, vom Besitzergreifenden genervt. Das war ihm schon bei Celestine so ergangen, seiner ersten Freundin in Sainte-Valérie, die sich daraufhin anderweitig amüsiert hatte und dadurch mit einem Schlag wieder interessant für ihn wurde.

Bei Charlotte, so hatte er bisher gedacht, war es anders, unproblematischer. Erst jetzt erkannte er, dass es nur deshalb funktioniert hatte, weil sie nie Forderungen an ihn stellte und ihm das Gefühl gab, über sein Leben frei bestimmen zu können.

Bis jetzt.

13

Innerlich aufgewühlt packte Pierre seine Tasche. Zerrte die Sachen wahllos aus dem Schrank und legte sie hinein. Unterwäsche, ein Hemd, zwei Pullover, zwei Paar Jeans und zuoberst den Fleecepulli der *police municipale,* der ihn bei einem Wetterumschwung wärmen würde.

Während eine Tiefkühlpizza im Ofen langsam bräunte – eine *gourmande* mit Entenbrust, roten Zwiebeln und Tomatenconfit –, schenkte Pierre sich einen Rotwein ein und hörte die Nachrichten ab, die er in der Aufregung ganz vergessen hatte. Luc hatte den Welpen eingefangen und beim Bürgermeister abgegeben, der sich anscheinend kein bisschen darüber gefreut hatte. Gisèle hatte ihm die Adresse des Ziegenhofes weitergeleitet, auf dem er längst gewesen war. Neu hinzugekommen war eine Nachricht von Stéphane Poncet, er sicherte Pierre den Ersatzwagen der Werkstatt zu, gegen einen horrenden Betrag. Gleich morgen Früh um acht werde er startbereit sein.

Pierre verdrehte angesichts der Raffgier des Mechanikers die Augen, aber letztlich blieb ihm keine Wahl. Hauptsache, er konnte gleich in der Früh von hier verschwinden.

Er griff nach dem Glas, trank einen großen Schluck, dann noch einen. Er würde sich betrinken, bis er Charlottes enttäuschtes Gesicht nicht mehr vor sich sah. Bis endlich diese erdrückende Schuld verschwand, die noch immer bleischwer auf seiner Brust lag.

Nach dem dritten Glas fühlte Pierre sich etwas freier. Er

lenkte sich ab, indem er seine Gedanken auf den morgigen Tag richtete. Sich ausmalte, wie er den Bereich um den kristallgrünen See abfuhr, in der Hoffnung, auf eine Spur von Nanette zu stoßen. Wie er Menschen befragte, Wege abschritt. Dabei dachte er, wie unsinnig es doch war, derart ziellos durch die Gegend zu streifen. Aber alles war besser, als untätig zu bleiben.

Als ihm der Duft von verbranntem Teig in die Nase stieg, öffnete Pierre den Ofen und hob die Pizza mit einem Heber auf einen Teller. Schnitt sie mit einem Rad in Stücke und steckte sie sich in den Mund. Kaute, ohne etwas zu schmecken.

Noch nie hatte er bei einem Fall so sehr in der Luft gehangen. Immer hatte es ein Thema gegeben, einige Verdächtige, die zu befragen waren. Dieses Mal gab es nichts dergleichen. Nur eine Aneinanderreihung vager Aussagen und Spuren, denen er folgte, in der Hoffnung, sie würden ihm den Weg zu Nanette weisen.

Pierre biss in das nächste Stück und hielt inne, als er feststellte, dass die Pizza staubtrocken schmeckte, was nicht an der Sorte lag, sondern an der Verweildauer im Ofen. Kochen war nie meine Stärke, dachte er seufzend. Er würde sich wohl oder übel darauf einstellen müssen, sich von nun an selbst zu versorgen.

Verwundert über die unerwartet rasante Entwicklung, schüttelte er den Kopf. Sollte es das wirklich schon gewesen sein? Sie hatten es nicht ausgesprochen, aber es lag in der Luft.

Pierre beschloss, sich wieder auf den Fall zu konzentrieren. Er dachte, dass er Luc besser einbinden musste, während er die Suche nach Nanette fortsetzte. Die Theorie, dass jemand dem Bürgermeister mit einem erzwungenen Schreiben hatte schaden wollen, erschien ihm am wahrscheinlichsten. Sein Assistent sollte sich ein wenig umhören, mögliche Feinde von Rozier notieren und Motive zusammentragen, die eine derartige Aktion erklärten.

Weit nach Mitternacht war er endlich müde genug, um sich ohne lästige Gedankenkreise hinzulegen und wie ein Stein bis zum nächsten Morgen durchzuschlafen.

Als er den Wagen kurz nach halb acht vor der Wache parkte, brannte drinnen bereits Licht. Pierre hatte gehofft, dass Luc schon da war, so konnte er ihm die Anweisungen für die nächsten Ermittlungsschritte persönlich geben, was weniger umständlich war als per Telefon. Mit einem energischen Griff zog er seine Reisetasche vom Rücksitz und trat ein.

»Wieder so früh?«, begrüßte Pierre seinen Assistenten betont munter, es war beinahe schon ein Running Gag geworden.

Luc saß am Schreibtisch, vor sich ein Croissant und eine Tasse Kaffee, und streckte ihm mit besorgtem Gesichtsausdruck die Tageszeitung entgegen.

»Hast du das hier gelesen?«

Neugierig kam Pierre näher, und während er die Schlagzeile las, schoss ihm das Blut in den Kopf.

Bürgermeister unter Korruptionsverdacht!, stand dort mit großen Lettern, darunter prangte ein Bild von Rozier, das ihn bei der Einweihung des Burgmuseums zeigte.

Pierre stellte die Reisetasche auf den Boden. »Gib mal her.«

Der Artikel war spekulativ und voller Mutmaßungen, die jedoch so geschickt platziert waren, dass man meinen konnte, es sei die Wahrheit. Der Autor stützte sich vor allem auf die Durchsuchung von Bürgermeisteramt und Roziers Zuhause. Irgendjemand hatte Fotos von der Aktion gemacht und sie an die Zeitung geschickt. *Privat,* stand darunter als Copyright, was so viel hieß wie: Der Fotograf wollte lieber anonym bleiben.

»*Putain!*«, stieß Pierre aus und ließ die Zeitung sinken. »Irgendjemand scheint nur darauf gewartet zu haben, diese Geschichte zu streuen. Wir müssen jetzt schnell handeln. Ich will, dass du dich umhörst. Im Gemeinderat, bei Weggefährten, bei Journalisten. Ich brauche eine Zusammenstellung aller Personen, die einen Vorteil daraus ziehen könnten, Arnaud Rozier diskreditiert zu sehen.«

Luc runzelte die Stirn. »Du glaubst, er ist unschuldig?«

»Ich habe keine Ahnung. Aber ich fürchte, dass derjenige, der den Stein ins Rollen gebracht hat, ziemlich gründlich arbeitet. Sollte die Person, die diese Aufnahmen gemacht hat, etwas mit Nanette Roziers Verschwinden zu tun haben, müssen wir umgehend reagieren.«

Sein Assistent nickte heftig. Er straffte die Schultern, als bereite er sich auf die Bezwingung eines Achttausenders vor. »Ich werde mich umhören, Chef!«, bekräftigte er. »Bis du aus dem Urlaub zurück bist, ist der Fall gelöst!«

»Ich fahre nicht in den Urlaub.«

Luc ließ die Schultern wieder sinken. »Du fährst nicht? Und was ist mit Charlotte?«

»Die bleibt ebenfalls hier. Der Fall ist wichtiger. Ich kenne niemanden, der in einer solchen Situation an Urlaub denken würde.« Er hatte sehr ruhig reagiert bei der Erwähnung von Charlotte, beinahe unauffällig. Sie hatten am Morgen noch einmal telefoniert und sich viel Erfolg gewünscht für die kommenden Tage. Er war sogar ein wenig erleichtert gewesen, als sie anrief. Ihre Stimme hatte ruhig geklungen, sie hatte gesagt, dass sie den Tag nicht beginnen wollte, ohne wenigstens ein paar Worte mit ihm zu wechseln. Es waren belanglose Worte gewesen. Sie sprachen über den Wetterbericht, der auch für die Hochprovence Sonne ankündigte. Über den Mittagssnack in Gordes, den sie einnehmen wollten, nachdem die Verlagsgäste die Hotelzimmer bezogen hatten, und um die anschließende Wanderung über einen Winzerweg. Sie hatten vielleicht vier, fünf Minuten gesprochen. Nicht mehr.

»Was willst du jetzt tun?«, fragte Luc in Pierres Erinnerungen.

»Ich fahre nach Moustiers-Sainte-Marie. Poncet gibt mir seinen Ersatzwagen, ich hole ihn gleich in der Werkstatt ab.«

»Und warum ausgerechnet Moustiers-Sainte-Marie?«

»Dort endet die letzte Spur.«

Pierre gab Luc einen kurzen Abriss von seinem Ausflug nach Banon. Er erzählte von dem Besuch in der Ziegenkäserei und von dem Gespräch in der *Librairie.* Und von Nanettes eigenartiger Buchbestellung, Pierre Magnans *Tod unter der Glyzinie.*

»Moustiers-Sainte-Marie kannst du abhaken.« Luc starrte ihn an. »Das Buch ist ein Hinweis!«

»Du kennst es?«

»Natürlich! Der Krimi spielt in Sisteron. Das Opfer wird während eines Theaterstücks von der Zitadelle gestoßen.« Aufgeregt schob er den Teller mit dem restlichen Croissant beiseite und schaltete den Computer ein. »Ich hab's doch gleich gewusst! Alle Fäden laufen zusammen – wenn du mich fragst, kommt es hier zum großen Showdown.« Er riss die Augen auf. »Tatatataaaa! Sisteron, verstehst du?«

»Du sprichst von den beiden erschossenen Touristinnen?«

Luc startete den Browser, woraufhin sich mehrere Fenster öffneten. »Genau. Eigentlich waren es gar keine Touristinnen, zumindest nicht im klassischen Sinn. Francis Chapman, so der Name der ersten Toten, und ihr Mann Oscar sind vor drei Jahren nach Sisteron gezogen. Aus Mangel an näheren Informationen hatten findige Journalisten sie in Twickenham in der Nähe von London verortet, wo sie ursprünglich auch herkommen. Später hat man das korrigiert, aber die Meldung war wohl zu klein und ging unter. Und als man die zweite Tote Isabelle Tricaud rund fünfzig Kilometer von ihrem Wohnort Digne-les-Bains entfernt fand, blieb es dabei. Sie hatte sich in den Montagne de Lure in einer Berghütte eingemietet, die für Feriengäste hergerichtet war. Damit war sie nur im weitesten Sinne des Wortes eine Touristin.«

»Und deiner Theorie nach«, Pierre schwante Schlimmes, »befindet sich Nanette nun ebenfalls dort?«

Er stellte sich neben seinen Assistenten und starrte auf die vielen Tabs. Luc musste Stunden mit der Recherche verbracht haben, während sich gleich neben der Tastatur die Ablage stapelte. Er konnte es ihm nicht übel nehmen. Auch er versenkte sich lieber in Recherchen als in die Tiefen des bürokratischen Wahnsinns, in diesem Punkt waren sie sich ähnlich.

»So ist es. Damit sind meine gestrigen Vermutungen so gut wie bestätigt.« Luc öffnete einen weiteren Tab. »Auf der Regionalseite von *France 3* steht, dass Frauen nicht ohne Begleitung wandern gehen sollten, solange der Täter frei herumläuft. Man hat eine Beschreibung der Waffe herausgegeben, ein Repetiergewehr, vermutlich der Marke *Sauer.* Das Kommissariat in Digne-les-Bains hat die Leute dazu aufgerufen, sich zu melden, wenn sie Hinweise zum Besitzer haben. Sie suchen eine Person, wahrscheinlich aus Sisteron und Umgebung, die es offenbar darauf angelegt hat, den Opfern aus nächster Nähe in den Kopf zu schießen.« Er machte ein gequältes Gesicht. »Für mich sieht es aus wie das Werk eines Wahnsinnigen.«

»Das ist ja grauenhaft!« Pierre schüttelte den Kopf angesichts des furchtbaren Bildes, das sich vor seinem inneren Auge auftat, und trat einen Schritt zurück. »Trotzdem, hier einen Zusammenhang zu Nanettes Verschwinden zu sehen, halte ich für abwegig.«

»Was bitte schön soll daran abwegig sein!« Luc fuchtelte mit ausgestrecktem Finger vor dem Bildschirm herum. »Die Parallelen sind unübersehbar. Die Tatorte liegen alle in der Nähe von Sisteron. Und, auch das habe ich dir schon mal gesagt, beide Frauen wurden vorher als vermisst gemeldet. Genau wie Madame Rozier. Bingo! Dieses Mal habe *ich* den richtigen Riecher!«

»Vollkommen abwegig!«, wiederholte Pierre, obwohl er sich inzwischen nicht mehr ganz so sicher war. So sehr er sich auch dagegen stemmte, Lucs Verschwörungstheorien Glauben zu schenken – es ließ sich nicht abstreiten, dass dieses Mal etwas dran sein könnte. Es war eine vage Spur. Ein Stochern im Nebel.

»Ich …«, begann Pierre, als im selben Augenblick sein Handy klingelte.

»Hier Robert Lechat. Sind Sie schon auf dem Weg nach Banyuls-sur-mer?«

»Nein. Der Urlaub ist abgesagt.«

»Tatsächlich? Das tut mir leid«, antwortete der *Commissaire* und kam, ohne weiter nachzufragen, auf den Grund seines Anrufes zu sprechen. »Wir haben gerade eine Meldung erhalten, ich dachte, das würde Sie interessieren. Madame Roziers Auto ist in Sisteron gefunden worden.«

Pierres Puls schoss in die Höhe. »In Sisteron?«

»Ja, es stand auf einem zeitlich limitierten Parkplatz. Man hat es gestern früh dort abgeschleppt. Der Systemabgleich der polizeilichen Daten hat die Information leider erst heute ausgespuckt.«

»Sisteron«, wiederholte Pierre. »Genau wie in dem bestellten Buch. Ich werde sofort hinfahren.« Nun waren die Zusammenhänge nicht mehr nur vage, sondern laut wie ein Paukenschlag.

»Ist das nicht ein wenig übertrieben? Ich habe die Gendarmerie vor Ort gleich nach Eingang der Meldung um Amtshilfe gebeten. Die Kollegen sind bereits damit befasst.«

»Ich fürchte, es geht um mehr als nur die Suche nach einer Vermissten. Möglicherweise besteht ein Zusammenhang zu den beiden Morden, die seit Mitte Oktober in der Gegend verübt worden sind.«

Pierre fing Lucs Blick auf. Sein Assistent hob die Hände und machte eine kleine Verbeugung, als bedanke er sich für tosenden Beifall.

Es dauerte einen Moment, bevor der *Commissaire* antwortete. »Ich habe davon gehört. Hätten Sie es mir noch vor zwei Tagen erzählt, ich hätte es ins Reich der Fantasie geschoben. Ehrlich gesagt weiß ich momentan selbst nicht, was ich glauben soll.«

»Da sind wir schon zu zweit! Aber die Zeit drängt. Ich schlage vor, Sie kontaktieren das Kommissariat in Digne-les-Bains. Wir müssen alle bisherigen Informationen bündeln, damit wir nichts übersehen.«

»In Ordnung.« Lechat seufzte. »Auch wenn mich langsam das Gefühl beschleicht, dass irgendetwas an der Sache nicht stimmt. Es kommt mir so vor, als habe jemand eine Fährte gelegt, um unsere Aufmerksamkeit auf immer neue Orte zu lenken. Erst Banon, dann Moustiers-Sainte-Marie und nun Sisteron.«

»Das Gefühl habe ich auch. Ist Ihnen schon einmal aufgefallen, dass wir Spuren folgen, die uns wie aus dem Nichts heraus serviert werden? Die Postkarte, die Buchbestellung, das falsch geparkte Auto. Irgendetwas sagt mir, dass all das Teil einer groß angelegten Inszenierung ist. Ein Theaterstück, wie in dem Buch.«

»Wie bitte?«

»Na, in *Tod unter der Glyzinie*«, sagte Pierre, während er aus einem Impuls heraus seine Dienstwaffe aus dem Halfter löste und auf den Tisch legte. Er würde sie mitnehmen, für alle Fälle. »Jemand führt uns gehörig an der Nase herum. Ich weiß nur noch nicht, was er damit bezweckt.«

14

Es war kurz nach neun, als Pierre das Calavon-Tal erreichte und auf die D900 in Richtung Osten bog. Es hatte ein wenig gedauert, bis er Stéphane Poncets Werkstatt in dem Leihwagen hatte verlassen können. Der Mechaniker hatte sich über den Korruptionsverdacht des Bürgermeisters ausgelassen und über den Zeitungsartikel, über den bereits das halbe Dorf sprach.

»Dieser Halunke hat uns alle zum Narren gehalten«, hatte er sich mit bebendem Schnurrbart echauffiert und sich einfach nicht beruhigen wollen. »Die Politiker sind doch alle gleich. Nach außen hin Saubermänner und im Verborgenen korrupt. Pfui, wie er sich die ganze Zeit angebiedert hat, um Stimmen zu fangen. Fast wäre ich auf ihn hereingefallen!«

Pierre hatte sich die Tirade eine Weile angehört, er wollte sich nicht an der öffentlichen Hinrichtung beteiligen, bevor alle Fakten einwandfrei geklärt waren. Als Poncet dem Bürgermeister jedoch auch noch die Annahme von Schmiergeldern bei der Vergabe der Sanierungsarbeiten am Burgmuseum anlastete, platzte ihm der Kragen.

»Das sind unbewiesene Behauptungen«, entgegnete er.

»Willst du den Kerl etwa verteidigen? Das würde ich mir an deiner Stelle zweimal überlegen, sonst fliegst du schneller aus der Dorfgemeinschaft, als du gucken kannst.«

Pierre sah ihn ungerührt an. »Wenn man der Dorfgemeinschaft nur angehört, solange man sich an unbewiesenen Vorverurteilungen beteiligt, bitte sehr!«

Poncet zuckte die Schultern. »Und was ist mit der Durchsuchung der *mairie*? Ist das etwa auch eine Vorverurteilung? Ohne Beweise stellt die Staatsanwaltschaft einen Durchsuchungsbeschluss doch gar nicht aus. Wir alle haben uns einlullen lassen von seiner Freundlichkeit. Darüber haben wir vergessen, dass in wenigen Monaten gewählt wird. Alles nur Taktik, wir hätten es wissen müssen. Die anderen denken übrigens genauso.«

»Die anderen? Seid ihr schon mal auf die Idee gekommen, dass es jemand darauf angelegt haben könnte, Rozier zu schaden?«

Poncet beförderte einen Zigarettenstummel aus der Hemdtasche und schob ihn in den Mundwinkel, ohne ihn anzuzünden. »Wie meinst du das?«

»Ich meine, dass unser Bürgermeister womöglich nicht ohne Grund im Fokus steht, sondern weil ihn jemand gezielt in Misskredit bringen will. *In dubio pro reo.* Stattdessen verkeilt ihr euch in kleinteilige Maulereien, die ihr allabendlich in der *Bar du Sud* zum Besten geben könnt. Schöne Freunde seid ihr. Hauptsache, ihr habt endlich wieder einen gemeinsamen Feind, auf den ihr euch stürzen könnt.« Entnervt hob er die Hände, öffnete dann die Fahrertür. »Denk mal darüber nach, Stéphane!« Damit stieg er ein.

Poncet hielt die Tür mit seiner haarigen Hand fest und starrte Pierre mit weit geöffnetem Mund an. Der Zigarettenstummel klebte noch immer an seiner Unterlippe. »Was wolltest du noch mal mit dem Wagen?«, fragte er, als er die Sprache wiedergefunden hatte.

»In die Berge«, gab Pierre entnervt zur Antwort und fügte, als der Mechaniker ihn noch immer fragend ansah, knapp hinzu: »Zum Wandern. Und jetzt lass los, ich habe keine Zeit.«

»Zum Wandern, hm? Na, dann pass mal schön auf, dass du dich nicht überanstrengst. Du siehst nicht gerade aus, als wärst du in Form.«

Damit hob er die Hand und schlug die Tür mit impulsiver Heftigkeit zu, bevor er sich umdrehte und in der Tiefe seiner Garage verschwand.

Um fünf nach halb elf erreichte Pierre endlich die *Provence des Montagnes*, die Bergwelt der Haute-Provence. Die Steigung war moderat gewesen, keine wahnwitzig engen Schluchten, keine endlosen Serpentinen, die ihn quälten. Stattdessen gemächlich verlaufende Landstraßen, die geradlinig über Plateaus führten oder sich in Flusstälern entlangschlängelten.

Nun fuhr er mit überhöhter Geschwindigkeit über die *l'Autoroute du Val de Durance*, die nach Sisteron und im weiteren Verlauf nach Gap führte. In herbstliches Orange getauchte Hügel säumten die Strecke, links die *Pays de Forqualquier*, über deren wildschöne Landschaft gerade ein Heißluftballon hinwegschwebte, rechts die Durance, die streckenweise breiter wurde, je nördlicher er kam.

Eine halbe Stunde später verließ Pierre die Autobahn bei Sisteron, wo sich Kalkfelsen über rostgelbe Baumreihen erhoben, durchmischt vom Grün der Kiefern und Tannen. Mit aufmerksamem Blick fuhr er durch den von der Durance geteilten Ort, an der malerischen Altstadt vorbei, folgte der Ausschilderung bis zu einem Parkplatz, der am Fuße der mittelalterlichen Zitadelle lag.

Während der zweistündigen Fahrt hatte Pierre sich genau überlegt, wo er beginnen würde. Lechat hatte ihm die Adresse genannt, wo der rote Fiat von Nanette Rozier abgeschleppt worden war. Der *Commissaire* hatte versprochen, mit seinem Kollegen in Digne-les-Bains zu reden und ihn sofort zu informieren, sobald es Hinweise auf Nanettes möglichen Aufenthaltsort gab.

Pierre wollte sich unterdessen als Privatmann bei den Anwohnern umhören. In der Umgebung, wo Nanettes Auto zuletzt abgestellt worden war. Die Lage sondieren, ein Gespür für die Situation erhalten. Er hatte zu diesem Zweck eine dunkle Jeans angezogen und einen graublauen Pullover. In unauffälliger Alltagskleidung wollte er das Foto herumzeigen und behaupten, dass Nanette eine gute Freundin sei, deren Familie sich wegen ihres Verschwindens Sorgen machte.

Die mühevolle Fokussierung auf sein weiteres Vorgehen hatte ihn von dem reißenden Gefühl in seiner Brust abgelenkt, das jedes Mal zu eskalieren drohte, wenn seine Gedanken zu Charlotte schweiften. Sie hatten beide so getan, als würde alles weiterlaufen wie bisher. Aber so war es nicht. Charlotte hatte gestern eine unsichtbare Grenze überschritten, die in ihm das Bedürfnis ausgelöst hatte, alles hinzuwerfen.

Das Absurde daran war, dass er tatsächlich geglaubt hatte, er würde sie irgendwann einmal heiraten. Es war sinnlos, dies erklären zu wollen, denn natürlich hatte Charlotte recht damit, dass es lediglich eine Illusion war, die er niemals in die Realität umsetzen würde. Es war eben so, lief außerhalb seiner Kontrolle, ohne dass er etwas daran ändern konnte. Es wäre besser, sich damit abzufinden, dass er ein fleischgewordenes Klischee vom ewigen Junggesellen abgab. Eine Karikatur.

Pierre stellte den Motor ab.

So war es nun einmal, und er wollte und konnte nichts daran ändern. Er war eben ein Mann, der die Freiheit liebte und sich nicht anketten ließ, nicht einmal von einer so wundervollen Frau wie Charlotte. Er würde es ihr erklären und auf ihre Gelassenheit bauen, mit der sie derartige Anwandlungen bislang pariert hatte. Mit ein wenig Abstand würde sich das Gefühl der Panik vielleicht wieder legen, so hoffte er. Doch nun musste er dieses leidliche Thema weit von sich schieben, um sich nicht in seiner Konzentration beeinträchtigen zu lassen.

Mit einem energischen Ruck stieg er aus und sah sich um. Von hier hatte man einen schönen Blick über den Fluss auf den *Rocher de la Baume,* den markanten Berg aus grauweißem Kalk, der senkrecht in den Himmel ragte. Zerklüftet, als hätten die Gezeiten tiefe Rillen in den Stein gemeißelt. Ihm zu Füßen reihten sich kleine bunte Häuser, flankiert vom Grün der Nadelbäume, das sich in elegantem Schwung über die angrenzenden Hügel legte.

Dieser Ort ist wirklich wunderschön, dachte Pierre. Er verströmte jenen herben Charme, der ihm authentisch erschien. »Das Tor der Provence« hatte man Sisteron vor Jahrhunderten getauft, weil sich hier, wenn man vom Norden über die Route Napoléon kam, das typische Flair der provenzalischen Dörfer abzeichnete.

Bevor Pierre die Altstadt über die an den Parkplatz angrenzende Gasse betrat, spähte er durch die Fenster der Brasserie, die zum *Hôtel de la Citadelle* gehörte. Scannte kurz die Räumlichkeiten – drinnen saßen ein Pärchen und eine Familie mit zwei Kleinkindern – und erwog, an der Rezeption nachzufragen, ob Nanette hier abgestiegen sei. Er entschied sich dagegen, immerhin hatte dies die örtliche Polizei bereits getan. Außerdem wollte er nicht mehr Aufmerksamkeit erzeugen als notwendig. Die meisten Beamten würden es zudem als unliebsame Einmischung verstehen, was die Sache nur unnötig verkomplizierte.

Also setzte er seinen Weg fort. Folgte der Navigations-App auf seinem Handy durch die Gassen in Richtung der *Avenue Jean Moulin,* wo Nanettes Fiat abgestellt worden war. Dabei fiel ihm auf, dass an manchen Plätzen Überwachungskameras installiert waren, die vielleicht, so seine Hoffnung, auch Nanettes Wege aufgezeichnet hatten. Wenn sie überhaupt selbst im Wagen gewesen war. Womöglich war es ja nur ein Ablenkungsmanöver.

Acht Minuten später erreichte er den angegebenen Ort. Gleich beim Übergang zur *Rue de Provence* waren zwei mintgrün gekennzeichnete Spuren, an deren Grenzlinie in Großbuchstaben das Wort *minute* gemalt war.

Eigenartig, dachte er, die Kennzeichnung war deutlich. Auch am Straßenrand wies ein Verkehrsschild darauf hin, dass die Höchstparkdauer hier nur zwanzig Minuten betrug. Man musste schon sehr geistesabwesend sein, um beides zu übersehen, es sei denn, es war mit voller Absicht geschehen. Pierre dachte an Lechats Worte, die sich hierin bestätigten. Ihm drängte sich der Eindruck auf, dass auch der hier abgestellte Wagen eine absichtlich gelegte Spur war.

Wer wollte, dass sie ihr folgten? War es demjenigen womöglich wichtig, dass sie den Zusammenhang zu den anderen beiden Morden herstellten?

»Ich muss mich beeilen!«, stieß Pierre aus.

Das Bild, das sich plötzlich in seine Gedanken geschoben hatte, trieb seinen Puls erneut in die Höhe. Auf einmal überkam ihn das Gefühl, gegen die Zeit ankämpfen zu müssen. Ein Tag war es schon her, dass man Nanettes Auto abgeschleppt hatte. Ihm wurde übel, wenn er daran dachte, was seither alles geschehen sein konnte.

Hektisch sah er sich um. Hielt Ausschau nach einer der Überwachungskameras, nur um festzustellen, dass in dieser Straße keine installiert waren.

Mit Nanettes Foto in der Hand betrat er ein Blumengeschäft unmittelbar hinter den beiden Haltespuren. Die Verkäuferin bedauerte, sie habe die Frau noch nie gesehen, und auch bei den angrenzenden Läden – einem Friseur, einer *boulangerie* und einem Café – wurden Köpfe geschüttelt und Schultern gezuckt.

Erst auf der gegenüberliegenden Straßenseite, bei den Stühlen vor einer Bar Tabac, erhielt Pierre das erste Nicken.

Ein grauhaariger Mann mit wasserblauen Augen strahlte ihn an. »Na klar, wir haben eben noch von ihr gesprochen!« Er machte eine Kopfbewegung in Richtung der Bar.

»Tatsächlich? Haben Sie sie gesehen?«

»Ich nicht. Aber fragen Sie mal Jean-Olivier. Ich meine, der kennt sie.«

»Wer ist Jean-Olivier?«

»Der junge Mann hinterm Tresen.« Er zeigte auf die Glastür, die im Lindgrün der Fassade beinahe verschwand.

Pierre bedankte sich und öffnete die Tür, betrat den Verkaufsraum, in dem neben einem mit Süßwaren zugestellten Tresen mehrere Automaten für Glücksspiele und Sportwetten standen. Dabei bemerkte er einen Aushang, der dieser Bar Tabac beschied, ein regelmäßiger Treffpunkt des *comité des boules* zu sein. Ein Indikator für die Beliebtheit bei Ortsansässigen und damit Treffpunkt für Klatsch und Tratsch.

Hier war er genau richtig.

15

Das Innere der Bar war ebenso lindgrün gehalten wie die Fassade, lediglich der Thekenbereich strahlte leuchtend rot. Für einen Freitag war die Bar nur mäßig besucht, einige Gäste saßen vor *café* und Pastis, den Blick starr auf einen Bildschirm gerichtet, auf dem ein Pferderennen lief. Pierre blieb vor dem Verkaufstresen stehen, wo ihn ein muskelbepackter Lockenkopf mit schwarzem Hemd so breit anstrahlte, dass man sogar die Backenzähne sehen konnte.

»Sind Sie Jean-Olivier?«

»Und ob. Was kann ich für Sie tun? Vielleicht Lust auf ein Spielchen?« Er klopfte gegen einen Schaukasten mit Rubbellosen, die für wenige Euros Einsatz Gewinne von mehreren tausend versprachen. »Der Laden hier bringt Glück. Vergangenes Jahr hat einer unserer Kunden eine halbe Million Euro gewonnen, und erst im September haben wir rund zwanzigtausend ausgezahlt. Na?«

Wie auf Kommando drang von der Theke lautstarkes Jubeln herüber, was Jean-Oliviers Strahlen – Pierre hätte es nie für möglich gehalten – noch breiter werden ließ.

Diesmal konnte man sogar die Goldfüllungen sehen, es war ein Anblick wie aus einem Comic, nur das aufblitzende Funkeln fehlte.

»Später vielleicht«, wehrte Pierre ab. »Ich suche eine Frau, eine … gute Freundin. Sie sollen sie hier gesehen haben.«

Der Lockenkopf beugte sich über das Foto, wobei ihn der

Geruch kalten Zigarettenrauchs begleitete. Nur kurz, dann trat er einen Schritt zurück und verschränkte die Arme.

»Sind Sie von der Polizei?«

»Warum fragen Sie?«

»Weil die schon hier war.«

»Der Mann da draußen sagte, ich solle mich an Sie wenden«, antwortete Pierre ausweichend. »Sie würden meine Bekannte kennen.«

»Vom Foto her ja, aber nicht persönlich. Die Zeitungen sind voll von ihr. Sie wird vermisst, stimmt's? Darüber haben wir gesprochen. Gesehen hat sie keiner von uns.«

»Vielleicht haben Sie ja mitbekommen, wie die Frau oder wer anders ihren Wagen auf dem Kurzzeitparkplatz abgestellt hat? Ein roter Fiat fünfhundert. Man hat ihn gestern abgeschleppt.«

»Zeigen Sie mal her.« Ein Mann mit schlecht sitzendem Safarihemd und heller Beuteljeans, der vor einem der Automaten gesessen hatte, wandte sich um. Sein Gesicht war von auffallender Blässe, weshalb sich der dunkle Schnurrbart geradezu plakativ davon abhob. »Nein, die kenne ich nicht«, sagte er schließlich. »Aber ich hab das mit dem Wagen mitbekommen. Ich war gerade drüben in der *boulangerie* und habe mein *pain chocolat* gegessen, als der Abschleppdienst kam. Ich hab mich schon gewundert, warum der Wagen da so lange steht.«

»Er ist Ihnen aufgefallen?«

»Natürlich, so einen kleinen roten Flitzer sieht man ja eher selten! Ich hab gleich gewusst, dass der nicht von hier ist, unsereins stellt sich nicht so lange da hin, noch dazu ohne Parkscheibe. Spätestens nach fünf Minuten sind die *agents* vor Ort, weitere zehn und das Auto ist futsch.« Er beugte sich vor und senkte die Stimme. »Ich hab ja den Verdacht, dass der Kollege vom Abschleppdienst die Falschparker selbst anzeigt, um dann den Auftrag zu ergattern. Ein Riesengeschäft, sage ich Ihnen, ich wette, damit finanziert er sich sein neues Haus.«

»Um wie viel Uhr war das?«

»Irgendwas vor neun, so genau weiß ich das nicht mehr. Der Wagen muss über Nacht dort gestanden haben. Ich hab mir schon gedacht, dass er bald abgeholt wird, und mich ans Fenster gesetzt. Um die Jahreszeit passiert hier ja nicht viel, abgesehen von den beiden Morden natürlich. Zufällig hab ich auf das Kennzeichen geguckt. Der Fiat stammt aus dem *Département* Vaucluse, nicht wahr? Und …« Ein Ausdruck der Neugierde schlich sich in seine Augen. »Kann es sein, dass da das Wappen von Sainte-Valérie drauf war? Diese vermisste Frau … das ist doch nicht etwa die Gattin von dem korrupten Bürgermeister, der heute in der Zeitung stand?«

Pierre nickte überrascht. »*Exactement.*«

»Wirklich?« Der Mann riss Augen und Mund auf, ein kurzes Lächeln zuckte über sein Gesicht, als habe er einen Preis gewonnen, dann verdunkelte sich sein Blick. »Wenn das mal nichts zu bedeuten hat! Vermisste Frauen haben in der Gegend hier keine guten Karten. Vor allem nicht, wenn sie mit irgendwelchen hohen Tieren verheiratet sind.«

Pierre schluckte hart. »Was meinen Sie damit?«

»Na ja, mir ist aufgefallen, dass ihre Männer alle ziemlich viel Einfluss haben.«

»Inwiefern …?« Sein Telefon klingelte, widerwillig ging er ran, es war Lechat. »Was gibt's?«, fragte er leise und trat ein Stück zur Seite, dabei hob er die Hand vor den Mund. »Ich bin gerade in einem wichtigen Gespräch.«

»Ich wollte Ihnen nur kurz mitteilen, was ich aus dem Kommissariat von Digne-les-Bains zu den beiden Ermordeten erfahren habe. Aber ich kann auch später noch mal anrufen.«

»Nein, erzählen Sie!«

»Die erste Tote, Francis Chapman, wurde nur sechsundzwanzig Jahre alt. Sie war auf dem Weg aufs Plateau de Ganagobie zu einer Schafherde, ist jedoch nicht am Weideplatz angekommen. Sie gehörte zu etwa zwanzig Freiwilligen der Tierschutzgruppe *Ferus,* die dazu ausgebildet sind, die Schafe vor Wölfen zu schützen. Der Hirte hat bis Anbruch der Dunkelheit auf sie gewartet und dann die Tierschutzgruppe verständigt. Erst dachte die Gruppe, sie sei gestürzt. Sie suchten nach ihr und gaben erst am Tag darauf eine Vermisstenmeldung auf. Eine Wandergruppe hat die Leiche drei Tage später gefunden, sie lag in einem Bach. Jemand hatte ihr mit einem Hohlspitzgeschoss den Kopf zersprengt.«

»Furchtbar!«

»Ja«, bestätigte Lechat nüchtern, »geradezu eine Hinrichtung.«

»Und die andere?«

»Ebenfalls ein Kopfschuss, aus nicht mal zwei Metern Entfernung. Sie können sich die Sauerei vorstellen, die der Besitzer der Hütte vorfand, in der die Frau sich eingemietet hatte. Die Unterkunft liegt westlich von Sisteron auf der Strecke zum *Signal de Lure,* etwa auf Höhe der Abtei *Notre-Dame de Lure.* Isabelle Tricaud war zum Zeitpunkt ihres Todes achtunddreißig Jahre alt. Sie hinterlässt drei Kinder, alle unter zehn.«

»Himmel!«

Pierre stöhnte auf. Was mochte in einem Menschen vorgehen, der Kindern die Mutter nahm, einem Mann die Ehefrau. Der Täter war offenbar von blindwütigem Hass getrieben, hatte mitleidslos, geradezu kaltblütig zwei Familien zerstört. Es war wichtig, die Gründe für sein Verhalten zu erkennen, sie nachzuzeichnen, um ein Profil erstellen zu können, das sie letztlich zu ihm führte. Dabei mussten sie sich in seine Lage hineinversetzen. Ein heikler Punkt, es verlangte Neutralität und die

Fähigkeit, Eigenes zurückzunehmen, was den Ermittlern, wie er aus eigener Erfahrung wusste, einiges abverlangte.

Er hasste diese Seite seines Berufes, die Nähe zu unfassbarem Grauen. Zum Glück war er diesmal nicht unmittelbar beteiligt. Er würde den Fall lediglich aus der Vogelperspektive betrachten, um ein Muster zu erkennen. Würde mithilfe der daraus gewonnenen Informationen Entscheidungen treffen, die ihn dazu befähigten, Nanette vor einem ähnlichen Schicksal zu bewahren.

»Sie hat«, riss Lechats Stimme Pierre aus seinen Gedanken, »nach einer heftigen Auseinandersetzung mit ihrem Mann die Kinder bei einer Nachbarin untergebracht und ist dann weggefahren.«

»Hat sie eine Nachricht hinterlassen?«

»Ja. Einen Brief, in dem sie ihm Vorhaltungen macht und ein Ultimatum stellt.«

»Wird er verdächtigt?«

»Man hat ihn wohl verhört, aber keinen Haftbefehl gegen ihn erlassen. Mehr kann ich dazu nicht sagen, mir reicht es zu wissen, dass die Kollegen eine Täterschaft ausschließen. Was bedeutet, dass der Mörder noch frei herumläuft.«

»Glauben Sie, hinter alldem steckt ein und dasselbe Motiv?«

»Die Kollegen haben sämtliche Möglichkeiten abgeklopft, haben Nachbarn, Freunde und Verwandte befragt. Bei Francis Chapman gab es außerdem Nachforschungen im Arbeitsumfeld. Aber nichts von alldem hat sich zu einem konkreten Motiv verdichtet, daher gehen die Kollegen momentan davon aus, dass der Täter die Opfer wahllos aussucht. Allein reisende Frauen stellen nun mal ein leichtes Ziel dar.« Lechat holte kurz Atem. »Sollte Madame Rozier alleine unterwegs gewesen sein, passt sie in dieses Schema. Daher habe ich das Kommissariat in Digne-les-Bain gebeten, die Forstbehörde einzuschalten. Sie wird in den nächsten Tagen verstärkt Patrouillen in das Gebiet rund um die Montagne de Lure schicken.«

»Könnte es nicht auch sein …« Pierre hielt inne.

Der Mann mit dem Safarihemd hatte sich unauffällig genähert und tat, als blättere er in einer Zeitung. Und auch Jean-Claude, der inzwischen hinter der Theke bunte Strohhalme nach Farben geordnet in Gläser füllte, hatte den Blick fest auf ihn geheftet. Pierre senkte die Stimme, sodass sie nur noch ein Flüstern war, und ging ein paar Schritte in Richtung der Fenstertür.

»Könnte es sein, dass die Ehemänner der beiden Ermordeten über besonderen Einfluss verfügen? Sie wurden als ›hohe Tiere‹ bezeichnet.«

»Zumindest auf Monsieur Tricaud trifft das zu. Er ist stellvertretender Direktor bei der *Crédit Agricole* in Digne-les-Bains. Der Mann von Francis Chapman leitet das Büro einer Naturschutzorganisation.«

»Können Sie für mich herausfinden, ob es da einen Zusammenhang gibt? Irgendwelche Schnittpunkte. Orte oder Themen, die die beiden miteinander verbinden.« Er zögerte. »Die beiden und Arnaud Rozier.«

»Wofür soll das gut sein?«

»Es ist nur so eine Ahnung.«

»Na schön, es kann aber ein Weilchen dauern. Ich habe gleich noch eine Teamsitzung wegen der beschlagnahmten Akten. Der Ermittlungsrichter wird langsam ungeduldig.«

»Sie haben noch nichts gefunden?«

»Nein. Und nun sitzt ihm Roziers Anwalt im Nacken.« Er stieß die Luft aus. »Man habe ohne ausreichende Beweise riskiert, dass sein Mandant öffentlich der Korruption bezichtigt worden sei, er werde persönlich dafür sorgen, dass die Aktion Konsequenzen hat.«

»Aber Sie hatten sicher einen konkreten Hinweis, der die Durchsuchung rechtfertigte.«

»Nur eine anonyme Anzeige, was die Ausstellung von Rechnungen ohne Gegenleistung angeht.«

»Das ist alles? Solche Hinweise erhalten die Strafverfolgungsbehörden doch ständig. Politiker werden für alles Mögliche angezeigt, auch ohne Tatbestand. Mittlerweile gibt es mehr Verfahren wegen falscher Verdächtigungen als Verurteilungen wegen Untreue.«

»Das mag sein. Aber hätten wir der Sache deshalb nicht nachgehen sollen? Immerhin passt es zu den Vorwürfen auf der Postkarte.« Lechat seufzte. »Die Kollegen haben Sonderschichten gefahren und das Material Tag und Nacht gesichtet, ohne auch nur einen einzigen Beweis für die Behauptung zu finden. Sie können sich vorstellen, was hier los ist.«

»Das tut mir leid. Auch wenn ich zugeben muss, dass es mich ein wenig erleichtert. Viel Erfolg bei dem Gespräch.«

»Danke. Ich melde mich wieder, sobald ich Neuigkeiten habe.«

Pierre steckte das Telefon in die Jackentasche und drehte sich zu dem Mann mit dem Safarihemd um, der die Zeitung sinken ließ und ihn neugierig ansah.

»War wohl wichtig, was?«

»Scheint so«, wich Pierre aus. »Trinken Sie einen *café*?«

16

Sie hatten sich weiter hinten an einen der Tische gesetzt, gleich neben den Automaten für Pferdewetten. Der Mann im Safarihemd hatte sich als Gérard vorgestellt und lieber ein Glas Rotwein trinken wollen, das nun bis zum Rand gefüllt vor ihm stand. Pierre hatte einen Löffel Zucker in seinem *café noir* versenkt, ein Ritual, das sein Gegenüber mit abschätzigem Blick bedachte, und ihn in einem Zug ausgetrunken.

»Sie haben vorhin angedeutet«, nahm Pierre das Gespräch wieder auf, nachdem er einen weiteren bestellt hatte, »dass es einen Zusammenhang zwischen den Morden und der Position der Hinterbliebenen geben könnte.«

»Na ja, Position ist vielleicht zu viel gesagt. Es ist eher der Druck, der von den Männern ausgeht und der so manchem sauer aufstößt. Vor allem Monsieur Chapman ist nicht gerade beliebt im Ort. Er ist Teil der *Pro-Loup*-Bewegung, was für viele bereits ausreicht, ihn lynchen zu wollen.«

Pierre nickte. Die Diskussion um die Wölfe hatte sich in den vergangenen Jahren stark aufgeheizt und drohte immer wieder zu eskalieren. Vor zwei Jahren hatten etwa fünfzig Schafzüchter den Leiter des *Parc national de la Vanoise* und seinen Stellvertreter über Nacht festgesetzt, um die Reduzierung der Wölfe zu fordern, die nahe der italienischen Grenze besonders aggressiv aufgetreten waren. Auch die Lage rund um den *Parc national du Mercantour* war angespannt, da sich die von Parkwächtern gehegten Wolfsbestände auch außerhalb davon massiv vergrößerten.

»Warum sollte jemand ausgerechnet Monsieur Chapman im Visier haben, obwohl es Sache der Präfekturen ist, den Bestand zu kontrollieren?«

»Weil dieser Kerl in seinem Missionierungseifer die Politiker beeinflusst«, entgegnete Gérard und hob, als die Espressomaschine im Hintergrund zu röhren begann, die Stimme. »Die Politiker haben Angst, sich für eine Reduzierung einzusetzen, weil die Aktivisten sofort die Moralkeule schwingen. Sie betonen die angeblichen Vorteile durch die Rückkehr des Wolfes für die Natur und schimpfen über die Sturheit der Schafzüchter, als seien sie die eigentlichen Querulanten, wenn sie wieder einmal gerissene Tiere beklagen. Und obwohl längst bewiesen ist, dass die Wölfe lieber eingezäunte Schafe angreifen, als den Wildbestand zu dezimieren, wird ihre Rückkehr frenetisch gefeiert.«

Das Rücken eines Stuhls ließ ihn innehalten. Ein massiger, ledergesichtiger Mann in Jeanslatzhose und derber Strickjacke erhob sich von seinem Platz vor dem Wettautomaten und stellte sich zu ihnen an den Tisch.

»Das mit den Wölfen ist nichts als Ideologie«, mischte er sich ins Gespräch ein. »Die versuchen, uns zu verarschen. Es ist ein Skandal, dass sie die Statistiken fälschen, um den Wolf zu verharmlosen. Hauptsache, ihr Weltbild passt. Denen hat man ins Gehirn geschissen, so sehe ich das!«

»Ist gut, Antoine«, versuchte Gérard, ihn zu beruhigen. »Nicht so laut.«

»Warum?« Der Angesprochene stemmte die Hände in die Hüften. »Der Mann hat gefragt, warum die Leute Monsieur Chapman hassen, und er bekommt von mir die Antwort.«

»Aber nicht in dem Tonfall. Du weißt, dass Jean-Olivier hier keinen Ärger haben will.«

Er wies mit einem Nicken auf den Lockenkopf, der in diesem Moment Pierres zweiten *café noir* brachte und mit vielsagendem Stirnrunzeln auf dem Tisch abstellte.

»Ich mach kein Ärger«, fuhr Antoine etwas leiser fort, nachdem Jean-Olivier wieder hinter der Theke verschwunden war, »aber das muss ja mal gesagt werden.«

Pierre nippte an seinem *café noir.* Er war stark und sehr aromatisch. »Glauben Sie auch, dass der Aktivist das eigentliche Ziel war?«

»Gut möglich.« Antoine zog sich einen Stuhl heran und schwang seinen massigen Körper auf die Sitzfläche. »Im vergangenen Jahr haben die Wölfe offiziell sechstausendsechshundert Schafe, Kühe, Esel und Pferde gerissen, alleine hier in der Region! Das sind zweiundzwanzig getötete Tiere pro Weidetag. In meiner Herde waren es ganze acht, innerhalb eines einzigen Monats! Wissen Sie, wie es sich anfühlt, wenn man die zerrissenen Leiber über die Weide verteilt findet? Und die Naturverbände berufen sich auf die Berner Konvention, die den Wolf unter Artenschutz stellt, obwohl die Viecher sich vermehren wie die Lemminge. Zweiundfünfzig Rudel gibt es in der Haute-Provence, Zwei-und-fünf-zig, das macht vierhundert Tiere!«

»Sie sind Schafzüchter?«

»Seit über dreißig Jahren. Aber noch nie war die Gefahr für unsere Herden so groß wie heute. Die Lämmer leben und weiden mit den Muttertieren in der freien Natur, um die Bezeichnung *Agneau de Sisteron* zu bekommen. Damit servieren wir sie den Wölfen auf dem Silbertablett! Wenn es nach uns ginge, müsste man jeden Wolf abknallen, der sich an unseren Tieren vergreift. Aber die Aktivisten üben einen dermaßen großen Druck auf die Politik aus, dass es unter Strafe verboten ist. Was sollen wir denn bitte sonst tun? Die Angreifer totstreicheln? Stattdessen sollen wir Schutzmaßnahmen ergreifen, damit die Wölfe sich gar nicht erst den Schafen nähern. Dabei weiß jeder, dass die so gut wie nichts abhält. Tag und Nacht verbringen wir nun bei unseren Herden, um den größten Schaden abzuwenden. Ohne die Hilfe meiner Söhne hätte ich nicht eine Stunde frei. Meinen Sie denn, dass die Jungen noch Lust haben, die Zucht zu übernehmen?« Er lachte bitter. »Seit die Wölfe zurückgekehrt sind, ist hier die Hölle los. Wir Schäfer sind auf hundertachtzig!«

»Aber es gibt Ausgleichszahlungen.«

Der Schafzüchter funkelte Pierre wütend an. »Die Ausgleichszahlungen der Regierung decken den entstandenen Schaden nicht im Mindesten, mal ganz abgesehen von dem bürokratischen Aufwand, der damit verbunden ist. Es dauert Monate, bis das Geld auf dem Konto ist, manchmal sogar Jahre.«

Pierre kannte die Diskussion zur Genüge. Die Zeitungen waren voll davon, jedes Mal wenn wieder ein Schaf gerissen worden war oder jemand illegal auf Wölfe geschossen hatte. Er hatte nicht vor, die Details zu vertiefen, er wollte endlich auf den Punkt kommen. »Kennen Sie jemanden, der dafür töten würde?«

Er hatte die Frage an den Mann im Safarihemd gerichtet.

»Nein«, sagte dieser ohne nachzudenken und trank zwei große Schlucke Rotwein, bevor er weitersprach. »Zumindest kann ich mir niemanden vorstellen, der etwas derart Grausames tut. Eine Frau in den Kopf schießen, um ihren Mann zu bestrafen? Was für eine Bestie!«

»Oder die Frau selbst war das Ziel, sie ist nämlich auch nicht besser als ihr Mann«, entgegnete Antoine bestimmt. »Die ist doch bei der *Ferus*. Die ganzen vermittelnden Maßnahmen von dieser Tierschutzgruppe, die den Wolf fernhalten sollen, die ehrenamtlichen Wachposten, elektrischen Zäune und Herdenschutzhunde – das bringt doch alles nichts. Fünfundachtzig

Prozent der Wolfsattacken finden in Herden mit mindestens zwei Schutzmaßnahmen statt. Und die eingesetzten Köter sind so bissig, dass sie nicht nur auf die Wölfe losgehen, sondern auch auf harmlose Urlauber. Ich spreche da aus leidvoller Erfahrung, die Hunde haben mir schon die Anzeige eines Mountainbikers eingebracht. Die Wölfe lachen sich doch schlapp darüber, sie sind schlauer als sämtliche Aktivisten zusammen. Egal was wir tun, seien es bunte Bänder oder Radiorekorder, das alles hilft doch nur kurzfristig. Sobald die Wölfe raus haben, dass das nichts als Folklore ist, stehen sie wieder vorm Zaun. Die angeblichen Wildtiere sind wahre Meister. Die warten seelenruhig ab, bis der Wachposten aufs Klo geht, und stürmen dann los. Mit jeder neuen Abschreckungsmaßnahme werden sie schlauer.« Er beugte sich vor. »Und wissen Sie, was die feine Madame Chapman dazu gesagt hat?« Er wurde wieder laut, seine Stimme bebte vor Zorn. »Die Wölfe wären vor den Menschen da gewesen, sie hätten ältere Rechte! Die hatte sie doch nicht alle. Das ist weltfremd!«

»Du irrst dich, den Satz hat ihr Mann gesagt«, widersprach Gérard. »Er war das Ziel dieser Aktion, ganz sicher. Weißt du noch, bei der Protestaktion der Züchter in Lyon? Da hat er sich mit einem Kamerateam mitten zwischen die Schafherden gestellt und die Leute mit markigen Sprüchen provoziert. Das war am neunten Oktober. Keine fünf Tage später war seine Frau tot.«

Pierre hob langsam die Tasse und trank einen Schluck *café noir*, um sich zu sammeln. Nickte, während er das Gesagte überdachte. »Und indem man Chapmans Frau ermordet, bestraft man ihn für diese Provokation?«, fragte er ruhig. Es wäre abstrus. Eine perfide Art der Rache, die für ihn zu den abscheulichsten Varianten mörderischer Szenarien gehörte. »Wäre es nicht logischer gewesen, ihn selbst zu töten, um sein Engagement für die Wölfe zu beenden?«

»Nein, das mit seiner Frau ist viel wirkungsvoller, das kennt man doch von der Mafia«, erläuterte Gérard bestimmt. »Aus den italienischen Filmen. Man setzt ein knallhartes Zeichen und verhindert so, dass andere sich weiter engagieren. Wer will denn schon riskieren, dass ein naher Angehöriger getötet wird?«

Pierre stellte die Tasse ab, während er versuchte, sein wachsendes Unbehagen zu verbergen.

»Ach was«, knurrte Antoine. »Man kann gar nicht so viele töten, wie da nachwachsen. Die kommen aus ganz Europa, um sich im Kampf für die Bestie zusammenzurotten! Verfilzte Menschen in recyclebaren Ökoklamotten, kaum dem Elternhaus entwachsen. Die Jungspunde haben gerade mal ein bisschen Flaum im Gesicht und züchten sich einen Vollbart, den sie bei jedem Gang aufs Klo zurechtzupfen, bevor sie ein Selfie für ihre Naturburschenseite machen.«

Nun reichte es Pierre. »Sie wissen ja gar nicht, was Sie da sagen«, fuhr er ihn an. »Können Sie sich auch nur im Mindesten vorstellen, was es bedeutet, einen Menschen zu verlieren? Die zweite Ermordete hinterlässt drei Kinder, Monsieur, alle noch unter zehn. Der Mann hat mit Sicherheit andere Sorgen als einen Hipster-Vollbart.«

»Oha! Sie sind aber mal gut informiert.« Antoine lehnte sich mit über dem Bauch verschränkten Händen zurück, aber seine Stimme klang nicht mehr ganz so angriffslustig. »Sie sind doch wohl kein Journalist, oder? Nicht, dass Sie uns hier ausquetschen, und morgen steht alles in der Zeitung, Wort für Wort.«

»Ich bin auf der Suche nach einer vermissten Frau. Ich will nicht, dass ihr dasselbe zustößt wie den beiden Ermordeten, ist das so schwer zu begreifen?«

Pierre hatte sich in Rage geredet und war immer lauter geworden. Plötzlich bemerkte er, wie Jean-Olivier erst mit gerunzelter Stirn zu ihnen herübersah, die Hände auf die Theke gestützt, und schließlich nach dem Telefon griff.

Er kannte diesen Blick. Wenn der Barmann jetzt ein paar Leute zusammentrommelte, denen sein Verhalten bitter aufstieß, standen hier innerhalb weniger Minuten einige Männer, um ihm zu erklären, was sie von seiner Neugier hielten. Er war unvorsichtig geworden, das wusste er. Aber er war auch nur ein Mensch.

»Ich will das Ganze doch nur verstehen. Den Mörder finden, bevor ein weiteres Unglück geschieht.«

»Na schön, ist ja gut ...« Antoine beugte sich wieder vor. »Ich fürchte, wir wissen auch nicht mehr als Sie.«

»Sie haben angedeutet, es gebe einige Personen, die Chapman für sein Engagement bestrafen wollen. Wie ist es bei dem anderen, Monsieur Tricaud?«

»Keine Ahnung!« Antoine zuckte die Schultern. »Den kenne ich nicht. Die stammen ja nicht von hier.«

»Vielleicht sind sie in Sisteron engagiert oder haben hier regelmäßig Urlaub gemacht?« Sein Verhalten wurde immer unprofessioneller, aber Pierre konnte nicht anders, er musste alle Möglichkeiten sondieren, und zwar rasch. »Die Tricauds sind das genaue Gegenteil der Chapmans. Keine Aktivisten, eher die konservative Richtung. Er arbeitet bei der Bank, sie war Mutter von drei Kindern. Wie passt da Ihre Mafiatheorie?«

Diesmal antwortete Gérard. Er sah ein wenig ratlos aus. »Von den Tricauds habe ich zum ersten Mal in den Nachrichten gehört. Tut mir leid. Ich drücke die Daumen, dass Sie Ihre Bekannte bald finden. Unversehrt.«

»Danke!« Pierre stand auf und ging zum Tresen.

Als er sah, dass sich Jean-Olivier betont langsam daran machte, die Beträge zu addieren, legte er einen viel zu großen Schein auf die Theke, hob dann winkend die Hand und stieß die Tür ins Freie auf. Dabei prallte er gegen einen breitschultrigen Mann in der Montur der *police municipale,* der im Begriff war, die Bar zu betreten. Und der sich ihm nun mit verschränkten Armen in den Weg stellte.

»Na, *mon ami,* wohin so schnell?« Die Stimme war dröhnend.

Pierre warf einen kurzen Blick auf das Dienstabzeichen auf der Brust, das ihm beinahe auf Augenhöhe entgegenprangte – weiß, mit einem breiten schwarzen Streifen, darunter ein dünner roter. Ein direkter Kollege, der mit Sicherheit etwas dagegen einzuwenden hatte, dass der *Chef de police municipale* von Sainte-Valérie hier herumschnüffelte.

Er konnte förmlich greifen, zu welchen Spekulationen seine Anwesenheit die Leute verleitete: Der unter Verdacht stehende Bürgermeister schickte seinen Chefpolizisten auf dubiose Mission. Man brauchte nur zwei und zwei zusammenzuzählen, um entsprechende Schlüsse zu ziehen. Eine Dienstaufsichtsbeschwerde war noch das Mindeste, was ihm blühen konnte. Es war besser, es gar nicht erst dazu kommen zu lassen.

Selbstbewusst hob er den Kopf und sah sein Gegenüber entwaffnend an. »Ich bin auf dem Weg zu meinem Auto. Warum fragen Sie?«

Der *Policier* war groß, sehr groß und hatte die Lippen zu einem dünnen Strich gepresst, während er Pierre misstrauisch taxierte.

»Man hat mich darüber informiert, dass Sie sich nach den Mordfällen erkundigt haben. Sind Sie Journalist?«

»Nein.«

»Warum also diese Neugier?«

»Aus persönlichem Interesse.«

»Das nehme ich Ihnen nicht ab«, antwortete er ungehalten. »Dafür kenne ich diese Art Gespräche zur Genüge. Jean-Olivier hat mir alles erzählt. Sie schnüffeln hier herum. Besser, Sie sagen mir den Grund, oder ich werte Ihr Verhalten als Widerstand gegen die Staatsgewalt und verhafte Sie auf der Stelle.«

»Das dürfen Sie gar nicht.« Der Satz war Pierre herausgerutscht.

»Woher wollen Sie das wissen?«

»Weil ich mich mit den *règlements* bestens auskenne.« Pierre seufzte. Es war einer dieser Momente, in denen er sich mehr Kompetenz wünschte. Mehr Befugnisse. Er hasste das Gefühl, bei etwas Unerlaubtem erwischt zu werden. Aufzufliegen, als sei er ein dummer Schuljunge, der beim Mathetest geschummelt hatte.

»Wollen Sie sich etwa mit mir anlegen?« Der *Policier* reckte die Schultern, sodass sein breiter Hals zum Vorschein kam. Die geschwollenen Adern machten deutlich, wie ernst er es meinte.

»Nein.« Es hatte keinen Sinn zu leugnen, er musste die Wahrheit sagen. »Ich …«

Ein leises Knarren ließ ihn innehalten, und er drehte sich um. Im Inneren der Bar Tabac hatte sich eine Menschentraube gebildet. Antoine und Gérard standen dicht hinter der Glastür und spähten nach draußen, dahinter einige Personen, die Pierre vorher gar nicht bemerkt hatte. Eine Frau mit glänzend schwarzem Haar, ein kleiner Junge, dahinter ein dunkelhäutiger Mann mit weißer Schürze. Jean-Olivier musste sie herbeigerufen haben, er hatte die Tür einen Spalt breit geöffnet, um ja nichts von dem Gespräch zu verpassen.

»Ich erkläre es Ihnen«, raunte Pierre dem *Policier* zu, »aber nicht hier. Können wir ein paar Schritte gehen?«

Der Beamte nickte widerwillig und hielt sich eng an seiner Seite, bis sie sich ein paar Meter entfernt hatten. Dann blieb er stehen.

»Also?«

Pierre wartete das Läuten der Turmuhr ab, die in diesem Moment halb eins schlug, und holte dann seinen Dienstausweis vor. »Ich bin aber als Privatmann hier«, erklärte er. »Die Vermisste Nanette Rozier ist eine gute Freundin von mir.« Es war nicht die ganze Wahrheit, doch was zählten Nuancen in einem Fall wie diesem.

»Eine gute Freundin?« Der *Policier* wirkte noch immer skeptisch. »Pierre Durand … Ich kenne Ihren Namen, die Zeitungen haben im vergangenen Sommer über den Mord auf der *Feux de la Saint-Jean* berichtet. Sie wollen mir doch nicht weismachen, dass Sie, ein ehemaliger *Commissaire* aus Paris, rein privat hierhergekommen sind, ohne sich um die Ermittlungen zu scheren?« Der *Policier* schaute ernst, dann lachte er, dass seine gewaltigen Schultern bebten. »Kleiner Scherz. Sie hätten ruhig direkt zu mir kommen können, dann hätten Sie sich dieses unwürdige Herumdrücken in der Bar erspart.« Er streckte die Hand aus. »Mein Name ist Fernand Roux. Es tut mir leid, dass ich Sie so angegangen bin, aber wir haben hier immense Schwierigkeiten mit einem Journalisten, der uns in die Suppe spucken will. Doch da wir gewissermaßen Kollegen sind, erzähle ich Ihnen gerne alles, was ich weiß.«

Pierre stieß einen Stoßseufzer aus. Das hatte er nicht erwartet! »Wie stark sind Sie in die Ermittlungen eingebunden?«

»Die Kollegen von der Gendarmerie sind mit der Suchmeldung betraut. Aber der Präfektur Alpes de Haute-Provence ist eine gute Kooperation wichtig, wir arbeiten seit vielen Jahren eng zusammen, da ist für die üblichen Animositäten kein Platz.«

»Donnerwetter!« Eine äußerst komfortable Situation, die vieles vereinfachte. »Haben Sie schon verwertbare Rückmeldungen bekommen?«

»Nein. Wir haben in sämtlichen Unterkünften Personal

und Gäste befragt, außerdem waren wir an den Bahnhöfen und Busstationen, selbst die Taxiunternehmen wurden einbezogen. Nichts. Niemand hat Madame Rozier je hier gesehen. Dieselbe Antwort kam von den Kollegen aus dem weiteren Umland. Wir hoffen, dass uns die Meldungen in den Medien weiterbringen.«

»Sind die Überwachungskameras schon ausgewertet?«, fragte Pierre hoffnungsvoll.

»Selbstverständlich. Die Beamten haben sämtliche Videoaufnahmen mit dem Fahndungsfoto abgeglichen, aber es gibt weder von der Nacht, in der das Auto abgestellt wurde, noch von einem anderen Zeitpunkt Aufnahmen von einer Frau, die der Beschreibung entspricht.«

»Eigenartig, finden Sie nicht auch?«

»In der Tat. Die Beamten haben sich allergrößte Mühe gegeben und alle Möglichkeiten in Erwägung gezogen. Sonnenbrillen, Mützen, Schals, Tücher. Nichts.«

»Und das Auto?«

»Das wurde um kurz vor vier Uhr morgens von einigen Kameras auf dem Weg von der D4085 bis zum Kreisel in der *Rue de Provence* erfasst. Leider lassen die Einstellungen keinen Blick ins Wageninnere zu.«

»Wo ist es jetzt?«

»Das Abschleppunternehmen, mit dem wir zusammenarbeiten, hat es auf einem Sammelparkplatz an der *Route de Gap* abgestellt. Die Kollegen von der Spurensicherung waren bereits dort, aber sie haben nichts gefunden, das uns einen Hinweis auf ihren Verbleib geben könnte. Nur zwei Kartons voller Kinderbücher. Und einen Ratgeber über Welpenerziehung.«

Pierre atmete tief durch. »Irgendwelche Fingerabdrücke?«

»Ja, natürlich, auch etliche Hautschuppen, Fasern und Haare. Das Material wurde nach Digne-les-Bains gebracht und dort weiter untersucht. Es handelt sich ersten Einschätzungen zufolge vorwiegend um Mischspuren, die erst einmal auseinanderdividiert werden müssen. In einem Auto sammelt sich im Laufe der Zeit einiges an. Zum Glück ist der Wagen nicht so alt, das dürfte dem Ganzen nützen. Sobald wir etwas Brauchbares haben, werden die Kollegen das Material mit der Datenbank abgleichen.«

»Sehr gut. Mich interessiert vor allem das Profil eines Mannes um die vierzig, dem mutmaßlichen Entführer.«

Roux rieb sich über das Haar. »Sie glauben tatsächlich, Madame Rozier sei entführt worden?«

»Es ist eine Vermutung von vielen.«

»Ich verstehe. Das *Commissariat* in Cavaillon hat die Sache sehr dringlich gemacht, die Kollegen von der Gendarmerie fahren das volle Programm. Aber wenn die dem DNA-Material zugeordneten Personen nie strafrechtlich erfasst wurden, dürfte es schwer sein, sie ausfindig zu machen.«

»Was denken Sie, was geschehen ist?«

»Es steht mir nicht zu, mir darüber eine Meinung zu bilden. Ich kenne die Dame ja nicht.«

Pierre beschloss, ein wenig nachzuhelfen. »Könnte es denn nicht sein …?« Er überlegte, wie weit er gehen durfte. Die Zusammenarbeit mit den Kollegen bei einem Vermisstenfall aus Sainte-Valérie war eine Sache. Die Einmischung in Mordermittlungen im *Département* Hautes-Alpes eine andere. »Ist es Ihrer Meinung nach möglich, dass es eine Verbindung zu den beiden Mordfällen gibt?«

Roux schürzte die Lippen. »Ich gehe davon aus, dass es sich um zwei verschiedene Situationen handelt. Die einzige Überschneidung besteht darin, dass es sich bei den Toten ebenfalls um Frauen handelt, alles andere sind vage Spekulationen.«

»Die Menschen hier vermuten, der erste Mord habe etwas mit der Wut auf die Wolfsaktivisten zu tun.«

»Davon habe ich gehört. Bislang sind das unbewiesene Behauptungen, aber es kann sein, dass sie damit richtigliegen. Die Kollegen von der Gendarmerie sind dem bereits nachgegangen, haben jedoch nichts gefunden, was den Verdacht erhärtet hätte.«

»Was glauben Sie denn, wer es war? Dieser Antoine vorhin in der Bar klang, als wollte er jeden Aktivisten, der ihm vor die Flinte kommt, zur Rechenschaft ziehen.«

»Antoine?« Er lachte. »Nein, der ist harmlos, da gibt es ganz andere Kaliber. André Devaux beispielsweise, der mit einer Gruppe Bauern den Saal gestürmt hat, als Francis Chapman und ihr Mann im September eine Veranstaltung im Gemeindezentrum abhielten, um über den Mythos Wolf aufzuklären. Naturschützer und Wolfgegner haben sich eine veritable Schlägerei geliefert, wir brauchten jeden Mann, um die Meute auseinanderzutreiben.«

»Sie glauben also, dieser André Devaux könnte etwas mit Francis Chapmans Tod zu tun haben?«

»Das ist nur eine Vermutung. Seitdem die Regierung versucht, in einem *plan loup* Richtlinien für den Umgang mit den Wildtieren festzulegen, liegen bei den Leuten die Nerven blank. Wenn Sie mich fragen, war es dem Mörder egal, ob er Monsieur oder Madame Chapman vor die Flinte bekommen hat, Hauptsache, er konnte ein Zeichen setzen.«

»Und wie passt der Mord an Isabelle Tricaud in dieses Schema?«

Roux zuckte die Schultern. »Vielleicht ein Ablenkungsmanöver, eine falsche Fährte? So konzentrieren sich alle darauf, einen Zusammenzusammenhang zwischen beiden Taten herzustellen, und übersehen das eigentliche Motiv. Aber das ist, wie gesagt, nur meine persönliche Meinung.«

»Hat Monsieur Devaux für die Tatzeiten Alibis?«

Roux lachte. »Ich habe bereits von Ihrer Hartnäckigkeit gehört, Monsieur Durand. Ich will Ihnen ja gerne helfen, doch ich fürchte, der Mordfall liegt nicht in meiner Zuständigkeit.« Er warf einen Blick auf die Turmuhr, deren großer Zeiger sich inzwischen weiter auf die Eins zubewegt hatte. »Ich würde gerne noch weiter mit Ihnen plaudern, aber ich muss los, meine Frau wartet mit dem Essen.«

Pierre nickte. Auch er hätte gerne noch länger mit dem *Policier* gesprochen, es wäre sicher hilfreich gewesen, mehr über die Verhältnisse hier im Ort zu erfahren.

»Ich danke Ihnen für Ihre Auskünfte.« Pierre kramte nach seiner Karte. »Rufen Sie mich an, wenn Sie etwas zum Fall der Vermissten hören?«

Roux drehte die Karte und steckte sie dann ein. »Gerne. Obwohl ich nicht sicher bin, ob man mich überhaupt informiert. Als Beamter der *police municipale* stehe ich am unteren Ende. Den aktuellen Stand der Ermittlungen erfahre ich meist per Zufall.«

»Das kenne ich.« Pierre schmunzelte. »Zum Glück verhält sich der neue *Commissaire* aus Cavaillon äußerst kooperativ, sonst würde ich wahrscheinlich regelmäßig an die Decke gehen.« Er stockte. Dass Roux sein Mittagessen erwähnte, rief ihm ins Bewusstsein, dass sein Magen schon seit einer Weile nach einer ausgedehnten Mahlzeit schrie. Und wie jedes Mal, wenn er die unterschiedlichen provenzalischen Regionen erkundete, war er neugierig darauf, welche Spezialitäten es dort gab. »Sagen Sie, kennen Sie vielleicht ein gutes Lokal mit regionaler Küche?«

»Das beste Essen bekommen Sie bei meiner Frau.« Roux grinste, und sein feistes Gesicht bekam etwas sehr Weiches, Fürsorgliches. »Wenn Sie wollen, nehme ich Sie mit.«

Pierre nickte erfreut. »Gerne«, sagte er. Mit etwas zu essen im Magen ließ sich, das wusste er aus Erfahrung, viel besser denken.

17

Fernand Roux wohnte in einem grau verputzten Steinhaus auf der anderen Seite des Flusses, am Fuße des *Rocher de la Baume.* Schon während sie die Brücke überquerten, war die Unterhaltung verstummt. Pierre hatte geradezu ehrfurchtsvoll dem Berg entgegengesehen, der gemeinsam mit der gegenüberliegenden Zitadelle hoch oben auf der Anhöhe wie ein Wächter wirkte. Die beiden schienen den Ort vor etwas Namenlosem zu beschützen, das aus der nördlich liegenden Region drohte. Als sie schließlich direkt vor dem Berg standen, konnte Pierre nicht anders, als den Kopf in den Nacken zu legen und hinauf zu starren bis zum Gipfel.

Von hier wirkte der *Baume* noch gewaltiger, die tiefen Rillen wurden zu Schluchten, sahen aus, als hätte ein Riese seine Pranken durch das Gestein gezogen.

»Der Anblick von oben ist noch viel beeindruckender«, sagte Roux, der Pierres Blick bemerkt hatte.

»Sie haben ihn bestiegen?«

»Ich bin sogar mitten in sein Herz gelangt.« Roux grinste. »Über einen mit Eisentritten und Drahtseilen gesicherten Aufstieg kommt man zur *Trou de l'Argent,* einer Grotte im Berginnern, und über einen schmalen Tunnel mit Aussichtsfenstern hinauf zum Gipfel. Wer einmal dort oben war und über die Durance zum *Vallée de Vançon* geschaut hat, vergisst den Anblick niemals. Es ist, als läge einem die Welt zu Füßen.« Er sah versonnen hinauf. »Wenn Sie Lust haben, zeige ich es Ihnen morgen.«

»Nein, danke, ich …« Pierre setzte ein höfliches Lächeln auf. Ihm machte nicht nur seine mangelnde Kondition zu schaffen, er verabscheute die Höhe, es war nicht seins. »Dafür bleibt leider keine Zeit.«

»Natürlich, Sie haben andere Sorgen als eine Kletterpartie.«

Roux fingerte nach seinem Schlüssel. Kaum dass er die Tür geöffnet hatte, kam ihnen eine mollige Frau mit dunkler Hochsteckfrisur entgegen, die ihrem Mann gerade bis zur Brust ging. Sie reckte sich zu einem Kuss empor, bevor sie Pierre bemerkte.

»Wir haben einen Gast?«

»Das ist mein Kollege Pierre Durand aus Sainte-Valérie. Er isst mit uns zu Mittag.«

»Wie schön«, sagte sie mit singender Stimme, dabei trat sie einen Schritt zurück. »Herzlich willkommen!«

Das Haus war klein, und die Türrahmen waren niedrig, sodass Roux den Kopf einzog, als er den Flur betrat. Pierre folgte ihm in die enge Küche, in der es nach überbackenem Käse roch.

»Nehmen Sie Platz«, bat der *Policier* und zeigte zum schmalen Küchentisch gegenüber der Kochzeile.

Gehemmt von der unerwarteten Intimität des Raumes, setzte sich Pierre auf einen der beiden Stühle und beobachtete, wie Roux einen weiteren herbeischaffte. Kurze Zeit später saßen sie zu dritt vor einer Auflaufform mit *oreilles d'âne*. Die sogenannten Eselsohren hatten ihren Namen laut Madame Roux aus jener Zeit behalten, als man dafür noch Spitzwegerich verwendete, dessen Aussehen die Assoziation hervorrief.

»Heutzutage verwendet man Spinat«, erklärte sie, während sie mithilfe eines Servierlöffels jeweils eine großzügige Portion des mehrschichtigen Auflaufs, der Pierre entfernt an Lasagne erinnerte, auf die Teller häufte.

»Sehr lecker«, brummte Pierre, nachdem er den ersten Bissen gegessen hatte.

Ihm war nicht entgangen, dass Madame Roux ihn direkt ansah und nur darauf zu warten schien, dass er sein Urteil abgab. Während auf ihrem Gesicht ein Strahlen erschien, schob er die Gabel wieder in den Auflauf und führte sie zum Mund. Der Teig war weicher als der von Nudeln und ging zusammen mit dem Spinat und der Sauce eine cremige Verbindung ein. Pierre schmeckte die süße Würze gedünsteter Zwiebeln, das Aroma von Knoblauch. Es war anders als erwartet, aber außerordentlich gut.

»Das ist ein Rezept meiner Mutter, es stammt aus den Hautes-Alpes«, erklärte sie eifrig. »Die meisten Menschen verwenden heutzutage Nudelplatten und Bechamelsauce und machen daraus eine Art Lasagne. Das Geheimnis der traditionellen Variante besteht dagegen aus dem selbst gemachten Teig und der Sauce, die im Wesentlichen aus Crème fraîche, Sahne und Knoblauch besteht. Und natürlich aus Butter, obwohl es momentan gar nicht so leicht ist, welche zu bekommen.« Sie zwinkerte Pierre zu. »Aber das Wichtigste ist der Käse. Aromatisch muss er sein, nur dann haben die *oreilles d'âne* den richtigen Geschmack.«

»Nathalie, Monsieur Durand ist nicht hier, um etwas über unsere traditionellen Gerichte zu lernen«, fuhr Roux mit gespielter Strenge dazwischen. »Es geht um die Morde.«

»Umso wichtiger, dass er zwischendurch auf andere Gedanken kommt.«

Sie warf ihrem Mann einen Luftkuss zu, den er lachend entgegennahm. Dann fuhren sie in einvernehmlichem Schweigen fort zu essen.

Wie herzlich die beiden miteinander umgehen, dachte Pierre. Beide waren in etwa so alt wie Charlotte und er, sie etwas jünger als ihr Mann, vielleicht fünf Jahre. Sie wirkten vertraut und zutiefst harmonisch, ohne symbiotisch miteinander zu verschmelzen. Vielleicht war es ja doch möglich. Ein unkompliziertes Beisammensein, eine Verbindung zwischen zwei Menschen, die sich in ihrer Unterschiedlichkeit akzeptierten, ohne sich zu erdrücken.

»Meine Freundin Charlotte ist Köchin«, entfuhr es Pierre, »sie würde dieses Rezept lieben.«

»Oh, ich gebe es ihr gerne«, sagte Nathalie Roux sichtlich erfreut. »Arbeitet sie in einem Restaurant?«

»Sie besitzt eine kleine *Épicerie* mit Gerichten zum Mitnehmen. Momentan hilft sie einem ehemaligen Kollegen dabei, ein Genusswochenende zu organisieren.«

Pierre hatte es mit Stolz gesagt, was ihn selbst überraschte. Ja, er war stolz auf Charlotte, auf ihre Eigenständigkeit, ihre Leidenschaft und ihr Talent. Und er wünschte sich sehnsüchtig, dass sie eine gute Lösung fanden, um ihr Dilemma zu umschiffen. So ging es nicht weiter, sein Zaudern musste ein Ende haben. Er würde sie heute Abend anrufen und ihr von seiner Vergangenheit erzählen. Von dem Moment, als seine Phobie vor allzu großer Nähe begonnen hatte. Sein altes Trauma. Charlotte war es wert, dass er sich dem stellte.

Ein lautes Quaken erklang, es kam aus Pierres Hosentasche.

»Was ist das?«

»Mein Telefon.« Es war wohl das erste Mal, dass er das Quaken umstandslos annahm. »Arnaud? Was gibt's? Ich bin gerade im Gespräch.«

»Hast du mitbekommen, dass sie Nanettes Auto gefunden haben?«

»Ja, ich bin bereits in Sisteron.«

»Gut. Ruf mich zurück, sobald du kannst.«

»Mach ich.« Pierre legte auf. »Das war unser Bürgermeister«, erklärte er Roux, der ihn fragend ansah.

»Ein Quaken?« Der *Policier* hob eine Braue und wandte sich

seiner Frau zu. »Die Vermisste ist die Gattin des Monsieurs. Ihr Bild war heute in der Zeitung.«

»Sind Sie deshalb hier?« Nathalie Roux legte die Gabel beiseite. Sie wirkte auf einmal sehr müde. »Es ist schrecklich, ich wünschte, es würde aufhören. Immer wieder frage ich mich, wo der Mörder wohl das nächste Mal zuschlägt. Meine Schwägerin lebt alleine auf ihrem Bauernhof, seit mein Bruder verstorben ist. Ich mache mir Sorgen, dass ihr etwas zustößt, so weit draußen.«

»Ihr Bruder ….« Erst jetzt bemerkte Pierre das Bild mit dem schwarzen Band, das in einer Vitrine stand und auf dem ein Mann Ende zwanzig ernst in die Kamera sah.

»Ja, es ist vor ein paar Monaten passiert. Ein Arbeitsunfall heißt es, aber das ist nur ein Vorwand, damit die Versicherung zahlt.« Sie schluckte schwer. »Roger war verzweifelt, wie so viele Bauern. Er hatte einen Viehhof, ich bin dort aufgewachsen. Nachdem unsere Eltern verstorben waren, hing alles an ihm. Vierhundert Kühe, die tagtäglich gemolken werden mussten, egal ob er krank war oder müde. Für moderne Melkmaschinen war kein Geld da, und sein Hilfsarbeiter ist in Rente gegangen, aber er hätte den Mann ohnehin nicht mehr zahlen können. Meine Schwägerin ging ihm so gut zur Hand, wie es ihr möglich war, außerdem arbeitete sie halbtags bei einem Spediteur, obwohl die beiden eine kleine Tochter hatten, gerade einmal drei Jahre alt. Alles nur, damit wenigstens einer etwas verdiente. Als die Milchpreise sanken, blieben ihnen am Ende nicht mal mehr dreihundert Euro. Schlappe dreihundert Euro für die Arbeit eines ganzen Monats, können Sie sich das vorstellen? Und das nur, weil irgendwelche EU-Minister dachten, es sei an der Zeit, die Milchquote aufzuheben.«

Sie seufzte. Pierre fiel auf, dass ihr Gesicht plötzlich eingefallen wirkte, gezeichnet vom Leid.

»Letztes Jahr wollte Roger die Kühe verkaufen und eine biologische Geflügelzucht eröffnen, so etwas ist derzeit sehr gefragt und leichter zu handhaben. Aber niemand wollte ihm einen angemessenen Preis zahlen, und die Erhöhung des Kredites, der für die Neuanschaffungen notwendig gewesen wäre, wurde ihm versagt. Stattdessen drohte die Bank ihm, auch den laufenden Kredit platzen zu lassen, wenn er den Zahlungen nicht weiter nachkommen würde.« Ihre Augen schimmerten. »Natürlich konnte er es sich nicht leisten. Wie denn auch? Dreihundert Euro plus das Halbtagsgehalt seiner Frau. Sein ganzes Leben hat er immer nur gearbeitet. Und wofür?« Sie schluchzte auf. »In seinem Abschiedsbrief stand: ›Wenn Verzweiflung schwerer wiegt als Hoffnung, ist es Zeit zu gehen.‹«

Pierre ließ die Gabel sinken. Er hatte keinen Hunger mehr. Die Stimmung war abrupt umgeschlagen, hing schwer im Raum wie ein dunkles Tuch.

»Das tut mir sehr leid.«

»Vielen Landwirten geht es ähnlich, und daran wird sich wohl auch nichts ändern.« Sie stockte. Nestelte dann ein Taschentuch aus der Rocktasche und tupfte sich über die Augen. Immer wieder.

»Nathalie …« Roux machte eine beschwichtigende Geste. »Ich glaube nicht, dass Monsieur Durand das interessiert.«

»So ist es doch meistens«, bemerkte sie. »Es interessiert einfach keinen. Seit Jahr und Tag gibt es allerorten Bauernproteste. Sie kippen wahlweise Gülle vor die Rathäuser, blockieren mit ihren Traktoren oder Tieren wichtige Zufahrtsstraßen. Das liest man alle naselang. Die Presse berichtet, die Politiker versprechen Besserung, und dann geschieht … nichts. Die Leute haben sich daran gewöhnt, sie interessieren sich nur für ihre eigenen Probleme, solange es sie nicht selbst betrifft. Jetzt, da die Butter knapp wird, werden sie hellhörig. Weil sie keine *tar-*

tes mehr backen können oder weil die Croissants sich verteuern. Aber kaum ist das Problem vom Tisch, scheren sie sich kein bisschen mehr um die Last der Milchbauern. Dann rennen sie doch wieder zu dem Supermarkt, wo sie die Milch am billigsten bekommen. In der Weidewirtschaft sieht es nicht anders aus. Dass sie mit Zunahme der Wölfe zurückgeht, interessiert die Menschen erst, wenn sie keine Bioprodukte mehr erhalten und jeder Käse, jedes Stück Fleisch von eingepferchten Tieren stammt.«

Pierre schob seinen Stuhl zurück. »Ich kann Ihre Verzweiflung gut verstehen. Und ich kann nachfühlen, wie ernüchternd es sein muss, gegen die Mühlen der Politik und die Gleichgültigkeit der Verbraucher anzurennen.«

»Ja, das ist es. Danke für Ihre Anteilnahme.« Nathalie Roux schniefte. Ihr Gesicht war rot, die Augen waren geschwollen. »Es tut mir leid, dass ich Sie damit belästigt habe, aber es ist einfach noch zu frisch!« Sie erhob sich und eilte aus der Küche.

Roux sah ihr sichtlich berührt nach. »Es nimmt sie sehr mit. Manchmal fährt sie zum Hof, weil sie sich Sorgen um unsere Schwägerin macht, die verzweifelt versucht, den Besitz loszuwerden. Aber wer will schon Land mitten im Nichts? Was seit Generationen erschaffen und vererbt worden ist, führt heutzutage in eine Sackgasse, aus denen viele Bauern keinen Ausweg mehr sehen.«

»So schlimm?«

»Laut Landwirtschaftskammer kommt es aufs ganze Land gerechnet zu rund sechshundert Selbstmorden jährlich, was ungefähr ein Drittel mehr ist als bei anderen Berufsgruppen. Natürlich sind das die inoffiziellen Zahlen, die von den Behörden veröffentlichten liegen weit darunter. Aber mittlerweile geht man davon aus, dass viele landwirtschaftliche Unfälle in Wahrheit getarnte Suizide sind, um die Familien nicht in Verlegenheit zu bringen. Es ist verpönt, Schwäche zu zeigen. Die Hinterbliebenen weigern sich, darüber zu sprechen, weil sie es nicht wahrhaben wollen, dass der geliebte Bruder, Mann oder Vater dem Druck nicht mehr standhalten konnte. Sie haben Angst, dass es das Bild des starken Bauern erschüttern könnte. Sie sind überaus stolze Menschen, die das Mühsal annehmen und bis zur Erschöpfung arbeiten, ohne dass ihnen ein Wort der Klage über die Lippen kommt.«

»Was ist mit der vielgerühmten Solidarität unter den Landwirten? Können sie sich denn nicht gegenseitig helfen?«

»Ein Märchen«, kam es aus dem Flur, »ein jeder kämpft für sich.«

Pierre drehte sich um. Nathalie Roux stand im Türrahmen, sie schien sich etwas gefangen zu haben. Die Augen waren noch immer leicht gerötet, aber in ihrem Blick flackerte ein Ausdruck von Stärke.

»Nur weil es ab und zu Proteste gibt, wird gerne von der großen Solidargemeinschaft gesprochen. Dabei treibt nichts anderes als pure Verzweiflung die Leute auf die Straße. Während die Politik von ihnen Investitionen verlangt und eine Erweiterung der Produktion, drehen die Banken ihnen den Geldhahn zu, kaum dass es erste Schwierigkeiten gibt. Die Jungbauern wollen gar keine Maschinen mehr kaufen, damit sie besser abspringen können, bevor es zu spät ist. Als wäre all das nicht genug, kommen auch noch die Aktivisten daher und verlangen von uns einen Kniefall vor der Natur. Einer Natur, zu deren Anwalt sie sich erhoben haben, ohne zu sehen, welchen Schaden sie bei den Bauern anrichten, die seit Jahrhunderten dafür sorgen, dass sich die Menschen von ihren Erträgen ernähren.«

»Ohne die regionale Landwirtschaftskammer, die sich für die Belange der Bauern engagiert, gäbe es keine Hoffnung mehr«, ergänzte Roux. »Aber auf dem Feld und an den Höfen sind die Leute mit ihren Problemen alleine. Wer etwas anderes behauptet, lebt auf dem Mond, aber sicher nicht in der Hautes-Provence.« Er seufzte schwer und sah auf seine Armbanduhr. »Halb drei, ich muss leider zurück.«

Auch Pierre erhob sich, er war froh darüber, die Enge der Küche zu verlassen und mit ihr die Intimität, die tiefe Traurigkeit, die mit Händen greifbar war. Nathalie Roux tat ihm leid. Er hatte während all der Jahre gelernt, dass es wichtig war, zwar mitzufühlen, aber nicht mitzutrauern, um sich nicht selbst zu belasten. Doch es wollte ihm nicht so recht gelingen.

Er verabschiedete sich, wünschte ihr alles Gute und nahm sie, einem Impuls folgend, kurz in den Arm. »Es hat mich sehr gefreut, Sie kennenzulernen.«

»Danke, Monsieur Durand«, sagte sie. »Mich ebenso. Ich wünsche Ihnen, dass Sie Madame Rozier bald finden. Wenn ich Ihnen irgendwie dabei helfen kann, melden Sie sich bitte. Und«, sie atmete tief durch, »richten Sie Monsieur Rozier meinen herzlichen Gruß aus.«

»Das werde ich tun«, antwortete Pierre und trat an die frische Luft, die er einsaugte, als sei er ein Ertrinkender.

Das Gespräch hatte ihn zutiefst aufgewühlt. Der Tod eines geliebten Menschen war ein einschneidendes Erlebnis, das das Leben der Hinterbliebenen unverrückbar veränderte. Die Öffentlichkeit richtete den Fokus viel zu oft auf die Täter und deren Motivation, während die Opfer kaum Gehör fanden.

Nathalie Roux' Worte begleiteten ihn, als er dem *Policier* über die Brücke zurück in den Ort folgte. Mechanisch setzte Pierre einen Fuß vor den anderen, achtlos, in Gedanken versunken.

Etwas von dem, das sie gesagt hatte, fand einen Nachhall in ihm, den er noch nicht näher benennen konnte. Er sehnte sich danach, sein Notizbuch hervorzuholen und alles niederzuschreiben, Stichpunkte festzuhalten, in der Hoffnung, es möge den Gedankensplitter, die Ahnung, die ihn zwischendurch überkommen hatte, wiederherstellen.

Er hätte es längst tun sollen, spürte, dass er sich langsam verhedderte. So viele Zeiten und Anhaltspunkte, die ergänzt werden mussten. So viele Geschehnisse, die eine Verbindung erahnen ließen und letztlich vermutlich gar nichts miteinander zu tun hatten. Und, zu seinem Leidwesen: So wenige Verdächtige, die er verhören konnte, um den Kreis um den Täter enger zu ziehen. Wenn man es genau nahm, gab es, abgesehen von lose in den Raum geworfene Namen, nicht einen einzigen.

Das letzte Mal, dass jemand Nanette Rozier lebend gesehen hatte, war inzwischen sieben Tage her. Dass ihr womöglich längst etwas zugestoßen war, schwebte über ihm wie eine finstere Ahnung, aber er wollte es um keinen Preis akzeptieren.

Der Fiat war der letzte Anhaltspunkt. Noch immer klammerte Pierre sich an die Möglichkeit, dass sie in dem Wagen gesessen hatte, auch wenn die Hoffnung von Stunde zu Stunde abnahm. Ein Mensch konnte doch nicht so einfach vom Erdboden verschwinden! Wenn Nanette tatsächlich in Sisteron gewesen war, dann musste sie doch irgendjemand gesehen haben.

»Was wollen Sie jetzt tun?«

Roux blieb vor einem imposanten Neubau mit heller Klinkerfassade und verglastem Eingangsportal stehen, auf dem in goldgelben Buchstaben *Hôtel de Ville* stand.

»Die bisherigen Erkenntnisse zusammenfassen. Und dann …«

Pierre sah an ihm vorbei zu den üppigen Blumenarrangements auf den Balkonen, zum *Office de Tourisme,* das in einem Seitentrakt untergebracht war. Die Suchmeldung war bisher nur in den Zeitungen veröffentlicht worden, fiel ihm auf, weder lag sie bei der Touristeninformation, noch hing sie an den Türen der Cafés und Restaurants. Er runzelte die Stirn.

Sie hatten noch nicht alle Möglichkeiten ausgeschöpft, hatten nicht alle Wege beschritten. Er durfte nichts unversucht lassen.

Abrupt wandte er sich wieder dem *Policier* zu. Er wollte die Hoffnung nicht vorschnell aufgeben. Noch einmal sämtliche Hilfsmittel heranziehen. Auch die grundlegendsten.

18

»Warum ist eigentlich noch kein Fahndungsplakat herausgegeben worden?«, fragte Pierre. »Ich habe nicht einen Zettel in den Geschäften gesehen.«

Roux hob überrascht eine Braue. »Was wollen Sie denn noch alles? Es gab eine breite Medienpräsenz, und die Beamten von *police municipale* und Gendarmerie haben in einer beispiellosen Aktion sämtliche Hotels und Pensionen aufgesucht, um eventuelle Zeugen zu befragen. Und vergessen Sie die Auswertung der Videokameras nicht.«

»Aber es kann sein, dass Passanten, Gäste und Kunden mehr gesehen haben. Man muss Nanette Roziers Foto breit verteilen, in der Touristeninformation wie auch in den Bars und Cafés. An allen hochfrequentierten Stellen.«

»Seien Sie mir nicht böse, aber es klingt, als klammerten Sie sich an den letzten Strohhalm.«

»Was ist verkehrt daran? Ich will eben nichts unversucht lassen, können Sie das denn nicht verstehen?«

»Natürlich. Aber die Tatsache, dass es bislang nur wenige Rückmeldungen gab, davon übrigens nicht eine relevante, spricht eigentlich für sich. Haben Sie schon mal daran gedacht, dass wer anders den Wagen abgestellt haben könnte? Dass Madame Rozier überhaupt nicht darin gesessen hat, sondern längst …«

»Natürlich! Nur was, wenn es nicht stimmt? Wenn sie von hier verschleppt wurde oder der Täter sie in eine der unzähligen

Wohnungen in Sisteron versteckt. Wenn es auch nur einen einzigen Menschen gibt, der etwas beobachtet hat, dann müssen wir ihn finden.«

Mit unbewegter Miene sah Roux ihn an. Als er endlich sprach, klang er nachdenklich. »Na schön, aber ich werde mir das erst einmal genehmigen lassen. Wir sind hier nur Handlanger, ich muss das mit der Gendarmerie abstimmen.«

»Das dauert mir zu lange.« Pierre hob entnervt die Hände. »Dann werde ich die Suchmeldung eben in meinem Namen verfassen. Ich brauche nur einen Computer und einen Drucker.«

Roux' Lippen zuckten, dann lächelte er. »Es gibt einen PC, der nicht an unser Datensystem angeschlossen ist, den können Sie verwenden. Kommen Sie.«

Er drehte sich um und steuerte auf das Rathaus zu. Offensichtlich lagen die Räume der *police municipale* in direkter Nähe zum Bürgermeister. Ein Arrangement, bei dem sich Pierre die Nackenhaare aufstellten. So gut er inzwischen mit Rozier auskam, er würde es nicht ertragen, seinem Chef tagtäglich auf den Fluren zu begegnen und über seine Arbeit Rede und Antwort stehen zu müssen. Es hatte schon einige Versuche gegeben, die Räume der Wache wieder in die *mairie* zu integrieren. Er hatte es bislang erfolgreich verhindern können.

Das Innere des Rathauses lag im Dunkeln, die Gemeindeverwaltung war noch geschlossen. Pierre folgte Roux in die Räume der *police municipale,* am Empfang standen drei Schreibtische, von denen einer besetzt war. Die junge Frau hob den Kopf und begrüßte die Eintretenden mit einem Nicken, bevor sie sich wieder über einen Stapel Formulare beugte.

»Wie viele Menschen arbeiten hier?«, fragte Pierre erstaunt und sah zu den anderen Türen, hinter denen offenbar weitere Büroräume lagen.

»Wir sind sechs *Policiers* und ein Verwaltungsbeamter«, erklärte Roux. »Dazu kommen sechs Aushilfskräfte sowie ein Verantwortlicher für Messen und Märkte und für die Aufsicht über die Parkscheinautomaten.«

Pierre stieß einen Pfiff aus. Auch wenn Sisteron größer war als Sainte-Valérie und sicher vier- bis fünfmal so viele Einwohner hatte, erschien ihm die Situation, in der Roux arbeitete, mehr als komfortabel. So sollte es sein. Er nahm sich vor, seinen Chef bei Gelegenheit daran zu erinnern, dass es mehr als überfällig war, Celestines Position wie versprochen neu zu besetzen.

Roux war inzwischen vor einer weißen Holztür stehengeblieben und stieß sie nun mit einem einladenden Lächeln auf.

»Der Marktverantwortliche ist gerade im Urlaub, sie können seinen Computer benutzen. Der Drucker befindet sich im Flur. Wäre schön, wenn Sie ein paar Münzen in die Geldbüchse stecken könnten, sie steht auf der Fensterbank. Fremdausdrucke müssen wir nämlich selbst zahlen, unsere Verwaltung ist da sehr penibel.«

»Wird gemacht.«

Pierre trat ein. Der Raum war schmal. Helle Möbel, grauer Boden, ein aufgeräumter Schreibtisch, auf dem sich außer dem Bildschirm und der Tastatur nur eine Schale mit Stiften befand. Ein bodentiefes Fenster mit französischem Balkon und Blick auf den Parkplatz.

Roux klopfte gegen den Türrahmen. »Dann lass ich Sie jetzt alleine. Möchten Sie einen Kaffee?«

»Gerne. Und wenn es möglich ist …« Pierre stockte. Nathalie Roux' Trauer saß ihm noch immer im Nacken. *Alle Möglichkeiten ausschöpfen, nichts unversucht lassen …* »Sagen Sie, haben Sie Einblick in die Akte?«

»Welche Akte meinen Sie?«

»Das Dossier zu den beiden Mordfällen.«

Roux lachte auf, als habe Pierre einen Scherz gemacht. »Auch wenn Sie es nicht gerne hören: Darauf habe ich keinen Zugriff. Sie können sich aber gerne an die Gendarmerie von Forcalquier wenden oder ans Kommissariat von Digne-les-Bains, das die Ermittlungen koordiniert.«

Pierre runzelte die Stirn. Der Dienstweg war hier ebenso lang und verschlungen wie anderswo auch. »Könnten Sie das vielleicht für mich übernehmen? Sie haben doch sicher einen persönlichen Kontakt.«

»Selbst wenn ich einen Eilantrag stellen würde: Es ist Freitag, und ich kann mir nicht vorstellen, dass irgendjemand eine Wochenendschicht einlegt, nur weil ein Dorfpolizist dabei ist, seine Kompetenzen zu überschreiten.« Roux hatte es mit unveränderter Gelassenheit gesagt, doch seine Wangen hatten sich gerötet. »Mir sind die Hände gebunden, ebenso wie Ihnen.«

»So ist es doch immer«, stieß Pierre leise aus, »nicht wahr? Und am Ende, wenn ein Mensch zu Tode kommt, will niemand dafür verantwortlich sein. Dann zeigen alle mit dem Finger auf das verdammte bürokratische System, das jegliche Ermittlungsarbeit behindert.«

»Das klingt wie ein Vorwurf, Monsieur Durand, das ist nicht fair. Was Sie verlangen, ist unmöglich! Ich lehne mich ohnehin schon weit genug für Sie aus dem Fenster. Jede weitere Kompetenzüberschreitung kann mich meinen Job kosten.«

»Ja, ich weiß. Ich kann Sie gut verstehen. Nur was, wenn es um Ihre Frau ginge, um Nathalie? Würden Sie dann nicht auch versuchen, alle Hebel in Bewegung zu setzen, unabhängig von Befugnissen und Regelwerken?« Pierre hielt inne. Er konnte Roux keinen Vorwurf machen, der *Policier* war überaus hilfsbereit und unterstützte ihn, soweit es ihm möglich war. »Trotzdem danke«, sagte er mühsam beherrscht. »Auch dafür, dass ich den Computer …«

»Keine Ursache«, erwiderte Roux mit unergründlichem Blick und zeigte auf den PC. »Das Kennwort lautet übrigens *Teamwork.*« Damit verließ er den Raum.

Eine Weile arbeitete Pierre konzentriert an der Personenfahndung und fügte Nanettes Bild ein, das er abfotografiert hatte. Ergänzte die persönlichen Merkmale mit einer Beschreibung der Sachen, die sie – wie in der Öffentlichkeitsfahndung vermeldet – vermutlich getragen hatte: blaue Jeans, rosafarbener Strickpullover, graue Steppjacke. Dazu eine Abbildung des Fiat-Modells, die er im Netz gefunden hatte. Am Ende des knappen, aber einprägsamen Textes gab er als Kontakt seine Mobilnummer an. Ein letztes Mal überflog er das Geschriebene, dann startete er den Druckvorgang.

Während die Seiten im Korridor aus dem Drucker schnurrten, brachte Pierre seine Aufzeichnungen auf den neuesten Stand. Er zog dazu sein Notizbuch heran und ging die einzelnen Tage seit Nanettes Verschwinden durch, zeichnete dann die letzten Stationen nach:

Donnerstag, 19. Oktober:

- Nanette in Charlottes *Épicerie,* danach bei den Bousquet-Schwestern. Dort Ankündigung ihrer Abreise und Zusage wegen Ausstellung.
- Abends: Streit mit Arnaud, der nichts von ihren Plänen ahnt

Freitag, 20. Oktober

- Morgens: Nanette verschwindet, ohne eine Nachricht zu hinterlassen.

bis Freitag, 27. Oktober

- Nanette in Banon, Besuch Ziegenhof und Buchhandlung, Ankündigung der Heimreise

- Zeugenaussage Buchhändlerin: Gespräch mit Unbekanntem (Anfang/Mitte vierzig, dunkles Haar)
- Ab 11:00 Uhr: weiter in Richtung Allemagne-en-Provence, Registrierung Mobilfunkdaten Sendemast

Sonntag, 29. Oktober
- Vormittags: Ausstellung der Bousquet-Schwestern
- Abends: Schwestern sprechen mit Arnaud. Er tischt ihnen die Lüge mit der Kulturreise auf.

Montag, 30. Oktober
- 04:00 Uhr morgens: Sendemast empfängt Handysignal an der *Route de Moustiers* zwischen Sainte-Croix-du-Verdon und Moustiers-Sainte-Marie. Gleichzeitig Buchbestellung mit Hinweis auf Sisteron.
- Angeblich letzter Kontakt zum Empfänger der Postkarte, keine Bestätigung über Mobilfunkdaten

Mittwoch, 1. November
- Anonymer Kontakt wirft um 04:30 Uhr Postkarte bei Polizeiwache ein. Dem Aussehen nach ein hochgewachsener Mann.
- Früher Abend: Polizei befragt Arnaud in seinem Haus.

Donnerstag, 2. November
- Kurz vor 04:00 Uhr morgens: Nanettes roter Fiat wird in Kurzparkzone abgestellt. Keine Erfassung durch Videoaufzeichnung

Pierre hob den Kopf. Das eigenartige Gefühl, dass jemand viel Energie darauf verwendete, die Polizei in die Irre zu führen, verstärkte sich. Aber alles, woran er das festmachte, waren die vagen Hinweise, die wie aus dem Nichts gekommen zu sein schienen. Er notierte den Gedanken, dann schlug er eine neue Seite auf. Darauf würde er versuchen, mögliche Verbindungen zu den Mordfällen herzustellen. Stichpunktartig schrieb er die Namen der Ermordeten und die Fundorte untereinander, so wie Robert Lechat es ihm mitgeteilt hatte. Dann ergänzte er sie um die Punkte aus den Artikeln, die Luc ihm vorgelesen hatte.

- ***Francis Chapman*** aus Sisteron, sechsundzwanzig Jahre alt, freiwillige Helferin einer Tierschutzgruppe. Ermordet auf dem Weg zur Schafherde. Fundort: Plateau de Ganagobie. Ehemann Oscar, Leiter des Büros einer Naturschutzorganisation, Teil der Pro-Loup-Bewegung.
- ***Isabelle Tricaud*** aus Digne-les-Bains, achtunddreißig Jahre alt, drei Kinder, Ehemann Ernest stellvertretender Direktor bei der *Crédit Agricole.* Ermordet in einer Hütte in der Nähe des Klosters *Notre-Dame de Lure.*

Pierre malte eine breite Linie, schrieb darunter die Namen von Nanette und Arnaud Rozier und versah sie in einem Anflug von Aberglauben mit einem dicken Fragezeichen. Dann lehnte er sich zurück und starrte auf das Geschriebene.

Es war dürftig. Noch immer war nicht ersichtlich, was die drei Frauen miteinander verband.

War wirklich die Tatsache entscheidend, dass ihre Männer über einen gewissen Einfluss verfügten?

Wieder fragte er sich, ob er sich in etwas verrannt hatte, indem er versuchte, die drei Fälle in Beziehung zu setzen.

Vor ihm lagen mehrere voll beschriebene Seiten mit dem Gehalt eines leeren Blattes. Er hatte nichts, worauf er sich stützen konnte. Nur eine anonyme Person, die bei der *police nationale* in Cavaillon eine Postkarte abgegeben hatte. Und einen

Mann in Banon – womöglich handelte es sich um dieselbe Person –, der sich mit Nanette unterhalten hatte, woraufhin sie, statt den Rückweg anzutreten, urplötzlich in Richtung Haute-Provence umschwenkte, wo sie schließlich verschwunden war.

Er schlug eine neue Seite auf. Immerhin gab es zwei Personen, die ihm verdächtig erschienen:

- ***Gabriel Marechal.*** Roziers Konkurrent im Kampf um den Gemeindevorsitz. Er könnte sowohl die Postkarte eingeworfen als auch Nanette in Banon abgepasst haben. Er war groß, jedoch schlank und hatte nach hinten gegeltes dunkles Haar. Die Beschreibung des Mannes würde auf ihn passen, wenngleich sie viel zu vage war, um das zu untermauern.

- ***André Devaux.*** Erklärter Gegner der Chapmans und für Pierre der am dringendsten Tatverdächtige. Was allerdings daran liegen mochte, dass er selbst hier fremd und dieser Name als Einziger im Zusammenhang mit den Protesten gefallen war.

Pierres Blick fiel auf die Korktafel, die neben dem Schreibtisch an der Wand hing und auf der ein Umgebungsplan festgepinnt war. Er stand auf und versuchte, die Fundorte der beiden Leichen auszumachen. Sie lagen südlich von Sisteron, nicht weit voneinander entfernt, etwa zehn Kilometer Luftlinie. Dazwischen kleinere Ortschaften: Montlaux, Sainte-Étienne-les-Orgues, Revest-Saint-Martin.

Er rieb sich den Kopf. Der Mörder konnte irgendwo hier wohnen, zumindest kannte er sich in der Gegend aus. Vielleicht hatte Lechat ja recht, und er verkomplizierte das Ganze, indem er nach einem zugrunde liegenden Motiv suchte, das alles miteinander verband. Womöglich war alles ganz simpel.

Der Unbekannte hatte ihr eine Warnung zukommen lassen, woraufhin sich Nanette vor ihrem eigenen Mann versteckte. Dabei war sie einem Mörder vor die Flinte gelaufen, der sich auf die Lauer legte, um Touristinnen zu töten, die ihm aus unerfindlichen Gründen ein Dorn im Auge waren.

Sie war nicht mehr erreichbar gewesen, woraufhin der Unbekannte die Postkarte abgab und die Ermittlungen anstieß, bei denen sich die *police nationale* auf Rozier konzentrierte, während Nanette einer ganz anderen Gefahr ins Auge blickte.

Das würde auch erklären, warum der rote Fiat plötzlich in Sisteron aufgetaucht war und warum niemand sie gesehen haben wollte. Irgendwer hatte den Wagen gestohlen und ihn, nachdem die Suchmeldung veröffentlicht worden war, einfach stehen lassen.

Alles erklärte sich, wenn man es aus dem Zusammenhang riss. Wenn man jeden der Vorfälle einzeln bewertete und den Gedanken zuließ, dass sie zwar in Reihe geschehen waren, aber nicht interagierten. In dem Fall wäre es kein Puzzle, sondern ein Spiel mit Dominosteinen, bei dem einer auf den nächsten kippte, bis sie alle am Boden lagen.

Die Spekulationen um den Hinweis per Buchbestellung waren demzufolge nichts weiter als die Verklärung eines Zufalls. Ebenso wahrscheinlich war es, dass Nanette das Buch selbst in ein Hotel vorausgeschickt hatte, das sie sich – vielleicht in Erinnerung an glücklichere Tage – ausgesucht hatte, jedoch nie erreichte.

Pierre fuhr sich mit beiden Händen durchs Haar.

Nanette könnte das dritte Opfer des irren Mörders geworden sein.

Der *Commissaire* hatte das längst begriffen, ebenso wie Luc und Fernand Roux, während er selbst in blinden Aktionismus verfiel und Suchmeldungen ausdruckte. Er hatte es nicht wahrhaben wollen, obwohl alles dafür sprach, dass es längst vorbei war.

Pierre starrte aus dem Fenster, über den Platz auf den fernen Hügel, der sich hinter einer Reihe Häuser erhob. Ein glühend orangerotes Blättermeer. Feurig, plakativ.

Es war Zeit, den Tatsachen ins Auge zu blicken.

19

Das Quaken des Telefons zerriss die Stille. Arnaud! Den hatte er ganz vergessen.

»Pierre, wo bist du? Herrgott noch mal, sagtest du nicht, du würdest zurückrufen? Das war vor über einer Stunde!«

»Ich bin im Büro der hiesigen *police municipale.*«

»Im Büro der … Hast du Neuigkeiten zu Nanette?«

»Nein, nichts. Aber wo du gerade dran bist: Gibt es etwas, das du mir sagen möchtest?«

»Ja, natürlich, sonst hätte ich dich wohl kaum angerufen.«

»Dann mal raus mit der Sprache: Was verschweigst du mir?«

»Verschweigen? Worum geht es hier eigentlich?«

»Ich will wissen, ob Nanette etwas über dich wusste, das nicht an die Öffentlichkeit gelangen durfte.«

Rozier stieß einen Fluch aus. »Jetzt fängst du auch schon damit an. Und ich dachte, du bist der Einzige, der noch zu mir hält!« Er lachte bitter. »Mein Anwalt hat Akteneinsicht erwirkt. Weißt du, was sie mir vorwerfen? Ich soll etwas getan haben, das mich ins Gefängnis bringt. Dabei bin ich der korrekteste und unbestechlichste Bürgermeister im ganzen Land! Es gibt da eine schreckliche Postkarte, in der Nanette angeblich vor mir flieht, weil sie fürchtet, dass ich ihr nach dem Leben trachte. Das ist vollkommener Blödsinn, ich würde ihr niemals etwas antun. Hörst du, Pierre? Niemals!«

»Wie erklärst du dir dann die Karte?«

»Ich sage dir doch schon die ganze Zeit, dass es jemand auf

mich abgesehen hat! Nanette hätte so etwas niemals freiwillig geschrieben, und nun, da ich erfahren habe, warum die Polizei mich auf dem Radar hat, komme ich schier um vor Sorge.« Er schluchzte auf. »Ich würde alles tun, um Nanette lebend zurückzubekommen. Alles!«

»Das weiß ich.«

Pierre glaubte ihm. Arnaud Rozier mochte ein eigensinniger Mensch sein, vielleicht auch nicht ganz so korrekt und unbestechlich, wie er behauptete, aber er würde niemals seine Frau umbringen lassen.

Und genau aus diesem Grund waren alle Überlegungen, die dies voraussetzten, haltlos. Er hatte es von Anfang an gewusst, sein Bauchgefühl hatte ihn nicht getrogen! Vielmehr verstärkte sich nun der Eindruck, dass Rozier die ganze Zeit recht gehabt hatte und es jemanden gab, der die Verdächtigungen steuerte. Wer zur Hölle wollte Arnaud Rozier schaden? Und wer war skrupellos genug, dabei Nanettes Leben zu riskieren?

»Du glaubst mir?«, fragte Rozier flüsternd.

»Ich bin auf deiner Seite.«

»Danke. Du weißt gar nicht, wie viel mir das bedeutet.« Der Bürgermeister atmete schwer. »Pierre, mal ehrlich: Findest du, dass ich ein schlechter Ehemann bin?«

»Warum fragst du?«

»Weil ich das Gefühl habe, dass ich in Nanette nie die Person gesehen habe, die sie wirklich war. Ich habe immer nur mein eigenes Ding gemacht, hatte meine Karriere im Sinn. Wann immer sie aus der Rolle fiel und ihr eigenes Leben führen wollte, hat es mich genervt. Ich habe geglaubt, es stehe ihr nicht zu, verstehst du?«

»Du sprichst von ihrem Engagement für die Behinderteneinrichtung …«

»Ich habe es gehasst. Sie hat dort immer mehr Zeit verbracht. Ja, ich gestehe, ich wollte, dass sie in meiner Nähe bleibt. Dass sie mich unterstützt, mir den Rücken freihält. Und der Welpe …«

»Du hast ihn angeschafft, um sie an euer Zuhause zu binden.«

»Genau so war es. Als ich Beaufort gesehen habe, hatte ich sofort ein Bild im Kopf, das eine ungeheure Außenwirkung versprach: Der bodenständige Bürgermeister führt gemeinsam mit seiner loyalen Ehefrau einen aus höchster Not geretteten Jagdhundwelpen Gassi.« Rozier gab ein eigenartiges Geräusch von sich, es klang beinahe wie ein Schluchzen. »Ich erfülle jegliches Klischee. Der überehrgeizige Bürgermeister, der knallhart seine Interessen durchsetzt, um wiedergewählt zu werden. Dessen einziges Motiv, sich einen Welpen zuzulegen, darin besteht, dass er und seine Frau ihn schmücken sollen. Stimmt's?«

»So ist es doch, oder etwa nicht?«

»Ich wünschte, es wäre anders. Ich bin eine jämmerliche Figur, nicht wahr? Eine Lachnummer.«

»Arnaud …«

»Ist schon in Ordnung. Du musst jetzt nichts sagen.«

Pierre blies die Luft durch die Backen. »War das Thema eures Streits?«

»Es war noch schlimmer. Als sie mir vorgeworfen hat, dass ich zunehmend über ihren Kopf hinweg entscheide, habe ich alle Verantwortung von mir gewiesen.« Er schwieg kurz, fuhr dann mit schleppender Stimme fort: »Ich habe ihr gesagt, dass sie selbst daran schuld sei; dass sie nicht so wirke, als könne sie selbst Entscheidungen fällen. Dass man ihr bei allem und jedem reinreden müsse, damit sie überhaupt etwas zustande bringt. Und dass … ich es leid bin, eine derart verhuschte Frau zu haben, die sich wie eine Schlafwandlerin durch den Ort bewegt, statt erhobenen Hauptes, wie es sich für eine Bürgermeistergattin gehört.«

»Das hast du ihr nicht gesagt …«

»Doch, leider. Inzwischen habe ich erkannt, wie verletzend das war.«

»Verdammt, Arnaud!« Pierre war fassungslos. »Ist dir nie der Gedanke gekommen, dass deine dominante Art dazu beigetragen hat, dass sie sich derart verschüchtert verhält? Du hast ihr keine andere Wahl gelassen. Nanettes einzige Chance auf ein gutes, selbstbestimmtes Leben bestand darin, sich von dir zu trennen.«

»Ich weiß, daran habe ich auch schon gedacht.« Es kam kleinlaut. Rozier atmete schwer. »Finde sie, Pierre. Ich flehe dich an. Sag ihr, dass ich sie um Verzeihung bitte und dass wir noch einmal ganz von vorne beginnen können. Es ist mir egal, was der Ermittlungsrichter mir unterschieben will. Wenn sie nur zu mir zurückkommt, nehme ich alles an. Nanette ist das Kostbarste, was ich habe. Das habe ich erst jetzt erkannt, da ich befürchten muss, sie zu verlieren.«

Seine offensichtliche Verzweiflung berührte Pierre. All das, was ihn über Jahre auf Distanz gehalten hatte, Roziers Überheblichkeit, die kleinen Sticheleien, das Taktieren, die Art, andere zu bevormunden, war in dieser Situation bedeutungslos.

»Ich gebe mein Bestes.« Pierre dachte nach. »Gibt es in Nanettes Bekanntenkreis einen Mann Anfang, Mitte vierzig mit dunklem Haar? Möglicherweise kräftige Statur, etwa eins neunzig groß.«

»Nein, wer soll das sein?«

»Offenbar hat sie in Banon mit jemandem gesprochen, auf den diese Beschreibung passt.«

»Sie war in Banon? Keine Ahnung, ich kenne niemanden, der so aussieht, nicht in Nanettes Umfeld.«

»Du hast gesagt, dass sie gerne wandert, richtig?«

»Ja.«

»Gab es dort irgendwelche Kontakte? Es schweißt doch zusammen, wenn man über Stunden oder Tage unterwegs ist.«

»Ich glaube, schon. Ende August war sie mit einer Wandergruppe in der Dordogne, bestimmt hat sie sich mit einigen der Teilnehmer nach der Rückkehr ausgetauscht. Wenn du willst, suche ich dir die Namen raus. Irgendwo muss sie sie ja notiert haben.«

»Ja, mach das. In der Zwischenzeit frage ich Robert Lechat nach der Auswertung eurer privaten Telefonverbindungen.«

»Die privaten Telefonverbindungen? Die haben sie meines Wissens gar nicht angefordert.«

»Wie bitte?« Pierre wurde warm. »Das ist nicht dein Ernst!« Die privaten Telefonkontakte gehörten zu den ersten Dingen, denen man nachging, wenn man bei als vermisst gemeldeten Personen eine Gefährdungslage vermutete.

»Doch«, beharrte Rozier. »Die haben sich darin verbissen, meine Mitschuld herauszuarbeiten. Niemand hat auch nur ansatzweise versucht, einen anderen Hintergrund zu beleuchten!«

»Dann müssen wir es eben selbst tun. Hast du Zugriff auf eure Verbindungen?«

»Ich kann sie online über den Router auslesen.«

»Tu das. Ruf mich an, wenn du die Daten hast.«

»Ich mache mich sofort an die Arbeit! Hoffentlich ist es nicht zu spät, nun … ich meine …« Rozier brach mit erstickter Stimme ab.

»Arnaud …« Pierre wollte etwas sagen, um den Bürgermeister zu beruhigen, aber ihm fielen nur Plattitüden ein. »Wir werden deine Frau finden, ganz sicher. Von Sisteron bis in die Montagne de Lure sind alle Kräfte im Einsatz. Ich soll dir übrigens einen Gruß ausrichten. Von Nathalie Roux, der Frau des hiesigen *Chef de police municipale.*« Pierre hielt inne. Er hatte einen Gedanken. Einen schier unglaublichen Gedanken, den er während des Gesprächs im Hause der Familie Roux kurz gestreift hatte, um ihn dann wieder zu verlieren. Jetzt stand er ihm glasklar vor Augen. Das war der Schlüssel! »Ich muss jetzt Schluss machen. Ich melde mich.«

In plötzlicher Eile schob Pierre das Mobiltelefon in die Tasche und ging in den Vorraum, wo ihm ein junger Mann mit einer Tasse entgegenkam.

»Monsieur Roux sagte, Sie wollen einen Kaffee.«

»Ja, danke.« Pierre nahm die Tasse entgegen. Sein Blick fiel auf die Fahndungsplakate im Ausgabeschacht des Druckers. Er hätte sie beinahe vergessen, jetzt kamen sie ihm seltsam nutzlos vor.

»Ich soll Ihnen ausrichten, dass weitere Rückmeldungen auf die Öffentlichkeitsfahndung eingegangen sind«, fuhr der Beamte munter fort. »Darunter die Anfrage eines alten Schulfreundes der Vermissten, der unbedingt bei der Suche helfen möchte.«

Pierre sah auf. »Ein alter Schulfreund? Wo kommt der denn her?«

»Ach, bei Personenfahndungen melden sich häufig Leute, die eine entfernte Verbindung zu den Vermissten hatten und die ihre Hilfe anbieten.«

»Gab es noch mehr Hinweise?«

»Bislang keine von Bedeutung. Nur eine Verwechslung und eine Falschmeldung von jemandem, der das wohl für einen tollen Scherz gehalten hat.«

»Verdammt.« Pierre trank den Kaffee in wenigen Schlucken aus und drückte dem Mann die Tasse wieder in die Hand. Dann nahm er in einem Anflug von Trotz die Suchmeldungen aus dem Druckerschacht und warf ein paar Münzen in das bereitstehende Sparschwein. »Sagen Sie Roux, dass ich gleich zurück bin. Ich will nur schnell ein paar Fahndungsplakate loswerden.« Er teilte den Stapel in zwei Hälften und hielt dem verdutzten Beamten eine entgegen. »Wenn er jemanden abstellen könnte, der mir dabei hilft, wäre ich ihm sehr dankbar.«

Mit den Zetteln in der Hand ging Pierre hinaus. Er musste dringend telefonieren. Er folgte der Straße, bis er in einiger Entfernung zum Rathaus stand, dann drückte er die Kurzwahltaste und wartete, bis die Verbindung zustande kam.

»*Police municipale* Saint-Valérie, Luc Chevalier am Apparat!«

Pierre rollte die Augen. Er hatte es längst aufgegeben, Luc zu erklären, dass er nur auf das Display zu sehen brauchte, um zu erkennen, dass er sich die umständliche Einleitung sparen konnte.

»Luc«, rief er in den Hörer, »ich bin's! Ich brauche dringend ein paar Informationen.«

20

Bevor Pierre sein Anliegen anbringen konnte, fiel ihm sein Assistent ins Wort.

»Ich habe den ganzen Tag damit zugebracht herauszufinden, ob jemand ein Interesse daran haben könnte, unserem Bürgermeister zu schaden. Dafür habe ich mit einigen Mitgliedern des Gemeinderats gesprochen, das war ziemlich aufschlussreich. Sein politischer Konkurrent Gabriel Marechal ist tatsächlich nicht so nett und harmlos, wie hier alle glauben. Im vergangenen Monat hat es im Gemeinderat einen kleinen Eklat gegeben.«

Luc holte kurz Luft und fuhr in raschem Stakkato fort. Pierre hörte gebannt zu.

»Marechal hat sich sehr dafür eingesetzt, dass weitere Häuser vor den Toren von Sainte-Valérie entstehen. Große Appartementanlagen mit bezahlbarem Wohnraum, um das Dorf attraktiver für Familien zu machen. Rozier hat sich dem Vorhaben verweigert, angeblich wegen eines Versprechens, das er den Alten gegeben hatte. Er bestand darauf, den provenzalischen Charakter nicht zu verzerren, und hat die Gegenseite so lange unter Druck gesetzt, bis sie das Projekt wieder abgeblasen haben.«

Pierre nickte. »Ich kann mich erinnern, dass die Planungen bei den Dorfbewohnern auf breite Ablehnung gestoßen sind.«

»Ja, aber nicht bei den jüngeren. Marechal hat gekocht vor Wut. Die Abstimmung ist ganz schön knapp ausgefallen, fünf zu sechs, und es wird gemunkelt, dass er geschworen hat, hier sei das letzte Wort noch nicht gesprochen. Es wäre durchaus denkbar, dass er den Vorwurf der Korruption lanciert und dann das Foto von der Durchsuchung gemacht hat, um es der Presse zuzustecken.«

»Hast du bei der Zeitung nachgefragt, von wem das Foto stammt?«

»Ja, aber die berufen sich auf ihr Schweigeversprechen.«

»Ich will wissen, wo Marechal am Freitag, den siebenundzwanzigsten Oktober war, und zwar zwischen zehn und elf Uhr.«

»Wird erledigt.« Luc schluckte heftig und ausdauernd, als trinke er ein Glas leer, und unterdrückte ein Aufstoßen, bevor er fortfuhr. »Darüber hinaus gibt es noch einige weitere Personen, die unseren Bürgermeister gerne leiden sehen wollen, aber ich frage mich, wie weit ich gehen soll. Ich meine, ich kann doch nicht jeden Händler ins Visier nehmen, der sauer ist, weil die Gebühren für die Marktstände gestiegen sind. Oder die Grundstückseigentümer, denen man den Bau eines Pools untersagt hat.«

»Doch, Luc. Genau das sind die Informationen, die ich benötige. Mir ist wichtig zu erfahren, wer von den Leuten durch eine Entscheidung des Bürgermeisters nachhaltig geschädigt worden ist.«

»In Ordnung, Chef.« Er seufzte. »Es gibt übrigens noch ein paar Neuigkeiten. Ein paar Damen haben sich versammelt, um eigenständig Ermittlungen anzustellen. Die Bousquet-Schwestern, die Besitzerin des Blumenladens, Madame Orset, und die Krämersfrau Madame Oudart, zusammen mit der Friseurin Madame Farigoule. Und natürlich unsere neugierige Witwe, Madame Duprais. Initiiert hat das Ganze Gisèle. Sie glaubt, dass man den Bürgermeister zu Unrecht beschuldigt, und will unbedingt herausfinden, wem er die Falschmeldung zu verdanken hat. Wenn die Damen zu dem Schluss kommen sollten, dass es Marechal war, kann er gleich seine Sachen packen. Die lynchen ihn!«

»Gisèle unterstützt den Bürgermeister?« Pierre war ehrlich überrascht. »Ich dachte, sie hat gekündigt.«

»Das hatte sie auch, aber sie meinte, es sei aus einem emotionalen Ausnahmezustand heraus geschehen, deshalb hat sie es rückgängig gemacht. Die Anschuldigungen aus der Presse hat sie sehr persönlich genommen, es betreffe auch sie, hat sie gesagt, weil alles, was der Bürgermeister entscheidet, auch über ihren Tisch gehe. Aber vor allem tut sie es wegen Nanette. Sie ist davon überzeugt, dass die anonyme Person, die die Aufnahmen an die Zeitung geschickt hat, auch weiß, wo sie sich befindet.« Er schnaufte, und es klang, als unterdrücke er ein Kichern. »Gisèle will die Dorfbewohner am morgigen Samstag im Gemeindesaal zusammentrommeln, um alle Beobachtungen zu bündeln. Das verspricht ein lustiges Spektakel zu werden. Du kannst dir sicher sein, dass ich hingehe.«

»Was sagt Arnaud dazu?«

»Der soll nichts davon erfahren. Aber es wird nicht weiter schwer, es vor ihm geheim zu halten. Vor ein paar Stunden hat er sich krankgemeldet und ist nach Hause gegangen. Gisèle meinte, das sei noch nie vorgekommen, er sei immer ins Büro gekommen, auch wenn er krank war. Rozier hat mich gefragt, ob ich auf den Welpen aufpassen könne, Florence macht das jetzt, ich habe ja keine Zeit.« Luc schnalzte mit der Zunge. »Junge, hat der fertig ausgesehen, richtig blass um die Nase.«

»Er scheint erst jetzt den Ernst der Lage erkannt zu haben.«

»Ja, sieht so aus. Im Gegensatz zu manch anderem. Unser Mechaniker Stéphane Poncet behauptet, das sei alles bloß Show, der Versuch, sich als Opfer darzustellen, um vom Korruptionsverdacht abzulenken. Poncet ist nicht davon abzubringen.«

»Ich weiß, ich hatte gestern Morgen eine ähnliche Diskussion mit ihm. Stur wie ein Ochse, der Kerl.«

»Eher wie eine ganze Herde Ochsen.« Luc lachte. »Gibt es sonst noch was, das ich für dich tun kann?«

»Ja. Hast du etwas zu schreiben?«

»Momentchen … Kann losgehen.«

»Ich möchte, dass du ein wenig recherchierst. Finde heraus, wie viele Todesfälle es im landwirtschaftlichen Bereich des *Départements* Alpes-de-Hautes-Provence gegeben hat.«

»Todesfälle?«

»Genau. Unfälle, Stürze, Suizide. Einer von ihnen ist der Schwager von Fernand Roux, dem Leiter der hiesigen *police municipale.* Ich habe leider keinen Namen, aber ich möchte wissen, wo sein Hof liegt und wie die Witwe heißt.«

»Okay …«, sagte Luc gedehnt. »Bis wann brauchst du die Infos?«

»So schnell wie möglich. Aber das ist noch nicht alles. Ich will wissen, bei welchem Kreditinstitut die Bauern, die zu Tode gekommen sind, in der Pflicht standen. Mich interessiert eine mögliche Verbindung zur *Crédit Agricole* in Digne-les-Bains.«

»Du denkst, hier bestehe ein Zusammenhang?«

»Ja. Ich suche nach einer Person, die nicht nur wegen eines negativen Kreditentscheids vor dem Aus stand, sondern deren finanzieller Ruin maßgeblich durch Wolfsrisse verursacht wurde.«

»Wolfsrisse! Sonst noch was?« Luc entfuhr ein Stöhnen. »Du willst nicht zufällig, dass diese Person auch noch Seiltänzer ist oder ein Traktorenrennen im Rückwärtsfahren gewonnen hat? Ich meine, das ist ganz schön viel. Ich weiß gar nicht, wie ich an all die Informationen rankommen soll …«

»Gisèle kann dir sicher dabei helfen. Sie hat gute Kontakte in die Gemeindeverwaltungen der Region, sie wird einen Weg finden, es herauszubekommen.«

Pierre legte auf.

Das war es, was ihn die ganze Zeit beschäftigt hatte. Das Gespräch mit Nathalie Roux hatte ihm eine andere Sicht auf die Dinge vermittelt und ihm damit ein mögliches Motiv offenbart, das ihm bislang entgangen war. Die Morde glichen einer Exekution, sie waren mit unvorstellbarer Wut und Hass ausgeführt worden. Wenn er mit seiner Vermutung richtiglag, dann hatte jemand sie verübt, der die Hinterbliebenen spüren lassen wollte, wie es sich anfühlte, den wichtigsten Menschen im Leben zu verlieren.

Francis Chapman und Isabelle Tricaud waren ermordet worden, weil ihre Männer einen Tod verschuldet hatten.

So war es, Pierre war sich ganz sicher. Der Mörder musste sich den beiden Frauen auf die Spur geheftet haben, bis er sie an einem einsamen Ort zur Strecke brachte. Dass die beiden Tatorte so nah beieinanderlagen, konnte Zufall sein. Die Morde hätten überall geschehen können, selbst am Lac de Sainte-Croix.

Blieb die Frage, welche Rolle Arnaud hierbei spielte. Wenn er denn wirklich Teil des Spiels war.

Pierre erinnerte sich, dass er Lechat gebeten hatte herauszufinden, ob es eine Verbindung zwischen den drei Männern gab. Er griff nach dem Telefon und wählte die Nummer des Kommissariats von Cavaillon.

Lechat meldete sich mit hörbar schlechter Laune. »Was gibt's?«

»Wie war das Gespräch mit dem Ermittlungsrichter?«

»Nicht so gut. Er versucht, die Verantwortung auf mich abzuwälzen. Angeblich hätte er einen solchen Eingriff aufgrund einer anonymen Anzeige niemals befürwortet. Dabei wusste er ganz genau, dass sie neben der Postkarte der einzige Beweis war. Wenn er im Ernst glaubt, mir damit an den Karren fahren zu können, dann ist er an den Falschen geraten.« Er lachte grimmig. »Aber das war sicher nicht der Grund für Ihren Anruf.«

»Richtig«, antwortete Pierre. »Es betrifft die Morde an den beiden Touristinnen. Ich hatte Sie gebeten, einen möglichen Zusammenhang zwischen den beiden Ehemännern und dem Bürgermeister zu überprüfen. Haben Sie da schon etwas herausfinden können?«

»Nein«, kam es ohne Zögern. Und als Lechat fortfuhr, hatte sein Ton etwas Distanziertes. »Gerade jetzt, in dieser heiklen Situation, werde ich mich gewiss nicht in die laufenden Ermittlungen eines anderen *Départements* einmischen.«

»Sie könnten wieder um Amtshilfe bitten. Es gibt offenbar eine Verbindung zum Vermisstenfall.«

»So? Dafür haben Sie hoffentlich aussagekräftige Beweise.«

»Es sind eher Vermutungen«, gab Pierre zu.

»Davon habe ich für heute genug. War's das? Ich würde jetzt gerne meine Wunden lecken.« Er legte auf.

21

Während des Gesprächs war Pierre weiter in Richtung Altstadt gegangen. Nun stand er in einer der vielen kleinen Gassen und sah sich suchend nach einem Geschäft um, in dem er das erste Fahndungsplakat anbringen konnte.

In einem der Schaufenster entdeckte er ein Poster mit einer Collage, auf der ein Wolf, eine Blume und ein Vogel im Flug zu sehen waren. Verbunden mit dem Aufruf, der Organisation beizutreten, um die Natur zu retten. Pierre sah auf das Schild, das oberhalb der Glasfront angebracht war. Es war das Büro des Naturschutzbundes, in dem auch Chapman arbeitete!

Beherzt trat er ein. Hinter einem mit Pflanzentöpfen und Prospekten vollgepackten Schreibtisch saß eine junge Frau mit blassem Gesicht und locker zusammengebundenem hellbraunem Haar. Sie sah ihm freundlich entgegen.

»Guten Tag, Monsieur, kann ich Ihnen helfen?«

»Ich möchte gerne mit Oscar Chapman sprechen.«

Ihr Lächeln erstarb. »Worum geht es?«

Pierre überlegte rasch. »Er soll eine Veranstaltung abgehalten haben, die von Wolfsgegnern gestürmt wurde. Ich würde gerne mit ihm über das Thema reden.«

»Oh ja, die Veranstaltung.« Sie rollte mit den Augen, dann wurde sie ernst. »Es tut mir leid, aber Monsieur Chapman ist nicht mehr hier. Er ist zurück nach England gegangen, um dort seine Frau zu beerdigen. Oder vielmehr das, was von ihr übrig geblieben ist. Sicher haben Sie mitbekommen, was geschehen ist.«

Pierre nickte. »Das Ganze tut mir sehr leid. Haben Sie eine Ahnung, wie es passieren konnte?«

»Wollen Sie wirklich meine Meinung dazu hören?« Sie sah ihn offen an. »Leute, die dazu in der Lage sind, Wölfe abzuknallen, wenn sie ihnen ins Gehege kommen, halte ich für skrupellos genug, dasselbe auch mit Menschen zu tun.«

»Sie reden von einer bestimmten Person?«

»Keine Ahnung, es gibt viele hier in der Haute-Provence, die am liebsten jeden Wolf zur Strecke bringen würden, der ihnen vor die Flinte gerät. Sie alle können Naturschützer nicht ausstehen, am liebsten würden sie uns gleich mit den Wölfen aus dem Land jagen. Dreimal haben sie uns schon die Reifen zerstochen, ich könnte kotzen!«

»Die Lage ist wohl ein wenig eskaliert, hm?« Pierre zog einen Besucherstuhl heran und setzte sich der jungen Frau gegenüber.

»Das können Sie laut sagen. Die provenzalische Mentalität schnappt komplett über. Da wird viel geschimpft und böses Blut verbreitet, ein wenig mehr Sachlichkeit täte allen Beteiligten gut.«

»Sachlichkeit?«

»Ja. Die Angst vor dem Wolf ist nichts weiter als ein Mythos. Die Tiere tun überhaupt nichts, sie meiden eher die Begegnung mit Menschen. Es sind die Wölfe, die Angst vor uns haben müssen. Nicht umsonst stehen sie auf der Liste der vom Aussterben bedrohten Arten. Dabei ist seine Anwesenheit ein Glücksfall für die Natur.« Sie tippte auf einen der Prospekte. »Der Wolf ist Teil des Ökosystems. Ohne ihn gäbe es viel zu viele Wildschweine, Rehe und Hirsche, die in den Wäldern für starken Verbiss sorgen. Insofern beschützt er das ungestörte Wachstum junger Triebe.«

Pierre betrachtete die abgebildeten Fotos. Der Wolf war ein prächtiges Tier. Stolz, elegant, erhaben. »Aber offenbar greifen die Tiere nicht nur Wildschweine und Rehe an, sondern auch Schafherden.«

»Für aggressive Wölfe gibt es doch bereits die Möglichkeit eines kontrollierten Abschusses. Die Quote ist hoch genug, in diesem Jahr sind frankreichweit vierzig Wölfe erlaubt.«

Pierre dachte an das Gespräch, das er in der Bar Tabac geführt hatte. »Angeblich hat es sechstausendsechshundert gerissene Tiere alleine in dieser Region gegeben. Trotz Elektrozäunen, Wachhunden und Abschussquote.«

»Die Zahl kommt mir übertrieben vor, aber natürlich gibt es keinen totalen Schutz.« Sie rieb sich die Nase. »*Alors quoi*? Das ist nur ein winziger Bruchteil aller Schafe. Daraus muss man doch keine solche Affäre machen! Die sollen lieber ihre Herdenschutzhunde besser ausbilden, bevor sie sich am Wolf vergreifen. Ich meine, man sollte die Kirche doch mal im Dorf lassen. Wölfe sind Teil unseres Lebensraums, wir müssen ihnen den Platz lassen, der ihnen zusteht. Der Mensch ist nur ein Teil des Ganzen, er darf die Natur nicht unterwerfen, nur weil sie ihm unbequem wird. Stattdessen will er alles regulieren und kontrollieren.«

»Wenn es andere Tiere und sogar ganze Herden schützt, ist der Wunsch nach Kontrolle verständlich.«

»Nicht, wenn der Mensch dabei aktiv ins Ökosystem eingreift. Jegliche Einmischung hat für die Natur fatale Folgen. Denken Sie nur an die Aga-Kröten in Australien.«

»Aga-Kröten?« Pierre legte den Kopf schräg.

»Ja, diese Krötenart ist ein Paradebeispiel dafür, dass der Mensch überhaupt nicht in der Lage ist, weit genug vorauszudenken. Vor etwa achtzig Jahren haben Wissenschaftler die Kröten nach Australien gebracht, um eine Käferplage auf den Zuckerrohrplantagen zu bekämpfen. In Puerto Rico hieß es, die Kröten vertreiben die Schädlinge, also importierte man die

Tiere. Die Insektenplage verschwand, aber die Kröte hat sich im Lauf der Jahre stark vermehrt. Inzwischen gibt es mehr als zweihundert Millionen Exemplare, Tendenz steigend. Das Problem: Es existieren kaum noch natürliche Feinde. Sämtliche Schlangen, Vögel und Reptilien, die diese Kröte fressen, sterben anschließend, weil sie Giftdrüsen auf der Haut hat. Jeder Versuch, sie auszurotten, ist bisher gescheitert, Australiens Ökosystem ist ernsthaft bedroht.«

»Tatsächlich?«

»Ja. Mehrere Schlangen- und Waran-Arten sind ausgestorben, nur weil der Mensch dachte, schlauer zu sein als die Natur. Jetzt soll die Bevölkerung sämtliche Kröten abliefern, die sie sichtet. Daraus wird dann eine präparierte Wurst gemacht, die man den wilden Tieren hinlegt und die ihnen Übelkeit verursacht. So will man ihnen antrainieren, die giftige Kröte zu meiden.« Sie schüttelte sichtlich erregt den Kopf. »Das Ganze ist total nach hinten losgegangen. Es ist ein Treppenwitz der Geschichte, als sich im Nachhinein herausstellte, dass nicht die Kröte die Parasiten vertrieben hat, sondern eine Veränderung des Klimas.«

»Das ist fatal«, stimmte Pierre ihr zu. »Aber ist nicht auch die Wiederansiedelung des Wolfes ein Projekt des Menschen?«

»Eine Wiedergutmachung nach der Vertreibung!«

»Auf dem Rücken der über Jahrhunderte gewachsenen Weidewirtschaft. Ich kann nachvollziehen, warum die hiesigen Züchter für diese Argumentation nur wenig Verständnis aufbringen. Ich habe selbst zwei Ziegen und bin heilfroh, dass es in Luberon noch keine Wölfe gibt.«

Die junge Frau sah ihn mit zusammengekniffenen Brauen an. »Warum wollten Sie noch mal mit Monsieur Chapman sprechen?«

»Wegen der gestürmten Versammlung. Ich will ehrlich sein.

Es erschüttert mich, dass sich beide Seiten derart bekämpfen, statt gemeinsam nach einem Kompromiss zu suchen. Es muss doch möglich sein, zu einer Lösung zu kommen, bei der man weder den Wolf noch die Freilandhaltung komplett opfert.«

»Mit Schreckschüssen kann man einiges bewirken, das wäre durchaus eine Möglichkeit. Aber doch nicht mit einer Erhöhung der Abschussquoten!« Sie schnaubte wieder und lehnte sich zurück. »Auch ich kann den Ärger der Züchter verstehen, glauben Sie nicht, dass deren Verluste spurlos an uns vorübergehen. So etwas ist tragisch und hoch emotional. Doch die Schafsrisse sind nur ein Teil des Problems. Das größte Paket trägt, wenn man einen Schuldigen suchen möchte, die Politik. Der Schutz der Schafsherden durch geeignete Maßnahmen müsste viel stärker subventioniert werden. Und dass die Bauern über Monate auf die Ausgleichszahlungen warten müssen, dass sie zum Teil sogar ganz ausbleiben, ist gelinde gesagt eine Unverfrorenheit.«

Die Politik. War Nanette unbeabsichtigt zur Symbolfigur geworden? War es eine Kurzschlusshandlung gewesen? Pierre atmete ruhig und langsam, während es in seinem Inneren arbeitete. Selbst wenn es keinerlei direkte Verbindung gab, reichte in diesen aufgeladenen Zeiten vielleicht der Hinweis, mit jemandem aus der Politik verheiratet zu sein. Handelte es sich am Ende gar um eine Verwechslung?

»Wer ist in diesem *Département* zuständig für die Schussquoten und Entschädigungen?«

»Die Präfektur.«

»Ist der Präfekt verheiratet?«

»Warum fragen Sie?«

»Sieht seine Frau vielleicht so aus wie die Vermisste hier?« Pierre legte einen der Zettel auf den Tisch.

Sie nahm ihn entgegen und schüttelte den Kopf. »Nein, ganz sicher nicht.«

Nachdenklich setzte Pierre seinen Weg fort, ziellos, in Richtung des Flusses. Alle paar Meter betrat er ein Geschäft oder Café, um den Inhabern und Bediensteten das Fahndungsplakat in die Hand zu drücken, mit der Bitte, es gut sichtbar aufzuhängen.

Er fragte sich, inwieweit der Wolf zu einem Symbol geworden war, fern jeglicher Realität. Für die Naturschützer war er ein Zeichen der gesundenden Natur, die man vor der Willkür der Menschen schützen musste. Für die Bauern ein Zeichen für die Gleichgültigkeit von Politik und Gesellschaft, für das mangelnde Mitleid angesichts der hohen Verluste, die trotz aller Bemühungen an der Tagesordnung waren.

Die Temperaturen waren nach wie vor mild, um die achtzehn Grad, der Wind hatte wieder aufgefrischt, fuhr durch sein Haar. Pierre betrachtete die Wolken, die in hohem Tempo über den Himmel jagten und die Sonne immer wieder für wenige Augenblicke bedeckten. Schob die fürchterliche Ahnung beiseite, die ihn seit dem Gespräch fest umklammerte. Noch war nichts entschieden.

Bald hatte er die Fußgängerzone erreicht, durch die er bereits am Vormittag gegangen war. Eine schmale Gasse mit zweistöckigen Häusern, in den Erdgeschossen farbenfroh gestaltete Geschäfte, die ihre Waren zum Verkauf anboten. Ein Anblick, der für die Provence typisch war: die Fassaden vielleicht etwas grauer als anderswo, doch mit bunten Fensterläden in Gelb, Blau und Rot. Und im Hintergrund, am Ende der Gasse, der *Rocher de la Baume,* der sich über alles erhob wie ein Wächter, ein Schutzwall aus hellem Kalk.

Pierre blieb stehen. Auf einmal erinnerte er sich daran, dass er am Vormittag an einer Buchhandlung vorbeigegangen war, in deren Schaufenster Literatur über die Haute-Provence ausgestellt war. Er sah sich um, der Laden war nur wenige Schritte von ihm entfernt. Eine schlichte Front mit einer hohen Tür, die weit offen stand.

Wenig später hatte er das Geschäft wieder verlassen. In der Hand hielt er das Buch, das Nanette oder ihr Entführer in den luftleeren Raum geworfen hatte, *Tod unter der Glyzinie.*

Pierre war bis zur Brasserie des *Hôtel de la Citadelle* gegangen, die direkt bei dem großen Parkplatz lag, auf dem sein Leihwagen stand. Von der Terrasse aus hatte man einen hübschen Blick auf die Durance und die beiden Berge und natürlich auf die berühmte Zitadelle, die Tatort des Kriminalromans war. Die Sonne schien hell und sogar recht warm, wie er fand, trotz des frischen Windes. Er hatte eine Stunde Zeit, den Krimi zu überfliegen, dann würde die Sonne hinter den Bergen verschwinden und sich das Licht schlagartig verändern, in ein dämmeriges Grau übergehen. Er musste sich beeilen und versuchen, sich einen Überblick über den Inhalt zu verschaffen, während er darauf wartete, dass Rozier oder Luc sich wieder bei ihm meldeten.

Er nahm an einem orangefarbenen Tisch direkt an der Brüstungsmauer Platz und sah auf die Durance, deren Wasser hier in Sisteron von fast unwirklichem Smaragdgrün war. Funkelnd, von geradezu mystischer Kraft. Kaum zu glauben, dass derselbe Fluss in hunderten Kilometern Entfernung südlich von Avignon als graublauer Strom in die Rhône mündete.

»Möchten Sie wirklich draußen sitzen?« Der Kellner war unbemerkt an ihn herangetreten und sah ihn stirnrunzelnd an. »Es wird bald dunkel.«

»Bis dahin bin ich längst fertig.«

Pierre bestellte ein Stück *tian de pommes au miel* und einen *café noir,* dann schlug er das Buch auf. Er überflog die Seiten, klopfte sie auf weitere Informationen ab, die ihm einen Hinweis geben könnten.

Dabei aß er den servierten Auflauf, fast ein Kuchen, eine köstliche Kombination aus Äpfeln, einer mit Lavendelhonig gesüßten Creme und gerösteten Mandeln, die viel zu schnell verzehrt war.

Bald musste er das Buch ins Licht der historisch anmutenden Lampen halten, die der beginnenden Dämmerung nur wenig entgegenzusetzen hatten. Endlich schlug er es zu, ließ sich ernüchtert im Stuhl zurücksinken. Es war sicher ein guter Krimi mit einem unerwarteten Ende, aber tatsächlich schien der Hinweis auf Sisteron das Einzige zu sein, was diesen Roman mit dem Verschwinden von Nanette verband. Hätte der Täter sie ebenso wie das Opfer von der Zitadelle gestürzt, wäre die Leiche längst entdeckt worden. Die alte Festung war neben dem *Rocher de la Baume* und dem Uhrturm *Tour de l'Horloge* eines der Wahrzeichen von Sisteron und samt Außenanlage Ziel unzähliger Touristen, selbst Anfang November.

Pierre betrachtete den grauen Fels. Das Gefühl, jemand habe gezielt Spuren gelegt, hatte sich nach dem Überfliegen des Buches verstärkt. Der Ort wirkte geradezu willkürlich gewählt, nur auf ein Stichwort hin, das die Ermittler nach Sisteron führen sollte, wo der Fiat geparkt war.

Hatte Nanette es wirklich selbst bestellt, oder war es jemand gewesen, der Zugang zu ihren Passwörtern hatte? Bei einem ungesicherten Mobiltelefon wäre das durchaus möglich. Nur was für einen Sinn ergab es, aus ihrem Verschwinden eine derartige Schnitzeljagd zu veranstalten? Und wenn es wirklich eine war, würde dann nicht bald der nächste Hinweis folgen?

Das Klingeln des Telefons riss ihn aus seinen Gedanken.

»Ja?«

»Wo sind Sie?« Es war Roux.

»Ich sitze auf der Terrasse des *Hôtel de la Citadelle.*«

»Im Halbdunkel? Na, dann kommen Sie mal zurück. Ich habe eine Überraschung für Sie.«

»Was denn?«

Der *Policier* lachte. »Wenn ich es Ihnen jetzt sage, ist es ja keine Überraschung mehr.«

22

Wenige Minuten später stand Pierre im Büro des *Chef de police.* Auf dem Schreibtisch befanden sich Akten, daneben lag der Stapel mit den Fahndungshinweisen, den Pierre dem jungen Beamten vorhin in die Hand gedrückt hatte.

»Kommen Sie ruhig näher«, forderte Roux ihn auf. Man sah ihm an, dass er es kaum abwarten konnte, die Neuigkeit loszuwerden.

»Na, Sie machen es aber spannend. Hat sich aus den Hinweisen der Bevölkerung etwas ergeben?«

»Noch nicht. Dieser alte Schulfreund von Madame Rozier allerdings wollte unbedingt nach Sisteron kommen, um uns bei der Suche zu helfen. Ich habe ihm vorgeschlagen die weitere Verteilung der Fahndungsplakate zu übernehmen. Er wird sich morgen früh bei mir melden. Aber das war es nicht, warum ich Sie herbestellt habe.« Mit einem breiten Lächeln schob Roux ihm eine Akte über den Tisch.

Pierre warf einen Blick darauf, hob dann überrascht den Kopf. »Das Dossier der Ermittlungsbehörden zu den beiden Mordfällen?«

»Fragen Sie mich nicht, wie ich das gemacht habe«, antwortete der *Policier* augenzwinkernd. »Sie haben genau eine Dreiviertelstunde Zeit. Ich muss dafür sorgen, dass es bis um sieben wieder in der Gendarmerie von Forcalquier ist, sonst bekommen einige meiner Kollegen dort mächtigen Ärger.« Er hielt ein Paar Untersuchungshandschuhe in die Höhe.

»Ich hoffe, es macht Ihnen nichts aus, wenn Sie die hier dabei tragen?«

»Sie sind großartig!« Pierre streifte die Handschuhe über und nahm das Dossier mit in den kleinen Raum. Eine Dreiviertelstunde war nicht viel, nun galt es, die wichtigsten Informationen herauszufiltern. Aber darin hatte er ja Übung.

Die Bilder der beiden Toten überflog er nur, unmöglich, sie näher an sich heranzulassen. Zwei freundlich aussehende Frauen, die eine ernst, die andere mit einem Lächeln in die Kamera blickend. Nur eine Aufnahme weiter waren sie alle beide aus dem Leben gerissen, auf grauenvollste Weise. Im Fernsehen sah es immer so harmlos aus, wenn ein Kopfschuss jemanden niederstreckte. Die Wahrheit war, dass man das Resultat oft auf etliche Meter verteilt vorfand.

Pierre schluckte schwer, sammelte seine Gedanken und blätterte konzentriert durch die Akte.

Es war ein Glanzstück kooperativer Zusammenarbeit zwischen *police nationale* und Gendarmerie. So wie es sein sollte, wenn man kleinteilige Fälle lösen wollte, deren Zuständigkeitsbereiche sich überschnitten.

Mit äußerster Präzision hatten die Kollegen Informationen zu den Opfern zusammengetragen, die im Wesentlichen das wiedergaben, was er bereits wusste. Das ballistische Gutachten bestätigte, dass die Schüsse aus derselben Waffe abgefeuert worden waren, einer *Sauer 101,* die zu den gängigen Jagdgewehren gehörte. Angehängt war eine Auflistung jener Personen im Umkreis der Montagne de Lure, von denen man wusste, dass sie im Besitz einer solchen Waffe waren, sowie das Ergebnis weiterer Untersuchungen, die bestätigten, dass es sich bei keiner der beschlagnahmten um die Tatwaffe handelte.

Es folgten mehrere Zeugenaussagen. Eine Wandergruppe,

die Francis Chapman gesehen haben wollte, als sie den Wagen am Straßenrand abstellte. Der Vermieter des Ferienhauses, in dem man die Leiche von Isabelle Tricaud gefunden hatte. Dazu die Aussagen einiger Hinterbliebenen. Die von Ernest Tricaud fiel besonders ausführlich aus, weil im Laufe der Ermittlungen herauskam, dass seine Frau damit gedroht hatte, sich scheiden zu lassen. Er hatte für den Todeszeitpunkt allerdings ein Alibi, einen Geschäftstermin, der am Abend in einem Restaurant endete. Es gab jede Menge Zeugen, angefangen von dem Kunden über die Sekretärin bis hin zum Kellner, der das Essen servierte.

Darüber hinaus hatten die Beamten die sozialen Aktivitäten der Toten überprüft, digital wie auch analog, und in verschiedenen Befragungen mit Bekannten versucht, die Gemeinsamkeiten der beiden herauszuarbeiten. Aber es gab weder Hobbys, die sie miteinander verbanden, noch Kontakte. Daraufhin hatte man sich auf Schnittmengen im erweiterten Bekanntenkreis konzentriert, ohne jedoch fündig zu werden.

Pierre trank einen Schluck von dem Wasser, das ihm der junge Mann inzwischen gebracht hatte, und blätterte nach einem kurzen Blick auf die Uhr weiter durch die Seiten.

Am aufschlussreichsten war die Befragung von André Devaux, der den Vortrag der Chapmans wenige Wochen vor dem ersten Mord mit seinen Mitstreitern gestürmt hatte. Er bestätigte, dass er den Aktivitäten der Tierschutzgruppe *Ferus*, für die Francis Chapman gearbeitet hatte, skeptisch gegenüberstand. Seiner Meinung nach sei die Unterstützung der Bauern mit freiwilligen Wächtern nur der Versuch, von den eigentlichen Zielen dieser Leute abzulenken, nämlich den Wolf uneingeschränkt in der Region zu etablieren. Und das wäre das Ende der Weidewirtschaft, wie man sie seit Mitte des neunzehnten Jahrhunderts kannte.

Natürlich hatte auch er ein Alibi für die fragliche Zeit, er war als Redner einer Solidargemeinschaft in Orgon geladen, daher strich Pierre den Namen in seinem Notizbuch durch, sodass Marechal als einziger Verdächtiger übrig blieb.

Nach einer Weile hielt Pierre inne und rieb sich die Stirn. Es gestaltete sich mühsam, das dicke Dossier durchzuarbeiten, in dem sämtliche Vorgänge äußerst akribisch und in trockener Amtssprache niedergeschrieben waren. Zudem gab es nichts, das ihn hellhörig machte, keine Spur, die nach Sainte-Valérie führte. Zu Nanette und Arnaud Rozier. Oder zu Marechal.

Ein kurzer Blick auf die Armbanduhr zeigte, dass ihm nur noch wenige Minuten blieben, also beschloss er, die relevanten Stellen mit der Handykamera abzufotografieren. Unerlaubterweise, aber es würde ohnehin niemand erfahren.

Vielleicht, dachte er, als er das Dossier endlich zuklappte, verbeiße ich mich tatsächlich zu sehr in den Gedanken einer Verbindung. Wie oft gab es zufällige Parallelen oder gleichzeitig ablaufende Ereignisse, die einen nach Verknüpfungen suchen ließen, um am Ende festzustellen, dass sich die Spuren nicht einmal berührten.

Er musste den Fall aus einer neuen Perspektive betrachten. Wie diese aussehen könnte, war ihm noch nicht ganz klar, dafür fehlten ihm vielleicht auch die Informationen, die er später von Luc oder von anderer Stelle erhalten würde. Allerdings war deutlich geworden, dass er heute keinesfalls nach Hause fahren durfte. Er würde sich ein Hotel suchen, nachdem er das Dossier zurückgegeben hatte. Zu Hause vermisste ihn ohnehin niemand.

Fernand Roux erhob sich, als Pierre sein Büro betrat. Wieder fiel Pierre auf, wie groß der *Policier* war, er musste den Kopf in den Nacken legen, um den Kollegen anzuschauen.

»Ich bin durch«, sagte er, während er das Dossier auf dem Tisch ablegte. Dann streifte er die Untersuchungshandschuhe ab. »Danke, dass ich einen Blick hineinwerfen durfte.«

»Irgendwas gefunden?« Roux lächelte ihn an. Freundlich, wie Pierre bemerkte, vielleicht etwas zu freundlich.

»Nein.«

»Bedauerlich.« Der *Policier* schob die Akte in einen großen Umschlag und verstaute diesen in einem Stoffbeutel.

»Sie haben mir einen großen Gefallen getan und dabei eine Abmahnung riskiert. Das war sehr mutig von Ihnen!«

Roux blickte auf. »Ihre Worte haben mich getroffen. Sie sagten, dass man anders handeln würde, wenn es um die eigene Frau geht. Sie haben recht.«

»Wie weit würden Sie dabei gehen?« Die Frage war Pierre herausgerutscht, ohne jede Absicht.

Seitdem er über das Gespräch mit Nathalie Roux nachgedacht hatte, hatte der Gedanke in der Luft geschwebt. Doch er hatte den *Policier* bisher aus dem Kreis der Verdächtigen herausgehalten, weil es ihm irgendwie falsch erschienen war.

Abgesehen von der Tatsache, dass sein Schwager Rinder gezüchtet hatte, die in einem Stall untergebracht und daher weniger von den Wölfen bedroht waren als eine Schafherde, die Tag und Nacht frei weidete, bezweifelte Pierre, dass Roux kaltblütig genug wäre, den Hinterbliebenen dieselben Qualen zuzumuten, die seine Frau Nathalie ausstand. Er schien ein netter, unkomplizierter Mensch zu sein. Hilfsbereit und von allen geschätzt.

Dennoch: Pierre kannte genügend Fälle, bei denen ein kleiner Funke aus einem freundlichen Menschen ein rachsüchtiges Monster machte. Es war seine Pflicht, diesen Aspekt im Auge zu behalten.

Der *Policier* hatte sich unterdessen zu seiner vollen Größe aufgerichtet und sah ihn nun mit schmalen Augen an.

»Was wollen Sie damit sagen?«

»Ich glaube, dass die Kollegen ein entscheidendes Motiv übersehen haben.«

»So, welches denn?«

»Das Gespräch mit Ihrer Frau hat mich sehr berührt. Ich habe gespürt, wie nahe es ihr ging, und bemerkt, wie Sie sie in Schutz nehmen wollten. Dabei ist mir ein Gedanke gekommen. Wäre es nicht ein plausibles Motiv, dass sich der Mörder an den Verursachern eines Suizids rächen will?«

Schien es nur so oder erblasste Roux tatsächlich?

»Aber …« Der *Policier* sah ihn aufmerksam an. »Sie meinen, einer der Angehörigen könnte der Täter sein? Und die Frauen waren nur Mittel zum Zweck? Eine Art Stellvertretermord?«

»Genau.« Pierre machte eine Pause. »Wie viele Suizide hat es in den vergangenen Monaten über den Ihres Schwagers hinaus hier in der Gegend gegeben?«

»Soweit ich weiß, nur einen. Jules Grisard, er hatte eine Schafszucht.«

»Hatte Monsieur Grisard Probleme mit den Wölfen?«

»Ja. Ein streunendes Rudel hat vierzehn seiner Schafe gerissen.«

»Hat man ihm die Tiere ersetzt?«

»Nein.« Die Blässe wich einer hitzigen Röte. »Die Behörden haben ihm die Entschädigungszahlungen verweigert, weil er zwar einen Elektrozaun angeschafft hatte, aber keinen zertifizierten Wachhund. Und das sind nun mal die Voraussetzungen, damit der Staat zahlt.« Roux strich sich übers Haar. »Was hat das alles mit der vermissten Bürgermeistergattin zu tun?«

»Das weiß ich noch nicht. Vielleicht irre ich mich ja auch. Angenommen, Nanette Roziers Verschwinden hätte nichts mit den beiden anderen Mordfällen zu tun. Würden wir die Taten isoliert betrachten, dann hätten wir ein schlüssiges Motiv.«

»Haben Sie sich schon mit Ihrem *Commissaire* darüber ausgetauscht?«

»Nein, aber ich werde ihn gleich morgen anrufen.«

Es war gelogen, er würde es nicht tun, solange er keinen Beweis für diese Theorie hatte. Pierre ließ den Satz im Raum stehen und setzte, als Roux geradezu paralysiert innehielt, ein Lächeln auf.

»Es ist spät geworden«, sagte er mit einem Blick auf die Uhr. »Sie sollten sich beeilen, damit das Dossier rechtzeitig wieder an seinen Platz kommt.«

»Oh!« Roux griff nach dem Stoffbeutel. »Ich bringe es dem Kollegen aus Forcalquier schnell rüber. Er wartet auf dem Parkplatz.«

»Und was haben Sie heute sonst noch vor?«

»Zu Hause bleiben. Es war ein langer Tag.«

»Dann wünsche ich Ihnen einen schönen Abend.«

»Danke, dasselbe wünsche ich Ihnen auch.« Der *Policier* hob die Hand zum Gruß und eilte hinaus. In der Tür blickte er Pierre noch einmal ernst an. »Sie sollten Ihre Theorie besser nicht gegenüber Fremden erwähnen. Das könnte zu Kurzschlussreaktionen führen.«

»Wie meinen Sie das?«

»Wenn der Mörder davon erfährt, wird er versuchen, mögliche Spuren zu verwischen. Oder …« Er hielt inne und fuhr dann energisch fort: »Oder er könnte diejenigen beseitigen, die ihm gefährlich nahekommen.«

»Das klingt, als hätten Sie einen konkreten Verdacht.«

»Es ist nur ein Bauchgefühl. Ich an Ihrer Stelle wäre vorsichtig, das sage ich zu Ihrem eigenen Schutz.«

Damit verließ er den Raum. Pierre folgte ihm nach kurzem Warten.

War das gerade eine Warnung gewesen?

Als er ins Freie trat, reichte Roux den Stoffbeutel mit dem Dossier gerade in das offene Fenster eines Wagens von der *gendarmerie nationale.* Mit gesenktem Kopf ging Pierre weiter und tat, als sei er in Gedanken versunken, während er den Platz in Richtung Altstadt überquerte.

Der Fall hatte eine unerwartete Wendung genommen. Der *Policier* schien mehr zu wissen, als er zugab. Er würde es bald erfahren. So oder so.

23

Pierre war bei einem Kioskhäuschen auf der anderen Straßenseite stehen geblieben und hatte dahinter gewartet, bis Roux sich von dem Gendarmen verabschiedete. Dann war er ihm in sicherem Abstand gefolgt, ohne ihn aus den Augen zu lassen. Was nicht besonders schwer war, denn selbst über eine größere Entfernung hinweg überragte der Hinterkopf des *Policiers* die wenigen Fußgänger, war im Licht der Straßenlampen gut zu erkennen.

Roux drehte sich nicht einmal um, schien in Eile zu sein und hielt zielstrebig auf die schmale Gasse zu, die die *Rue Mercerie* mit der *Rue Chapuzie* verband, welche im weiteren Verlauf zur Brücke führte und damit zu seinem Haus.

Als Roux in die unbeleuchtete Lücke zwischen den Häusern schlüpfte, dachte Pierre an den Leihwagen, der noch immer auf dem Parkplatz oberhalb der Zufahrt stand. Die beiden Gassen verliefen höhenversetzt, von Roux' Haus waren es zu Fuß gut zehn Minuten bis dorthin. Sollte der *Policier* noch einmal wegfahren, würde Pierre ihm nicht folgen können. Er musste riskieren, ihn jetzt aus den Augen zu verlieren, und weiter geradeaus laufen, um den Wagen zu holen.

Acht Minuten später stellte Pierre den Leihwagen auf der anderen Seite des Ufers ab, auf einem der beiden Parkplätze an der *Rue du Commandant Wilmart,* mit Blick auf das Haus der Roux'. Obwohl die Uhr erst kurz vor sieben zeigte, war es bereits stockdunkel. Die *Pont de la Baume* war vom Licht der einzigen Laterne schwach erleuchtet, doch man konnte die Menschen erkennen, die sie überquerten.

Während Pierre ein Sandwich aß, das er im Vorbeieilen in einem Bistro gekauft hatte – ein halbes Baguette mit Salat, Tomaten und geräuchertem Schinken –, rief Gisèle an. Sie war inzwischen, wie sie ihm erklärte, von Luc auf den aktuellen Stand der Ermittlungen gesetzt worden.

»Ich habe etwas über den verstorbenen Schwager von Monsieur Roux herausgefunden. Er hieß Thomas Pichon, der Vorname der Witwe lautet Christelle. Der Hof liegt in der Nähe von Barras. Das ist auf der anderen Seite der Durance, nicht im Gebiet der *Montagne de Lure,* wo man die beiden Frauen gefunden hat, sondern etwa vierzig Kilometer weiter östlich. Er ist Anfang September in einen acht Meter tiefen Brunnenschacht gefallen und an den Folgen des Sturzes sowie an Sauerstoffmangel gestorben. Sein Tod hat in den Internetforen der Verbände hohe Wellen geschlagen, kaum jemand hatte Zweifel, dass der Unfall ein verdeckter Suizid war, denn er hatte gegenüber Kollegen mehrfach von seiner ausweglosen Lage erzählt. Knapp vier Wochen später haben Jungbauern ein Video über die verzweifelte Situation in der Landwirtschaft ins Netz gestellt. Es ist ein sehr emotionaler Film, der sofort viral gegangen ist, wie man heutzutage sagt.«

Pierre schob den Rest des Sandwiches zurück in die Papiertüte. »Sie haben es sich angesehen?«

»Allerdings. Ich habe Tränen geweint. Wenn Sie möchten, schicke ich Ihnen den Link.«

»Tun Sie das. Haben Sie eine genaue Adresse von dem Hof?«

»Selbstverständlich.«

Pierre notierte die durchgegebene Straße.

»Ihr Assistent hat mich noch gebeten, Ihnen mitzuteilen, dass es in der Gegend einen weiteren Selbstmordfall gab, bei

Hautes-Duyes, das liegt ebenfalls östlich von Sisteron. Der Bauer war erst Mitte zwanzig. Er hatte eine Schafzucht, die wohl mehrfach von Wölfen angegriffen worden ist.«

»Hieß er zufällig Jules Grisard?«

»Woher wissen Sie das?«

»Der Hinweis eines Kollegen. Wann ist er gestorben?«

»Am vierzehnten April.«

»War er ebenfalls bei der *Crédit Agricole* verschuldet?«

»Ihr Assistent ist gerade dabei, das herauszufinden, auch ob es eine Verbindung zu Ernest Tricaud gibt. Es ist sehr wahrscheinlich, dass die Filiale in Digne-les-Bains sowohl im Fall Pichon als auch im Fall des Jungbauern aus Hautes-Duyes die Konten führte. Sie liegt in unmittelbarer Nähe beider Höfe, gleichauf mit der Filiale in Château-Arnoux-Saint-Auban. Wir werden das noch verifizieren. Die Behörden haben ja leider erst am Montag wieder geöffnet, aber Ihr Assistent hat in der Wache ein Klappbett aufgestellt, um von dort aus weiterzurecherchieren.«

»Ein Klappbett?«, entfuhr es Pierre. »Das hat nicht zufällig etwas mit dem umtriebigen Welpen zu tun, auf den seine Freundin gerade aufpasst?«

»Ich weiß nicht, was Sie damit meinen.« In Gisèles Stimme schwang ein Schmunzeln mit.

»Wenn ich das Ganze zeitlich zusammenfasse«, fokussierte sich Pierre wieder, »markiert der Selbstmord des Schafzüchters Jules Grisard im Frühjahr dieses Jahres den Beginn. Anfang September stürzt Thomas Pichon in den Brunnenschacht und hinterlässt seiner Frau einen Abschiedsbrief, woraufhin keine vier Wochen später ein Video veröffentlicht wird, das das Leid der Bauern thematisiert. Am neunten Oktober provoziert Oscar Chapman während des Protestmarsches in Lyon die versammelten Schafzüchter. Seine markigen Sprüche vor laufender Kamera scheinen das Fass zum Überlaufen gebracht zu haben. Kurz darauf wird seine Frau Francis erschossen. Wenige Tage später die Frau des Bankiers, Isabelle Tricaud, deren Mann den beiden Landwirten vermutlich den finanziellen Todesstoß gab.« Pierre strich sich übers Kinn. »Die Zusammenhänge verdichten sich«, sagte er nachdenklich. »Ich denke, wir sind auf dem richtigen Weg.«

In diesem Augenblick sah Pierre eine große Gestalt aus dem grauen Haus treten. Es war unverkennbar Fernand Roux. Er hatte eine dunkle Jacke übergezogen und eilte zu einem der Parkstreifen, nur wenige Meter von dem Leihwagen entfernt. Pierre bedankte sich bei Gisèle für die Informationen und legte auf.

Wenn er richtiglag, dann kam nun Bewegung in die Sache.

Roux stieg in einen weißen Peugeot Ranch, der sicher mehr als fünfzehn Jahre alt war, und ließ den Motor an. Dann wendete er den Wagen und fuhr mit hoher Geschwindigkeit am *Roche de la Baume* vorbei in Richtung Süden. Ließ die im Licht der Straßenlaternen wie kleine Puppenhäuser wirkenden Gebäude dabei rasch hinter sich. Pierre setzte sich auf seine Spur. Er hatte Mühe, dem *Policier* zu folgen, ohne dass es auffiel. Hielt den Blick fest auf die Rücklichter des alten Peugeots gerichtet, zwei rote Punkte, die immer kleiner wurden.

Als der Abstand gerade groß genug war, um keinen Argwohn zu erwecken, gab Pierre ebenfalls Gas. Ganz allmählich schloss er auf, nur ein wenig, damit Roux ihn nicht bemerkte.

Die Straße verlief schnurgerade, parallel zur Autobahn und zur Durance, und wurde immer breiter. Nach und nach verschwanden die Häuser, die das gegenüberliegende Flussufer erhellt hatten, ebenso die Gewerbegebiete, bald waren sie umgeben von Natur. Dichte Baumreihen, die das Licht der Scheinwerfer reflektierten, tiefschwarze Hügel, deren Konturen im fahlen Mondlicht schimmerten. Dann wieder Ortschaften, eine Brücke.

Pierre fragte sich, ob das Ziel der Fahrt der Hof von Roux' Schwägerin Christelle war. Noch stimmte die Richtung, zumindest sagte das sein Gefühl. Der Wagen hatte kein Navigationsgerät, doch irgendwann waren sie nach links abgebogen, in Richtung Barras. Die Gegend wurde immer ländlicher, abgeerntete Felder, Reihen blattloser Obstbäume, die Bergketten nur noch ein ferner Hintergrund.

Nach etwa zwanzig Minuten – Pierre war es vorgekommen wie eine Ewigkeit – bog Roux unerwartet ab, ohne den Blinker zu setzen.

Pierre fuhr ein Stück weiter, bevor er den Wagen zum Stehen brachte und wendete. Ob der *Policier* ihn inzwischen bemerkt hatte?

Er schaltete das Licht aus und bog vorsichtig in die Einmündung, fuhr langsam im Licht des Mondes weiter, spähte rechts und links, ob Roux womöglich seinen Wagen am Feldrand hinter Bäumen und Sträuchern verbarg. Nichts. Die Dunkelheit bot ein großflächiges Versteck.

»*Zut!*« Pierre schaltete das Licht wieder ein. Es hatte keinen Sinn, so kam er nicht weiter. Er musste der Straße folgen und darauf hoffen, Roux wieder einzuholen.

Und dann entdeckte er den Wagen. Pierre hatte gerade eine dunkle Ortschaft durchquert, als sich auf der rechten Seite ein kleiner Parkplatz auftat, auf dem mehrere Autos standen, auch der weiße Peugeot Ranch.

Pierre hielt neben einer Steinhütte an, stieg aus und ging auf den Parkplatz zu. Im Näherkommen bemerkte er, dass dieser zu einer Bar oder einem Restaurant gehörte, das in einem schmucklosen Gebäude untergebracht war. Schmutzig beiger fensterloser Stein, eine dunkelrot lackierte Tür, daneben ein beleuchteter Glaskasten mit einer handgeschriebenen Speisekarte – der einzige Hinweis darauf, dass man hier etwas zu essen bekam.

Neugierig warf er einen Blick darauf. *Crêpe montagnarde* mit rohem Schinken, Kartoffeln und schmelzig zerlaufendem Käse. Dicke Bohnensuppe aus der Dauphiné, marinierte Lammkeule und *tourtons* mit salziger oder süßer Füllung.

Das Wasser lief ihm im Mund zusammen. *Mon dieu,* er hätte sonst was dafür gegeben, sich etwas davon zu Gemüte zu führen!

»Sie können ruhig reingehen, wir haben keine Angst vor Fremden.«

Pierre fuhr herum. Zwischen dunklen Sträuchern stand ein Mann und schüttelte ab, zog dann mit umständlicher Bewegung den Reißverschluss seiner Hose hoch.

»Nur das Klo ist leider verstopft«, sagte er achselzuckend, während er sich schwankend auf Pierre zubewegte. »Da hat wohl jemand die Überreste einer ganzen Woche entsorgt, das halten die alten Rohre nicht aus.« Er blieb vor der Tür stehen und fügte, als er Pierres Stirnrunzeln bemerkte, hinzu: »Na, ich will Ihnen ja nicht den Appetit verderben. Das Essen ist fabelhaft. Hier kocht noch die alte Madame Mariaud persönlich. Sie werden es lieben.«

»Danke. Aber …« Pierre brach ab. Der Mann verströmte einen fürchterlichen Geruch. Eine Mischung aus Schnaps und ungewaschener Kleidung. Unwillkürlich rieb er sich die Nase.

»Sie sind sich wohl zu fein dafür, hm?«

»Nein, es ist nur …« Er musste sich rasch etwas überlegen. »Ich bin mit meiner Frau spazieren und neugierig geworden, was es hier wohl zu essen gibt. Ich muss jetzt leider weiter, sie wartet sicher schon da hinten.«

Der Mann starrte auf die Straße, die sich im Dunkel verlor. »Spazieren? Hier? In der Einsamkeit?«

Pierre zeigte auf die Häuser. »Ja. Wir … haben angehalten, weil wir den Ort so hübsch fanden.«

»Das soll wohl ein Scherz sein, Monsieur. Der Ort ist vollkommen ausgestorben. Wäre Madame Mariauds Laden nicht, gäbe es hier nicht einmal einen Hahn.« Der Mann wedelte mit der Hand in die Dunkelheit. »Sie sollten Ihre Frau besser nicht so lange alleine lassen. Das ist hier in der Gegend nicht ungefährlich.« Damit umfasste er die Türklinke.

Von drinnen erscholl lautes Gelächter, Pierre hörte Gläserklirren, jemand stimmte ein Lied an.

»Sie meinen, wegen der Morde?«

»Es war auch davor keine gute Idee, seine Frau alleine im Dunkeln durch die Gegend laufen zu lassen.«

Nun riss er die Tür auf und trat ins Innere des Restaurants.

Pierre lugte hinein. Ein schummeriger Raum, etwa fünf oder sechs Holztische, drei davon besetzt. Er entdeckte Roux, der mit dem Rücken zu ihm saß und in eine lebhafte Diskussion vertieft war. Mit einer raschen Bewegung hob Pierre sein Mobiltelefon und drückte auf den Auslöser der Kamera, bevor sich die Tür wieder schloss.

Auf dem Weg zu seinem Wagen schrieb er die Kennzeichen der parkenden Autos auf. Vielleicht ist es unwichtig, dachte Pierre, nachdem er sämtliche Fahrzeuge erfasst hatte. Aber manchmal waren es genau solche Details, die einen voranbrachten. In seiner Anfangszeit als *Commissaire* hatte er manchmal tagelang nichts anderes getan, als Menschen zu beobachten, Gespräche zu belauschen und Nichtigkeiten niederzuschreiben, in der Hoffnung, so den entscheidenden Hinweis zu erhalten. Es war ihm in Fleisch und Blut übergegangen, selbst jetzt, da er kein *Commissaire* mehr war.

Während seiner Ausbildung hatte er etliche Wochen in einem Lokal verbracht, um einen Mörder zu überführen, jeden Abend mehrere Stunden. Er hatte sich, mit einem Lauschmikrofon versehen, an die Theke gesetzt, *bière blonde* getrunken und war mit der Zeit selbst zum Inventar geworden. Zum Hintergrundrauschen, dem man keinerlei Beachtung schenkte. Endlich, in der sechsten Woche, hatte der Verdächtige dem Wirt gegenüber Andeutungen gemacht. Er hatte vom perfekten Verbrechen erzählt, als sei es nur ein Gedankenspiel, und dabei alles verraten, das Pierre und seinen Kollegen zur Rekonstruktion der Tat fehlte.

So war es häufig. Manche Täter hielten ihr Wissen nicht aus, sie sehnten sich nach einem Lob, einem Schulterklopfen. Oder nach einer Möglichkeit, ihr Gewissen zu erleichtern, indem sie über das Geschehene redeten. Man musste nur im richtigen Moment vor Ort sein, um den entscheidenden Hinweis zu erhalten, der den Täter hinter Gitter brachte.

In diesem Fall war es natürlich anders. Es gab nicht mehr als sein Bauchgefühl, das ihn hierhergeführt hatte. Eine Ahnung, die ihm – so unsinnig sie ihm zwischenzeitlich auch erschien – hartnäckig sagte, dass der Schlüssel zu Nanettes Verschwinden irgendwo hier liegen mochte, weitab von Sainte-Valérie.

Pierre setzte sich hinter das Lenkrad des Leihwagens und parkte ihn so, dass er den Eingang des Lokals im Blick hatte. Dann betrachtete er die Fotos auf seinem Handy, die trotz des schummerigen Lichts einen recht guten Eindruck vom Inneren vermittelten.

Fernand Roux saß mit drei weiteren Männern zusammen. Einer, dem Aussehen nach der Älteste am Tisch, redete im Moment der Aufnahme sichtlich erregt auf die anderen ein. Neben ihm ein junger Mann mit gesenktem Kopf. Der vierte saß ebenso wie Roux mit dem Rücken zur Tür. Er hatte, soweit

Pierre auf der nicht ganz scharfen Aufnahme erkennen konnte, schütteres Haar und trug eine dunkle Jacke. Ein weiterer Mann beugte sich vom Nebentisch zu ihnen herüber, aufmerksam lauschend, die Hände aufgestützt, als wolle er sich jeden Augenblick zum Thema äußern.

Eine Szene, wie sie normaler nicht sein konnte, und dennoch lag darin etwas, das Pierre neugierig machte. Wenn Roux hierhergefahren war, um über Pierres Verdacht zu sprechen, dann war alles, was nun geschah, von größter Bedeutung. Er würde warten, bis sich etwas tat, und wenn es bis spät in die Nacht dauerte.

Pierre legte das Handy beiseite, dann zog er den Rest des Sandwiches aus der Papiertüte. Als er gerade davon abbeißen wollte, wurde die Tür des Lokals aufgestoßen. Ein Mann kam heraus und ging entschlossen zum Parkplatz. Pierre beugte sich vor, plötzlich angespannt. Es war zu dunkel, um Einzelheiten zu erkennen, aber offensichtlich war es nur ein Gast, den es nach Hause zog. Erst nachdem der Mann in seinen Wagen gestiegen und in nördlicher Richtung davongefahren war, biss Pierre in das Sandwich.

Das Brot schmeckte inzwischen pappig. Der Teig war von der Remoulade aufgeweicht, das Salatblatt war schlapp. Missmutig ließ er es sinken und dachte an Charlotte, die am Vorabend Appetithäppchen für die Gruppe vorbereitet hatte.

Ob ihr Tag so verlaufen war, wie sie es sich erhofft hatte? Pierre stellte sich vor, wie sie bei herrlichem Sonnenschein auf dem Winzerpfad gewandert waren, zwischen den abgeernteten Reben mit ihrem rotgoldenen Laub. Martin Cazadieu hatte sicher Anekdoten über die Herkunft der Rebstöcke zum Besten gegeben und die Gruppe mit seinen bildgewaltigen Aromabeschreibungen erheitert, während die Teilnehmer die Aussicht auf den Luberon genossen. Auf die Bergdörfer

Ménerbes, Lacoste, Saignon und Bonnieux, die sich an dessen Hänge schmiegten.

Charlotte …

Die Stille, die sich seit dem letzten kurzen Telefonat eingestellt hatte, fühlte sich nicht gut an. Sein Nein hing noch immer in der Luft wie ein giftiges Gas, das unbeabsichtigt entwichen war.

Er musste das richtigstellen. Sofort. Pierre schob das Brot erneut zurück in die Papiertüte und wählte Charlottes Nummer, ohne den Blick von der Tür des Lokals abzuwenden. Er wollte ihre Stimme hören, ihr sagen, dass sie noch einmal über alles reden mussten, damit sie ihn verstand.

Ungeduldig lauschte er dem Freizeichen. Viermal, fünfmal, dann sprang der Anrufbeantworter an.

Pierre vernahm den Klang ihrer warmen Stimme und zögerte kurz, ob er eine Nachricht hinterlassen sollte, dann legte er wortlos auf.

24

Als das Telefon klingelte, war es beinahe elf.

Es war inzwischen kalt geworden im Wagen. Am liebsten hätte Pierre den Motor angemacht, um die Heizung andrehen zu können. Aber er hatte Angst, dass genau in dem Moment einer der Männer herauskommen würde, um sich zu erleichtern. Sie waren immer häufiger ausgetreten im Laufe des Abends, zeitweilig hatten sie sogar zu dritt bei den Büschen gestanden und laut gescherzt. Also hatte Pierre sich damit begnügt, ab und an die Hände aneinander zu reiben, während er weiter ausharrte.

Beim zweiten Klingeln nahm er ab.

»Wie geht es dir, Pierre?« Es war Charlotte.

»So wie es jemandem geht, der seit Stunden im Auto sitzt und wartet«, versuchte er zu scherzen.

»Wo bist du denn?«

»Irgendwo zwischen Mirabeau und Barras. Ich observiere jemanden.« Er war seltsam gehemmt.

»Tatsächlich? Und wen observierst du?«

»Jemanden, der mir möglicherweise einen Weg zu Nanette weisen könnte.«

Sie seufzte. »Ich mache mir solche Sorgen um sie. Ich muss immer wieder an sie denken.«

»Ich hoffe, du hattest trotzdem einen schönen Tag.«

»Doch, ja. Die Gruppe ist sehr nett. Martin hat mich abgelenkt, es macht großen Spaß, mit ihm zu arbeiten.«

Sie schwiegen beide. Pierre überlegte, wie er mit seiner Beichte, dem Grund für diese Aussprache, beginnen sollte, als Charlotte unvermittelt zu erzählen anfing.

»Nach der Wanderung über den Winzerweg gab es in meiner *Épicerie* eine Einführung in die provenzalische Landhausküche. Danach sind wir ins *Mas des Romarins* gefahren, wo die Gruppe übernachtet, und haben dort zu Abend gegessen. Vom Restaurant hat man einen fantastischen Blick über Gordes und den Luberon. Morgen werden wir gemeinsam ein dreigängiges Menü kochen. *Mesclun* mit Birnen, gerösteten Walnüssen und Ziegenkäse, danach *bœuf en daube* und als Nachtisch *gratin de fruits.*«

Sie hatte leise gesprochen, die Stationen mechanisch aufgezählt. Auch sie wirkte gehemmt.

»Klingt sehr lecker.«

»Das hat Madame Kehlmann auch gesagt. Die Programmleiterin. Du weißt schon, der Kochbuchverlag.« Charlotte schwieg kurz und wurde dann etwas ernster. »Ich ahne, was du jetzt sagen willst, aber meine Begeisterung über die Vielfalt meines Berufes gehört nun mal zu mir. Ich habe lange über unser Gespräch gestern nachgedacht. Kochen ist ein wichtiger Teil von mir, den ich ausleben möchte. Und ich kann es nicht leiden, wenn jemand versucht, mir das auszureden, weil er meint, meine Grenzen und Kräfte besser einschätzen zu können als ich.« Sie stockte. »Natürlich weiß ich, dass ich es manchmal übertreibe mit meinem Arbeitseifer. Aber mein Beruf gibt mir die Unabhängigkeit, die ich mir immer gewünscht habe und die ich nicht verlieren möchte. Ich hoffe, du verstehst das.«

»Natürlich! Trotzdem wünsche ich mir manchmal mehr Leichtigkeit. Weißt du noch, wie es zu Beginn unserer Beziehung war?«

»Wie könnte ich das vergessen! Aber zu einer guten Beziehung gehört auch Verständnis, wenn es mal weniger leicht ist. Es kommen auch wieder andere Zeiten. Die *Épicerie* existiert erst seit August, ich stehe am Beginn meiner Selbständigkeit. Da sollte es normal sein, dass ich alles dafür tue, ein stabiles Fundament zu schaffen, bevor ich wieder mehr Zeit für andere Dinge finde. Es hat mich ehrlich gesagt ein wenig enttäuscht, dass du so wenig Verständnis dafür zeigst. Ich habe erwartet, dass du mich unterstützt, an meiner Seite stehst, mir Mut zusprichst. Und dass du dich mit mir freust, wenn sich neue Möglichkeiten auftun. Stattdessen gibst du mir das Gefühl, dich interessiere nur eine Sonnenscheinbeziehung, als würdest du alles andere am liebsten ausblenden.«

»*Touché!*« Pierre rieb sich die Stirn. Aus der Perspektive hatte er die Sache noch nicht betrachtet. »Ich glaube, ich war ein ziemlicher Hornochse. Es tut mir leid, wenn ich versucht habe, dich zu bremsen. Charlotte, du bist eine Frau mit so vielen Talenten. Egal was du machst, es steckt Leidenschaft drin. Du hast vollkommen recht, du musst das Kochbuch schreiben. Selbst wenn Frau Kehlmann es nicht haben will.« Er blies die Backen auf und entließ die Luft mit einem Zischen. »Ich glaube, manchmal bin ich nicht viel besser als Arnaud.«

»So ein Unsinn! Allerdings …« Sie lachte leise. »Manchmal bist du wirklich ein ziemlicher Macho.«

»Das hat Celestine auch immer gesagt. Aber ich gelobe Besserung.« Er atmete tief durch. »Es gibt da etwas, worüber ich mit dir reden muss.«

»Ja?«

»Die Sache mit dem Zusammenziehen …« Sie schwieg, also fuhr er fort. »Ich kann das nicht. Und das hat jetzt nichts mit meiner Sehnsucht nach einer Sonnenscheinbeziehung zu tun. Oder mit mangelnder Liebe zu dir. Ganz im Gegenteil. Aber es würde unsere Beziehung zerstören.«

»Ist schon gut. Das ist eben der unverrückbare Teil deiner Persönlichkeit.« Ihre Stimme klang traurig. »Ich habe deine Entscheidung längst akzeptiert. Wir lassen es so, wie es ist. Aber ich kann dir nicht versprechen, dass mir das auf Dauer reicht. Es gibt nämlich noch einen Traum, den ich mir erfüllen möchte: den einer kleinen Familie.«

Er atmete tief ein, um das Engegefühl in seiner Brust zu vertreiben. »Damit muss ich wohl leben. Aber ich möchte dir zumindest erklären, woher meine Abwehr rührt. Es gibt einen Grund, warum es mir die Luft abschnürt, wenn eine Frau mir zu nahe kommt.«

»Ich glaube, es ist besser, das erzählst du mir in aller Ruhe bei einem Glas Wein.«

»Nein, ich will es loswerden. Es war nicht immer so …« Pierre schluckte, spürte, wie sich sein Magen zusammenkrampfte. Doch er wollte nicht länger fliehen. Er musste mit Charlotte darüber reden, er wollte, dass sie ihn verstand. »Ich war einmal so gut wie verlobt. Sie hieß Suzanne.«

Am anderen Ende der Leitung war Stille. Er konnte Charlotte atmen hören.

»Unsere Beziehung war leidenschaftlich. Tiefsinnig. Eng. Sehr eng. Sie war die Frau, die ich heiraten wollte. Zumindest dachte ich das, bis wir …«

Er stockte. Die Tür des Lokals wurde aufgerissen. Ein Mann stürzte heraus, sichtlich wütend. Es war Roux.

»Charlotte, ich muss auflegen, es tut mir leid. Ich ruf dich wieder an.«

Pierre beendete das Gespräch und starrte hinüber zum Parkplatz. Ein Motor wurde angelassen, dann schoss der weiße Peugeot aus der Auffahrt und setzte auf die Straße. Pierre wartete. Aus einem Impuls heraus entschied er, Roux davonfahren zu lassen. Wenn er herausfinden wollte, wer oder was den Mann derart wütend gemacht hatte, dann musste er hierbleiben. Er hoffte, dass gleich darauf eine weitere Person das Lokal verlassen würde. Doch nichts geschah.

Es war fast Mitternacht, als Pierre beschloss, zurück nach Sisteron zu fahren und sich eine Unterkunft für die Nacht zu suchen. Und Charlotte eine SMS zu schreiben. Sie antwortete nicht, sicher war sie längst schlafen gegangen.

Er würde sich gleich morgen bei ihr melden. Es war nur ein schmales Fenster gewesen, das er in die Vergangenheit geöffnet hatte. Für heute war es wieder geschlossen.

Das *Hôtel de la Citadelle,* von dem aus er über die Durance hinweg einen direkten Blick auf Roux' Haus gehabt hätte, war verschlossen. Ebenso die vielen anderen Hotels und Pensionen in Sisteron, die er zu Fuß ablief. Pierre ärgerte sich, dass er nicht daran gedacht hatte, ein Zimmer zu reservieren, aber es war ihm keine Zeit geblieben, er hatte seinen Beobachtungsposten nicht verlassen können.

Nun stand er wieder auf dem Parkplatz vor dem Hotel und sah sich suchend um. Er musste dringend auf die Toilette.

Er dachte an die Männer, die reihenweise vor dem Lokal in die Büsche gepinkelt hatten. Wie verweichlicht er inzwischen war. Noch immer ein Großstädter, auch nach Jahren auf dem Land. Er musste sich mit der Situation arrangieren, es war ja nur für eine Nacht. Morgen in aller Früh würde er sich ein Zimmer nehmen und ausgiebig duschen, bevor er in den Tag startete.

Pierre ließ den Wagen stehen und suchte sich eine Stelle weiter unten am Fluss, wo er sich erleichterte. Der Himmel war klar, er lauschte dem Gurgeln des Wassers, das im fahlen Mondlicht eine trübgraue Farbe angenommen hatte, und dachte an die Ermittlungen des Tages.

Auf einmal fiel ihm das Video ein, das Gisèle ihm geschickt

hatte. Er eilte zurück zum Auto, angelte nach der Wasserflasche, die er auf den Beifahrersitz gelegt hatte, und trank, während er mit der freien Hand das Smartphone einschaltete und auf den Link tippte.

Das Video war von einer Gruppe Jungbauern aufgenommen worden. Es war ein gut gemachter filmischer Appell an die Öffentlichkeit, sich dem Schicksal ihrer Leidensgenossen nicht zu verschließen.

Die Geschichte begann mit einer Stimme aus dem Off. Der junge Erzähler war auf dem landwirtschaftlichen Hof seiner Eltern aufgewachsen und hatte keinen anderen Wunsch, als diesen einmal zu übernehmen.

Die Worte waren von bewegten Bildern untermalt. Ein Kind, das ausgelassen in Gummistiefeln durch Pfützen sprang, ein Lamm mit einer Flasche fütterte und sichtlich vergnügt dabei half, die Schafe von den Bergwiesen zurück ins Tal zu treiben. Das Kind wurde zum Mann, dessen Traum sich erfüllte, als die Eltern ihm den Hof übergaben. Man sah, wie der Vater ihm auf die Schultern klopfte, strahlend, voller Stolz.

An dieser Stelle hielt Pierre den Film an. Er betrachtete den jungen Mann, fragte sich, wo er ihn einordnen sollte. Einen flüchtigen Moment lang dachte er, ihn schon einmal gesehen zu haben. Dann ließ er das Video weiterlaufen, in der Hoffnung, es falle ihm noch ein.

Es folgten Szenen vom Weg des frischgebackenen Züchters zum Kreditinstitut, die Unterzeichnung des Vertrages, die er ausgiebig feierte. Bilder von Kollegen, die ihm zum Einstand gratulierten.

Er wurde Vater, bekam einen kleinen Sohn, der tagsüber mit ihm über die Weiden tobte und nachts am Lagerfeuer Wache hielt, als sich die Lage zu verändern begann. Ein Rudel Wölfe griff seine Herde an, man sah den Bauern über Formularen sitzen, die ihm Entschädigung versprachen, während sich auf dem Schreibtisch die Mahnungen stapelten. Immer aussichtsloser wurde seine Lage, die er in der Familie nicht besprechen konnte, weil die Alten ihm Vorhaltungen machten, er trete ihr Erbe mit Füßen. Bilder von schlaflosen Nächten, Angstträumen, Fernsehdebatten zwischen Politikern und Umweltaktivisten folgten in immer kürzeren Abständen aufeinander, drehten sich schließlich im Kreis. Dann der Gang zum Kreditinstitut, das er mit hängenden Schultern wieder verließ.

Als der Film damit endete, dass der Jungbauer sich aus lauter Verzweiflung in einer leeren Box erhängte, hatte Pierre feuchte Augen. Plötzlich erinnerte er sich wieder, wo er diesen Mann bereits gesehen hatte.

Mit klopfendem Herzen rief er das Bild auf, das er von dem schummrigen Lokal gemacht hatte. Tatsächlich: Es war der junge Mann, der an Roux' Tisch mit gesenktem Kopf neben dem Alten saß, der sich gerade aufregte.

Das war es!

Er musste ihn ausfindig machen. In der Beschreibung des Videos stand kein Name, nur der Hinweis auf die *Jeunes Éleveurs des Alpes-de-Haute-Provence.* Und als er die Bezeichnung im Browser seines Smartphones eingab, stellte er fest, dass nur diese Umschreibung existierte, keine feste Gruppierung, keine Homepage.

Er musste mit Roux über seinen Verdacht sprechen, selbst wenn er dabei die Karten auf den Tisch legte. Es war ohnehin an der Zeit, den *Policier* mit seinen Vermutungen zu konfrontieren. Nicht nur, um den Namen des jungen Mannes herauszufinden. Sondern auch, um der Frage nachzugehen, wie viel Roux von der Sache wusste.

Gleich morgen früh, nach einer ausgiebigen Dusche, würde er den Kollegen aufsuchen.

25

Pierres Nacken schmerzte, als ihn ein durchdringendes Klingeln aus dem Schlaf riss. Er hatte kaum ein Auge zugetan, sich permanent gedreht, um eine einigermaßen bequeme Lage zu finden. Aber die Sitze waren alt, das Kunstleder knirschte, wenn man sich bewegte, und man konnte sie nur minimal nach hinten verstellen. Pierre hatte sich in Embryonalstellung eingerollt und dabei die ganze Zeit gefroren, trotz des Fleecepullis. Er war erst weit nach drei Uhr eingedöst, und nun fühlte sich sein Körper an, als habe er die Nacht auf einem Schotterbett verbracht.

Wieder das Klingeln. Pierre tastete nach dem Handy. Um ihn herum war alles dunkel, er hatte das Gefühl, in einem schwarzen Loch zu sitzen, in dem sich, als er das Telefon endlich aus der Jackentasche gezogen hatte, das leuchtende Display wie das Blinken eines Ufos ausnahm.

»Ja?«

»Ich bin's, Luc. Störe ich?«

»Nein.« Pierre warf einen Blick auf die Uhr. Es war Viertel vor sieben. Mit der freien Hand wischte er über die beschlagene Scheibe. Um seinen Wagen waberte eine dichte Nebelwand, düster und undurchdringlich. »Es ist Samstag«, sagte er, während er den Sitz wieder in eine aufrechte Position brachte. »Wieso bist du schon wach?«

»Weil ich nicht gut schlafen kann, wenn mich etwas beschäftigt. Außerdem habe ich in der Wache übernachtet. Weißt du eigentlich, wie hart so ein Klappbett ist?« Luc lachte. »Ich bin schon seit sechs Uhr auf und habe recherchiert, aber es hat sich gelohnt. Ich habe endlich gefunden, wonach wir gesucht haben.«

»Und?« Pierre hatte keine Ahnung, was Luc damit meinte. Sein Gehirn schien wie festgefroren. Er rieb sich den Nacken, er war eiskalt.

»Ernest Tricaud hatte die Aufsicht über die Entscheidungen der Kreditabteilung. Er war tatsächlich für beide Männer zuständig, sowohl für Thomas Pichon, den Schwager des Polizisten, als auch für Jules Grisard, den Mann, der den Hof bei Hautes-Duyes hatte und der sich im April das Leben genommen hat.«

Pierre setzte sich kerzengerade auf. »Wie hast du das herausbekommen?«

»Es gab einen Bericht im Online-Archiv einer Agrarzeitung aus dem Jahr zweitausendzwölf. Er handelt von der Modernisierung von Pichons Betrieb. Auf dem Bild von der Einweihung ist auch Ernest Tricaud.«

»Und der andere?«

»Der Hinweis stammt aus einem Zeitungsbericht über den Selbstmord von Jules Grisard. Darin wird der Name des zuständigen Bankangestellten zwar nicht explizit erwähnt, aber die Filiale der *Crédit Agricole,* die dem Jungbauern den Kredit gestrichen hat.«

»Sehr gut.« Pierre schaltete das Licht ein, angelte nach seinem Notizbuch und suchte den Namen des Jungbauern, den er gestern erst notiert hatte. Jules Grisard … Er kreiste ihn ein.

»Stell dir vor, was ich noch gefunden habe. Es gibt ein Agrarforum im Internet, in dem sich auch einige Bauern aus dem *Département* Alpes-de-Haute-Provence austauschen. Dieser Tricaud wird darin mehrfach erwähnt, er scheint ein ziemlich unangenehmer Zeitgenosse zu sein. Es heißt, er sei mitleidslos, wenn es um das Eintreiben säumiger Zahlungen geht.«

»Großartig, das war gute Arbeit.«

»Wirklich?« Lucs Strahlen war förmlich durch den Hörer zu spüren.

»Das meine ich ernst. Ich denke, wir haben das Motiv. Nur weiß ich nicht, wie es uns weiterhilft.«

»Wie meinst du das?«

»Ich habe das Gefühl, plötzlich auf einem anderen Gleis zu fahren.« Pierre versuchte, den vagen Gedanken, der ihn in der Nacht hin und her gerissen hatte, zu konkretisieren. »Immer wenn ich eine Verbindung zwischen den Morden und Nanettes Verschwinden ziehen will, lande ich in einer Sackgasse. Trotzdem werde ich das Gefühl nicht los, dass es einen Berührungspunkt gibt. Es ist, als hätte ich etwas Entscheidendes übersehen.«

»Sagt das dein Bauchgefühl?«

»Ja.«

»Hm. Und was meint unser Kollege dazu, dieser Fernand Roux?«

»Ich werde heute mit ihm darüber reden. Aber ich muss vorsichtig sein, es ist möglich, dass er mit drinsteckt.« Pierre gab Luc einen kurzen Abriss der nächtlichen Ereignisse.

»Das klingt, als würdest du die Hilfe eines Kollegen gebrauchen, auf den du dich uneingeschränkt verlassen kannst. Soll ich vorbeikommen?«

»Gott bewahre. Es reicht, wenn sich einer von uns einmischt. Dafür könntest du die Halter einiger Fahrzeuge im Verkehrsregister abfragen. Heute ist zwar Samstag, aber in Notfällen geben sie Auskunft, du musst es nur dringlich machen.« Pierre diktierte Luc die Autokennzeichen, die er auf dem Parkplatz vor dem Lokal notiert hatte.

»Ich gebe mein Bestes. Und was willst du jetzt tun?«

»Ich werde *Commissaire* Lechat einschalten, es wird Zeit, dass das Ganze den offiziellen Weg nimmt. Er soll sich mit seinem Kollegen aus Digne-les-Bains beraten, inzwischen werde ich versuchen, den Jungbauern ausfindig zu machen, der das Video gedreht hat.«

Sie unterhielten sich noch eine Weile über die Schockwirkung, die von dem Video ausging, dann beendete Pierre das Gespräch.

Mit lautem Gähnen schälte er sich aus seinem Wagen und reckte sich. Die Luft war feuchtkalt, feine Nebeltröpfchen legten sich auf sein Gesicht. Er schulterte seine Tasche und ging zum Hotel, in dem bereits einige Fenster erleuchtet waren. Und tatsächlich: Dieses Mal ließ sich die schwere Holztür öffnen.

Wenig später stand er in einem Zimmer mit Blick über die Durance. Es war schlicht eingerichtet. Zweckmäßig, wie man so schön sagte, jedoch sauber. Es gebe auch günstigere Zimmer mit Toilette und Dusche auf dem Gang, hatte die Rezeptionistin gesagt und ihn aufmerksam taxiert. Unwirsch hatte er abgewinkt und die komfortable Kategorie gewählt.

Ein Blick in den Spiegel erklärte Pierre, warum die Frau nachgefragt und um Vorkasse gebeten hatte, bevor sie ihm den Schlüssel aushändigte. Seine Kleidung war zerknittert, das Gesicht grau und blass, zu allem Überfluss hatte sich eine Strähne am Hinterkopf verselbständigt und stand nach oben.

Mit einem Stoßseufzer entledigte sich Pierre seiner Sachen und drehte den Duschhahn auf. Während das warme Wasser auf seinen Körper prasselte, dachte er, wie wenig man die wohltuende Wirkung einer Dusche zu schätzen wusste, wenn man sie täglich benutzen konnte. Nur ganz am Anfang, als er das alte Bauernhaus gekauft hatte und die Rohre des Badezimmers noch nicht erneuert worden waren, hatte es den einen Moment gegeben, in dem er den täglichen Luxus fließend warmen Wassers schätzen gelernt hatte.

Er hatte sich über Wochen notdürftig an einem kleinen Waschbecken frisch machen müssen und war schließlich für ein paar Tage zu Charlotte gezogen. Zwar war er regelmäßig zur Baustelle gefahren, um seine Ziege Cosima zu versorgen, und hatte ein paar Stunden mit den Handwerkern verbracht. Dennoch fiel ihm nun auf, wie gut alles funktioniert hatte.

Pierre legte den Kopf in den Nacken und ließ das warme Wasser über sein Gesicht laufen. Ja, es hatte ihm sogar gut gefallen, das tägliche Leben mit Charlotte. Aber es war ja auch nur vorübergehend gewesen. Mit dem Wissen, dass er jederzeit zurückkehren konnte. Wenn sie zu ihm ziehen würde, wären sie Tag und Nacht beieinander. Ohne Entkommen.

Erneut stellte sich das Gefühl der Enge ein, es kam inzwischen so verlässlich wie ein Uhrwerk. Fast schon auf Knopfdruck.

Mit einer energischen Geste stellte Pierre die Dusche ab und strich sich das Wasser aus dem Haar. Dann trocknete er sich mit einem dünnen, harten Handtuch ab.

Es gab keinerlei Anlass, sich deswegen verrückt zu machen. Charlotte hatte ja bereits gesagt, sie habe sich damit arrangiert, dass so etwas mit ihm nicht möglich war. Er musste nur darauf vertrauen, dass ihre Beziehung in Zukunft hielt, auch ohne Kinder und dieses ganze Brimborium, das sie Familie nannte.

Es wäre wirklich besser, das alles bei einem Glas Wein in Ruhe zu besprechen.

Wichtiger war es nun, sich auf den Fall zu konzentrieren. Gleich nach dem Frühstück wollte er mit Roux sprechen und ihn nach dem Jungbauern fragen, in der Hoffnung, dass ihn dies weiterbrachte. Doch vorher brauchte er ein Croissant. Eines mit krosser Hülle und buttrigem Inneren, das er mit

Konfitüre füllen würde. Mit einer Menge Konfitüre. Und er brauchte einen *café noir* mit Zucker.

Mit nackten Füßen lief Pierre über den kalten Steinboden, stellte die Tasche aufs Bett und zog frische Sachen heraus. Dann legte er die Waffe, die er gestern Morgen noch eingepackt hatte, in den Hoteltresor.

Er ahnte, dass es gar nicht der Kaffee war, der ihn wach werden ließ, sondern die Süße. *Commissaire* Lechat, der asketischer lebte als ein Mönch, behauptete gar, Pierre sei zuckersüchtig. Und dass er regelrecht Entzugserscheinungen bekomme, unausstehlich werde, wenn ihm die notwendige Ration fehlte.

Das war vollkommen übertrieben, fand Pierre, während er die Armbanduhr umlegte. Noch nie war sein Zuckerspiegel niedriger gewesen als in diesem Fall. Und dafür war er erstaunlich ruhig gewesen, geradezu sanftmütig.

Ein Blick auf das Zifferblatt sagte ihm, dass es erst Viertel nach acht war. Pierre stellte sich ans Fenster und sah über den Fluss hinweg zu Roux' Haus. Durch die trüben Nebelbänke hindurch war zu erahnen, dass die untere Etage beleuchtet war. Der *Policier* hatte erwähnt, dass die Wache in Sisteron auch samstags öffnete und dass er am Vormittag Dienst hatte.

Pierre entschied, vor dem Frühstück bei Lechat anzurufen, auch er stand gerne früh auf.

»Und ich hatte gehofft, ich hole Sie aus dem Schlaf«, scherzte Pierre zur Begrüßung, als der *Commissaire* beim ersten Klingeln abnahm.

»Ich war sogar schon joggen. Sie klingen so fröhlich, haben Sie den Fall etwa gelöst?«

»Leider nicht«, antwortete Pierre. »Allerdings haben sich einige Dinge ereignet, die Sie vielleicht mit dem Kommissariat in Digne-les-Bains besprechen sollten.« Erneut fasste er die Ereignisse des vergangenen Abends zusammen. Aus einem inneren Impuls heraus erwähnte er nicht, welche Rolle Roux in dem Ganzen innehatte, es würde ihm nur unnötige Schwierigkeiten bereiten, sondern beließ es bei der Schlussfolgerung, dass das Motiv für die beiden Morde in der Rache eines Suizides bestand. »Ich bin der Ansicht«, endete er, »dass der Mörder aus der Gegend des *Vallée du Vançon* stammt.«

»Sehr gut«, sagte Lechat, nachdem Pierre geendet hatte. »Das werde ich sofort besprechen. Sie dürfen alles Weitere getrost den eingebundenen Dienststellen überlassen. Das gilt übrigens auch für die Befragung des Jungbauern.«

»Bitte? Ich habe Ihnen das doch nicht erzählt, damit ich jetzt hier sitze und Däumchen drehe. Ich dachte, wir seien ein Team!«

»Ja, im Fall der Vermissten, aber nicht bei der Mordsache. Sie könnten gerne noch einmal mit dem Foto von Madame Rozier die Nachbarorte abklappern. Bei allem, was darüber hinausgeht, muss ich Sie jedoch leider zurückpfeifen.«

»Ich bin mir sicher, es gibt einen Punkt, an dem die Fälle zusammenkommen«, insistierte Pierre. »Vielleicht liegt es an der Art, wie die drei Frauen von jetzt auf gleich verschwunden sind, oder an der Nähe der Fundorte. Ich bitte Sie daher, mir weiterhin freie Hand zu lassen, damit ich es herausfinden kann.«

»Das geht nicht, selbst wenn ich es wollte, das ist nicht mein Bereich.«

»Wenigstens sollten Sie dafür sorgen, dass man die Suche nach Nanette Rozier östlich von Sisteron bis nach Hautes-Duyes ausweitet.«

Lechat schnalzte mit der Zunge. »Sie wissen selbst, dass Ihre Argumentationskette nicht ausreicht, um das dem Kommissariat zu empfehlen. Eine Korrelation ergibt noch lange keine Kausalität.«

»Das ist nicht Ihr Ernst!« War Lechat immer schon so ein Klugscheißer?

»Oh doch. Sie haben recht, wir sind ein Team, sogar ein sehr gutes. Und ich werde Sie weiterhin in allem unterstützen, Sie immer mitarbeiten lassen, obwohl Sie nur zur *police municipale* gehören. Ich habe nie vergessen, wie Sie mir im Ringen um den Posten als C*ommissaire* den Vortritt gelassen haben, dafür bin ich Ihnen nach wie vor sehr verbunden. Doch das beinhaltet keine lebenslange Demutshaltung vor Ihren ermittlungstechnischen Ausflügen. Wir sind hier nicht im *Département* Vaucluse. Ich stehe ohnehin schon im Fokus der Dienstaufsicht. Wenn ich Sie jetzt weiterermitteln lasse, zerreißen die mich in der Luft.«

»Die müssen es ja nicht mitbekommen.«

»Glauben Sie denn, dass es nicht längst aufgefallen ist? Was meinen Sie, was ich mir bereits anhören musste. Ich habe mir die Argumente aus den Fingern gesaugt, um denen zu erklären, was ein Dorfpolizist aus meinem Zuständigkeitsbereich in den Hautes-Alpes zu suchen hat, noch dazu einer, der im permanenten Austausch mit mir steht.«

Pierre spürte, wie seine Schläfe pochte. Er zwang sich, gelassen zu bleiben, und antwortete mit betont sanfter Stimme. »Sie haben recht, ich will Sie da nicht hineinreißen. Ich nehme das voll und ganz auf meine Kappe. Sie sind damit raus.«

»Nein!«, presste Lechat hervor. Und als er weitersprach, konnte man den Kraftaufwand spüren, den es ihn kostete, ruhig zu bleiben. »Ich bitte Sie als Freund und Kollege: Hören Sie auf, sich in einen heißen Fall einzumischen. Wenn durch Ihr Eingreifen laufende Ermittlungen gestört oder gar behindert werden, bekommen Sie echte Schwierigkeiten.«

»Was sollte ich denn Ihrer Meinung nach behindern, ein Schneckenrennen etwa? Ich kenne den Stand der Ermittlungen, und der ist alles andere als heiß. Weder das Kommissariat noch die Dienstaufsicht kann mich daran hindern, die Aufklärung voranzutreiben. Zumal ich dem Bürgermeister von Sainte-Valérie unterstellt bin und sonst niemandem.«

»Der in polizeilichen Belangen unter der Aufsicht der Präfektur steht.« Lechats Stimme war ruhig, ein beschwichtigender Singsang. Es klang, als wolle er ein bockiges Kind beruhigen. »Das muss ich Ihnen doch nicht erzählen, Pierre, kommen Sie endlich zur Vernunft!«

Pierre hasste solche Sprüche, sie machten ihn nur noch wütender. Lechat hatte ihn allen Ernstes darum gebeten, die Aufklärung eines Verbrechens zu unterlassen und so eventuell einen weiteren Mord zu verhindern, nur weil irgendwelche Bürohengste in Paris es sich in die *règlements* hatten schreiben lassen, obwohl sie von der Arbeit dort draußen keine Ahnung hatten und ihren Arsch gerade mal vom Schreibtischstuhl in die Kantine bewegten und wieder zurück.

»Ich bin vernünftig! Im Gegensatz zu Ihnen mache ich mir jedoch Sorgen um eine Frau, die vielleicht gerade in diesem Moment um ihr Leben kämpft, während Sie klingen, als wollten Sie sich um einen Orden für den mustergültigsten Beamten des gesamten Kontinents bewerben!« Pierre hatte den Satz geschrien. »Ob Sie es wollen oder nicht, ich mache weiter. Selbst wenn es mich den Job kostet. Und ich verlange von Ihnen, dass Sie einmal im Leben Mitgefühl walten lassen und den Mumm haben, die Füße stillzuhalten. Ansonsten werde ich Sie persönlich dafür verantwortlich machen, sollte Nanette Rozier etwas zustoßen. Haben Sie mich verstanden?«

Eine kurze Pause entstand, dann lachte Lechat trocken auf. »Sagen Sie, haben Sie heute noch nicht gefrühstückt?«

Pierre schaltete das Telefon aus und warf es mit einem Wutschrei aufs Bett. Dann atmete er einige Sekunden tief ein und aus, bis sich sein Puls beruhigte. Schließlich ging er hinunter in den Frühstücksraum, wo er sich ein Croissant vom Buffet nahm und noch im Stehen so herzhaft hineinbiss, dass die knusprige Hülle krachend zersprang.

Mit Bedauern betrachtete er das erstaunlich reichhaltige Buffet, begnügte sich jedoch damit, ein Schälchen mit Aprikosenmarmelade zu füllen und ein weiteres Croissant mit an einen Fensterplatz zu nehmen.

Ich muss mich beeilen, bevor Lechat das Kommissariat von Digne-les-Bains in Alarmbereitschaft versetzt, dachte er, nachdem er bei der herbeigeeilten Kellnerin einen Kaffee bestellt hatte. Er würde versuchen, ihm zuvorzukommen und den Jungbauern zu befragen, ehe das irgendwelche Inspektoren übernahmen, die sich erst in den Fall einarbeiten mussten.

Nein, er würde nicht aufgeben. Nicht jetzt.

Nicht in diesem Moment, da ihn das eigenartige Gefühl beschlich, dass etwas Entscheidendes ins Rollen gekommen war. Etwas, das die Vorkommnisse innerhalb kürzester Zeit eskalieren lassen würde.

26

Die Uhr des *Tour de l'Horloge* schlug neun, als Pierre die *Place de la République* erreichte, auf der das Rathaus stand. Beinahe hätte er das Quaken überhört, das aus seiner Jackentasche tönte. Erst als der letzte Glockenschlag verklang, drang es in sein Bewusstsein. Noch bevor er das Telefon am Ohr hatte, nahm er das Gespräch entgegen.

»Arnaud?«

»Guten Morgen, Pierre. Was ist los, du klingst so gehetzt?«

»Alles gut. Hast du etwas über Nanettes Kontakte herausgefunden?«

»Ja. Und das war gar nicht so einfach. Ich musste mich über mein Mobiltelefon einloggen, den PC haben die Inspektoren ja mitgenommen.« Er gab ein Knurren von sich, das entfernt an einen wütenden Terrier erinnerte. »Da war auch das Passwort drauf gespeichert, und das kann man nicht einfach zurücksetzen ohne kompletten Datenverlust. Zumindest nicht bei unserem Router, ein altmodisches Ding, kann ich dir sagen.«

Pierre ging ein paar Schritte weiter. Ungeduldig. »Aber du hast es geschafft«, versuchte er die Erklärung abzukürzen.

»Ja, es ist mir zum Glück noch eingefallen. Ich habe mir die ein- und ausgehenden Telefonate der letzten vier Monate angesehen. Es waren nicht allzu viele, ich führe meine Gespräche ja fast ausnahmslos von der *mairie* aus. Die meisten Nummern kannte ich. Die drei, die ich nicht zuordnen konnte, habe ich alle nacheinander angerufen und die Personen gebeten, mir bei der Aufklärung zu helfen.«

»Du hast sie schon abtelefoniert?« Pierre runzelte die Stirn.

»Ja. Spricht etwas dagegen?« Rozier holte tief Luft. »Zwei von ihnen habe ich auch erreicht. Eine Bekannte, mit der Nanette manchmal Veranstaltungen besucht. Das Telefonat war von Anfang August. Sie haben sich über den anstehenden Abend im römischen Theater unterhalten. Nanette war mit ihr bei den *Chorégies d'Orange,* den Musikfestspielen von Orange. Ich erinnere mich noch gut, wie beseelt sie von dort zurückkam.«

»Und die Bekannte wusste nicht, ob Nanette sich mit jemandem in Banon treffen wollte?«

»Nein. Seit dem Abend hatten die beiden keinen Kontakt, aber sie treffen sich wohl ohnehin nur ein-, zweimal im Jahr. Die Frau war schockiert, als sie hörte, was geschehen ist, und hat mir versprochen, sich sofort zu melden, wenn sie etwas von Nanette hört.«

»Und die zweite?«

»Das war eine Frau, die Nanette Anfang September bei der Wanderung durch das Dordognetal kennengelernt hat, ihr Name ist Adèle Guillou. Sie wusste zwar von der Fahrt nach Banon, aber Nanette hat es wohl so aussehen lassen, als wollte sie dort entspannen.«

»Na schön, gib mir trotzdem ihre Nummer.« Es war nicht das Ergebnis, das Pierre sich erhofft hatte. »Bleibt noch eine Person auf der Liste.«

»Ich habe versucht, jemanden zu erreichen, aber es schaltete sich nur der Anrufbeantworter ein. Die Ansagestimme war von einem Mann. Er hat Nanette Mitte September angerufen und dann noch einmal am einunddreißigsten Oktober abends. Ich kann mich dunkel an ihn erinnern. Er wollte Nanette sprechen, und ich habe ihm von der angeblichen Kulturreise erzählt.«

»Hat er gesagt, wer er ist?«

»Nein. Ich habe aber auch nicht nachgefragt.«

»Wie lange hat das erste Gespräch gedauert, das im September?«

»Warte mal …« Ein Tippen war zu hören, dann wieder Roziers Stimme. »Neun Minuten achtunddreißig.«

»Hat Nanette ihn angerufen oder er sie?«

»Er sie.« Er schnaubte. »Du glaubst doch nicht etwa an eine Affäre? Ich habe die Nummer längst mit der Rufnummernliste ihres Handys verglichen. Da war nichts.«

»Das sagt überhaupt nichts aus, die beiden können auch über andere Kanäle kommuniziert haben, per WhatsApp oder Skype.« Es war wahrscheinlich unerheblich, warum hätte der Mann nach Nanette fragen sollen, nachdem sie längst verschwunden war, wenn er etwas damit zu tun hatte? Trotzdem wollte er nichts unversucht lassen. »Gibst du mir die Telefonnummer auch noch durch? Ich kümmere mich darum.«

»Sicher.«

Rozier diktierte ihm die Zahlen einer mobilen Rufnummer. »Viel Erfolg!«

Pierre rief als Erstes bei der Wanderfreundin an und sprach, als sich der Anrufbeantworter einschaltete, sein Anliegen auf, ehe er um Rückruf bat.

Bei dem mobilen Anschluss hatte er mehr Glück.

»Hier Bricaud.«

Bricaud … Pierre seufzte. Das war auch der Name seiner Exfreundin. Die Geschichte schien ihn zu verfolgen, aber so war es manchmal. Adey-Window hieß das Phänomen, darüber hatte er einmal gelesen. Man öffnete die Schaltstellen im Gehirn für ein bestimmtes Thema, und schon sah man überall Verknüpfungen. Ein Mensch, der sich nie um gelbe Autos kümmerte, würde beispielsweise behaupten, es gebe gar keine mehr. Ganz im Gegensatz zu jemandem, der seine Aufmerksamkeit darauf richtete. Plötzlich sah er gelbe Autos an jeder Straßenecke.

So war es wohl auch mit Suzanne. Er hatte ihre gemeinsame Vergangenheit so sehr in den Fokus gerückt, dass sie ihn überall einzuholen schien. Es war an der Zeit, endgültig damit abzuschließen, sobald die Sache hier ausgestanden war.

»Hallo?« Die Stimme klang jetzt ungeduldig. »Wer ist denn da?«

Der Mann sprach ohne provenzalischen Zungenschlag. Er verschluckte die Endungen, und Pierre fragte sich, ob er in einem der *Départements* weiter nördlich wohnte.

»Mein Name ist Pierre Durand von der *police municipale* Sainte-Valérie«, spulte er den üblichen Satz ab. »Wir sind auf der Suche nach Nanette Rozier. Ihr Ehemann sagte uns, Sie und Madame Rozier hätten im September telefoniert?«

Am anderen Ende der Leitung entstand eine Pause.

»Ja«, kam es schließlich zögernd. »Das habe ich. Ist etwas passiert?«

»Sie wird seit dem siebenundzwanzigsten Oktober vermisst. Haben Sie eine Idee, wo sie sein könnte?«

»Nein.«

»In welcher Verbindung stehen Sie zu der Vermissten?«

»Wie meinen Sie das?«

»Immerhin haben Sie miteinander telefoniert.« Pierre gab sich sachlich. Er kannte diese Zurückhaltung, so reagierten die meisten Menschen, wenn die Polizei anrief. »Worüber haben Sie gesprochen?«

»Über eine Wanderung.«

»Sie waren ebenfalls im Dordognetal?«

»Ja. Ich habe die Tour organisiert.«

»Sie sind Reiseleiter? Waren Sie häufiger mit Madame Rozier wandern?«

»Nein. Es war das erste Mal. Ich habe sie gebeten, online eine Bewertung abzugeben.«

»Das Gespräch hat gut zehn Minuten gedauert.«

»Wir haben uns über die Tour ausgetauscht. Madame Rozier war sehr begeistert von der Ruhe, die sie in der Dordogne empfunden hatte. Sie fragte nach weiteren Touren aus meinem Programm, und ich habe ihr eine empfohlen. Wo hat man sie denn zuletzt gesehen?«

»Ihr Wagen stand in Sisteron.«

»Tatsächlich?« Bricaud wurde munter. »Ich wohne ganz in der Nähe.«

Überrascht sog Pierre die Luft ein. »Welche Tour haben Sie ihr denn empfohlen?«

»Es gibt eine sehr schöne, nordwestlich von Gap. Sie führt an fünf verfallenen Dörfern vorbei, durch dunkle Wälder, über Hochweiden und Pässe. Sie hat schon mal eine ähnliche Reise gemacht, in den Haute-Verdon. Dort gibt hat man ein ganzes Dorf wiederhergestellt, originalgetreu, es heißt Peyresq. Wir haben uns während der Wanderung darüber unterhalten, wie schön es ist, dass die Dörfer mithilfe der Forstbehörde wieder zum Leben erweckt werden. Nanette meinte, sie wolle die Strecke bei Gap gerne kennenlernen.«

»Könnte sie dorthin gegangen sein?«

»Ohne Reiseleiter? Eher nicht … Andererseits ist sie eine erfahrene Wanderin und kann mit Karten gut umgehen.«

»Wo kann ich mich über die Tour informieren?«

»Sie finden sie auf meiner Homepage oder auf den Seiten der Forstbehörde OFN, das Projekt heißt *Retrouvance.*« Bricaud machte erneut eine Pause. »Ich würde Ihnen gerne bei der Suche helfen. Ich meine es ernst. Wenn ich irgendetwas tun kann … Nanette ist wirklich eine ganz besondere Frau. Es wäre furchtbar, wenn ihr etwas zustoßen würde.«

»Gut möglich, dass wir Ihre Hilfe in Anspruch nehmen werden.«

Die verlassenen Dörfer …

Pierre notierte sich Bricauds Namen und Adresse, dann eilte er weiter in Richtung Wache. Die Dinge waren in Bewegung gekommen, die Informationen prasselten nur so auf ihn ein. Nanettes Wanderleidenschaft rückte immer stärker in den Fokus, er musste sich dringend näher damit beschäftigen und vielleicht noch einmal den Reiseleiter kontaktieren. Ihn bitten, mehr über die Tour zu erzählen. *Das* könnte die verbindende Seite der drei Frauen sein, die Leidenschaft für die Natur, die Sehnsucht nach Rückzug, das Wandern. Nur wer würde ihnen daraus einen Strick drehen wollen?

Ungläubig schüttelte er den Kopf. War es das wirklich? Das entscheidende Puzzlestück? Es mutete so harmlos an.

Pierre nahm sich vor, die OFN zu kontaktieren und einen Forstbeamten zu Rate zu ziehen, der die Strecke kannte. Doch vorher wollte er mit Roux sprechen und herausfinden, welche Rolle die Selbstmorde der Jungbauern in diesem Schauerstück spielten.

27

Als Pierre das Büro des *Chef de police municipale* betrat, sah Roux ihm offen entgegen. Nichts in seinem Blick ließ vermuten, dass er etwas zu verheimlichen hatte. Ganz im Gegenteil.

»Na, gut geschlafen?«, fragte er munter.

»Nein. Ich habe im Auto übernachtet.«

»Warum denn das?«

»Weil ich erst um Mitternacht nach Sisteron zurückgekehrt bin. Die Hotels hatten alle bereits geschlossen.«

»Alle?« Roux runzelte die Stirn. »Das Ibis hat doch eine Vierundzwanzig-Stunden-Rezeption. Zugegeben, es liegt einige Kilometer außerhalb, aber sie hätten nicht in der Kälte …«

»Wollen Sie gar nicht wissen, warum es so spät geworden ist?«

Pierre hatte sich dazu entschieden, direkt vorzugehen. Es wäre ihm lieber gewesen, sich dem Thema vorsichtig zu nähern und einen Schulterschluss zu versuchen, um seinem Gegenüber vertrauliche Informationen zu entlocken, doch er hatte eingesehen, dass ihm dafür keine Zeit blieb. Gut möglich, dass sein Vorgehen den Fall verkomplizierte, aber das Risiko musste er eingehen.

Roux setzte sich überrascht auf. »Dann schießen Sie mal los.«

»Ich bin Ihnen hinterhergefahren. Bis kurz vor Barras. Ich hatte den Verdacht, dass Sie mehr über die Motive des Mörders wissen, und ich hatte recht.«

»Sie sind …?« Roux brach ab.

»So ist es. Ich bin Ihnen bis zu dem Lokal gefolgt. Dort haben Sie mit einem jungen Mann am Tisch gesessen, der ein emotionales Video über die Selbstmordgefahr von Jungbauern ins Netz gestellt hat. Darin wird auch das fatale Vorgehen der Banken thematisiert. Unser Thema, Monsieur Roux, genau darüber hatten wir die ganze Zeit gesprochen. Ihnen müssen die Ohren geklingelt haben.« Pierre machte eine Pause und fuhr, als Roux nicht antwortete, fort: »Ernest Tricaud war zuständig für die Kredite Ihres Schwagers. Und für die von Jules Grisard, dem Jungbauern, der sich im April das Leben genommen hat.«

»Ernest Tricaud ist ein schmieriger Raffgeier.« Roux' Stimme klang gefasst.

»Ich dachte, Sie kennen den Mann nicht.«

»Tu ich auch nicht. Aber gestern habe ich mit Richard gesprochen, dem Vater von Jules, und der hat mir erzählt, wie das Ganze abgelaufen ist. Wussten Sie, wie viele Bauern Tricaud bereits in den Ruin getrieben hat? Nein? Allein in diesem Jahr waren es acht. Ja, da staunen Sie, nicht jeder macht großes Aufsehen um die Sache, es gehört fast schon zur Normalität. Nur bringt sich nicht jeder deswegen um. Die meisten leben inzwischen von Sozialhilfe und schlagen sich und ihre Familie irgendwie durch. Für Menschen wie Tricaud sind sie nur namenlose Personen, die aufgrund von Berechnungen eines Computerprogrammes ihre Kreditwürdigkeit verloren haben. Aus dem Rahmen gefallen sind. Bei einigen Schafzüchtern hätte die Bank nur abwarten müssen, bis die versprochenen Ersatzzahlungen für die gerissenen Tiere eintreffen, die man ihnen bereits schriftlich zugesichert hatte. Einer von ihnen hat Richard nach dem Suizid seines Sohnes sein Beileid ausgesprochen. Er sei ebenfalls kurz davor gewesen, sich aus dem Leben zu schleichen, und habe nur durchgehalten, weil die Familie ihm Halt gab.«

»Im Gegensatz zu seiner?« Pierre dachte an das Video, das er gesehen hatte. Der Vater hatte darin seinem Sohn Vorhaltungen gemacht. War der Film ein Abbild von Grisards Geschichte?

Roux sah ihn regungslos an, dann nickte er. »Richard hat es nie verwinden können. Gestern Abend habe ich ihm gesagt, dass er sich keine Vorwürfe machen darf. Ich wollte, dass er sich nicht die Schuld daran gibt. Mein Schwager hatte eine Familie, die zu ihm hält. Genützt hat es ihm nichts.«

Pierre nickte, erstaunt über Roux' Offenheit. Er holte sein Handy hervor und rief das Bild auf, das er am Vorabend gemacht hatte.

»Ist das der Vater des Toten, Richard Grisard?« Er zeigte auf den älteren Mann, der neben dem Jungbauern gesessen hatte und sich echauffierte.

Roux beugte sich vor. »Ja«, sagte er nur knapp.

»Und der Mann neben ihm?«

»Das ist Alain Gouttard. Ein guter Freund von Jules.«

»Er hat das Video gedreht, um auf die fatale Lage der Jungbauern aufmerksam zu machen, nicht wahr?«

Roux blickte überrascht auf. »Sie haben sich das Video angesehen?«

»Ja. Sie merken, ich war inzwischen nicht untätig. Wollen Sie wissen, was ich glaube?« Mit einem Mal lag es glasklar vor ihm. Ein Puzzleteil nach dem anderen fügte sich ein. »Alain Gouttard geht es ähnlich wie seinem Freund Jules Grisard, der sich nicht mehr zu helfen wusste, weil er aus dem täglichen Kampf gegen die Attacken auf seine Tiere und die Gleichgültigkeit von Tierschützern und Banken keinen Ausweg mehr sah. Als sich nun auch noch Ihr Schwager umbringt, reicht es ihm. Die Politiker scheinen die Sorgen der Bauern längst aus den Augen verloren zu haben. In der Weidewirtschaft haben sie sich auf die Seite der Aktivisten geschlagen, da nützen auch die Proteste der vielen Bürgermeister oder der Verbände nichts, die sich der schweren Lage der Züchter bewusst sind. Er entschließt sich, einen emotionalen Appell an die Bevölkerung zu richten, mit dem Ziel, dass die Leute nicht nur die vielen Proteste der Bauern wahrnehmen, die bei Politik und Verbrauchern kaum noch auf Widerhall stoßen, sondern auch die menschliche Seite des Dramas erkennen. Er will einen Perspektivwechsel.«

Roux hörte ihm aufmerksam zu, schwieg jedoch, sodass Pierre weiterredete.

»Auch Grisards Vater Richard sieht sich das Video an. Er erkennt seine Rolle bei der Sache, weiß um die Vorhaltungen, die er seinem Sohn gemacht hatte. Aber er will sie sich nicht eingestehen. Stattdessen macht er den Leiter der Kreditabteilung und einen Aktivisten dafür verantwortlich, einen Mann, der mit großem Engagement für die Wölfe kämpft und dabei die Leidtragenden verhöhnt. Er will, dass auch sie am eigenen Leib erfahren, wie es sich anfühlt, einen geliebten Menschen zu verlieren. Also macht er sich auf die Jagd.«

»Ich habe bis gestern nicht geglaubt, dass er etwas damit zu tun hat.« Der *Policier* seufzte, dann nickte er matt. »Ich wollte es nachher mit meinen Kollegen von der Gendarmerie besprechen, auch wenn es mir schwerfällt. Die Männer auf dem Foto sind alles Freunde von mir. Niemals hätte ich auch nur im Entferntesten daran gedacht, einen von ihnen des Mordes zu verdächtigen.«

»Und das hat sich nun geändert?«

»Es hat die ganze Zeit offen vor mir gelegen, aber ich wollte die Zusammenhänge nicht sehen. Erst als Sie mir gestern sagten, dass Sie Rache wegen der Selbstmorde für das entscheidende Motiv halten, ahnte ich, dass ich die Augen vor der Wahrheit verschlossen hatte. Ich wollte mir ganz sicher sein. Deshalb habe ich alle zusammengetrommelt und um ein Treffen gebeten. Noch wusste ich nicht, wer die Taten begangen hat, doch mir war klar, dass einer der Männer an meinem Tisch der Mörder sein musste. Und dass die anderen beiden ihn möglicherweise deckten.«

»Und nun sind Sie sich absolut sicher?«

»Ja. Richard Grisard kann den Tod seines Sohnes einfach nicht verwinden. Seine Frau ist seitdem schwer depressiv, die ganze Familie leidet Höllenqualen. Das weiß ich von unserer Schwägerin. Christelle und Jules' Witwe haben sich in ihrer seelischen Not gegenseitig gestützt. Richard hat während einem unserer Treffen mal gesagt, er wünsche den Verursachern, dass sie dasselbe Leid erfahren, das sie anderen angetan haben. Sie sollten spüren, was es für die Hinterbliebenen bedeutet, um einen geliebten Menschen zu trauern. Ich habe den Satz nie vergessen, aber erst gestern ist mir klar geworden, dass er ihn damals nicht nur dahingesagt hat. Und als passionierter Jäger …«

»Sie waren sich also gestern schon sicher. Warum haben Sie nicht gleich die Kollegen von der Gendarmerie gerufen?«

»Weil ich ihm die Möglichkeit geben wollte, sich zu stellen. Es würde das Strafmaß verringern. Richard ist ein feiner Kerl, auch wenn Sie es mir nicht glauben. Er hat mir versprochen, sich von seiner Frau zu verabschieden und sich dann bei der Gendarmerie zu melden.«

»Sie haben den Täter über Ihren Verdacht informiert?« Pierre spürte, wie sein Puls hochschnellte. Er sprang auf. »Sind Sie sich darüber im Klaren, was Sie da getan haben? Das ist kein netter, freundlicher Großvater, der sich für erlittenes Unrecht rächen wollte. Dieser Mann hat zwei unschuldigen Frauen in seiner Wut den Kopf zerschossen. Das war Selbstjustiz der brutalsten Art. Sie haben die Fotos der beiden Frauen doch sicher gesehen, nicht wahr? Wie können Sie jemanden schützen, der es vielleicht auf eine weitere abgesehen hat? Der womöglich die dritte Tat bereits …« Seine Stimme hatte sich am Ende überschlagen. Er musste sich beherrschen, um Roux nicht eine reinzuhauen.

»Ich dachte, die Sache hat nichts mit Ihrer Vermissten zu tun. Außerdem bin ich der festen Überzeugung, dass Richard Wort halten wird. Hier in dieser Gegend gilt ein Handschlag noch was. Er wird sich bei der Gendarmerie melden, ganz bestimmt.«

»Sie glauben doch nicht, dass er sich der Polizei stellt und damit weitere Schande über seine Familie bringt? Bis wann haben Sie ihm Zeit gegeben?«

»Bis um neun.« Roux warf einen Blick auf die Uhr, griff nach dem Hörer und drückte eine Kurzwahltaste. »Hier Fernand. Hat sich Richard Grisard bei euch gemeldet? … In Ordnung. … Frag mal in Digne-les-Bains nach.« Er wartete, trommelte mit den Fingern auf die Tischplatte. Hob nach einigen Minuten den Kopf. »Ja? … Danke.«

Er legte auf, kreidebleich.

»Und?«

Roux schüttelte den Kopf. Er griff nach dem Telefonhörer und tippte eine Nummer ein. »Marianne? Ist Richard da? … Seit wann?« Durch den Hörer drang eine aufgeregte weibliche Stimme. Nun sprang auch Roux auf. »Gut. Ich bin gleich bei dir.«

»Was ist passiert?«

»Richard ist verschwunden. Er ist gestern nicht nach Hause gekommen. Ich …«

In diesem Moment wurde die Tür aufgerissen, und ein Beamter steckte den Kopf ins Zimmer.

»Fernand? Entschuldige bitte die Störung. Aber ich glaube, das hier ist wichtig!«

»Was gibt's denn?«

»Der Schulfreund von Madame Rozier ist eingetroffen. Er fragt nach den Fahndungsplakaten, die er verteilen soll.«

Roux drehte den Kopf, als müsse er sich orientieren, dann zeigte er auf den Stapel Papiere. »Hier, die kannst du ihm alle geben.« Er hob den Hörer wieder an.

»Das ist noch nicht alles«, fuhr der Beamte fort. »Am Empfang steht eine Frau namens Joelle Marty, wir haben bereits ihre Personalien aufgenommen. Sie hat eine Jacke gefunden, die Madame Rozier gehören dürfte.«

Fernand Roux war sofort nach vorne gestürmt, Pierre hinterher. Am Tresen stand ein Beamter und telefonierte, er machte eine Kopfbewegung zu einer jungen Frau mit kastanienbraunem Haar und Sommersprossen, die auf einem der Wartestühle saß. Neben ihr ein mittelgroßer Mann in derben Schnürstiefeln und Windbreaker, mit schulterlangem, dunklem Haar, dichten Augenbrauen und einer wulstigen Narbe seitlich am Kinn, der sofort aufsprang, kaum dass sie den Empfangsraum betraten.

»Mein Name ist Philippe Garçon. Wir haben telefoniert.«

»Freut mich. Würden Sie bitte noch einen Moment Platz nehmen? Ich bin gleich für Sie da.« Roux bedachte ihn mit einem knappen Nicken und trat dann zu der Frau. »Sie haben die Jacke gefunden?«

»Ja.« Die Wartende erhob sich und zeigte auf eine graue Steppjacke, die in einer nummerierten Plastikbox auf dem Tresen lag, daneben ein anthrazitfarbenes Portemonnaie. »Der Geldbeutel war noch drin. Ich habe die Frau auf der *carte d'identité* gleich erkannt.«

»Und wo haben Sie die Jacke gefunden?«

»In den Gorges d'Agnielles, direkt bei der Infotafel.«

»Das sind Schluchten nordwestlich von Gap«, erklärte Roux

Pierre, dann wandte er sich wieder an die junge Frau. »Sie waren dort klettern?«

»Ich war auf der Suche nach einem Cache.«

»Einem was?«

»So nennen wir Geocacher versteckte Schätze, meist Flaschen oder verschließbare Dosen, in denen kleine Überraschungen sind. Die Schatzsuche ist mein Ausgleich zur Arbeit. Einer der Fundorte liegt bei der *Via Ferrata*, kurz vor dem leichteren Einstieg zum Klettersteig. Wenige hundert Meter von der Tafel entfernt ist eine Grotte.«

»Und da sind Sie sofort hierhergefahren?«

»Ja. Ich habe über die Vermisste in der Zeitung gelesen. Dort stand, man solle sich hier in der Wache melden, falls man irgendwelche Hinweise hat.«

»Natürlich, aber damit war nicht gemeint, dass Sie ein Beweisstück mehr als fünfzig Kilometer durch die Gegend kutschieren.« Roux strich sich übers Haar. »Hoffentlich haben wir dadurch nicht allzu viel Zeit verloren.«

»Ich habe gerade mit dem *Commissariat de police* in Gap gesprochen«, beeilte sich der Beamte zu sagen, der eben noch telefoniert hatte. »Sie wollen eine Hundestaffel anfordern und einen Hubschrauber mit Wärmebildkamera. Ein Streifenwagen bringt die Jacke gleich zu den Kollegen ins Kommissariat.«

»Gorges d'A …«, mischte sich Pierre ein. Sein Innerstes war zum Zerreißen gespannt. »Wo liegt das?«

Roux ging zu der Umgebungskarte, die in allen Räumen der Wache an der Wand hing. »Hier«, sagte er und tippte auf eine Stelle mitten im Nirgendwo. »Etwa dreißig Kilometer nordwestlich von Gap. Ich frage mich, was sie dort gemacht hat.«

»Liegen da nicht auch die verlassenen Dörfer?«

»Ja. Agnielles ist eines davon.«

»Ich weiß, dass sie sich dafür interessiert. Eine Route der

Retrouvance.« Pierre wandte sich an die junge Frau. »Können Sie mir die Stelle zeigen, an der Sie die Jacke gefunden haben?«

»Natürlich.« Joelle Marty sah ihn mit großen Augen an. »Sind Sie ihr Mann?«

»Nein …« Pierre verstummte. Es war offensichtlich, dass sie ihn für eine Privatperson hielt, nicht für einen Polizisten. Ihm war das ganz recht. »Ich bin ein guter Freund.«

»Ich will auch mit«, mischte sich Philippe Garçon ein, der die ganze Diskussion im Stehen verfolgt hatte.

Argwöhnisch betrachtete Pierre Nanettes Schulfreund. War es wirklich Zufall, dass er ausgerechnet in dem Moment, als Nanettes Jacke auftauchte, zur Stelle war? Der Mann war zwar nur ebenso groß wie er selbst und keine eins neunzig, aber Alter und Haarfarbe stimmten mit der Beschreibung des Mannes in Banon überein. War er der große Unbekannte, der anonyme Täter, der sich die ganze Zeit im Hintergrund gehalten hatte, um nun, da der Showdown nahte, wie aus dem Nichts auf die Bühne zu treten? Mit Richard Grisard war der Mörder identifiziert, aber war er auch derjenige, der Nanette in die Einsamkeit gelockt hatte?

Er würde Garçon von nun an im Auge behalten.

»Na los, worauf warten wir!«

»Ich halte das für keine gute Idee.« Roux legte Pierre die Hand auf den Arm. »Die Spürhunde sollen erst einmal in aller Ruhe arbeiten.«

»Wenn die Spuren älter sind als vierundzwanzig Stunden, wird ihnen das nichts nützen«, widersprach Pierre. »Wir dürfen keine Zeit verlieren. Falls Nanette gestürzt ist, zählt jede Minute.«

»Das sehe ich ebenso«, stimmte Garçon zu.

Roux gab ein unwilliges Schnalzen von sich, dann machte er ein Zeichen. »Kommen Sie bitte mit«, forderte er Pierre auf, der ihm schulterzuckend in sein Büro folgte. »Ich glaube, Sie unterschätzen die Lage.«

»Wirklich?«, knurrte Pierre. Der Gedanke, dass Nanette irgendwo da draußen lag, hilflos, vielleicht auch verletzt, setzte ihm zu. »Kümmern Sie sich lieber um Richard Grisard, bevor noch mehr passiert.«

»Das werde ich auch tun.« Roux schloss die Tür hinter sich. »Trotzdem bestehe ich darauf, dass Sie die Suche den Spezialkräften überlassen. Das Gelände ist unübersichtlich. Für jemanden, der sich dort nicht auskennt, kann es schnell gefährlich werden. Wenn Sie am Fundort ankommen, ist es bereits Mittag. Ihnen bleiben genau vier Stunden, bevor es dunkel wird, maximal fünf. Im Dunkeln findet sich keiner mehr zurecht, Sie wären nicht der Erste, der in eine der Schluchten stürzt.«

»Das muss ich riskieren. Und je mehr Helfer dabei sind, desto größer die Chance, Nanette zu finden.« Er dachte an das Gespräch mit Bricaud, dem Mann von Arnauds Telefonliste. »Ich habe vorhin mit jemandem telefoniert, der sich gut auskennt. Einem Reiseleiter, der auch Touren zu den verlassenen Dörfern anbietet. Ich werde ihn einfach bitten mitzukommen.«

»Kennen Sie den Mann gut?«

»Nein, er hat die letzte Wanderung geleitet, an der Nanette teilgenommen hat.«

»Sein voller Name?«

»Michel Bricaud.«

Roux legte die Stirn in Falten. »Ich kenne ihn, er veranstaltet im Gemeindesaal manchmal Diashows von seinen Touren. Trotzdem würde ich Ihnen gerne noch jemanden von der Forstbehörde zur Seite stellen. Sicher ist sicher.«

28

Roux war nach einem Telefonat mit dem Kommissariat in Digne-les-Bains in Richtung Hautes-Duyes gefahren, zum Haus der Grisards, wo die Beamten der *police nationale* auf ihn warteten. Vorher hatte er sich auf Pierres Bitte hin noch mit der Gendarmerie in Gap besprochen, die einen Aufruf im Radio startete, um Freiwillige für die Suche nach der vermissten Bürgermeistergattin zu rekrutieren.

Innerhalb kürzester Zeit war ein Suchtrupp zusammengekommen, den zwei Mitarbeiter des *Office National des Forêts* begleiten sollten. Auch Michel Bricaud, den Pierre über die neueste Entwicklung informierte, sagte seine Unterstützung zu. Als Treffpunkt vereinbarten sie die Stelle an der D1075, wo die Straße nach Agnielles abging.

»Ich kann Sie gerne dorthin mitnehmen«, hatte Bricaud angeboten. »In meinem Jeep ist genügend Platz.«

»Nein danke, ich fahre selbst.«

Pierre war zurück zum Hotel geeilt, um seine Reisetasche mitzunehmen. Dieses Mal wollte er vorbereitet sein.

Die Fahrt dauerte eine knappe Stunde. Die Landstraße folgte dem Flusslauf des Buëch, führte schnurgerade zwischen den Bergen hindurch, die aus dieser Perspektive wie Hügel wirkten. Mal begrünt von Nadelwäldern, mal herbstlich bunt oder weiß vom Kalkstein. Pierre fuhr an kahlen Sonnenblumen- und Gemüsefeldern vorbei, deren Stängel wie struppige Borsten gen

Himmel ragten. Durchquerte Ortschaften, deren alte Häuser sich mit Neubauten abwechselten, pastellrosa und lindgrün gestrichene Mehrfamilienhäuser, an deren Balkonen Satellitenschüsseln klemmten. Baukastenszenarien mitten im Nirgendwo.

In Gedanken bereitete sich Pierre auf die Suche vor. In seiner Vorstellung bestiegen sie Berge, kletterten wie die Gämsen über Felslandschaften und durchquerten Wälder, deren Bäume sich in abschüssige Hänge krallten. Eigentlich hasste er es zu wandern. Im letzten Jahr, als er einem Förster in die Wälder rund um die Fontaine de Vaucluse gefolgt war, war er schon nach wenigen hundert Metern ins Schwitzen gekommen. Er war einfach nicht in Form. Wie oft hatte er sich vorgenommen, mit dem Joggen zu beginnen. So wie es Robert Lechat jeden Morgen tat. Daraus war bisher nichts geworden. Die letzten sportlichen Anstrengungen waren für den Belastungstest gewesen, den er bei seiner Bewerbung für die Stelle in Cavaillon absolviert hatte. Schon damals hatte das Ergebnis dem Generalsekretär der Polizeiverwaltung nur ein müdes Lächeln entlockt.

Hier ging es natürlich um etwas anderes. Er würde alles geben, keine Anstrengung scheuen, wenn es nur half, Nanette zu finden.

Pierre hatte etwa die Hälfte der Strecke zurückgelegt, als ein Anruf einging.

»Hier spricht Adèle Guillou.« Eine ältere Stimme, äußerst energisch.

»Wer bitte?«

»Adèle Guillou. Sie hatten um Rückruf gebeten.«

Die Wanderfreundin, richtig!

»Vielen Dank, dass Sie sich melden. Monsieur Rozier sagte, Sie hätten sich mit seiner Frau über ihre Fahrt nach Banon ausgetauscht?«

»Ja. Mehr wollte ich Monsieur Rozier nicht verraten, ich wusste ja, welche Probleme Nanette mit ihm hat. Da spare ich meine Freundlichkeit lieber für andere auf.«

»Sie wussten von den Eheproblemen?«

»Ja, sie hat mir alles erzählt. Von den permanenten Demütigungen bis zu ihrer Sehnsucht nach einer Beziehung in gegenseitigem Respekt.«

»Sie vertraut Ihnen wohl sehr.«

»In der Einsamkeit rückt man eben zusammen.« Madame Guillous Stimme klang plötzlich verschwörerisch. »Na ja, eigentlich war das nicht für meine Ohren bestimmt. Aber die Luft hat ja bekanntlich keine Wände. Auf der Wanderung zur Festung von Loubressac ist es unvermittelt aus ihr herausgebrochen. Da sind die Tränen nur so geflossen.«

»Hat Nanette vielleicht angedeutet, dass sie vorhat, für immer zu gehen?«

»Nein. Auch nicht, als wir zuletzt telefoniert haben. Sie wollte nach Hause und Ordnung in ihr Leben bringen, das weiß ich ganz sicher. Sie liebt Sainte-Valérie, das hat sie oft genug betont. Aber natürlich kann es sein, dass sie ihre Meinung in Banon geändert hat. Bei unserem letzten Telefonat hatte ich das Gefühl, dass sie ganz genau weiß, was sie will. Sie klang gestärkt, voller Selbstvertrauen.«

»Voller Selbstvertrauen?« Das war so gar nicht die Nanette, die er kannte.

»Ja. Ich glaube, sie hat sich Hilfe gesucht. Bei einem Psychologen oder so.«

»Hat sie Ihnen das erzählt?«

»Nein … oder vielleicht doch, ich bin mir nicht sicher. Auf jeden Fall sagte sie, dass sie sich nicht länger unterdrücken lassen und noch einmal ganz von vorne beginnen wolle.«

Ein Psychologe. Das war ein ganz neuer Aspekt. Pierre nahm

sich vor, Luc darauf anzusetzen. »Gibt es sonst noch etwas, das uns bei der Suche weiterhelfen könnte?«

»Nein, ich habe Ihnen alles gesagt, was ich weiß.«

»Danke für Ihre Offenheit.«

»Keine Ursache. Von Ihnen hat Nanette übrigens auch erzählt.«

»Tatsächlich?«

»Ja. Nur das Allerbeste! Sie und Ihre Freundin, das waren ihre Vorbilder. Eine Beziehung, wie sie es sich immer gewünscht hätte.«

Pierre sog scharf die Luft ein. Wenn die Frau wüsste … Er verabschiedete sich und legte auf. Dann rief er seinen Assistenten an und bat Luc um eine Liste sämtlicher Psychologen im Umkreis des Luberon.

Ab Serres kamen die Berge näher, engten das Tal immer weiter ein. Nun wurden auch die Ortschaften wieder ursprünglicher, bekamen mehr und mehr alpinen Charakter, schmiegten sich trotzig an Felshänge und ansteigende Straßen. Immer häufiger kreuzte die Straße den Flusslauf, schlängelte sich voran, drang tiefer in die Bergwelt ein. Um ihn herum leuchtete der Herbst in seinen schönsten Farben, die Sonne warf ihre Strahlen durch das lichte Laub, das sich bei jeder Bö löste und über die Straßen segelte.

Hier begann die *Dauphiné*. Eine ehemalige Provinz, einst Wiege der Französischen Revolution, später Bastion der Résistance. Bestehend aus den *Départements* Hautes-Alpes, Drôme und Isère, die noch immer über das Zeichen des Delfins miteinander verbunden waren, das ihre Wappen zierte.

Je näher Pierre dem Devoluy-Massiv kam, desto stärker dominierte das Grau-Weiß der Kalkfelsen.

Er war nur etwa fünfzig Kilometer von Sisteron entfernt,

und doch hatte er mit einem Mal das Gefühl, in einem anderen Land zu sein.

Wie Roux vorausgesagt hatte, kam er gegen Mittag an, es war Viertel nach zwölf, als er den Treffpunkt erreichte. Die anderen Freiwilligen warteten an der schmalen Eisenbahnbrücke, die die Straße in Richtung der *Gorges d'Agnielles* überspannte. Es waren insgesamt sechs Personen, darunter auch die Frau, die die Jacke gefunden hatte. Ein Mann stand etwas abseits, den Blick auf die Berge gerichtet, mit zusammengezogenen Brauen.

Pierre stellte den Motor ab und sah sich nach Garçon um.

»Monsieur!« Ein kahlköpfiger Mann mit dichtem silbrig grauem Bart in der Uniform des ONF kam auf Pierres Auto zu und bedeutete ihm winkend, es auf dem Weg hinter der Brücke abzustellen. »Hier landet gleich der Hubschrauber.«

Ein harter Dialekt hatte durchgeklungen, wohl typisch für die Hautes-Alpes. Pierre startete den Motor und lenkte den Wagen unter der Brücke hindurch auf die Schotterstraße, parkte ihn am Straßenrand. Dort standen bereits einige andere Autos, unter anderem das von der Forstbehörde und ein Jeep, dessen Nummernschild das Wappen der Alpes-de-Haute-Provence trug.

Er holte seine Wetterjacke aus der Tasche und knotete sie sich um die Hüften, als sich ein Hubschrauber der *compagnies républicaines de sécurité en montagne* mit gewaltigem Lärm näherte. Zeitgleich mit einem Kastenwagen der *police nationale,* der offenbar zur Hundestaffel gehörte und an Pierre vorbei in Richtung der Schlucht fuhr.

Pierre verfolgte die Landung des Hubschraubers über den Rand der Brücke hinweg, bis dieser dahinter verschwand. Wartete mit auf die Ohren gepressten Händen, dass der Lärm abebbte und der aufpeitschende Luftstrom nachließ. Dann ging er über den Schotterweg zurück zum Treffpunkt, wo die anderen Teilnehmer sich inzwischen neugierig um den Hubschrauber versammelt hatten. Er stand nun neben der Straße, die Kufen im Randstreifen vor der Einbiegung, der noch einmal so breit war wie die asphaltierte Fläche.

Der rechte Einstieg wurde geöffnet, und ein Polizist der CRS sprang zu dem Forstbeamten hinunter, der neben dem Helikopter zu Stehen kam. Einige Minuten beugten sie sich über eine Karte, der Forstbeamte fuhr mit dem Finger über das Papier. Dann nickten beide, und der Polizist kletterte zurück auf seinen Sitz.

Wieder begannen die Flugblätter zu rotieren, und die anderen eilten zurück zur Brücke. Einige taten es Pierre gleich und hielten sich die Ohren zu, verfolgten einhellig das langsame Abheben, den abrupten Schwung seitlich, das Gleiten in Richtung Berge.

»Sind Sie Monsieur Durand?«

Der Mann, der vorhin so konzentriert auf das Massiv gestarrt hatte, kam mit scheuem Lächeln auf ihn zu. Dunkelblondes kinnlanges Haar, groß, mit kräftiger Statur. Durchtrainiert, wie die meisten der Versammelten.

Pierre streckte ihm die Hand entgegen. »Sie müssen Michel Bricaud sein.«

Der Mann lächelte gewinnend und erwiderte den Händedruck. »Ja, der bin ich. Freut mich, Sie kennenzulernen.«

Für einen kurzen Moment musste Pierre an das Gespräch mit Adèle Guillou denken. Aber Bricaud schien ihn nicht anhand von Nanettes Schilderungen zu erkennen. Er schob die Hände unter die Riemen seines Rucksacks und wandte sich um, als ein greller Pfiff erklang.

Auch Pierre fuhr herum und sah zu dem Mann in der Uniform der ONF, der sich in die Mitte der Wartenden gestellt hatte und nun mit erhobener Trillerpfeife um Aufmerksamkeit bat. Neben ihm hatte sich ein weiterer Forstbeamter mit einer olivgrünen Schirmmütze aufgestellt, er hielt die Hände hinter den Rücken verschränkt und lächelte in die Runde.

»Wir werden uns«, sagte der Mann mit der Trillerpfeife, nachdem er sich als Thierry Duchaisne vorgestellt hatte, »in zwei Gruppen aufteilen. Die Schlucht ist vom Hubschrauber aus gut zu erkennen, links und rechts davon befinden sich dichte Wälder, die wir gemeinsam durchkämmen. Der Anstieg zum westlichen Teil der Schlucht führt über die Traversen und ist ein wenig anstrengender, dies bitte nur mit passendem Schuhwerk.« Er warf einen kontrollierenden Blick in Richtung Füße und zeigte dann auf Pierre. »Ihre Sneakers sind dafür ungeeignet. Sie nehmen besser den Weg entlang des Baches. Wer noch?«

Mehrere Hände hoben sich, rasch waren die Freiwilligen aufgeteilt. Erstaunlicherweise meldeten sich die meisten für den schwereren Weg, als sei dies ein Ausflug, bei dem ein jeder nach der größtmöglichen Herausforderung strebte.

Pierre atmete auf und hob den Blick zur Bergkette. Der Kelch war an ihm vorbeigegangen.

Duchaisne überprüfte, ob die Gruppe der Kletterer mit geeigneter Ausrüstung versehen war, und fragte sie nach Getränken und Proviant. Wer nichts dabeihatte, bekam kleine Wasserflaschen und Obst von ihm, dann setzten sie sich alle gemeinsam in Bewegung.

Nach einer Viertelstunde trennten sich ihre Wege. Der Forstbeamte Thierry Duchaisne blieb bei Pierre, ebenso der Reiseführer Michel Bricaud und Nanettes Schulfreund Philippe Garçon, der sich seit ihrer Begegnung auf der Wache in Sisteron in Schweigen hüllte.

Bald tauchten sie zwischen dichten Buchenwäldern in die Natur ein und begannen Nanettes Namen zu rufen. Während sie durch knisterndes Laub schritten, hörten sie einen Hund anschlagen. Das Bellen kam aus nordwestlicher Richtung.

Pierre hoffte, dass es ein gutes Zeichen war. Er sah, wie der Forstbeamte in sein Funkgerät sprach und schließlich langsam den Kopf schüttelte. Dann gingen sie weiter, kamen zu einem Bach, der von großen Kalksteinen und Kieseln umsäumt war.

Pierre hielt sich hinten, damit er die anderen im Auge behalten konnte. Wartete auf eine Gelegenheit, Garçon auszuhorchen, ebenso Bricaud, den zweiten Teilnehmer, der eine Verbindung zu Nanette aufwies.

»Madame Rozieeeer!«

»Naneeeette!«

Die Rufe fanden keinen Widerhall, wurden von Bäumen und Sträuchern verschluckt.

Ein ums andere Mal musste Pierre aufpassen, dass er nicht in den Bach trat, der an manchen Stellen unerwartet mäanderte, bevor er sich einige Meter weiter wieder zu einem gleichmäßigen Strom vereinte.

Orangebraune Blätter trieben im Wasser, schlängelten sich an modrigen Ästen vorbei, umrundeten Steine, die ihnen den Weg versperrten. Unter anderen Umständen hätte man diesen Anblick als idyllisch bezeichnen müssen. Wohin er auch sah, überall sattorangerote Blätter, durch die eine gleißende Sonne schien, als wolle sie jeden einzelnen Baum mit ihren Strahlen aufladen. Über ihnen der klare provenzalische Himmel, der in sämtlichen Nuancen von Blau leuchtete. Jetzt war er ganz hell, fast durchscheinend und mit watteweißen Flecken, spiegelte sich im seichten Wasser.

Hinter der nächsten Biegung erhob sich das Ufer, das links steiler wurde, bis das Sonnenlicht den Boden nicht mehr berührte. Buchen und Birken wechselten sich mit Koniferen ab, das Gestrüpp wurde dichter. Sie gingen nun in einem Abstand von etwa fünf Metern, durchkämmten dort, wo das Gebüsch zu dicht war, die Landschaft mit langen Stöcken, die sie unterwegs gesammelt hatten.

Von Zeit zu Zeit sahen sie über sich den Hubschrauber kreisen. Jedes Mal, wenn er wieder abdriftete, in die entgegengesetzte Richtung schwenkte, sank Pierre das Herz.

Nachdem sie beinahe vier Stunden gegangen waren, langsam und im Zickzack, erhob sich ein Wind, der mit jedem Schritt in Richtung Norden stärker wurde. Die Sonne war längst hinter den weißen Bergkämmen verschwunden, es wurde empfindlich kühl, und Pierre wünschte, er hätte den Fleecepulli mitgenommen. Mit kalten Fingern entknotete er die Allwetterjacke, schlüpfte hinein und zog den Reißverschluss bis zum Hals.

Ihr Rufen war seltener geworden. Eine fast unwirkliche Stille legte sich über den Wald. Jedes laute Knacken, jeder neue Ruf ließ Pierre zusammenzucken. Eine eigenartige Taubheit hatte ihn erfasst, die von innen heraus zu kommen schien. Ausgerechnet hier, wo sie Nanette hinter jeder Biegung, hinter dem nächsten Wäldchen zu finden hofften, verließ ihn der Mut.

Die Aussichtslosigkeit ihres Unterfangens schnürte ihm den Magen zusammen. Inmitten dieser gewaltigen, unendlich scheinenden Natur der Berge, Pässe, Wälder und Täler erschien ihm die Suche plötzlich bizarr, ja, grotesk.

Ein plötzliches Geräusch zerteilte die Stille. Es klang, als schabe jemand mit einem Messer über Pergament, und es dauerte einen Augenblick, bis Pierre erkannte, dass es das Knacken von Duchaisnes Funkgerät war.

Eine Stimme hob schnarrend an. Dem Vernehmen nach war es der Leiter des Polizeieinsatzes, mit dem sich der Forstbeamte bereits zweimal besprochen hatte.

»Wir müssen abbrechen«, sagte er, »es wird zu schnell dunkel. Wo seid ihr?«

»Auf Höhe des Col de l'Angélus.«

»Gut, dann geht jetzt auf direktem Weg weiter bis nach Agnielle. Wir holen euch dort mit dem Wagen ab.«

»Haben die Hunde etwas gefunden?«

»Nein. Wir haben den Radius langsam vergrößert, aber es hat den Anschein, als habe der Wind sämtliche Spuren zunichtegemacht.«

»Und der Hubschrauber?«

»Nichts. Die Kollegen sind über die Pässe bis zum Massif de Durbon geflogen. In den Hochweiden des Dévoluy war eine Wanderguppe von einer eurer Forsthütten in Recours nach Rabioux unterwegs. Der Pilot hat per Funk Kontakt mit dem Trekkingleiter aufgenommen, doch sie haben auf der Strecke nichts Verdächtiges bemerkt.«

»Verdammt!« Duchaisne fuhr sich mit der Hand durchs Haar. »Na schön, wir gehen auf direktem Weg weiter. Wenn wir stramm marschieren, sind wir in einer Viertelstunde da.« Er drehte sich zu den anderen um. »Ihr habt es gehört, wir brechen ab!«

Pierre nickte und sah zu Garçon hinüber, der auf dem Boden hockte und eine Pflanze mit zarten Fingern berührte, als wolle er sie liebkosen.

»Eine *artemisia insipida*?«, fragte er ungläubig.

Duchaisne sah zu ihnen herüber und zog die Stirn in Falten. »Ein ganz normaler Beifuß.«

»Nein, ich bin mir ganz sicher.« Garçon holte einen Fotoapparat aus dem Rucksack und drückte auf den Auslöser.

Pierre beugte sich vor, um die Pflanze zu betrachten, sie hatte fedrige, mehrfach geteilte Blätter und hochschießende Stängel mit vertrockneten, runden Knospen. Sie sah aus wie Unkraut, er konnte nichts Besonderes daran finden.

»Nun kommen Sie schon!«, rief der Forstbeamte ungeduldig. »Es wird Zeit.«

»Ich muss noch einmal herkommen.« Garçon verstaute den Fotoapparat und zog ein flaches Instrument hervor.

»Ein GPS-Gerät?«, fragte Pierre lauernd. »Wozu braucht man das?«

»Zur Orientierung. Wofür sonst?« Er notierte sich die Koordinaten. Dann breitete er die Arme aus und drehte sich im Kreis. »Es ist wunderschön hier«, entfuhr es ihm, und als er Pierre ansah, stand in seinen Augen ein Leuchten. »Ein Paradies.«

Pierre hätte ihm gerne zugestimmt. Die Natur war hier noch ursprünglich und unverdorben, mit unnachahmlicher Präsenz. Das Wasser, die Felsen, das Grün, Orange und Braun der Pflanzen – und schließlich das überwältigende Blau des Himmels. All das strahlte eine Ruhe aus, die sich auf die Menschen zu übertragen schien. Aber er mochte den Gedanken nicht laut aussprechen. Es erschien ihm nicht angemessen.

»Sie kennen sich mit Pflanzen aus?«, fragte er Nanettes alten Bekannten.

»Ich bin Botaniker. Die *artemisia insipida* galt bis vor einigen Jahren als ausgestorben. Seit ihrer ersten Klassifizierung im Jahr siebzehnhundertneunundachtzig blieb sie ein Mysterium, bis man sie in den achtziger Jahren bei Rabou wiederentdeckt hat. Sie steht unter höchstem Schutz. Dass sie auch hier wächst, ist ein kleines Wunder!« Garçon warf der Pflanze einen letzten verklärten Blick zu und schloss dann zu den anderen auf.

Nachdenklich folgte Pierre ihm.

Der Kies knirschte unter ihren Füßen, das herbstliche Laub raschelte. Ab und zu riefen sie noch Nanettes Namen, bis sie wieder auf der schmalen Straße ankamen, die direkt nach Agnielles führte. Hier blies ihnen der Wind ins Gesicht, pfiff mit strenger Kälte, sodass Pierre den Reißverschluss seiner Jacke noch höher zog, bis sich der Kragen vor seinem Mund schloss.

Wenn es möglich war, zufällig auf eine so gut wie ausgestorbene Pflanze zu stoßen, dann sollte es doch verdammt noch mal auch möglich sein, Nanette zu finden.

Nur was für ein Anblick würde sie erwarten? War sie verletzt und schwach, aber noch am Leben? Oder war sie längst ein weiteres Mordopfer, das nur darauf wartete, tot geborgen zu werden?

Pierre schüttelte den Kopf und rief sich zur Raison. Die anderen beiden Frauen waren mit roher Gewalt in den Tod getrieben worden. Nanette hingegen hatte ihre Jacke verloren, bevor sie wie vom Erdboden verschluckt war. Ihr Verschwinden wirkte arrangiert, ebenso wie die vielen Spuren. Das, dachte er, ist ein entscheidender Unterschied. Alles war möglich, auch dass sie noch lebte.

Die Dunkelheit nahm zu. Jemand rief seinen Namen. Als Pierre den Blick hob, sah er, dass er ein ganzes Stück zurückgefallen war. Am Ende einer Kuppe stand Bricaud und winkte ihn zu sich. Mit aufeinandergepresstem Kiefer stemmte Pierre sich gegen den Wind, beschleunigte mit letzter Kraft seinen Schritt. Als er endlich zu dem Reiseleiter aufschloss, bemerkte er hinter der Kuppe die ersten Häuser.

»Gleich haben Sie es geschafft.« Bricaud nickte ihm aufmunternd zu und grinste, als Pierre stehen blieb, um sich die Waden zu reiben. »Ich geb 'ne Runde Wacholderbeeröl aus, wenn wir angekommen sind. Das wirkt Wunder!«

»Ich hoffe, Sie haben eine ganze Wagenladung von dem Zeug dabei.« Pierre lachte trocken auf und zwang sich dann weiterzugehen.

»So ein verdammter Mist!«, entfuhr es Bricaud nach wenigen Schritten. »Was wollen wir jetzt tun? Aufgeben?«

»Ich weiß es nicht«, stieß Pierre keuchend aus. Das Shirt klebte ihm am Körper, er brauchte dringend eine heiße Dusche. »Wenn ich nur wüsste, wo wir weitersuchen sollten.«

»Vielleicht war der Fundort der Jacke ja nur ein Hinweis?«

Pierre blieb stehen, hielt sich schnaufend die Seiten. »Ein Hinweis worauf?«

»Darauf, dass Madame Rozier eine Geocaching-Tour gemacht hat. Es gibt noch weitere Caches in der Gegend. Die Hautes-Alpes sind beliebt für Versteckspiele. Vielleicht hat sie die Jacke ja an den *Gorges d'Agnielles* vergessen. Sie könnte es erst viel später bemerkt haben. Tagsüber ist es ja warm genug ...«

Pierre starrte den Reiseführer an. »Sie glauben, Nanette könnte sich auf der Suche nach einem weiteren Cache verletzt haben?«

»Möglicherweise.«

»Kennen Sie die Koordinaten?« Pierre glaubte nicht an diese Erklärung. Aber dass Bricaud den Hinweis erwähnt hatte, ließ ihn aufhorchen. *Eine Schnitzeljagd ...*

»Nein. Allerdings gibt es eine spezielle Karte, die man online einsehen kann. Wenn Sie wollen, kümmere ich mich darum.«

Die Hände auf den Hüften sah Pierre zu den anderen, die vor einigen Häusern standen, dann nickte er. »In Ordnung. Wir sollten es zumindest versuchen.«

Er zwang sich, die letzten Schritte aufrecht zu gehen. Jede Spur bedeutete zugleich Hoffnung. Egal wie abwegig sie schien. Alles war besser, als gar keinen Anhaltspunkt zu haben.

29

Agnielle sah im grauen Dämmerlicht aus wie ein Geisterdorf. Bei Tageslicht mochte der Ort etwas Heimeliges haben, zwischen den Ausläufern mehrerer Berge gelegen, inmitten von Wald. Jetzt aber ging von ihm etwas Sprödes, Unnahbares aus. Kein warmes Licht, das in den Häusern entzündet war, stattdessen mit Läden verschlossene Fenster und Eisengitter, hinter denen eine tiefe Schwärze lag.

»Seit wann ist das Dorf unbewohnt?«, fragte Pierre, als er den Rest der Gruppe erreicht hatte.

»Seit über dreißig Jahren«, antwortete der Forstbeamte.

Pierre sah sich staunend um. Er hatte gedacht, verlassene Dörfer lägen abgeschieden, schwer erreichbar inmitten der Berglandschaft und ohne Zuwege. Hier dagegen konnte man mit dem Auto bequem hinfahren, die nächste Kleinstadt mit Geschäften und Schulen war nicht allzu weit entfernt.

»Aber es ist doch gut erreichbar.«

»Es gibt viele Dörfer hier in der Gegend, die kurz davor sind zu veröden, obwohl sie an Hauptverkehrsstraßen liegen.« Duchaisne zuckte die Schultern. »Der Weg nach Agnielles ist unbefestigt, auch die anderen verlassenen Dörfer wie Recours, Rabioux, Sauvas oder Chaudun liegen am Ende schmaler Straßen, die sich an birkengesäumte Berghänge pressen. Man muss über weite Ebenen und durch dichte Wälder. An diesen Orten hält es niemanden. Ohne Auto ist man dort von der Außenwelt quasi abgeschnitten.«

»Früher waren die Häuser von Holzfällern bewohnt«, ergänzte Bricaud. »Sie brannten Kohle und brachten sie auf Karren in die Stadt. Nun ja, die Bäume waren irgendwann abgeholzt, und im Zuge der Industrialisierung entstanden neue Möglichkeiten, Motoren anzufeuern. Kaum einer verlangte noch nach den Briketts, deren Herstellung und Verkauf einst den Unterhalt ganzer Dörfer gesichert hat.«

Pierre ließ den Blick über die Häuser schweifen, die einst mit Leben erfüllt waren, dem Leben einer ganzen Gemeinschaft. An einer Hauswand lehnte eine Harke, daneben lag ein umgefallener Eimer.

»Es sieht aus, als wäre der Ort eben erst verlassen worden.«

»Das war ein schleichender Prozess«, erklärte der Forstbeamte. »Die Böden waren durch die starke Abholzung geschädigt, mit den Wäldern verschwand auch der Humus, der Boden wurde unfruchtbar, es kam immer wieder zu Erdrutschen. Neunzehnhundertdreiunddreißig beschlossen die verbliebenen Bewohner die Auflösung der Gemeinde. Sie nahmen alles mit, was noch ein wenig Geld versprach. Holz war damals wertvoll, also rissen sie die Fensterstöcke raus, sogar die Dachbalken, bis nur noch der nackte Stein übrig war. Der Gemeindebesitz, also das Land, der Friedhof, die Kirche, das Pfarrhaus und die Schule, wurde für eine lächerliche Summe veräußert und an Aspres-sur-Buëch angegliedert.«

»Es gibt eine Kirche?« Pierre drehte sich um die eigene Achse. Hausdächer hoben sich dunkel im Dämmerlicht ab. Ruinen und weiter hinten beim Friedhof von Sträuchern überwachsene Eisenkreuze.

»Sie ist Ende der siebziger Jahre eingestürzt.«

Pierre folgte seinem Blick bis zu einer abgestuften Mauer, dem Rest einer Fassade, in deren oberem Auslass wohl einst eine Glocke gehangen hatte.

»Sagten Sie nicht, das Dorf sei erst vor dreißig Jahren verlassen worden?«

»Es hat den Versuch einer Wiederbelebung durch landwirtschaftliche Kooperativen gegeben. Telefonkabel wurden verlegt, die Schule wurde wiedereröffnet. Leider scheiterte das Unterfangen an der Einsamkeit.«

»Wie bedrückend. Kann man denn gar nichts dagegen tun?«

»Sie sind ein Idealist, Monsieur Durand.« Duchaisne lächelte. »Das gefällt mir. Orte wie Agnielle verdienen es, dass man sie nicht vergisst, darum hat man das *Retrouvance*-Projekt ins Leben gerufen. Verlassene Dörfer werden für Trekkingtouren wiederbelebt, indem man die Gebäude mit erneuerbarer Energie versorgt und zu Gästehäusern umbaut. Sehen Sie, das hier ist eines davon.« Er zeigte auf ein zweistöckiges Steinhaus, auf dessen schwarz gedecktem Giebel neue Dachfenster angebracht waren. »Ein Logistiker verpflegt die Gruppen mit Essen aus den Gasthöfen der näheren Umgebung und fährt das Gepäck zur nächsten Unterkunft, damit die Wandergruppen nur das Nötigste für die Tagestour dabeihaben. So können Interessierte die Freuden der unberührten Natur weitab irgendwelcher Hotspots genießen, ohne auf einen gewissen Komfort zu verzichten.«

»Ist das nicht Augenwischerei?«, argwöhnte Garçon, der die Diskussion mit aufeinandergepressten Lippen verfolgt hatte. »Den Bewohnern hilft das nur wenig.«

»Sie irren sich. Das Projekt wird nur von Menschen betrieben, die hier in der Umgebung wohnen. Restauratoren, Wanderführer, Logistiker, Köche und Busfahrer. Das sind an die zweihundert Arbeitsplätze. Sie bieten den Leuten einen Grund zu bleiben oder gar herzuziehen.«

»Und das Essen?«

»Die hiesigen Gasthöfe bereiten es mit Zutaten aus der Region zu.«

Garçon gab sich geschlagen. »Klingt gut.«

Sie schwiegen und bliesen Atemwölkchen in die kalte Abendluft, als endlich Scheinwerfer aufleuchteten. Ein Wagen näherte sich und blieb mit laufendem Motor stehen.

»Na, endlich!«, rief Duchaisne. »Wo warst du denn so lange?«

»Ich habe die anderen Helfer zu ihren Autos gefahren.« Der Forstbeamte mit der olivgrünen Schirmmütze steckte den Kopf aus dem offenen Wagenfenster. »Einer der Männer hat sich den Fuß verstaucht, ich habe auf die Sanitäter gewartet und mich dann sofort auf den Weg gemacht.«

»Was ist mit der Frau?«, fragte Garçon. »Ihr Name ist Joelle Marty, sie hatte mich mitgenommen.«

»Die ist schon gefahren, wie alle anderen auch.«

Der Biologe lachte auf. »Ist ja niedlich. Und wie soll ich jetzt zurück nach Sisteron kommen?«

»Wir nehmen Sie mit nach Gap«, erwiderte der Beamte. »Dort gibt es einen Bahnhof. Der letzte Zug fährt allerdings um zwanzig vor sieben, und ich denke nicht, dass wir das schaffen.« Er machte eine ungeduldige Handbewegung. »Na los, steigen Sie ein, wir sollten uns beeilen.«

Pierre ließ sich neben die anderen auf die Rückbank sinken und zog die Tür zu. Der Wagen setzte sich rumpelnd in Bewegung, wendete auf Höhe des alten Schulgebäudes und folgte dem Weg hinab, wobei er Schlangenlinien fuhr, um den Schlaglöchern auszuweichen.

»Gibt es in der Nähe eine Pension oder einen Gasthof?«

»Sie wollen morgen weitermachen?« Duchaisnes Stimme drang durch das Dunkel des Wageninneren.

»Ja. Monsieur Bricaud hatte die Idee, nach weiteren Caches zu suchen.«

»Eine Spur?«

»Vielleicht.«

»In Saint-Julien-en-Beauchêne gibt es eine Pension. Das liegt etwa zehn Kilometer vom Parkplatz entfernt. Oder in Aspres-sur-Buëch.« Er zögerte. »Sind Sie nur zu zweit?«

»Momentan ja. Es sei denn, Sie wollen mitkommen.«

Bricaud, der neben Pierre saß, nickte. »Je mehr, desto besser.«

»Bin auch dabei«, brummte Garçon und hob den Arm, bis das grünlich schimmernde Ziffernblatt seiner Uhr zu sehen war. »Den Zug schaffe ich ohnehin nicht mehr.«

»Na schön.« Duchaisne klang, als lächele er. »Ich will mal sehen, was sich machen lässt. Soweit ich weiß, hat sich für dieses Wochenende keine Wandergruppe angesagt.«

Wenig später standen die Männer auf dem Seitenstreifen hinter der Brücke und holten ihr Gepäck. Duchaisne hatte noch während der Fahrt telefoniert und das Okay erhalten, das alte Forsthaus in Agnielles für eine Nacht zu nutzen.

»Ein Logistiker wird uns etwas zu essen vorbeibringen. Es gibt *tourtons*«, verkündete er freudig. »Und ein paar Flaschen *bières la tourment* dürften auch drin sein.«

Während sie auf die Verpflegung warteten, nutzte Pierre die Zeit für ein Telefonat. Er stellte sich abseits und schaltete sein Handy ein, doch noch während er den Code eingab, wurde der Bildschirm dunkel. Er hatte ganz vergessen, das Telefon aufzuladen.

»Gibt es im Haus Strom?«, fragte Pierre hoffnungsvoll, als er zu den anderen zurückgekehrt war.

»Ja«, bestätigte Duchaisne. »Es gibt eine Wasserturbine, die welchen erzeugt. Einen Fön kann man damit nicht in Gang bringen, aber fürs Handy reicht es.«

Der Logistiker brachte ihnen sogar mehrere Sorten des alpinen Biers. Gemeinschaftlich beluden sie den Wagen. Duchaisne verabschiedete sich von seinem Kollegen mit der olivgrünen

Kappe, der mit dem Logistiker zurückfuhr, dann ging es mit dem Wagen wieder in die Berge.

Die Fahrt nach Agnielles dauerte fast zwanzig Minuten. Der Weg war stockfinster. Duchaisne steuerte den Wagen sicher und mit gutem Gespür für die unebenen Stellen. Und doch kam es Pierre vor, als drängen sie immer tiefer ein in einen zähnebewehrten Schlund. Das Empfinden war so stark, dass es ihn irritiert innehalten ließ. Während der Forstbeamte sich mit Bricaud über den kommenden Tag unterhielt und mögliche Routen besprach, presste er die Stirn an die kühle Scheibe und starrte in die Dunkelheit.

Es war ihm, als sei es bereits Mitternacht, dabei war es gerade mal halb acht. Die früh einsetzende Dunkelheit ließ seine innere Uhr stolpern, so war es immer im Spätherbst. Im Winter half dann nur noch, abends den Kamin anzuzünden und es sich mit einem Glas Rotwein und einer Decke auf dem Sofa bequem zu machen. Oder in die *Bar du Sud* zu gehen, wo genügend Menschen bei einem Glas Pastis, Wein oder *bière blonde* beisammensaßen und sich gegenseitig mit guten Geschichten wärmten.

»So, da wären wir!«

Sie schulterten das Gepäck und folgten dem Forstbeamten zu dem schräg in den Hang gebauten Haus, dessen heller Stein sich von der Dunkelheit abhob.

Im Inneren war es kühl, und es roch nach Rauch, der wohl von dem verbrannten Holz kam, dessen Überreste noch im Kamin des Eingangsbereiches lagen. Die Wände waren mit sandfarbenem Rauputz versehen. An manchen Stellen verliefen sie in Bögen spitz aufeinander zu wie in einem Kloster. Die Einrichtung war karg, Kiefernholzmöbel auf terrakottafarbenem Fliesenboden. Und doch strahlte das Gebäude die Gemütlichkeit eines Gasthofes aus, der Wanderern für ein paar Stunden Zuflucht bot.

»Kommen Sie, ich zeige Ihnen die Zimmer.«

Sie folgten dem Forstbeamten in den ersten Stock und verteilten sich auf die Räume. Pierre schloss als Erstes sein Handy ans Ladekabel an und legte sich dann aufs Bett. Er war hundemüde und seine Muskeln brannten. Die Nacht im Auto war viel zu kurz gewesen, es war, als habe man ihm den Stecker gezogen. Pierre schloss die Augen – *nur ganz kurz!* – und schlief ein.

30

Ein Klopfen ließ ihn hochschrecken. Philippe Garçon stand in der geöffneten Zimmertür, in der Hand eine dunkle Flasche, und sah ihn mit einem seltsamem Gesichtsausdruck an.

Pierre setzte sich auf. »Wie spät ist es?«

»Gleich neun. Ich wollte fragen, ob ich mir Ihr Ladekabel ausleihen kann. Und ich soll Ihnen das hier von Michel Bricaud geben, das ist Wacholderbeeröl.«

»Danke.« Mühsam richtete sich Pierre auf und griff nach der Flasche. Dann sah er auf sein Handy. Der Akku war beinahe vollständig geladen. Er zog das Kabel ab und wollte es dem Biologen geben, als sein Blick auf die Reisetasche fiel. Er war vorhin wohl zu müde gewesen, um den Reißverschluss wieder zuzuziehen. Das grelle Blau des Polizeistreifens auf dem Fleecepulli war deutlich zu sehen. Pierre fing Garçons Blick auf, doch der drehte sich weg und tat, als habe er nichts gesehen. Mit einem knappen *merci bien!* nahm er das Kabel entgegen und verließ den Raum.

»*Zut!*«

Pierre ging in den angrenzenden Waschraum und kühlte sich das Gesicht. Ein Blick in den Spiegel zeigte ihm, dass er sich dringend rasieren sollte, aber wen interessierte das schon, hier inmitten der Wildnis.

Er öffnete die Flasche, goss sich ein wenig von der trübgelben Flüssigkeit auf die Handfläche und begann, seine Waden zu massieren. Ein balsamisch würziger Geruch erfüllte den

Raum. Immer wieder strich Pierre über die Muskeln, bis er das Gefühl hatte, dass sie sich langsam entspannten.

Zurück im Zimmer, schaltete er das Handy ein und stellte erfreut fest, dass er Empfang hatte, wenn auch keinen allzu guten. Sofort poppten einige Meldungen auf. Eine Textnachricht von Fernand Roux war eingegangen, außerdem zwei verpasste Anrufe und eine Mail von Luc.

Und eine Sprachnachricht von Charlotte. Die öffnete er als Erstes.

»Hallo Pierre, wie geht es dir?« Es entstand eine kleine Pause, in der sie tief Luft holte, bevor sie weiterredete. »Gerade habe ich ein wenig Zeit, alle sind auf den Zimmern, bevor es in einer halben Stunde mit der Kochschule weitergeht. Ich dachte, wir könnten unser Gespräch fortsetzen … Na gut, vielleicht ein anderes Mal.« Es klang, als wolle sie auflegen, dann schien sie sich eines anderen zu besinnen. »Wir waren heute übrigens bei der Trüffelverkostung in Ménerbes und sind am Nachmittag zu einer Ölmühle gefahren, die inmitten einer riesigen Plantage liegt. Die Gruppe durfte bei der Ernte helfen und anschließend zusehen, wie das Öl aus den Früchten gepresst wird. Der Besitzer hat uns einen ganzen Korb mit frisch geernteten Oliven mitgegeben, nachdem eine Journalistin ihm versprochen hat, dass sie einen Artikel darüber schreiben will.« Sie lachte leise. »Ein paar von den Oliven wandern heute Abend ins *bœuf en daube.*« Wieder eine Pause. »Frau Kehlmann ist hellauf begeistert von meiner Rezeptsammlung. Sie meinte, ich brauche ihr nur zu sagen, wann ich loslegen will. Ein Kochbuch, Pierre, mit fünfundsiebzig Gerichten der provenzalischen Landhausküche! Ich fürchte, ich kann mich kaum zwischen den vielen tollen Rezepten entscheiden. Ich meine, es gibt so viele leckere Gerichte. Und all die Varianten …« Sie schmunzelte, man konnte es ihrer Stimme anhören. »Ich soll dich übrigens von Martin grüßen. Er hat zum *bœuf* einen Côtes du Rhône Village ausgesucht, mit kräftiger Blaubeernote und einem Aroma nach dunkler Schokolade. Martin behauptet, wenn er auf Frauen stünde, sollten sie genau so schmecken: mollig am Gaumen und rassig an der Nase.« Charlotte seufzte. »Wenn er mich nicht aufmuntern würde, hielte ich es kaum aus vor lauter Sorge. Gibt es denn schon ein Lebenszeichen von Nanette? Lass von dir hören, *mon Policier, au revoir.*« Damit legte sie auf.

Er vermisste sie. Das wurde Pierre umso schmerzlicher bewusst, als er ihre Stimme hörte.

Vielleicht erwische ich sie ja noch, dachte er, während er mit fliegenden Fingern Charlottes Nummer wählte. Natürlich sprang nur der Anrufbeantworter an.

»Schön, dass du angerufen hast«, sagte er. »Ich hätte es längst selbst tun sollen, aber die Ereignisse überschlagen sich hier gerade. Wir holen das Gespräch nach, versprochen, bei einem guten Glas Wein.« Er schluckte mehrmals. »Von Nanette gibt es leider noch kein Lebenszeichen. Nur eine Jacke, die jemand in der Nähe eines verlassenen Dorfes gefunden hat. Sie haben einen Hubschrauber eingesetzt, und eine Hundestaffel hat die Gegend durchkämmt, bislang ohne Erfolg. Ein Teil des Suchtrupps hat aufgegeben, nachdem einer der Teilnehmer gestürzt ist. Die andere Hälfte übernachtet in einer Hütte, morgen geht es dann zu viert weiter.« Er stockte kurz. »Mach's gut, *ma douce,* bis dann.«

Pierre legte auf. Er hätte ihr noch sagen sollen, dass er sie liebte, aber das fiel ihm schon immer schwer. Meist entfuhr es ihm während eines Streits, wenn es, wie er meinte, die Lage erforderte. Nie von alleine.

Er dachte, wie eigenartig das Leben manchmal spielte. Je weiter er sich von Charlotte entfernte, desto mehr vermisste er ihre Nähe. Wie schön wäre es jetzt, mit ihr in Banyuls-sur-mer an der Anse du Fontaulé entlangzuwandern, der Bucht mit den breiten Badestränden. Stattdessen versuchten sie vergeblich, sich auszutauschen. Die ganze Zeit ging es nun schon so, dabei verband sie die zunehmende Unruhe.

Nun saß er also nach Tagen der Suche in einer einsamen Waldhütte, um am Morgen ein Gebiet von zigtausend Hektar zu durchwandern. Erneut überfiel ihn das Gefühl, sie stocherten im Dunkeln, ohne Sinn und Verstand.

Vielleicht hatten ja Luc oder Fernand Roux inzwischen mehr erfahren?

Pierre entschied sich, die Nachricht des *Policiers* aus Sisteron zuerst zu lesen, in der Hoffnung, sie hätten den flüchtigen Richard Grisard inzwischen dingfest gemacht. Aber als er die Kurznachricht überflog, schwand auch diese Hoffnung.

> Richard ist noch immer verschwunden. Die Familie ist in großer Sorge. Großfahndung ist gestartet. In den Montagne de Lure als auch im Vallée du Vançon rund um Haute-Duyes. Anscheinend hat Ihr *Commissaire* seinen Kollegen in Digne-les-Bains die Hölle heißgemacht. Sie suchen sämtliche Hütten und Höhlen nach Ihrer Bekannten ab.

Pierre stieß die Luft aus. Robert Lechard war also zur Vernunft gekommen. Das hätte schon viel früher passieren müssen.

Er schrieb Roux eine kurze Antwort, erwähnte den Plan, die Suche morgen fortzusetzen, und wünschte ihm weiterhin viel Glück.

Dann rief er Lucs Mitteilung auf. Sein Assistent hatte ihm eine lange E-Mail geschrieben und eine Datei angehängt.

Hallo Pierre,
ich komme gerade von der Versammlung und wollte dir davon erzählen. Dein Telefon war aus, daher schreibe ich dir kurz, was sich dort ereignet hat. Du wirst staunen!
Die Versammlung war sehr aufschlussreich. Die Frau aus der *pâtisserie* in der *Rue Magot* will gesehen haben, wie Stéphane Poncet den Auszug der Akten aus der *mairie* fotografiert hat. Sie hatte den Laden gerade abgeschlossen und wollte Mittag machen, als sie sah, wie er sich in einen dunklen Eingang gegenüber von ihrem Laden schob und mehrfach auf den Auslöser drückte. Ich bin hingefahren und habe selbst ein paar Fotos gemacht. Der Aufnahmewinkel war derselbe wie bei den Bildern in der Zeitung.

Pierre hielt im Lesen inne. Stéphane Poncet, der Mechaniker? Was hatte der mit dem Fall zu tun? Irritiert las er weiter.

Er war nicht da, aber seine beiden Töchter haben mir die Tür aufgemacht. Sie waren schockiert und schworen, ihn in die Zange zu nehmen. Ich habe ihnen gesagt, dass ich dabei sein will. Irgendeine offizielle Situation muss es ja geben, sonst haut er noch ab und vernichtet die Beweise.
Ich mache es lieber kurz: Poncet hat die anonyme Anzeige nicht aufgegeben, er hat nur die Aktion der Presse gesteckt, weil er dachte, sie sei das Ergebnis einer ganzen Beweiskette. Er hat nicht eine Sekunde daran gezweifelt, dass die Beamten etwas bei Rozier finden würden, und war sehr kleinlaut, als er hörte, dass dem nicht so war.
Wer die Anzeige lanciert hat, ist daher noch offen. Es könnte jeder hier im Ort gewesen sein, denn auf der Versammlung wurde deutlich, wie wenige Freunde unser Bürgermeister hat.

Auch Roziers Konkurrent Gabriel Marechal war dort, ich habe ihn gefragt, wo er am Freitag, den 31. Oktober, gewesen sei. Er hat mir ganz freimütig geantwortet, er habe einen Mandanten beraten, er ist ja hauptberuflich Fachanwalt für Familienrecht.

Pierre schüttelte den Kopf. Die Nachricht überforderte ihn, machte ihn wütend. Poncet hatte sich also in seinen Vorurteilen bestätigt gefühlt und die Durchsuchung zum Anlass genommen, dies auch der breiten Öffentlichkeit vor Augen zu halten. Er stieß die Luft aus. Die Welt wäre sicher um einiges friedlicher, wenn die Menschen zuerst die Hintergründe prüfen würden, bevor sie in lautes Kriegsgeheul verfielen! Nun stand Rozier vollkommen unschuldig am Pranger. Dieser Eindruck ließe sich durch keine Richtigstellung der Welt zurücknehmen.

Und was Marechal anging: Er kam ohnehin nicht als Täter infrage, dafür hätte er Sainte-Valérie viel häufiger unerkannt verlassen müssen, als es ihm möglich gewesen war. Das war ihm inzwischen klar geworden.

Pierre fuhr sich mit einer Hand übers Gesicht und las weiter.

Wie dem auch sei. Ich habe mich richtig reingehängt und eine Dame beim Kraftfahrzeugamt bezirzt. Frag mich nicht, wie ich es fertiggebracht habe, an einem Samstag da ranzukommen, aber ich habe Himmel und Hölle in Bewegung gesetzt und von Gefahr im Verzug geredet, was ja auch stimmt. Immerhin geht es um ein Menschenleben.
Es hat funktioniert. Anbei die Liste aller Wagenbesitzer, die gestern Abend vor dem Lokal geparkt haben.
Wenn ich sonst noch was für dich tun kann, ruf mich an.
Morgen mache ich mit Florence und dem Welpen einen

Ausflug zum Meer. Aber ich bin jederzeit per Handy zu erreichen.
Noch viel Erfolg bei der Suche
Luc

PS: Die Zusammenstellung der Psychologen ist in Arbeit. Bist du dir sicher, dass dich dieser Ansatz weiterbringt? Du glaubst gar nicht, wie viele Analytiker, Coaches, Gestalt- und Hypnotherapeuten oder systemisch und sonst wie arbeitende Personen es im Umkreis gibt. Und nicht jeder, der Therapien anbietet, ist auch als Therapeut gelistet …

Pierre schürzte die Lippen. Alles könnte wichtig sein, selbst das abwegigste Detail. Neugierig öffnete er den Anhang. Sein Assistent hatte gute Arbeit geleistet. Er hatte die Fabrikate der Wagen vom Parkplatz aufgelistet und jedes einzelne Kennzeichen mit einem Namen versehen, samt Adresse. Pierre ging die Liste durch, fand darunter auch Roux' Namen, ebenso den von Richard Grisard und von Alain Gouttard, dem Jungbauern, der auf dem Video zu sehen gewesen war. Ein Name auf der Liste ließ ihn jedoch zusammenzucken:

Michel Bricaud.

Pierre wurde blass. Er ließ das Smartphone kurz sinken, dann wählte er Roux' Nummer.

»Monsieur Durand?« Es rauschte im Hintergrund. So als stehe der *Policier* bei einem Wasserfall.

»Wussten Sie, dass auch Michel Bricaud gestern Abend in dem Lokal war?«

»Natürlich, ich habe ihn gesehen. Der ist öfter da. So wie fast jeder aus der Gegend. Liegt etwas gegen ihn vor?«

»Nein, es irritiert mich nur. Wie lange kennen Sie sich schon?«

»Seit etwa fünf Jahren schätzungsweise. Er ist kein enger Freund von mir, wenn Sie das meinen. Aber man kennt sich.«

»War er mit Jules Grisard oder mit Ihrem Schwager befreundet?«

»Wenn Sie darauf hinauswollen, dass er vielleicht den Tod der Jungbauern hatte rächen wollen, muss ich Sie enttäuschen. Bricaud hat mit den Bauern nicht viel zu schaffen, er hat ein paar Freunde, mit denen er am Wochenende immer dort abhängt.«

»Aktivisten?«

»Nein. Die hätten in dem Lokal keine Freunde.« Roux lachte. »Ich weiß nicht, ob Sie sich da in etwas hineinsteigern. Bricaud wohnt südlich von Sisteron, nicht weit von dem Lokal entfernt. Es ist völlig normal, dass man sich in einer Gegend wie dieser öfter über den Weg läuft.«

Das leuchtete Pierre ein. Wahrscheinlich war er zu sehr auf den Fall fokussiert, da passierte es schon mal, dass man Dinge zu wichtig nahm.

»Und überhaupt«, setzte Roux hinzu, »denke ich, dass wir ein gutes Stück vorangekommen sind. Wenn wir Richard erst einmal gefunden haben, wird sich alles aufklären. Die Kollegen haben mithilfe seiner Zahnbürste einen DNA-Abgleich gemacht. Ich habe gerade von jemandem aus dem Ermittlerteam erfahren, dass einige der Hautschuppen aus Madame Roziers Wagen von ihm stammen. Damit ist erwiesen, dass die drei Fälle zusammenhängen.«

»Was?« Pierre stieß die Luft aus. »Die Spuren stimmen überein?«

»Ja. Seltsam, nicht wahr? Plötzlich geht es Schlag auf Schlag.«

»Allerdings. Ich dachte, der Entführer sei wesentlich jünger als Richard Grisard. Und dunkelhaarig.«

»Offenbar eine Verwechslung.« Der *Policier* schluckte hart.

»Ich wollte mich noch einmal bei Ihnen entschuldigen. Es war ein Fehler, es erst mit Richard persönlich zu klären. Ich habe mich in ihm getäuscht. Ich weiß, es ist nicht wieder gutzumachen …«

»Wären Sie«, polterte Pierre los, »den offiziellen Weg gegangen, hätten wir ihn nur beschatten müssen, damit er uns zu Nanette führt!«

»Ja, ich weiß. Wir hätten sie finden können. Sofern sie noch …« Er brach ab.

Pierre atmete schnell, sein Magen zog sich zusammen. Er mochte nicht daran denken, was sie alles hätten tun oder lassen können. All das führte zu einer einzigen Frage: Lebte Nanette noch? Oder hatten sie die einzige Chance verpasst? Kamen sie zu spät?

»Jetzt ist es ohnehin nicht mehr zu ändern«, flüsterte er. Dann legte er auf.

Seltsam. Die ganze Zeit hatte er das Gefühl gehabt, einer Spur hinterherzulaufen, deren Logik sich erst am Ende erwies. Stück für Stück hatte jemand ihnen Puzzleteile serviert, die die ganze Zeit wie eine Karotte vor ihrer Nase hingen. Hinweise, die sie antrieben und mit immer neuen Spekulationen versorgten. Nun kam es ihm dagegen vor, als hätte sein Verstand ausschließlich Dinge abgespult, die einem bekannten, erlernten Schema folgten, um plötzlich von einer Realität eingeholt zu werden, die er nie für möglich gehalten hätte. Einer Realität, die nicht im Mindesten zu seinen vorherigen Überlegungen passen mochte.

Ein Gefühl der Sinnlosigkeit überfiel ihn. Pierre schlug mit der flachen Hand auf den Nachttisch, woraufhin ein heftiger Schmerz über die Innenfläche zog.

Alles, worauf er sich gestützt hatte, war die vage Beschreibung eines möglicherweise dunkelhaarigen Mannes, dessen

Alter aufgrund der Entfernung und des flüchtigen Blicks derart falsch eingeschätzt worden war, dass sie es auf um mehr als zwanzig Jahre nach oben korrigieren mussten!

Von unten drang lautes Gelächter herauf, das Klappern von Tellern. Pierre erhob sich von der Bettkante, matt. Er sollte sich beeilen, wenn er noch etwas abbekommen wollte. Er brauchte Kraft, um den morgigen Tag zu überstehen.

31

Als Pierre die Treppe hinabstieg, empfing ihn eine wohlige Wärme. Jemand hatte den Kamin im Eingangsbereich entzündet, es knackte und prasselten und der Raum füllte sich mit dem Geruch frisch verbrannten Holzes. Pierre blieb kurz stehen, um sich zu orientieren, und ging dann den Stimmen entgegen.

Er fand die anderen in dem kleinen Esszimmer, das über drei geflieste Stufen erreichbar war. Sie saßen an einem langen Holztisch, in dessen Mitte mehrere Schachteln mit gezackten Teigpäckchen standen.

Duchaisne winkte ihn zu sich. »Kommen Sie«, sagte er mit seinem breiten alpinen Dialekt. »Suchen Sie sich eine Sorte aus. Wir haben *tourtons* mit Kartoffelfüllung, mit Höhlenkäse oder mit Kräutern. Und zum Nachtisch gibt es welche mit Pflaumen.«

»Füllen Sie mir einfach was auf.«

Pierre setzte sich, wenige Augenblicke später standen auch schon eine Flasche Bier und ein Teller mit mehreren Teigtaschen vor ihm. Sie waren frittiert, besaßen eine krosse Hülle und eine würzige Füllung. In der ersten, die er probierte, war geschmolzener Käse, der auch lauwarm hervorragend schmeckte.

»Mhmm«, sagte Pierre, er hatte gar nicht gemerkt, wie hungrig er gewesen war. Das Essen war überraschend gut. Deftig und geschmackvoll. Charlotte hatte einmal gesagt, die besten Gerichte seien oft diejenigen, die mit wenigen Zutaten auskamen. »Ich mag die Küche der Hautes-Alpes.«

»Sie sollten mal sehen, was es sonst gibt, wenn man das Essen vorbestellt«, schmunzelte Duchaisne. »Beim letzten Mal hatten wir als Vorspeise *caillettes* und anschließend Ente mit *gratin dauphinoise*.«

»Klingt gut.« Pierre kostete eine weitere Teigtasche, diesmal bestand die Füllung aus Kartoffeln. Das war genau das, was er jetzt brauchte. Essen war für ihn immer ein Lebenselixier, wenngleich er spürte, dass es nicht das nagende Gefühl mildern konnte, komplett versagt zu haben. Kauend lehnte er sich zurück, blickte aus dem Fenster, hinter dem stockfinstere Nacht lag, während er von dem Bier trank, das stark nach Wermut schmeckte. Ein *bière la tourmente génépi*, wie er feststellte, leicht bitter, es wärmte seinen Magen. Der Name versprach Höllenqualen, was wohl eher die Qualen des Bergsteigens thematisierte als die des Trinkens.

Schweigen setzte ein, durchsetzt vom Kauen und Schlucken der Männer.

Pierre nahm sich noch von den *tourtons* mit Pflaumenfüllung, dann beschloss er, die Stille zu durchbrechen.

»Ich weiß nicht, ob die Suche noch sinnvoll ist.«

»Wie bitte?« Bricaud sah auf. »Wie können Sie das sagen?«

»Ich werde das Gefühl nicht los, dass wir an der falschen Stelle suchen. Und dass Nanette …« Pierre seufzte, um die aufsteigenden Tränen zurückzuhalten.

»Sie dürfen nicht aufgeben«, entgegnete Bricaud mit einem Kopfschütteln. »Niemals. Nanette ist eine zähe Person. Sie hätten mal sehen sollen, wie sie sich durchbiss. Während weit jüngere Teilnehmer die Wanderung immer wieder unterbrachen, weil ihre Kräfte sie verließen, ging sie weiter, ohne zu murren.«

»Sie kennen Nanette persönlich?« Garçon hob überrascht den Kopf.

»Ja, von einer Trekkingtour. Sie auch?«

Garçon nickte. »Vom Collège Clovis Hugues in Cavaillon. Wir waren in derselben Klasse.«

»Haben Sie denn noch Kontakt zu ihr?«

»Nein. Schon lange nicht mehr. Ich bin gleich nach der Schule um die Welt gereist. Jetzt lebe ich im *Département* Nouvelle-Aquitaine, in Saint-Martin-du-Puy.«

»Das ist ganz schön weit weg von Cavaillon.«

»Die Arbeit hat mich dorthin geführt. Ich bin in der Forschung. Biotechnologien für die Landwirtschaft.«

Bricaud beugte sich vor, zog die Brauen zusammen. »Und woher wissen Sie von der Sache mit Nanette?«

»Ich war zu Besuch bei meiner Mutter, sie lebt noch immer im Luberon.«

Pierre lauschte dem Gespräch, ohne richtig zuzuhören.

»Wir finden sie.« Duchaisne sah ihn nachdenklich an. »Vielleicht stehen wir ganz kurz vor dem Ziel. Was, wenn sie nur verletzt ist und auf Hilfe wartet?«

»Es fühlt sich trotzdem falsch an, was wir hier tun. Die ganze Zeit dachte ich, meinem Instinkt trauen zu können. Und nun … Es kommt mir alles so sinnlos vor.«

»In einer Kurzgeschichte von Jean Giono gibt es einen schönen Satz: ›Um einem Herzensanliegen zum Sieg zu verhelfen, muss man zuweilen mit seinem Leben hadern.‹«

»Jean Giono?«

»Sein Buch *Der Mann, der Bäume pflanzte* gehört eigentlich als Pflichtlektüre in jede Schule. Sie kennen es nicht?«

Pierre schüttelte den Kopf.

»Dann wird es höchste Zeit.« Duchaisne faltete die leeren *tourtons*-Schachteln zusammen und legte sie in einen Karton. »Ich bin dafür, dass wir den Abwasch auf morgen verschieben. Hat noch jemand Lust auf einen Ausklang vor dem Kamin?«

Die Wärme des Ofens machte Pierre müde. Ebenso das Bier. Der Schmerz in seinen Muskeln hatte nachgelassen, und eine wohlige Entspanntheit setzte ein. Während draußen entgegen jeder Vorhersage Regen gegen die Fensterscheiben prasselte, breitete sich im Inneren des Hauses ein Gefühl von Geborgenheit aus, von dem er sich ein wenig widerwillig einnehmen ließ.

Das Haus kam ihm vor wie eine Insel inmitten des Sturms. Pierre konnte sich gut vorstellen, wie sich hier, in der Einsamkeit, wildfremde Wanderer, die einander noch nie begegnet waren, zusammenschlossen. Wie es wohl früher gewesen war, als in Agnielles noch dreihundert Personen lebten? Waren sie eine eingeschworene Gemeinschaft, wie die Bewohner von Sainte-Valérie, oder gab es Feindschaften und Intrigen, wie so oft, wenn Menschen zu dicht aufeinanderhockten?

Er lehnte sich gegen das Kissen in seinem Rücken, drehte das Glas in den Händen und sah ins prasselnde Feuer.

»Wir vom *Retrouvance*-Projekt sind alle beseelt von Gionos Kurzgeschichte«, begann Duchaisne. »Sie handelt von der wundersamen Entstehung der Wälder nordöstlich von Banon. Die hat einst ein Hirte gepflanzt, der mit seiner Schafherde in der Einsamkeit lebte. Damals glichen die Hochebenen der Haute-Provence einer kargen Steppe, es gab keine Bäume, nur Trockenheit. Bis der Eremit beschloss, dies zu ändern. Er sammelte in den Tälern Eicheln und bohrte mit einer Eisenstange Löcher in die Erde, um die Saat einzupflanzen. Von hunderttausend Setzlingen trotzten zehntausende dem Wetter, Nagetieren und anderen Unwägbarkeiten. Später zog er aus Bucheckern Buchen und schützte die Triebe mit einem Zaun, bevor er sie auspflanzte. Und in die unteren Lagen, dort, wo der Grund mehr Wasser hatte, kamen Birken. Mit den Jahren entstanden ganze Wälder, sie sorgten dafür, dass der Regen im Boden versickerte. Das Wasser kehrte zurück in die Gegend, wo die Flussbetten über Jahre ausgetrocknet waren. Mit dem Wasser kamen die Wiesen und Weiden und damit auch wieder Menschen. Auf den Ruinen verfallener Dörfer bauten sie neue Häuser und füllten sie mit Lachen. Ein einzelner Mann hatte es geschafft, mit Hingabe und Uneigennützigkeit ein karges Land zu neuem Leben zu erwecken.« Duchaisne blickte in die Runde. Seine Augen glühten, und die Wangen waren von einer leichten Röte überzogen.

»Ich bin ja ein Verfechter des Naturschutzes«, entgegnete Garçon ruppig. »Aber das ist nichts weiter als eine romantische Geschichte, die seit Jahrzehnten kolportiert wird. Der Autor hat am Ende selbst zugegeben, dass sie erfunden ist. Die Wiederaufforstungen hat es tatsächlich gegeben. Nur war hier kein Einsiedler am Werk, sondern der französische Staat. Im Sommer schickte er ganze Familien in die Berge, die dann in Zeltlagern hausten und Schwarzkiefernsetzlinge in erodierte Böden setzten. Und zwar unfreiwillig. Das Ganze war straff organisiert. Denjenigen, die sich verweigerten, drohte man mit Enteignung. Von wegen Naturromantik à la Jean Giono, das ist damals ganz anders abgelaufen.«

»Es geht doch um die Sache.« Der Forstbeamte seufzte. »Giono wollte mit der Geschichte die Liebe der Leute zur Natur entfachen, was ihm nachweislich gelungen ist. Das ist es doch, was zählt. Dieses Büchlein hat Generationen von Heranwachsenden geprägt, ihnen Identität und Halt im Respekt vor der Natur gegeben. Und nicht nur das: Es hat ihnen gezeigt, dass man etwas verändern kann, wenn man einer Idee folgt und sich durch Rückschläge nicht entmutigen lässt. Ohne Visionen, Monsieur Garçon, wäre unsere Welt eine andere.« Er drehte sich zu Pierre. »Das Unmögliche zu wollen, das ist die Triebfeder, um Dinge voranzutreiben, bis man sie erreicht hat. Es wird immer Situationen geben, in denen man verzweifelt.

Aber man sollte niemals vorschnell aufgeben, bevor man alles versucht hat.«

»Meine Freundin Charlotte würde ihnen dafür stehend applaudieren«, sagte Pierre und lächelte leise. »Sie arbeitet auch sehr hart, bis sie ihre Ziele erreicht. So fern sie anfangs auch scheinen.«

»Sehen Sie.« Duchaisne reckte sich. »Wenn ich Sie richtig einschätze, dann ticken Sie ähnlich. Egal was Sie glauben, was mit Ihrer Bekannten geschehen ist, Sie wissen es nicht. Und solange sich das nicht ändert, müssen wir weitermachen.«

Pierre sah auf das Feuer im Kamin, das inzwischen fast heruntergebrannt war. Duchaisne hatte mit seiner Erzählung den Mut neu entfacht. Ja, er durfte nicht aufgeben. Nicht, solange irgendwo noch ein Hoffnungsschimmer glomm.

Er stellte das Glas ab und erhob sich. »Ich denke, es ist Zeit, schlafen zu gehen. Morgen wird ein anstrengender Tag.«

32

Als er am nächsten Morgen erwachte, dämmerte es bereits. Von draußen erklang das Geräusch eines ankommenden Wagens. Pierre sprang auf und sah aus dem Fenster. Es hatte aufgehört zu regnen. Nebelschwaden hingen über den Bergen, aber die Wege waren frei. Duchaisne unterhielt sich mit dem Fahrer, er hielt eine große Tasche in der Hand und kehrte mit einem kurzen Gruß zurück ins Haus.

Pierre sprang unter die Dusche, zog dann ein T-Shirt an, darüber ein warmes Sweatshirt, und ging hinunter in die Küche.

Der Duft frisch aufgebrühten Kaffees zog durch das Erdgeschoss, Duchaisne sah ihm lächelnd entgegen.

»Hier, nehmen Sie. Es gibt frisches *petit pain* und *chouquettes.*«

»Wer zahlt das eigentlich alles?«

»Wir werden sehen. Hier im ehemaligen Gemeindeverband Haut-Buëch gibt es eine Solidargemeinschaft, die sich hilft. Ohne zu zögern.«

Pierre nahm den Korb entgegen, der bis zum Rand mit Brötchen und hagelzuckerbestreuten Windbeuteln gefüllt war. Im Esszimmer saß Garçon und tippte etwas in sein Smartphone. Vor ihm standen eine Kaffeekanne, vier Tassen und Gläser mit Marmelade und Lavendelhonig.

»Guten Morgen.« Pierre stellte den Korb ab und setzte sich ihm gegenüber.

Garçon sah auf, mit gerunzelter Stirn, und erwiderte den

Gruß. Sah dann zu Bricaud, der mit einer Wanderkarte in der Hand den Raum betrat.

»Na, alle frisch?«, frage der Reiseleiter munter und machte Duchaisne Platz, der Teller und Besteck ins Esszimmer balancierte.

Wenig später, nachdem alle sich gestärkt hatten, beugten sie sich über die Karte, die Bricaud auf der Tischplatte ausgebreitet hatte.

»Der nächste Cache liegt auf dem Wanderweg zum *Col du Lautaret*«, sagte Bricaud und tippte auf einen Punkt auf der Karte.

»So weit draußen?«, rief Duchaisne. »Warum sollte jemand dort einen weiteren Hinweis versteckt haben? Lassen Sie uns lieber weiter in der näheren Umgebung suchen. Ich würde gerne noch einmal zu den Traversen gehen, wo die Frau die Jacke gefunden hat. Es gibt unzählige Spalten, Pfade und Schluchten, also Stellen, an denen weder die Hunde noch der zweite Suchtrupp bisher waren.«

»Sie vergessen den Hubschrauber«, wandte Garçon ein. »Die Wärmebildkamera hätte etwas aufgezeichnet.«

»Nicht, wenn die Gesuchte in einer der Felsspalten steckt oder in irgendeiner Vertiefung. Ein weiteres Zitat von Jean Giano lautet: *Wir haben verlernt, die Augen auf etwas ruhen zu lassen. Deshalb erkennen wir zu wenig.* Meiner Meinung nach waren wir noch nicht gründlich genug.«

»Dann teilen wir uns auf«, sagte Bricaud entschieden. »Ich werde auf jeden Fall den Cache suchen. Wenn niemand mitkommt, gehe ich auch alleine los, damit habe ich kein Problem, ehrlich nicht. « Er sah Pierre fragend an. »Was meinen Sie?«

Pierre war unschlüssig. Er hatte gedacht, dass der nächste Cache in unmittelbarer Nähe sei, nicht irgendwo inmitten der Berge. Vielleicht wäre es tatsächlich besser, in der näheren Umgebung der Fundstelle zu suchen, auch hinsichtlich der Frage, ob Richard Grisard hier gewesen war. Andererseits entsprach Bricauds Plan seiner ursprünglichen Theorie, dass der Täter eine Reihe von Spuren ausgelegt hatte, denen sie folgen sollten, um zum Ziel zu kommen.

»Ich will diesen Weg zu Ende gehen«, entschloss er sich. »Ich will wissen, wohin uns diese Schnitzeljagd führt.«

»Gut, dann machen wir es so«, bekräftigte Duchaisne. »Monsieur Bricaud kennt sich hier ja bestens aus, er wird die Führung Ihres Teams übernehmen. Sie beide folgen am besten dem Wanderweg in Richtung des *Col du Lautaret*. Sollte beim Cache nichts hinterlegt sein, kommen Sie zurück. Auf der Strecke gibt es leider keinen Empfang, melden Sie sich, wenn Sie wieder bei der Hütte sind.« Er sah Bricaud an. »Getränke und Verpflegung verstauen wir in Ihrem Rucksack.«

»In Ordnung.«

»Monsieur Garçon und ich erkunden unterdessen die Höhlen der *Gorges d'Agnielles*. Wir treffen uns in spätestens sieben Stunden.« Duchaisne blickte auf die Uhr. »Also genau um drei Uhr.«

»Na dann«, sagte Garçon.

Wie auf Kommando sprangen alle auf und verschwanden in ihren Zimmern.

Pierre stellte fest, dass er sein Mobiltelefon auf dem Nachttisch hatte liegen lassen, er griff danach und sah auf das schwarze Display. Aus einem Impuls heraus überlegte er, Charlotte eine Nachricht zu schreiben. Aber was sollte er ihr mitteilen? Ich freue mich auf dich? Auf unser Gespräch? Auf unser gemeinsames Leben? Adieu, auf bald, *bisou*?

Seine Hände umkrampften das Telefon, während er nach Worten suchte, dann ließ er es wieder sinken.

Mit einer langsamen Bewegung schob er es schließlich in die

Jacke. Dann bugsierte er die Reisetasche in Ermangelung eines Tresors unter das Bett. Die Waffe konnte er nicht mitnehmen, er hatte keine Möglichkeit, sie unauffällig zu verstauen. Aber er war ja nicht alleine.

Sie traten ins Freie und warteten auf Bricaud, der mit leichter Verspätung die Außentreppe heruntereilte und im Laufen seinen Rucksack überwarf. Ihr Atem dampfte in der kühlen Morgenluft, als sie sich voneinander verabschiedeten. Sie wünschten sich viel Erfolg bei der Suche, dann trennten sich ihre Wege.

Bricaud schlüpfte schon nach wenigen Metern in die Rolle des Wanderführers. Während sie auf den Wald zugingen, der zwischen den Ausläufern der Berge begann, zeigte er nach links und rechts des Weges.

»Apfelbäume, sehen Sie? Im Frühling tragen sie unzählige Blüten, und die Wiesen stehen voller Mohn. Hier gibt es übrigens auch den hellvioletten, den unbekannteren Bruder des roten.«

Bald lag das verlassene Dorf hinter ihnen. Sie durchquerten einen Kiefernwald, und Pierre musste unwillkürlich an die Geschichte der Wiederaufforstung denken. Es berührte ihn, dass hier einst nichts mehr gewesen war und dass es vieler fleißiger Händen bedurft hatte, bis die Hänge wieder grünten.

Schweigsam durchwanderten sie den Forst. Gingen den unebenen, vom Regen ausgewaschenen Weg entlang, schritten über vom Wind verwehte Zweige und gelbe Nadeln. Als sie den Wald hinter sich ließen, riss der Himmel auf. Die Morgensonne warf ihre Strahlen auf das vor ihnen liegende Tal und übergoss es mit goldenem Licht, das getrieben von den vorüberziehenden Wolken weiter gen Berge strich, bis es hinter einer Anhöhe verschwand.

Bricaud zeigte nach Westen, wo überall Bäume an den

Hängen klebten, in Orange, Gelb und Braun. »Da müssen wir hin.«

Der Weg führte durch von Kalksteinen durchsetzte Wiesen, auf denen im Sommer, wie Bricaud erzählte, Vergissmeinnicht, Orchideen, Graslilien und Sommerwurz wuchsen.

»Ein richtiges Blumenmeer, wie Sie es noch nie gesehen haben«, schwärmte er.

Nach einer Weile, die Pierre wie eine halbe Ewigkeit vorkam, ging es wieder bergan. Er sah zu den Vögeln hinauf, die hoch oben am klarblauen Himmel ihre Kreise zogen. Er hatte die Orientierung verloren. Alleine wäre er hoffnungslos verloren. Waren sie zu Beginn noch weit ausgeschritten, wurden die Beine nun schwerer. Seine Muskeln schmerzten, wieder musste Pierre stehen bleiben, um zu verschnaufen.

»Wie lange sind wir schon unterwegs?«

»Etwa zwei Stunden.«

»Das hier sieht überhaupt nicht aus wie ein Wanderpfad.«

»Haben Sie hier oben etwa planierte Wege erwartet?« Bricaud schob beide Daumen unter die Riemen des Rucksacks und lächelte breit. »Kommen Sie, wir sind bald da.« Er streckte den Arm aus, wies zu einem Fels am Ende der Anhöhe. »Dort hinten ist es.«

Pierre hob den Blick. »Bei dem Felsen? Sind Sie sicher?«

»Ganz sicher.«

Es war ein gewöhnlicher Stein, keiner, der irgendwie hervorstach, nicht einmal die Größe war beeindruckend. Soweit Pierre das Geocaching verstanden hatte, suchten die Spieler sich Monumente, Besonderheiten, Dinge, die nicht nur Schätze bargen, sondern auch Geheimnisse verrieten. Nun gut, vielleicht sah dieser unscheinbare Fels ja von Nahem anders aus, hatte die Form eines Kopfes. Es konnte auch ein ehemaliger Grenzstein sein, aus den Tagen der Dauphiné.

»Na los, gleich ist es geschafft!« Bricaud eilte er voran, stob leichtfüßig den Berg hinauf, der Pierre vorkam wie ein unbezwingbares Gebirge.

Pierre atmete tief durch, dann stapfte er weiter, kämpfte sich die Steigung hinauf. Heftete dabei den Blick auf den Boden, aus Furcht, einen falschen Tritt zu machen.

Auf halber Strecke hielt er inne und blickte über das vor ihm liegende Tal. Staunte über die feinen Abstufungen der Farben. Die Berge waren in milchiges Graublau getaucht, in der Ferne konturlos, davor immer schärfer gezeichnet. Die Nadelwälder in dunklem Grün, die Hänge mit ihrem Flickwerk aus gelbgrünen Wiesen und vereinzelten Felsbrocken, wie von der Hand eines Riesen über die Landschaft verteilt.

»Hierher!«

Pierre drehte sich nach vorne. »Haben Sie den Cache gefunden?«

»Ja, da ist etwas.«

»Was denn?«

»Das kann ich nicht genau sagen. Kommen Sie, das müssen Sie sehen.«

Bricauds Stimme klang heiter, freudig erregt.

Pierre hastete weiter. Hoffnungsvoll setzte er einen Fuß vor den anderen, stemmte die Sneakers in den moosigen Boden, umklammerte Buschwerk, um sich voranzuziehen. Gleich war er oben. Was erwartete ihn dort? Ein Lebenszeichen von Nanette? Pierre hob den Blick, als er den Kolben einer Militärtaschenlampe auf sich zuschnellen sah.

Er wich zurück, strauchelte, der Schlag ging ins Nichts. Dafür stürzte er rücklings, prallte auf harten Stein, überschlug sich, rollte weiter. Blieb schließlich in einer Senke liegen und riss die Arme abwehrend nach oben. Wenige Sekunden später war Bricaud über ihm, keuchend und mit verzerrtem Blick.

In der Hand den Lampenkolben, den er mit einer kraftvollen Bewegung nach oben riss und herabfahren ließ. Pierre versuchte, dem Schlag auszuweichen, und rollte sich nach links. Der Kolben traf ihn an der Schulter. Ohne auf den Schmerz zu achten, zog er das rechte Bein an und trat nach Bricaud, der im Begriff war, sich auf ihn zu stürzen, und nun mit einem Aufschrei gegen den Hang prallte.

Pierre ballte die Hände zu Fäusten. Er wollte gerade aufspringen, als sein linkes Bein sich in einer Vertiefung verkantete und er zu Boden stürzte. Sofort schnellte er wieder hoch. Er sah den schwarzen Kolben noch auf sich zukommen, dann wurde es dunkel.

33

Als Pierre die Augen öffnete, saß Bricaud neben ihm, einen Grashalm zwischen den Zähnen, als seien sie inmitten einer Inszenierung ländlicher Geborgenheit. Pierre wollte die Arme bewegen, aber sie waren auf dem Rücken zusammengebunden und um den Stamm eines Baumes geschlungen. Sein Kopf schmerzte dröhnend, die Schläfen pulsierten.

»Na endlich!« Bricaud spuckte den Halm aus. »Wurde aber auch Zeit.«

»Was?«

»Dass du wach wirst, Pierre. Ich wollte nicht gehen ohne eine Erklärung.«

Das vertrauliche *du* irritierte Pierre, die persönliche Ansprache schien ihm fehl am Platz.

»Was möchten Sie mir erklären?«

»Du verstehst es noch immer nicht?« Bricaud lachte. »In Ordnung, dann versuche ich es anders. Als du mich angerufen und nach dem Telefonat mit Nanette gefragt hast, war ich für einen Moment in Sorge, du seiest mir auf der Spur. Ich habe nicht damit gerechnet, dass *du* die Telefonlisten überprüfst, das wäre schließlich Sache der Beamten aus Cavaillon. Für einen Moment hielt ich den Atem an und fragte mich, wie viel du weißt. Auch als du mich gebeten hast, bei der Suche zu helfen, vermutete ich einen perfiden Plan dahinter. Mir ist nicht entgangen, wie nahe du der Lösung warst und welche Aufregung Roux' Standpauke unter den Männern im Lokal verbreitete. Aber ich war bereit, das Spiel mitzumachen. Mich mit dir zu messen. Doch du warst tatsächlich vollkommen ahnungslos, welche Rolle ich in dem Ganzen spiele. Das habe ich in dem Moment begriffen, da du auf mich zukamst und deinen Namen nanntest, als würde ich ihn nicht längst kennen.« Er bleckte die Zähne. »Eigentlich wollte ich dich in die Wildnis ziehen lassen, um mein Werk an anderer Stelle zu vollbringen. Aber nun gefällt mir der Gedanke, dir die Wahrheit mitten ins Gesicht zu spucken.«

Pierre starrte ihn an. Maß sein Gesicht, suchte nach einer Erinnerung, doch er konnte ihn nicht einordnen.

»Ich kenne Sie nicht.«

Bricaud seufzte in gespielter Verzweiflung. »Mein vollständiger Vorname lautet Jean-Michel. Ich habe ihn lediglich verkürzt, als ich hierherzog.«

»Jean-Michel Bricaud …« Die Erinnerung kam schlagartig. Wie dumm er gewesen war. Persönlich waren sie sich nie begegnet, er hatte nur einmal ein Foto von ihm gesehen, aber das war Jahre her. Und Pierres Gesichtergedächtnis war ebenso löchrig wie das für Namen, zumal der von Jean-Michel vielleicht ein-, zweimal Erwähnung gefunden hatte, nicht häufiger. Trotzdem hätte er aufmerken müssen! Der Name hatte beim ersten Anruf ein kurzes Innehalten provoziert. Ebenso Bricauds Art zu sprechen. Ein Zungenschlag, den Pierre lange nicht mehr gehört hatte. Die Sprachmelodie, das Nasale, die stummen Konsonanten am Wortende. Der Klang des Nordens, Paris. All das hatte er verdrängt, weil es ihn an eine Zeit erinnerte, die er am liebsten für immer aus dem Gedächtnis streichen würde.

»Sie sind Suzannes Bruder.«

»*Touché!*«

»Sie haben damals aber nicht als Reiseleiter gearbeitet …«

»Nein, als Psychologe. Nach Suzannes Tod war ich nicht mehr in der Lage, den Beruf auszuüben. Bis zum heutigen Tag.«

Pierres Gedanken überschlugen sich. Es konnte nur einen Grund für dieses Szenario geben. Hektisch riss er an den Fesseln, doch mit jedem Ruck schnitten sie ihm tiefer ins Fleisch. Er musste Ruhe bewahren, reden. Um Hilfe zu rufen, war hier in dieser Einsamkeit sinnlos, Bricaud würde ihn mit einem Schlag niederstrecken, damit er keinen weiteren Schrei von sich geben konnte. Nein, er würde sich erklären müssen, um Verständnis werben. Die einzige Chance, die er hatte, war es, Bricaud davon zu überzeugen, dass er es nicht verdient hatte zu sterben.

»Und jetzt wollen Sie sich rächen«, murmelte er.

»So ist es. Weißt du, Pierre, Suzanne hat dich geliebt. Ich weiß nicht, warum sie so sehr an dir hing. Sie wollte dich heiraten. Damals, als ihr nach Biarritz gefahren seid, war sie sicher, dass du ihr einen Antrag machst. Sie hat wohl den Ring gesehen. Aber nach dem Urlaub war Schluss.«

»Es ist etwas dazwischengekommen.«

»Du hast meine Schwester fallen lassen, einfach so!«

»Nichts passiert einfach so. Ich hatte meine Gründe.«

»Und die wären?« Bricauds Gesichtszüge waren angespannt.

»Sie hat den Ring gesehen, weil sie meine Sachen durchwühlte, ich habe sie dabei erwischt.« Die Szene stand ihm lebendig vor Augen. Ja, das war der Auslöser gewesen, er hatte es ganz vergessen. Auf einmal erinnerte er sich auch an die Verblüffung, die Enttäuschung und die plötzliche Wut. »Es war nicht das erste Mal. Zu Beginn unserer Beziehung dachte ich, es sei bloß Zufall, meine eigene Unaufmerksamkeit, dass Papiere nicht mehr an derselben Stelle lagen oder das Mobiltelefon verschoben war. Ich habe darüber hinweggesehen, weil ich Suzanne liebte. Aber als ich sie im Hotelzimmer erwischte …«

Pierre atmete schwer. Die Erinnerungen kamen mit der Gewalt eines Dammbruchs. Er hatte zum Pool gehen wollen, um vor dem Frühstück zu schwimmen, so wie jeden Morgen. Jedes Mal, wenn er dann mit zwei Bechern Kaffee zurückkam, hatte sie noch geschlafen, er hatte sie mit einem Kuss geweckt. Sie hatten den Kaffee im Bett getrunken und sich dann zwischen den Laken geliebt, bevor sie zum Essen gegangen waren. Dieses Mal aber hatte er sein Geld vergessen. Als er die Tür aufschloss, leise, um sie nicht zu wecken, kniete sie vor seinem geöffneten Koffer. Die Schachtel geöffnet, den Ring in der Hand.

Mit welcher Nonchalance sie ihm die Situation erklärt hatte … Sie sei eben eine Frau, neugierig, verliebt, sie wolle wissen, mit wem sie es tun habe. Und der Ring, ja, sie würde den Antrag annehmen, sie freue sich, seine Frau zu werden.

Suzanne war aufgestanden, war auf ihn zugekommen, den Ring hatte sie sich bereits selbst an den Finger gesteckt, den sie ihm nun entgegen hielt. Sie sah wunderschön aus in ihrem Negligé, das Haar offen, die vollen Lippen gespitzt.

Er war abrupt einen Schritt nach hinten gewichen und hatte wortlos das Zimmer verlassen.

In jenem Moment war ihm klar geworden, dass ihre Beziehung keine Zukunft hatte. Es war das Ende eines heftigen Rausches, auf den unweigerlich ein Kater folgte. Alle Liebe war erloschen. Schlug sogar, als sie ihn nicht gehen lassen wollte, in Abneigung um.

»Hätte ich«, fuhr er fort, »meine Gefühle etwa leugnen sollen? Ich war damals ehrlich. Ich habe ihr gesagt, dass ich nicht mit einer Frau zusammen sein könne, die mir nicht vertraut. Die mich kontrolliert, mich in meinem Tun überwacht.«

»Sie hat dich um eine Chance gebeten. Eine einzige Chance!«

»So etwas kann man nicht erzwingen! Beziehungen gehen nun mal auseinander.«

»Nicht so.« Bricaud kam näher, sichtlich zornig. »Suzanne war verzweifelt, sie hat sich wegen dir das Leben genommen.«

Pierre hielt seinem Blick stand, während die Emotionen – die Wut und die Trauer – ihn umklammerten. Er hatte sich oft gefragt, ob er damals etwas hätte anders machen können. Aber die einzige Antwort war, dass er es nur hätte verhindern können, wenn er ihren Erpressungsversuchen nachgegeben hätte.

»Ich habe ihr geraten, sich behandeln zu lassen«, sagte er ruhig. »Sie hat nicht auf mich gehört. Sie hat mich gestalkt. Was hätte ich denn tun sollen?«

»Meine Schwester hat dich geliebt, du verdammter Idiot. Sie hätte dich niemals gestalkt. Sie wollte nichts weiter als ihre Würde zurückbekommen!«

Du wirst mir nie entkommen. Niemals. Wohin du auch gehst, ich werde da sein.

Suzannes Stimme klang in ihm nach, Pierre schüttelte die Erinnerung mit einer heftigen Kopfbewegung ab. Es hatte keinen Sinn, Bricaud würde es ihm ohnehin nicht glauben. Trauernden Menschen, das hatte er mehrfach miterlebt, war es oft unmöglich, die Realität zu akzeptieren, die ihnen eine andere Sichtweise abverlangte. Er musste versuchen, die Aufmerksamkeit seines Gegenübers umzulenken, sein Mitgefühl zu erreichen. Ihn subtil auf seine Seite zu ziehen.

»Und Nanette? Was hat sie damit zu tun?«

»Ein Zufall, ein Wink des Schicksals.« Bricaud lächelte. »Ich habe sie auf der Wanderung durchs Dordognetal kennengelernt. Die Einsamkeit inmitten der Natur macht etwas mit den Menschen. Sie öffnen sich, wenn rundherum Stille herrscht. Wir haben uns über Selbstbestimmung unterhalten, über Lebensentwürfe. Auch nach der Tour. Seit meinem Anruf im September haben wir regelmäßig geskypt. Die Gespräche haben sie aufgebaut, *ich* habe sie aufgebaut.«

»Sie hatten nie vor, ihr zu helfen, Sie haben sie nur ausgenutzt. Nanette hat Ihnen vertraut!«

»Ich habe ihr zugehört.« Bricaud warf ihm einen abschätzenden Blick zu. »Niemand aus ihrem verdammt beschäftigten Umfeld hat das je getan. Oder hast du dich irgendwann für Nanettes Probleme interessiert?« Er hatte es in arrogantem Tonfall gesagt. Nun sah er wieder nach vorne, brach einen langen Grashalm ab und steckte ihn sich in den Mund. »Dabei bewundert sie dich und deine Freundin Charlotte. Ihr beide lebt ihrer Meinung nach so, wie sie es selbst gerne täte. Ihr achtet eure Freiräume und Persönlichkeiten, seid voller Liebe und Respekt für den anderen. Als sie deinen vollen Namen nannte, hat es mich innerlich zerrissen. Ich ertrug es nicht, dass du in deinem Leben all das hast, was meiner Schwester und mir verwehrt geblieben ist. Ein Leben wie aus dem Bilderbuch. Mit einem Bauernhaus mit Ziegen, einer schönen und klugen Freundin, die dich mit kulinarischen Raffinessen verwöhnt. Pah!« Er zog die Nase hoch und spuckte aus. »Mit ihrer Schilderung hat Nanette einen Stachel gelegt, der sich immer tiefer in mich bohrte. Ausgerechnet du, der du schuld an Suzannes Verzweiflungstat, an meiner Trauer warst, wirst überschüttet mit Glück.«

»Es war Suzannes freie Entscheidung.« Pierre seufzte. »Das habe ich ganz sicher nicht gewollt. Es tut mir leid, was geschehen ist. Ich wünschte, Sie könnten mir vergeben.«

»Für Rührseligkeiten ist es jetzt zu spät.« Bricaud schnalzte unwillig mit der Zunge. »Als ich zurück in die Haute-Provence gekehrt bin, ist die Wunde wieder aufgebrochen. Ich weiß, dass sie nur heilen wird, wenn ich die Sache für meine Schwester zu Ende bringe. Nanette war mein Schlüssel dazu.«

Pierre erinnerte sich an das unterschwellige Gefühl, unfreiwillig Teilnehmer einer Schnitzeljagd zu sein. »Wie haben Sie sie dazu bewegt fortzugehen?«

»Ihr Mann hat eine Grenze überschritten. Da brauchte ich

nichts zu steuern. Nanette wollte nach Banon fahren, um gegen die Vereinnahmung zu protestieren und ihren Mann die Verantwortung spüren zu lassen, die er ihr ungefragt aufgebürdet hat. Damit erhielt mein bis dahin noch vager Plan ganz unverhofft den perfekten Rahmen, Also habe ich sie dort abgepasst.«

»Warum haben Sie Nanette erst bei ihrer Abreise angesprochen? Hatten Sie denn keine Angst, sie zu verpassen?«

»Weil sich ansonsten die Gendarmerie eingemischt hätte. Eine Frau, die verschwindet, ohne sich abzumelden oder ihr Zimmer zu bezahlen? Nein. Schließlich wollte ich, dass du aktiv wirst.«

»Darum auch die Postkarte?«

»Ja. Die Karte war eigentlich gar nicht geplant. Ich dachte, es sei ausreichend, wenn Nanette nicht zurückkehrt. Ich bin davon ausgegangen, dass du Himmel und Hölle in Bewegung setzt, um sie zu suchen. Aber ihr Verschwinden hat anscheinend niemanden interessiert.«

»Arnaud hat die ganze Zeit gehofft, dass sie zu ihm zurückkommt.«

»Ach was, erzähl mir nichts. Ich weiß, wie Nanettes Mann tickt. Der hatte Angst, die Sache öffentlich zu machen, er wollte nicht, dass die Leute reden.« Er zog die Brauen zusammen. »Alles war minutiös geplant. Dass ich sie in Banon abfange, dass ich ihr Handy einschalte, die Bestellung des Buches. Du solltest der Spur von Banon nach Moustiers-Sainte-Marie folgen und von dort aus weiter nach Sisteron. Aber als ich nach Sainte-Valérie gefahren bin, um mich umzusehen, wirkte alles wie zuvor.«

»Sie waren bei uns im Dorf?«

»Ja. Ich war natürlich neugierig, ob mein Plan aufgeht. Ob du hierherkommen würdest. Aber es gab weder eine Vermisstenmeldung, noch schien irgendjemand im Hotel nach dem

Buch gefragt zu haben. Dann habe ich dich durch die Straßen gehen und dich mit den Menschen unterhalten sehen, lachend, als sei nichts passiert. Ich habe bei Rozier angerufen und nach Nanette gefragt, da erzählte er mir etwas von einer Kulturreise und war dabei vollkommen entspannt.«

Bricaud griff nach einem Stein und warf ihn hinab, sah dem Kullern zu, bis er liegen blieb. Pierre sah ihn unverwandt an, wartete darauf, dass er fortfuhr.

»Das Ganze drohte zu scheitern. Was sollte ich nur mit dieser Frau anfangen? Sie hatte mich gesehen, gehen lassen konnte ich sie nicht. Da hatte ich eine Idee. Ich wusste, wie gerne du dich als Verfechter der Gerechtigkeit positionierst, als Retter in der Not. Also habe ich Nanette die Karte schreiben lassen und sie direkt bei der Polizei eingeworfen. Sichtbar für die Kameras, düster verkleidet, damit endlich Schwung in die Sache kommt. Der Vorwurf war natürlich vollkommen absurd. Als ob Nanette Angst vor ihrem Mann hätte! Aber es sollte ein richtiger Paukenschlag werden. Ich wollte, dass du endlich den Arsch hochbekommst und dich einmischst.«

Die Karte! Sie hatte Pierre die ganze Zeit über irritiert, nun wusste er, warum. »Warum haben Sie sie nicht gleich in Sainte-Valérie eingeworfen?«

»Weil niemand, der Rozier anzeigen wollte, es in seinem Einflussbereich tun würde, sondern an offizieller Stelle. Ich hatte keinen Zweifel, dass du dich trotzdem festbeißt. Seit ich von deinem neuen Leben wusste, habe ich Informationen über dich zusammengetragen. Ich kenne dich inzwischen besser, als du denkst. Du hättest den Fall niemals der Polizei in Cavaillon überlassen.«

»Zwei Tage später und ich wäre im Urlaub gewesen.«

»Du hättest ihn abgebrochen.«

Pierre nickte. Ein unglaublicher Plan, wie ihn nur jemand

vorantreiben konnte, dessen Hass tief saß. Er verwarf die Idee, Bricaud auf seine Seite zu ziehen, sein Mitgefühl zu wecken. Es war unmöglich.

»Die Kollegen haben Spuren von Richard Grisard in Nanettes Fiat gefunden.«

»Man konnte sie identifizieren? Gratuliere. Das war echt simpel. Ein geklauter Schal. Die unzähligen Hautschuppen und Haare ließen sich mit ein bisschen Schütteln kinderleicht verteilen. Ich wollte sichergehen, dass ihr einen Verdächtigen habt, dem ihr die Entführung zutraut. Die Gattin eines Politikers … Es hat einfach zu gut ins Schema gepasst.«

Pierre hob den Kopf. »Woher wussten Sie, dass Grisard die anderen Morde begangen hat?«

Bricaud sah in mit nachsichtigem Blick an. »Vor wenigen Wochen habe ich im Lokal von Madame Mariaud ein Gespräch mitgehört. Grisard erzählte, dass die ermordeten Frauen sicher nur Mittel zum Zweck waren und dass ihre Männer es verdient hätten. Er sagte es mit einem Ausdruck von Stolz, als wolle er sich im Nachhinein Zustimmung einholen. Das Erstaunlichste war, dass er plötzlich aufrecht dasaß, voller trotziger Energie, obwohl er wenige Wochen zuvor ein gebrochener Mann gewesen war. Mir war rasch klar, dass er die Morde begangen hatte, ich brauchte die Dinge nur zusammenzubringen. Das Motiv elektrisierte mich. Grisards Gemütszustand vor der Tat, seine innere Leere und die Wut, entsprach komplett meinem eigenen Empfinden. Ich erkannte, dass sein Weg auch die Lösung für mein Dilemma war. Dass ich die Gelegenheit nutzen und den Stachel ziehen musste.«

In seinen Blick schlich sich Härte, eine tiefe Verachtung, die Pierre einen Schauer über den Rücken trieb.

»In dem Augenblick wusste ich, dass es nur eine Möglichkeit gibt, dich zu bestrafen. Ich beschloss, mir das Motiv der beiden

Morde zunutze zu machen. Du solltest am eigenen Leib erfahren, wie es sich anfühlt, einen Menschen zu verlieren.«

Pierre erwiderte seinen Blick, entsetzt über die zu erwartende Grausamkeit. »Nanette?«

»Ach, was. Ich meine Charlotte.«

34

Pierre stöhnte laut auf. Die Angst um Charlotte fraß sich durch seinen Körper und in seine Gedanken. Während Bricaud sich mit einem diabolischen Lachen erhob, ging er die Möglichkeiten durch, die ihm blieben.

»Sie werden Charlotte nicht antreffen. Sie ist bereits nach Banyuls-sur-mer gefahren.«

»Haben Sie schon mal auf die Homepage ihrer *Épicerie* gesehen? Ich sage nur *bœuf en daube.*«

Pierre schnaubte. »Man wird Sie erwischen. Sie können sich nicht ewig verstecken.«

»Ich habe alle Zeit der Welt. Auf jeden Fall genug, um danach in Marseille ein Flugzeug zu besteigen, das mich weit wegbringt. Und selbst wenn nicht: Es ist mir egal, ob ich den Rest meiner Tage im Gefängnis verbringen muss. Zu wissen, dass du leidest, ist es wert. Was wirst du in den vielen Stunden tun, während du hier ausharrst? Um Hilfe rufen? Selbst wenn dich jemand hört, wird es ewig dauern, bis er dich geortet hat. Die Berge haben ein wunderbares Echo. Wir sind abseits der üblichen Wege, fern jeder Tour. Irgendwann wird deine Stimme versagen, dann wird die Dunkelheit anbrechen. Während du vor Kälte zitterst und an deine Liebste denkst, werde ich ihr kleines, armseliges Leben auslöschen. Mit deiner Waffe. Weißt du eigentlich, dass ich sie bei mir trage?«

Er lachte angesichts der Fassungslosigkeit, die diese Information bei Pierre hervorrief.

»Eine Reisetasche unterm Bett … Das war extrem unvorsichtig, Pierre. Geradezu fahrlässig.« Bricaud marschierte los, weiter den Berg hinauf. Drehte sich, bevor er hinter eine Kuppe tauchte, noch einmal um. »Wünsch mir viel Erfolg!«

»Was ist mit Nanette?«

Die Antwort war ein Lachen. Dann war er verschwunden.

Er war keine fünf Minuten unterwegs, als Pierre zu schreien begann. Sein Hilferuf hallte durch das Tal, wurde von allen Seiten zurückgeworfen. Bricaud hatte recht, es war unmöglich, den Ursprung der Rufe zu orten, sie prallten zurück oder wurden dort, wo die Hänge dicht bewachsen waren, verschluckt. Pierre riss wieder an den Fesseln, versuchte, die Handgelenke zu bewegen, das Seil mit den Fingern zu erreichen. Er keuchte, wurde zunehmend kurzatmig. Sein Herz verkrampfte sich, ihm war warm, dann wieder eiskalt.

Charlotte, geliebte Charlotte!

»Nein, bitte nicht!«

Es konnte nicht sein, nur ein böser Traum. Jeden Moment musste er erwachen.

Er dachte an ihre erste Verabredung. An die *bouillabaisse,* die er nach Charlottes Rezept hatte kochen wollen und aus der am Ende nur Nudeln mit Muschelsauce wurde, weil er sich so ungeschickt angestellt hatte. Daran, wie sie Schulter an Schulter vor dem Herd gestanden und direkt aus der Pfanne probiert hatten, während im Hintergrund Serge Gainsbourgs *Black Trombone* lief.

Wie er ihr das alte Bauernhaus gezeigt hatte, das zum Verkauf stand. Sie hatte mit gutem Auge fürs Detail das schmiedeeiserne Treppengeländer bewundert, den mit Ornamenten gemusterten Fliesenboden. War dabei mit ihrer Begeisterung dermaßen ansteckend gewesen, dass er nicht anders konnte, als sich in sie zu verlieben.

Bei einem Picknick am Bach, der den Hof von der Straße trennte, hatten sie sich das erste Mal geküsst. Die Erinnerung an das berauschende Gefühl, die Erkenntnis, endlich angekommen zu sein, zerriss ihm nun das Herz.

Wie hatte er nur vergessen können, was für eine wundervolle Frau Charlotte war? Wie großherzig und klug. Wie hatte er nur immer wieder versuchen können, sie auf Abstand zu halten, sie in seine Vorstellungen zu pressen, bis ihre Beziehung zunehmend unbeweglich wurde und zu erstarren drohte? Wie hatte er zulassen können, dass das Sonnenlächeln, das ihn immer wieder verzaubert hatte, seltener und seltener wurde?

Nanette hatte die Qualität ihrer Beziehung bewundert, während er diese kein bisschen zu schätzen wusste und stattdessen permanent auf die Bremse trat.

Er hatte Fehler begangen, das sah er jetzt ein. Er würde alles dafür geben, sie wiedergutzumachen, noch einmal von vorne zu beginnen.

Zu spät.

Wie benommen starrte Pierre ins Tal, sah ein Murmeltier zwischen den Bäumen hindurchschlüpfen, hörte das Röhren eines Hirsches. Ein tiefes, kehliges Rufen, es klang wie ein Todesschrei.

»Hilfe! Verdammt, hört mich denn niemand?«

Er wusste nicht, wie lange er am Baum gelehnt gesessen hatte. Sein Gesäß war taub von der Kälte, die vom Boden nach oben zog. Die Handgelenke inzwischen aufgeschürft, die Augen verquollen. Noch nie hatte er so viele Tränen vergossen. Aus schmalen Schlitzen starrte er ins Tal, das nun im Schatten lag. Seine Seele war wund. In seiner Brust brannte der Schmerz der Hilflosigkeit.

War Bricaud schon da? Hatte er Sainte-Valérie erreicht? Er betete, dass Charlottes Veranstaltung nicht wie vorgesehen am späten Vormittag endete, wenn der Bus Verlagsleute und Journalisten zum Flughafen zurückfuhr. Dass einige der Teilnehmer länger blieben und noch beisammensaßen, dass Martin Charlotte nach Hause begleitete, nachdem sie auf das erfolgreiche Wochenende angestoßen hatten.

Nur: Würde es etwas nützen?

Jean-Michel Bricaud hatte alle Zeit der Welt, seinen Plan in die Tat umzusetzen. Einen halben Tag, eine ganze Nacht.

»Hiiiiiilfe!« Es war nur noch ein Krächzen, trotzdem hörte er nicht auf.

Eine Bewegung ließ ihn innehalten. Er versuchte, die verquollenen Lider aufzureißen, starrte hinab. Hoffte, dass es nicht wieder nur Hirsche waren oder gar Wildschweine. Dort, wo der Wald sich lichtete, erkannte er die Umrisse zweier Gestalten, erst schemenhaft, dann immer deutlicher. Es waren Männer, die zwischen den Bäumen hervortraten und sich umsahen. Duchaisne und Garçon! Der Biologe ging in die Hocke, senkte den Kopf und fuhr mit der Hand übers Gras.

»Hier! Hierher!«

Pierre ruckte mit dem Kopf. Er war nur ein winziger Punkt auf einem Berg, verborgen zwischen Bäumen, mit dem bloßen Auge kaum zu erkennen. Er musste sich bewegen, damit sie auf ihn aufmerksam wurden.

Duchaisne hob nun die Hände, hielt sich etwas vor die Augen, wohl ein Fernglas. Er bewegte es langsam über die umliegenden Anhöhen. Dann zuckte er mit den Schultern, und sie wandten sich nach links, wo sie nur wenige Minuten später im nächsten Wald verschwinden würden.

Pierre sah sich um. Ein Stück von ihm entfernt lag ein Felsbrocken. Er streckte sich, machte sich so lang, wie es seinem festgezurrten Körper möglich war. Dann trat er mit beiden Füßen und aller Kraft dagegen.

Der Stein bewegte sich keinen Millimeter.

Pierre versuchte es weiter, schrie bei jedem Tritt, legte all seine Verzweiflung und Wut in die Stöße, ungeachtet des Schmerzes, der ihn durchzuckte, wenn die Fußsohlen auf den scharfkantigen Fels trafen. Seine Gelenke knirschten mit zunehmender Wucht, doch es war ihm egal. Mit aller Kraft stemmte er sich gegen den Stein.

Dann endlich bewegte sich etwas.

Pierre verstärkte seine Bemühungen, rief mit dem nächsten Tritt Charlottes Namen. Endlich löste sich der Koloss, rutschte ein Stück, blieb für einen Atemzug liegen, bis er sanft kippte, um mit einem ohrenbetäubenden Krachen den Hang hinunterzupoltern. Nur wenige Meter weiter wurde er zwar von einer Baumgruppe aufgehalten, doch die beiden Männer hoben den Kopf.

»Thierry, Philippe, hierher!« Pierre schrie aus Leibeskräften.

Duchaisne hielt sich wieder das Fernglas vor die Augen. Und dann sah er ihn.

Pierre konnte nicht sagen, wie lange es dauerte, bis die beiden den Berg erklommen hatten. Als sie bei ihm ankamen, entsetzt von seinem Anblick, brach die Erleichterung in hemmungslosem Schluchzen aus ihm hervor.

»Ich hab's geahnt«, entfuhr es Garçon. »Es gibt keinen Cache hier oben, ich habe es recherchiert. Ich habe mich die ganze Zeit gefragt, warum Bricaud uns das erzählte und warum er Sie unbedingt dabeihaben wollte …«

»Unser Biologe hier hat den Aufdruck auf Ihrem Fleecepulli bemerkt. Er hat mich ganz kirre gemacht mit seiner Vorahnung. ›Was, wenn der Polizist sich in Gefahr begibt, wenn er fortgelockt werden soll, weil er zu viel weiß‹, hat er gesagt. Sie können von Glück reden, dass er so ein guter Fährtenleser ist, sonst hätten wir Sie niemals gefunden!«

»Wir müssen die Polizei rufen«, presste Pierre hervor, der endlich die Sprache wiedergefunden hatte. »Bricaud will meine Lebensgefährtin Charlotte töten.«

»Was? Verdammt!«

Duchaisne hob das Funkgerät, suchte nach Empfang, während Garçon mit einem Messer die Fesseln durchtrennte.

»Keine Chance, wir müssen zurück.«

Pierre rieb sich die Handgelenke, stützte sich auf und versuchte aufzustehen, wobei er sich an Duchaisne Arm klammerte. Seine Beine fühlten sich unsicher an, es dauerte, bis er ohne Hilfe stehen konnte.

»Wo bekommen wir am schnellsten Funkkontakt?«

»Das Funkloch kann nicht groß sein, vielleicht zwanzig Minuten in Richtung Westen. Wohin ist Bricaud gegangen?«

»Dort entlang.« Pierre zeigte zur Kuppe.

»Dann ist er nach Baumugne, das ist von hier der nächste Ort.«

»Wie lange braucht man bis dorthin?«

»Wenn man den steinigen Abstieg nimmt, etwas weniger als eine Stunde.«

Die Sonne hatte ihren höchsten Punkt überschritten. Seit Bricaud ihn zurückgelassen hatte, waren sicher mehrere Stunden vergangen. »Wie spät ist es jetzt?«

»Zwanzig nach eins.«

»Bricaud wird dafür gesorgt haben, dass er von Baumugne schnell zu seinem Fahrzeug kommt. Wie lange braucht man von dort bis in den Luberon?«

»Nicht ganz zweieinhalb Stunden.«

Pierre überschlug die Zeit. Sie hatten den Felsen gegen zehn Uhr erreicht und sich dort den Kampf geliefert. Bis zum nächsten Ort brauchte Bricaud in etwa eine Stunde, von dort bis in den Luberon weitere zweieinhalb. »Dann müsste er jetzt kurz vor Apt sein!«, rief Pierre aus. »Wir dürfen keine Zeit verlieren!«

Sie sprinteten los. Hasteten auf Bergkämme, stolperten über Geröllfelder ins Tal. Noch nie war Pierre so viel gerannt. Sein Brustkorb schmerzte, er keuchte heftig, aber die Sorge um Charlotte trieb ihn an. Immer wieder blieb Duchaisne stehen und überprüfte das Funknetz, doch erst beim sechsten Halt nickte er.

»Polizei. Dringend«, bellte er ins Gerät. Dann las er das Autokennzeichen ab, das Pierre notiert hatte, und gab es durch.

»Sie müssen Charlotte anrufen!«, rief Pierre dazwischen. »Und meinen Assistenten Luc Chevalier. Er soll sie in Sicherheit bringen, bis die Beamten eintreffen.«

Duchaisne lauschte der Antwort, die schnarrend aus dem Funklautsprecher kam, dann hob er den Daumen.

»Vor zehn Minuten ist ein Helikopter gestartet, auf der Suche nach unserer Truppe. Er holt uns in Baumugne ab.« Er nickte erschöpft. »Die Kollegen haben die Vermisste gefunden, Madame Rozier lebt!«

»Gott sei Dank!«

Die drei Männer rannten weiter, atemlos. Sie hatten gerade den steilen Abstieg begonnen, den kleinen Ort im Blick, als Pierre ein furchtbarer Gedanke kam. Luc hatte von einem Ausflug ans Meer geschrieben, er war gar nicht in Sainte-Valérie. Er würde Charlotte nicht beschützen können.

35

»*Au revoir, ma petite,* das war ein großartiges Event, das müssen wir unbedingt bald wiederholen.«

»Gerne.«

Sie warf ihm noch einen Luftkuss zu, dann drehte sie sich um. Beseelt von den Eindrücken der letzten Tage. Martin und sie hatten noch gemeinsam zu Mittag gegessen und dabei die Ereignisse Revue passieren lassen. Sie hatten ein gutes Team gebildet, und sie konnte sich gut vorstellen, weitere Veranstaltungen mit ihm zu bestreiten.

In Gedanken bei der Verabschiedung der Journalisten und Verlagsleute, dem fröhlichen Lachen, dem Leuchten in den Augen der Teilnehmer, bog sie in den *Chemin des Murs,* in dem sie wohnte. Er war menschenleer. Hierher verirrten sich nur selten Touristen, vor allem nicht außerhalb der Saison. Das Klackern ihrer Absätze auf dem Kopfsteinpflaster hallte durch die Gasse. Aus einem weit geöffneten Fenster drang Essensgeruch, irgendwo schrie ein Baby.

Als sie vor dem schmalen Steinhaus stehen blieb und den Schlüssel hervorzog, klingelte ihr Handy. Sie sah auf das Display, eine unbekannte Rufnummer, und schaltete das Telefon aus. Ihr stand nicht der Sinn nach Plauderei, sie war viel zu erschöpft von den zermürbenden Gedanken und Emotionen, die sie tagsüber verdrängt hatte und die in der Nacht ihre Aufmerksamkeit forderten. Sie hatte nur schlecht schlafen können, hatte sich lange hin und her gewälzt und immer wieder an

Pierre gedacht. Und an Nanette. Sie würde sich nun ein Bad einlassen und dann ein wenig schlafen. Zu Kräften kommen.

Als sie den Schlüssel ins Türschloss steckte, dachte sie, hinter sich Schritte zu hören. Sie hielt inne, lauschte irritiert. Etwas stimmte nicht. Die Schritte waren erst leise gewesen, hatten sich dann unvermittelt beschleunigt. Hasteten nun auf sie zu.

Mit einem Gefühl drohender Gefahr schloss sie die Tür auf, stürzte ins Innere und warf sie hinter sich zu. Keuchend lehnte sie sich gegen die Wand. Was war das? War ihr jemand gefolgt? Oder hatte sie überreagiert? Hatte Nanettes Schicksal sie hysterisch werden lassen?

Sie wartete, bis sich das heftige Klopfen in ihrer Brust legte. Dann stieg sie die Treppe hinauf in den oberen Stock und öffnete das Badezimmerfenster, das zur Straße hinausging. Vorsichtig beugte sie sich vor, spähte hinaus. Die Gasse war leer.

Erleichtert lief sie ins Schlafzimmer. Auch hier stieß sie die Fenster weit auf, reckte den Kopf, sah über den schmalen Grünstreifen der miteinander verbundenen Gärten, hinter denen sich die nördliche Stadtmauer erhob. Nichts.

Sie rieb sich den Nacken und ging ins Bad, ließ heißes Wasser in die Wanne laufen.

Das gleichmäßige Plätschern übte eine beruhigende Wirkung aus. Während sie sich entkleidete, dachte sie, dass es nichts ändern würde, wenn sie hier ausharrte, bis man Nanette endlich fand. Sie würde Pierres Rat folgen und nach Banyuls-sur-mer fahren. Und darauf hoffen, dass alles gut endete, dass er bald nachkommen konnte.

Der Gedanke an die wildschöne Küstenlandschaft, an den Strand, entlockte ihr ein leises Lächeln. Sie nahm die Flasche mit dem Badeschaum vom Wannenrand und drehte den Verschluss auf.

Pierre hatte erkannt, dass sie dringend Entspannung benötigte, Momente des Innehaltens. Doch sie hatte es nicht zugeben wollen, hatte sich versperrt, was – wie sie nun einsah – auch aus Trotz geschehen war. Natürlich wusste sie, dass sie dazu neigte, so sehr für eine Sache zu brennen, dass sie dabei vollkommen vergaß durchzuatmen. Nun sehnte sie sich geradezu danach, für ein paar Tage aufzutanken.

Andächtig ließ sie das duftende Gel in die Wanne gleiten. Sie fuhr mit den Händen hindurch, bis die kleinen weißen Bläschen zu Türmen angewachsen waren, dann stellte sie das Wasser ab.

Vielleicht sollte sie sich auch einen Kräutertee kochen, um die entspannende Wirkung des Bades zu verstärken, und ruhige Musik anmachen, die Lautsprecherbox neben der Wanne? Also schlüpfte sie in den Bademantel und stieg auf nackten Füßen die Treppe hinunter zur Küche. Dort setzte sie Wasser auf und nahm die Teemischung aus dem Schrank, als sie ein Geräusch hörte, das sie irritierte.

Rasch schaltete sie den Kocher aus und lauschte. Es blieb still.

Was bedeutete schon das Knacken von Holz in einem derart alten Gemäuer wie diesem. Wenn der Mistral wehte, knarzte und ächzte das ganze Haus, war dann erfüllt von den unterschiedlichsten Geräuschen.

Doch als sie den Tee mit dem heißen Wasser übergoss, erklang wieder ein Knacken, es war deutlich zu hören, kam aus Richtung des Wohnzimmers. Und noch eines, dieses Mal ein wenig lauter.

Mit pochendem Herzen schlich sie in Richtung des Flurs. Ein Luftzug strich ihr kalt über die Wange. Schwer atmend lauschte sie in die Stille. Plötzlich ein Knarzen, dann noch eines, leise Schritte auf dem Dielenboden.

Die Terrassentür! Jemand hat sich gewaltsam Zutritt verschafft.

Hastig überschlug sie die Fluchtmöglichkeiten. Der Weg zur Haustür führte am Wohnzimmer vorbei. Egal, sie musste es versuchen! Ihr Brustkorb hob und senkte sich, als sie vorsichtig einen Schritt vor den anderen auf den Küchenboden setzte. Auf Höhe des Türrahmens beugte sie sich nach vorne, stürmte auf den Flur. Unvermittelt schoss ein Mann aus dem Wohnzimmer und stellte sich ihr entgegen, mit überlegenem Grinsen. Das Haar wirr, an den Füßen schlammverdreckte Wanderstiefel.

»Wer sind Sie? Was wollen Sie?«, keuchte sie.

Das Grinsen wurde breiter. Wortlos hob er eine Waffe, zielte direkt auf ihren Kopf.

»Nein!«

Sie drehte sich um, stürzte die Treppe hinauf, wobei sie zwei Stufen auf einmal nahm. Der Schuss löste sich krachend, Holzsplitter prasselten auf sie hinab, während sie sich auf die oberste Stufe rettete und weiter ins Badezimmer, wo sie die Tür von innen verriegelte.

Ihre Gedanken rasten, fieberhaft überlegte sie, was sie tun sollte, als ein heftiges Klopfen von unten heraufschallte. Dann ein Rufen.

»Mademoiselle Berg! Sind Sie da? Machen Sie auf, bitte.«

Die Stimme kam von der Eingangstür. Nun läutete jemand Sturm.

Von der Treppe drang gehetztes Trampeln herüber. Im nächsten Moment rüttelte der Mann am Knauf der Badezimmertür.

Sie rannte zum Fenster und riss es weit auf, schrie um Hilfe, während der Eindringling sich gegen die Tür warf, bis das Holz ächzte und – fast zeitgleich mit einem heftigen Poltern, das von unten kam – krachend nachgab.

Der Mann drängte ins Bad, mit hassverzerrtem Blick, hob erneut die Waffe und zielte.

»Nein, nicht!«, schrie sie.

In Panik sprang sie zur Seite, stolperte dabei, stürzte. Sah im Fallen einen weiteren Mann, der mit entschlossener Miene im Türrahmen auftauchte. Dann ein Schuss.

Der Schmerz explodierte an ihrem Hinterkopf. Ihr schwanden die Sinne.

36

»Kommen Sie, hier lang.«

Pierre atmete tief durch und folgte dem Beamten ins Haus.

»Wie geht es ihr?«

»Den Umständen entsprechend.«

Charlotte saß in einen Bademantel gehüllt auf der kissenübersäten Sitzbank in der Wohnküche, kreidebleich. Sie presste ein Kühlkissen an den Hinterkopf und lächelte matt, als er eintrat.

»Pierre.« Ihre Stimme klang erschöpft.

Mit wenigen Schritten war er bei ihr. Vorsichtig küsste er die Augenbrauen, die Stirn, den Mund. Rückte sofort von ihr ab, als er ihr schmerzverzerrtes Gesicht sah.

»Bist du verletzt?«

»Ich bin mit dem Hinterkopf auf den Badewannenrand geschlagen. Der Arzt sagt, es sei nur eine Prellung.«

Pierre stöhnte auf, nahm ihre Hand. »Ich bin so froh, dass dir nichts weiter geschehen ist.«

»Ohne Robert wäre ich längst ...«

»Robert?« Erst jetzt bemerkte Pierre den Mann, der an der Küchenzeile gelehnt dastand und ihm zunickte. Robert Lechat! »Was ...?«

Der *Commissaire* hob lächelnd die Schultern, als wolle er sich entschuldigen. »Ich war mit meiner Frau und meinen beiden Töchtern auf dem Rückweg vom Bauernmarkt in Coustellet, als ich die Nachricht erhielt, dass die Kollegen

Madame Rozier gefunden haben. Sie war in einer verlassenen Berghütte nördlich von La Pérusse gefangen gehalten worden. Sie war in großer Sorge und behauptete, der Täter habe es auf Sie persönlich abgesehen, man solle Sie umgehend verständigen. Aber Sie waren nicht erreichbar. Es hat viel zu lange gedauert, bis die Gendarmerie die Zusammenhänge begriff und erkannte, dass Sie mit dem Täter in den Bergen sein mussten. Die Beamten haben sofort einen Polizeihubschrauber losgeschickt.« Er holte tief Luft. »Irgendwann haben sie auch mich eingeschaltet. Die Beamten gaben durch, dass Charlotte Berg in Gefahr sei und sie vergeblich versucht hätten, sie telefonisch zu erreichen. Ein Einsatzwagen sei bereits unterwegs. Ich habe sofort gewendet und bin hergefahren.« Lechat verzog den Mund. »Nicht auszudenken, wenn ich auch nur eine Minute später … Die Kugel hat ihren Kopf nur um Haaresbreite verfehlt.«

Pierre schüttelte den Kopf, um die aufsteigenden Bilder zu vertreiben. Dann ging er auf den *Commissaire* zu und drückte ihn an sich. »Ich danke Ihnen«, flüsterte er. »Das werde ich Ihnen nie vergessen!« Er klopfte Lechat auf den Rücken, löste sich von ihm, setzte sich neben Charlotte auf die Küchenbank und legte vorsichtig den Arm um sie.

Sie lehnte das Gesicht an seine Schulter, Tränen auf den Wangen. Sanft strich Pierre ihr übers Haar.

»Shhht. Es ist überstanden. Alles wird gut.«

Es würde dauern, bis die Erschütterung dieses Falles nachließ. Wochen, vielleicht auch Monate, ein allmähliches Verblassen. Eines Tages, dessen war er sich sicher, würde von alldem ein Gefühl der Erleichterung übrig bleiben. Ebenso Dankbarkeit. Charlotte war unversehrt. Er würde sie halten, beschützen, umsorgen. Und nie wieder loslassen.

Am frühen Abend traf Nanette in Sainte-Valérie ein. Die Ärzte, die sie untersuchten, hatten sie zur Überwachung im Krankenhaus behalten wollen, aber es zog sie zurück nach Hause, und darin ließ sie sich nicht beirren.

Um kurz nach acht standen Pierre und Charlotte vor dem Haus der Roziers. Er atmete tief ein, bevor er die Klingel betätigte.

»Meinst du wirklich, sie empfängt schon Besuch?«, fragte Charlotte, deren Kopf fast vollständig hinter einem riesigen Strauß Dahlien zu verschwinden drohte.

Auf ihre Bitte hin hatte Madame Orset extra den Blumenladen aufgesperrt. Die Floristin war in Tränen der Erleichterung ausgebrochen, während sie die rosaroten und violetten Blüten ordnete und Charlotte den Strauß schließlich in die Hand drückte, ohne Geld dafür haben zu wollen.

»Sagen Sie ihr, wie sehr wir alle uns freuen, dass sie wieder da ist«, hatte sie erklärt und dabei hemmungslos geschluchzt.

Bevor Pierre auf Charlottes Frage antworten konnte, schwang die Tür auf. Arnaud breitete die Arme aus, zog sie beide gleichzeitig an sich und drückte sie fest.

»Nanette kann es gar nicht erwarten, euch zu sehen!«

Sie folgten ihm durch den dunklen Flur ins Wohnzimmer, das nur vom Licht einer Kerze erhellt war. Nanette saß in eine Wolldecke gehüllt auf dem Sofa und sah sehr schmal aus, beinahe zerbrechlich. Doch als Pierre und Charlotte den Raum betraten, glitt ein Strahlen über ihr Gesicht, sie erhob sich, kam ihnen auf halbem Weg entgegen.

»Ich bin ja so froh!«

Es dauerte eine Weile, bis sie sich wieder gefangen hatten. Minuten voller Schluchzen, Lachen, Umarmen, dann wieder Kopfschütteln, als könnten sie nicht fassen, dass alles so glimpflich ausgegangen war.

Gerührt nahm Nanette Madame Orsets Grüße entgegen und bestand darauf, die Blumen selbst in eine Vase zu stellen. Dann setzten sie sich um den Couchtisch, und während Arnaud Gläser darauf abstellte und einen Champagner entkorkte, begann Nanette zu erzählen. Von der Begegnung in Banon, davon, dass sie sich gewundert hatte, als Michel Bricaud so unvermittelt auftauchte, ohne es zuvor erwähnt zu haben. Von ihrer Verunsicherung, dem Anflug von Misstrauen, das sie hätte warnen sollen.

»Aber ich bin darüber hinweggegangen«, sagte sie leise. »Ich war einfach nicht in der Lage, unhöflich zu sein, einen anderen Menschen vor den Kopf zu stoßen, indem ich seine Motivation hinterfrage. Ich habe es nie gelernt.« Eine leichte Röte hatte sich auf ihre Wangen gelegt. »Ich habe Michel vorbehaltlos vertraut. In unseren Gesprächen über Skype hat er mir bei jedem meiner Schritte den Rücken gestärkt. Er hat das Talent, gut zuhören zu können, immer hat er die richtigen Worte zur rechten Zeit gefunden. Wie hätte ich auch ahnen können, dass all das nur Mittel zum Zweck war? Dass er nur auf eine Gelegenheit gewartet hat, seinen perfiden Plan in die Tat umzusetzen?«

Michel Bricaud, so erzählte sie weiter, habe ihr gesagt, dass er sie überraschen wolle und froh sei, sie noch anzutreffen. Ob sie ihn ein Stück mitnehmen und von den Erkenntnissen erzählen wolle, zu denen sie in der Stille gekommen war. Nach wenigen Kilometern habe er Übelkeit vorgetäuscht, sie auf dem Seitenstreifen halten lassen. In dem Moment, als sie ihm helfen wollte, habe er sie überwältigt und ihr ein streng riechendes Tuch unter die Nase gepresst, bis sie in einem dunklen Raum wieder erwachte. In einem gut verriegelten Raum, den er jeden Morgen betrat, um ihr zu essen und zu trinken zu bringen und den er danach ohne jede Erklärung wieder verließ. Nur einmal war er länger geblieben. Offenbar verärgert, weil sein Plan nicht so lief wie erwartet.

»An dem Tag hat er mich dazu gezwungen, diese furchtbare Karte zu schreiben. Jedes einzelne Wort hat mir höllische Qualen verursacht. Ich hatte gehofft, dass niemand dem Blödsinn Glauben schenken würde. Ich habe sogar versucht, meine Schrift zu verstellen, doch er hat es gemerkt und mir weitere Karten vorgelegt, bis er endlich zufrieden war.« Nanette sah auf, als erwache sie aus einem Alptraum, und blickte zu Pierre. »Sie sagten mir, ich hätte es dir zu verdanken, dass sie mich im *Vallée du Vançon* gesucht haben. Ich weiß nicht, wie ich dir danken soll!«

Pierre lächelte verlegen. »Es tut mir leid, dass ich dich da mit reingezogen habe.«

»Nun hör aber mal auf!«, entgegnete Rozier. »Du solltest stolz auf dich sein. Wegen dir gibt es nun zwei Psychopathen weniger.« Er reichte Pierre ein gut gefülltes Glas Champagner. »Nein, keine Widerrede. Und nun lasst uns endlich anstoßen!«

Sie hoben die Gläser und ließen sie erklingen. Tranken auf das Leben und auf all die schönen Momente, die es für sie noch bereithalten mochte.

Pierre tastete nach Charlottes Hand und drückte sie fest.

Dieser Fall war anders gewesen als die vorigen. Herausfordernder, persönlicher. Er hatte vier Menschen an ihren Wurzeln gepackt, sie aus den gewohnten Bahnen gerissen und kräftig durchgeschüttelt. Der Platz, an dem sie sich nun wiederfanden, versprach Hoffnung. Pierre hatte beim Zuhören gemerkt, dass sich etwas bei Nanette verändert hatte. Dass die furchtbaren Tage der quälenden Ungewissheit sie nicht gebrochen hatten. Sondern stärker gemacht. Selbstgewiss.

Epilog

Die Wellen rollten ans Ufer, schoben sich schäumend über den Kiesstrand, bevor sie sich zurückzogen, um ihr Spiel von Neuem zu beginnen. Das Grüngrau des Wassers verschmolz mit den Farben des Himmels, wurde zu Schiefer, Staubgrau und Silber. Morgen, so hatte der Mann an der Rezeption gesagt, würde die Sonne scheinen, dann sähe alles viel freundlicher aus.

An der *Platja de Banyuls de la Marenda* spielten ein paar Kinder Fangen, als eine Frau sie energisch zu sich rief. Pierre sah ihnen nach, bis sie hinter den Felsen verschwunden waren und das fröhliche Lachen langsam erstarb.

Sie hatten sich in eines der wenigen Restaurants gesetzt, deren Terrassen noch geöffnet waren. Der Wind blies die durchsichtigen Planen auf, die der Wirt zum Schutz vor der kühlen Meeresbrise angebracht hatte und die nun mit einem stetigen Klack-klack, Klack-klack gegen das Gestänge schlugen.

»Wäre nicht jetzt ein guter Zeitpunkt?«

Charlotte zog eine der Fleecedecken um die Schultern, die für die unerschrockenen Gäste bereitlagen, und lehnte sich zurück. Vor ihr stand der Rest des Desserts, ein dunkles Schokoladenmousse mit Karamellsauce, das viel zu gut war, um es stehen zu lassen.

Pierre zog es zu sich heran, tauchte den Löffel hinein und nickte, bevor er ihn ableckte. »Unser Gespräch bei einem guten Rotwein. Das meinst du doch, oder?«

Sie lächelte ihn an und hob das leere Glas. »Wir haben es nie zu Ende geführt.«

Pierre nahm die Flasche und schenkte ihr nach, ein ausdruckvoller *Banyuls Rimage* mit dem Geschmack süßer Brombeeren und Datteln.

Tatsächlich hatten sie kaum Zeit gehabt, über ihre gemeinsame Zukunft zu reden. Die Ereignisse der vergangenen Tage hatten ihnen zugesetzt. Am Montag hatte Luc sie zum Zug gebracht. Fort von dem Trubel, der Belagerung durch anreisende Reporter, die genau wissen wollten, was geschehen war.

Während der Zugfahrt hatten sie über Nanette und Arnaud gesprochen. Darüber, dass sich der Bürgermeister beurlauben ließ, um seiner Frau zur Seite zu stehen. Und dass Nanette darüber nachdenken wollte, ihm eine zweite Chance zu geben – zu ihren Bedingungen. Auch der Welpe Beaufort war Thema gewesen. Lucs Freundin Florence hatte sich als Hundesitterin angeboten, sie konnte ihn jederzeit nehmen, wenn sie nicht gerade im *Café le Fournil* aushalf. Dies war, da waren Charlotte und Pierre sich einig, für alle die beste Lösung. Florence war eine sprühende und selbstbewusste junge Frau, die gut mit dem jungen Hund zurechtkam.

Die ungesicherte Verwahrung der Dienstwaffe hingegen würde für Pierre sicher ein Nachspiel haben. Rozier und Lechat wollten sich jedoch dafür einsetzen, dass es moderat ausfiel, das hatten sie ihm versichert.

Die ganze Fahrt über hatten sie ihre eigene Geschichte ausgeklammert. Es war, als würden sie den Atem anhalten, bis sie auf neutralem Boden angekommen waren, abseits des Geschehens. Sie hatten im Hotel zu Abend gegessen und waren eng umschlungen eingeschlafen, hielten sich aneinander fest, bis zum späten Vormittag. Ohne Frühstück waren sie hinausgegangen und hatten einen langen Spaziergang gemacht, bevor sie sich im *Restaurant de la Plage* niederließen, erschöpft und mit vom Wind zerzausten Haaren.

An all dies dachte Pierre, während er Charlotte zuprostete und sich kurz sammelte.

»Es tut mir leid«, sagten sie beinahe gleichzeitig. Sie lachten.

»Fang du ruhig an«, sagte Pierre und schmunzelte.

»Nein, du.«

»Na schön. Ich liebe dich, wie du bist, mitsamt deinem Arbeitseifer und deiner Leidenschaft für deinen Beruf. Ich verspreche, dich künftig mehr zu unterstützen, deinem Gespür zu vertrauen und meine Meinung zu sagen, ohne mich einzumischen.« Er trank einen Schluck, bevor er fortfuhr: »Und ich verspreche, meine Angst vor zu viel Nähe als eine Projektion aus der Vergangenheit zu betrachten und sie nicht mit der Realität zu vermischen.«

Charlotte zwinkerte ihm zu. »Das hört sich wunderbar an. Darf ich jetzt?« Sie räusperte sich. »Ich verspreche, dass ich trotz ungebremster Leidenschaft für meinen Beruf darauf achten werde, hin und wieder zu verschnaufen. Und ich verstehe, dass du dich ab und zu zurückziehen können und für dich sein musst. Es ändert nichts an meiner Liebe zu dir. Hauptsache, wir sind zusammen.«

»Wirklich?«

»Ja.«

Da war es wieder, ihr Sonnenlächeln, das er so sehr vermisst hatte.

Pierre stellte das Glas ab, rückte näher, bis ihr Gesicht nur noch wenige Zentimeter von seinem entfernt war. »Möchtest du zu mir ziehen?«, flüsterte er.

»Wie bitte?« Sie sah ihn fragend an.

»Ja. Möchtest du zu mir ziehen?«

»Unendlich gerne.« Sie küssten sich, lange und intensiv. Bis sie abrupt von ihm abrückte. »Aber ich möchte ein eigenes Zimmer haben, einen Raum, in dem ich arbeiten kann, mit einem Schlafsofa. Vorsichtshalber. Damit wir uns aus dem Weg gehen können, wenn das nächste Unwetter nahen sollte.«

Er lachte auf. »Im Haus ist genug Platz vorhanden.«

Ein heller Ton erklang, verkündete den Eingang einer Kurznachricht. Unwillig lugte Pierre auf das Display und sah, dass sie von Fernand Roux war.

Wir haben Richard Grisard. Er ist über die italienische Grenze geflohen, ins Piemont, wo er in einem Bergdorf untergeschlüpft ist. Er hat die Möglichkeiten der Digitalisierung unterschätzt. Jemand hat ihn aufgrund der Fahndungsmeldung wiedererkannt, überwältigt und der Polizei übergeben. Damit hat auch dieser Fall seinen Abschluss gefunden.
Ich soll Sie und Ihre Charlotte sehr herzlich von Nathalie grüßen. Sie war zutiefst erleichtert zu hören, dass es Ihnen beiden gut geht.

»Damit hat sich ja alles aufgeklärt«, sagte Pierre nachdenklich und hob den Kopf. »Bis auf eines: Ich habe keine Ahnung, wer die anonyme Korruptionsanzeige gegen unseren Bürgermeister erstattet hat.«

»Das wird wohl ein ewiges Geheimnis bleiben.« Charlotte lächelte. »Aber es kann die Wahlen ohnehin nicht mehr beeinflussen. Nanette hat mir verraten, dass Arnaud beschlossen hat, nicht wieder anzutreten.«

»Nanu? Davon hat er mir ja gar nichts erzählt! Die Ereignisse haben ihn aufgewühlt, sicher ändert er seine Meinung noch.«

Charlotte wiegte den Kopf, schüttelte ihn dann. »Nein, ich

glaube nicht. Nach allem, was geschehen ist, bleibt der Vorwurf der Korruption für alle Zeit an ihm hängen, obwohl er bereits entkräftet ist. So wie ich ihn einschätze, will Arnaud sich nicht die Blöße geben, deshalb abgewählt zu werden.«

»Da könntest du recht haben.«

Pierre sah auf das bewegte Wasser, das eine Spur blauer geworden zu sein schien. Dadurch wird sich einiges verändern, dachte er. Inwiefern die Neuerungen auch seinen Posten betrafen, blieb abzuwarten. Bis es so weit war, würde er den Moment genießen, jede einzelne Minute mit Charlotte.

Ihm kam das Zitat von Giono in den Sinn, das der Forstbeamte am Morgen erwähnt hatte: *Wir haben verlernt, die Augen auf etwas ruhen zu lassen. Deshalb erkennen wir so wenig.*

Pierre lächelte. Er war auf dem besten Weg, dies zu ändern.

Anmerkungen der Autorin

Das charmante Dörfchen Sainte-Valérie liegt irgendwo zwischen Weinbergen und Olivenhainen in der Nähe von Gordes. Wer es auf der Landkarte sucht, wird feststellen, dass es den Ort in der Realität gar nicht gibt. Ebenso wenig wie den Berg, auf dem es liegt, und somit auch die Straße, die hinunter ins Luberon-Tal führt.

Nicht nur Sainte-Valérie ist meiner Fantasie entsprungen, sondern auch dessen Bewohner sowie alle Personen und deren Handlungen in diesem Buch. Ähnlichkeiten mit toten oder lebenden Personen oder realen Ereignissen sind nicht beabsichtigt und wären rein zufällig.

Die Beschreibung der Ziegenkäserei in Revest du Bion, des kleinen Hotels in Banon oder der Bar Tabac in Sisteron orientiert sich zwar an existierenden Betrieben, alles über Lage und Ausstattung Hinausgehende ist jedoch erdacht.

Real hingegen sind die Probleme durch die Wiederkehr des Wolfes, die in den *Départements* Alpes-de-Haute-Provence und Hautes-Alpes seit Jahren für Zündstoff sorgen. Differenzierte Meinungen sind selten, eine schöne Ausnahme bildet der Artikel »Der Wolf zerreißt das Land« von Bettina Dyttrich, erschienen in der WOZ Nr. 50/2017, in dem alle Parteien ausführlich zur Sprache kommen und eine Lösung skizziert wird.

Auch die erhöhte Selbstmordrate von Bauern bewegt das Land. Vorbild für das fiktive Video der *Jeunes Éleveurs des Alpes-de-Haute-Provence* war ein von den *Jeunes Agriculteurs de*

Wassy et Saint Dizier produzierter Aufruf, den man unter dem Titel »*J'avais un rêve!*« auf YouTube findet.

Eine positive Entwicklung ist das von Jean-Luc Rouquet ins Leben gerufene Programm *Retrouvance* des *Office National de Forêts* (ONF). Ein großartiges Beispiel für nachhaltigen Tourismus, der Regionen wiederbelebt, die ansonsten in Vergessenheit geraten wären.

Die Touren zu den verschwundenen Dörfern gibt es tatsächlich. An dieser Stelle möchte ich mich sehr herzlich bei David Schulte bedanken, der diese für *Wikinger Reisen* organisiert und der mich großzügig mit Informationen, Landkarten und Hintergrundmaterial versorgt hat.

Ein Dank geht auch an die Leserin Susanne Uschold, deren Figurensteckbrief von Philippe Garçon bei einem Gewinnspiel des Verlages überzeugte und somit eine Rolle in diesem Buch erhielt.

Glossar

à emporter	zum Mitnehmen
Alors quoi?	Na und?
amusegueule	Gaumenfreude, Appetithäppchen
bière la tourmente génépi	Bier aus der Region mit Wermut
bisou	Küsschen
bœuf en daube	provenzalischer Rinderschmortopf
brindilles	wörtlich: Reisigzweig; Bezeichnung dünner, langer Salamistangen
caillettes	Bezeichnung für mit Mangold und Kräutern zubereitete Schweinehackbällchen
charcuterie	Metzgerei
comité des boules	Beirat/Vereinigung der Boulespieler
Épicerie	hier: Delikatessengeschäft (épicerie fine)
gorges	Schluchten
gratin dauphinoise	cremiger Kartoffelauflauf aus dem Gebiet der ehemaligen Dauphiné
gratin de fruits	mit Eischaum überbackene Früchte
Hôtel de Ville	Rathaus
In dubio pro reo	lat.: Im Zweifel für den Angeklagten
loup	Wolf
ma douce	Kosename: meine Sanfte, meine Süße
mairie	Bürgermeisteramt, entspricht dem Rathaus in Orten mit Stadtrecht
Merci bien!	Vielen Dank!

mesclun	gemischter Blattsalat
mon ami	mein Freund
Mon Dieu!	Mein Gott!
pain au chocolat	Blätterteiggebäck mit Schokoladenfüllung
partage	Hier: Gleichberechtigung. Wurde aufgrund der Lehre von der geschlechtlichen Neutralität der Seele bei den Katharern praktiziert
Pâtisserie	Konditorei
patois	franz.: Mundart, Dialekt
Policier	Polizist
protégeons	Aktivform von »beschützen wir«
puce	Floh
Putain!	Verdammt! / Scheiße! (Ursprünglich: Hure, Schlampe)
raca raceja	Okzitanisch für: *on n'échappe pas à sa race*. Wörtlich übersetzt: Man entkommt seiner Rasse nicht. Eine altertümliche Redewendung, die vom provenzalischen Dichter Frédéric Mistral verwendet wurde, allerdings im Sinn von Kultur und Tradition.
Retrouvance	wörtl.: Wiederentdeckung; geschützter Begriff der Forstbehörde ONF, *retrouver* = wiederfinden, wiederentdecken
sacristains	knusprige Blätterteigstangen, mit Hagelzucker bestreut
Salutz d'Amor	Okzitanisch für: Ein Gruß der Liebe; Bezeichnung für einen Liebesbrief an eine Dame
saucisson d'Arles	Wurst aus Arles
taboulé orientale	orientalisch gewürzter Bulgursalat

tartines	Bezeichnung für geröstete und üppig belegte Brotscheiben
Touché!	Treffer!
Zut!	Verdammt! / So ein Mist!

Rezepte

Liebe Leserinnen und Leser,
der fünfte Fall von Pierre Durand führt in die Haute-Provence, einen weitgehend unberührten Teil der Region. Die Küche ist hier ländlicher, derber und unverfälschter. Man findet viele Speisen, die noch nach traditionellen Rezepten zubereitet werden, wie zum Beispiel *caillettes,* kleine Fleischbällchen mit Mangold, die ich erstmals in der Auslage einer *charcuterie* in Banon entdeckt habe und sofort ausprobieren musste.

Darüber hinaus erfahren Sie, wie man eine *quiche provençale* macht, die Pierre auf dem Weg zur *Librairie le Bleuet* hungrig verspeist. Ebenso das *compote de fruits cuits au yaourt,* mit dem das erste Kapitel dieses Buches beginnt und das nicht nur lecker schmeckt, sondern auch rasch zuzubereiten ist.

Wer mehr über die traditionelle Küche der Haute-Provence erfahren möchte, dem lege ich mein Kochbuch *Provenzalischer Genuss* ans Herz. Hier finden Sie unter anderem die Rezepte für *tourtons, oreilles d'âne, crespeou,* marinierte Lammkeule und – mein absolutes Lieblingsrezept – die *tarte aux tomates et fromage de chèvre.* Dazu viele weitere Köstlichkeiten der vier Regionen, in denen Pierre in den Vorgängerbänden bereits ermittelt hat: dem Luberon, den Pays de Sorgue und Monts de Vaucluse, Marseille sowie der Küste des Var und rund um die Alpillen bis nach Avignon.

Ich wünsche Ihnen viel Vergnügen beim Zubereiten und *bon appétit*

Ihre
Sophie Bonnet

Quiche provençale

Diese Quiche findet man in vielen Bäckereien und Bistros in der Provence, es gibt sie in unzähligen Varianten. Am besten schmeckt mir die Kombination mit Tomaten, Zucchini und Auberginen. Man kann den Belag aber auch beliebig abändern. Typisch für die Haute-Provence ist die Quiche *à la montagnarde* (= nach Art der Bergbewohner) – mit in Butter gedünsteten Champignons, geräuchertem Schinken und Kartoffelscheiben.

Der Teig in diesem Rezept ist selbst gemacht, wer nicht so viel Zeit hat, nimmt stattdessen fertigen Quiche- und Tarteteig aus dem Kühlregal im Supermarkt.

Für 4 Personen

Zubereitungszeit:
35 Minuten + 30 Minuten Kühlzeit + 12 Minuten Garzeit + 45 Minuten Backzeit (bei Fertig-Quiche nach Packungsanleitung)

Für den Teig
250 g Weizenmehl + etwas für die Arbeitsfläche
125 g Butter
1 Ei
etwas Wasser
Salz

Für den Belag
1 kleine Zwiebel
2 Knoblauchzehen
4 mittelgroße Tomaten
1 kleine Aubergine
2 kleine Zucchini
2 EL Olivenöl
3 Eier
150 g Ziegenfrischkäse
100 g Sahne
80 g Hartkäse (z. B. Comté)
1 TL getrocknete Kräuter der Provence
3 Stängel frischer Thymian
Salz
Pfeffer

1 Für den Teig Mehl, Butter, Ei, 2 bis 3 Esslöffel kaltes Wasser und eine Prise Salz mit dem Knethaken des Handrührgeräts zu einem Teig verarbeiten. Zu einer Kugel formen und in Frischhaltefolie eingewickelt für 30 Minuten im Kühlschrank ruhen lassen.

2 Inzwischen den Backofen auf 180 Grad Ober-/Unterhitze (160 Grad Umluft, Gas Stufe 2 bis 3) vorheizen. Für den Belag Zwiebeln und Knoblauch abziehen und in Würfel schneiden. Aubergine und Zucchini waschen, putzen und grob würfeln.

3 Das Öl in einer Pfanne erhitzen. Zwiebeln und Knoblauch darin bei mittlerer Hitze andünsten. Sobald sie glasig geworden sind, Aubergine und Zucchini für etwa zehn Minuten dazugeben, danach alles auf einem Küchentuch abtropfen lassen.

4 Die Tomaten am Stielansatz einritzen, heiß überbrühen und mit kaltem Wasser abschrecken. Die Haut abziehen und die Tomaten vierteln, dabei den Stielansatz entfernen. Eier, Ziegenfrischkäse, Sahne und den geriebenen Käse in einer Schüssel kräftig verrühren. Mit Kräutern der Provence, Salz und Pfeffer kräftig abschmecken.

5 Den Teig aus der Folie wickeln und auf der leicht bemehlten Arbeitsfläche ausrollen. Die Tarteform buttern, mit dem Teig auslegen und am Rand etwas verstärken. Das Gemüse darauf verteilen und mit der Eimischung übergießen. Das Ganze im heißen Ofen auf der zweiten Schiene von unten 45 Minuten backen.

6 Den Thymian waschen und trocken schütteln. Die *quiche provençale* aus dem Ofen nehmen und mit den Thymianblättern bestreuen. Etwas abkühlen lassen. Aus der Form nehmen, in Stücke teilen und servieren. Dazu passt frischer Salat.

Tipp: Mit der Zugabe von 1 bis 2 EL Balsamessig erhält das Gemüse während des Anbratens einen herrlich aromatischen Geschmack.

Caillettes

Caillettes sind sehr beliebt in den ländlicheren Gebieten der Provence bis in die Drôme und das *Département* Ardèche. Das Geheimnis der kleinen Päckchen ist das Schweinenetz, das für guten Zusammenhalt sorgt und am Ende mit der Füllung verschmilzt. Wer darauf verzichten möchte, nimmt stattdessen Schweinehack und bindet die Füllung mit zwei Eiern.

Für 4 Personen

Zubereitungszeit:
30 Minuten + 30 Minuten Backzeit + 4 Stunden wässern

200 g Schweinenetz (frisch, auf Vorbestellung beim Metzger)
1 kg Mangold
150 g Schweineleber (alternativ Geflügelleber)
500 g mageres Schweinefleisch
80 g Frühstücksspeck in Würfeln
2 Zwiebeln
2 Knoblauchzehen
½ Bund Petersilie
5 Zweige Thymian
8 Salbeiblätter
1 TL Lorbeer, gemahlen
½ TL Muskat, gemahlen
1 TL Rosmarin, gemahlen
Salz
Pfeffer

1 Das Schweinenetz vier Stunden wässern, danach in einem Sieb gut ausspülen. Den Mangold putzen und waschen. Die dickeren Stiele entfernen, die Blätter samt den dünnen Stielen klein schneiden. In einem großen Topf ausreichend Wasser mit etwas Salz zum Kochen bringen und die Mangoldblätter darin 3 Minuten blanchieren. In einem Sieb abtropfen lassen und die Flüssigkeit gut ausdrücken.

2 Die Leber und das Fleisch in feine Stücke schneiden und mit den Speckwürfeln in eine Schüssel geben. Zwiebeln und Knoblauch abziehen und in Würfel schneiden. Die Kräuter waschen, trocken schütteln und klein hacken. Zusammen mit dem Mangold, den Zwiebeln und dem Knoblauch in die Schüssel geben. Gewürze, Salz und Pfeffer zugeben und alles gut miteinander verkneten.

3 Den Backofen auf 180 Grad Ober-/Unterhitze (160 Grad Umluft, Gas Stufe bis -3) vorheizen. Das gut gewässerte Netz ausdrücken und in passende Stücke schneiden. Aus der fertigen Masse etwa zehn gleichmäßige Klöße formen. Die Klöße mit dem Netz umwickeln. In eine gefettete Auflaufform legen und in den Backofen geben.

4 Nach 30 Minuten sind die *caillettes* schön gebräunt. Warm oder kalt servieren. Dazu passen geröstete Maronen und Kartoffelstampf.

Compote de fruits cuits au yaourt

Eigentlich ein ganz simples Rezept. Aber die Kombination aus noch warmen, süßen Früchten und dem säuerlichen Sahnejoghurt ist einfach köstlich!

Für 4 Personen

Zubereitungszeit:
20 Minuten + 15 Minuten Garzeit

600 g gemischte Früchte
(z. B. Pfirsiche, Mirabellen,
Pflaumen, Aprikosen)
1 Bio-Zitrone
80 g Zucker
500 g Sahnejoghurt

1 Die Früchte waschen, halbieren und entsteinen. Größere Sorten wie Pfirsiche achteln, kleinere wie Pflaumen halbieren. Die Zitrone heiß waschen, kräftig trocken reiben und 1 TL Schale fein abreiben. Die Zitrone halbieren und 1 EL Saft auspressen.

2 Die Früchte in einem Topf mit 300 Millilitern Wasser, Zitronenschale, Zitronensaft und Zucker aufkochen. Alles 5 Minuten bei mittlerer Hitze köcheln lassen, dann die Früchte mit einem Schaumlöffel aus dem Sirup heben und in eine Schüssel legen. Den Sirup weitere 5 Minuten einkochen, danach über die Früchte gießen. Etwas abkühlen lassen.

3 Den Sahnejogurt mit dem Schneebesen cremig aufschlagen, in Dessertschalen füllen und mit dem noch lauwarmen Kompott bedeckt servieren.